UM CASTELO NO PAMPA / VOL. 1
PERVERSAS FAMÍLIAS

Luiz Antonio ◆ de
Assis Brasil

UM CASTELO NO PAMPA / VOL. 1
PERVERSAS FAMÍLIAS

L&PM
EDITORES

Texto de acordo com a nova ortografia.

Capa: Marco Cena
Revisão: Fernanda Lisbôa e Lolita Beretta

CIP-Brasil. Catalogação-na-Fonte
Sindicato Nacional dos Editores de Livros, RJ.

B83p

Brasil, Luiz Antonio de Assis, 1945-
    Perversas famílias / Luiz Antonio de Assis Brasil. – Porto Alegre, RS: L&PM, 2010.
    328p. – (Um castelo no pampa; v.1)

    ISBN 978-85-254-2059-6

    1. Romance brasileiro. I. Título. II. Série.

10-3794.   CDD: 869.93
                           CDU: 821.134.3(81)-3

© Luiz Antonio de Assis Brasil, 2010

Todos os direitos desta edição reservados a L&PM Editores
Rua Comendador Coruja 314, loja 9 – Floresta – 90220-180
Porto Alegre – RS – Brasil / Fone: 51.3225-5777 – Fax: 51.3221-5380

Pedidos & Depto. Comercial: vendas@lpm.com.br
Fale conosco: info@lpm.com.br
www.lpm.com.br

Impresso no Brasil
Primavera de 2010

Para Carlos Tomé, Idelta,
Filipa e Inês,
irmãos nos Açores, que
nos revelaram algo:
o paraíso perdido
existe, e a amizade
é possível, mesmo com
o oceano de permeio.

A grande novidade, o grande espanto, o verdadeiro delírio, era um castelo republicano, erguido em meio ao pampa gaúcho, de duas torres e ameias, que se avistava ao longe como uma sombra medieval e cuja tenaz persistência em aplastar os incrédulos corporificava-se em sua estatura elevada, prodígio arquitetônico da orgulhosa cantaria portuguesa talhada aos pés seculares de Alcobaça e trazida em um balouçante navio com lastro pétreo de ladrilhos e azulejos e aqui posta em seus demarcados lugares por um artista francês. O restante era da terra – cubos de basalto e grês, caixilhos de pau-ferro, cremonas de aço incorruptível e, para os cômodos internos, tabuões de espinilho e marchetaria de madeiras várias. Para o encanto dos olhos havia vidros belgas com ardentes lavrados de raminhos *art nouveau*; dos placares pendiam cortinas de seda e damasco e que, ao contrário do que se poderia esperar, não "coavam docemente a luz tórrida dos verões", mas submergiam a Biblioteca – de dois andares, com uma passadeira de ferro a dividi-los – em uma obscuridade sufocante, mais propícia às elucubrações do Doutor do que à leitura atenta dos 25.000 volumes encadernados em marroquim verdolengo e lombadas com letras em ouro doze quilates. Respirava-se um frescor marítimo nos amplos banheiros ornados com cenas de tritões que perseguiam pulsantes nereidas de seios redondos como laranjas – ali era o reino dos longos banhos de espuma bem como das caganeiras colossais e intrigantes vômitos. Ali também o reduto dos prazeres solitários dos meninos, amparo e refúgio das donzelas que espantadas viam correr o primeiro sangue. Ali também os adultos olhavam suas caras em espelhos emoldurados em bronze, os quais ao longo do tempo perdiam a capacidade reflexiva, abrindo patéticas e amareladas lepras em meio aos rostos aterrorizados. Na cozinha havia os inefáveis cheiros de louro e esfregão e banha. Ágeis algumas, lerdas outras, as cozinheiras rodeavam o enorme fogão numa delicadeza de vestais a celebrarem os espantosos ritos dos estômagos, misturando as centenárias receitas com as novas, trazidas de Portugal, da Inglaterra, França e Alemanha. Isto porque no Castelo não se desdenhava a cultura popular: assim, aos gordurentos *quartos* de ovelha e ao guisado com abóbora alternavam travessas de *vol-au-vent* e *puddings* de sabor indecifrável. Nas terças e sextas, quando era permitido falar português à mesa, a comida era a da terra; nos outros, o cardápio do almoço correspondia ao idioma autorizado. Isto fazia com que o Castelo mudasse sua nacionalidade a cada dia, o que desconcertava um pouco os visitantes. A Torre de Babel instaurava-se aos domingos, reforçada esta imagem bíblica com o latim trazido pelo vigário de Aguaclara, que, após celebrar missa à família contrita na capela, ousava sugerir ao Doutor que se desse algum momento à língua de Cícero, *quo usque tandem abutere, Catilina...* – Mas nem todos o entendiam, à exceção, é natural, do Doutor e da Condessa. Os restantes, sentados à enorme mesa, muito maior do que a necessidade da família, concordavam sabiamente. O desconforto era agravado pelas circunstâncias: o sacerdote ouvira a todos em confissão antes da missa – à exceção do Doutor, é claro – e portanto conhecia-lhes as faltas profundas, perversas, e convinha ficar-lhe a uma boa distância. O irmão do Doutor, o Bêbado, ou Astor, só depois do terceiro copo de vinho é que enfrentava o vigário, engrolava um latim macarrônico: *intendus, vigarius, intendus...* Mas não só: arrotava e peidava, o que punha o Doutor fora de si – com o dedo trêmulo, expulsava-o da mesa. O Bêbado então levantava-se, fazia uma pequena mesura à Condessa, que lhe virava o rosto; ia depois exilar-se em sua torre, onde continuava suas celebrações. Na mesa, no andar de baixo, fazia-se um silêncio embaraçoso, quebrado apenas pelo Doutor, que passava a tecer considerações sobre os vícios, não no sentido da moral cristã, mas sob a perspectiva da higiene e do bem do País. Todos abanavam a cabeça, desolados, à exceção das *crianças* (epíteto que só se poderia aplicar a Selene) – que apenas esperavam terminar o almoço para reunirem-se a Astor. As *crianças* eram três, de idades tão díspares que pareciam primos: Aquiles, o Animal, o mais velho: quebrava ossos com o olhar e mal começava um – assim seria – interminável curso de Engenharia em Porto Alegre; Proteu, saindo de uma adolescência perdida e que certa vez gastou a tarde inteira olhando uma casca de ovo ser balançada pelo vento da primavera e por isso ficara famoso no Castelo: queria ser médico "parteiro"; Selene tinha tranças e naqueles domingos usava sapatos-boneca com um pequeno laço de cetim negro – tinha o perfil gasto das efígies; mas vista de frente, e quando sorria, e quando a inclinação da luz sobre o rosto era favorável, e quando as pessoas estavam de bom humor, diziam-lhe ser uma menina "muito bonita".

– Bem, se todos estão servidos, levantemo-nos – dizia o Doutor ao final.

Se o dia fosse bom, iam bebericar café na *Esplanada*, uma varanda ou terraço quadrangular que se comunicava por três portas à sala de refeições e de onde se avistavam coxilhas a perder de vista, mas toda aquela visão abrangia apenas 20% das terras do Doutor. De propósito não plantara ali os amados plátanos da Condessa, para possibilitar a vista daquele percentual magnífico. Um cenário para emoldurar as ações do Castelo – sempre antro de resistência a alguma coisa – e embasbacar os políticos que ali acorriam ao beija-mão e consultas. Os 20% impressionavam aos da capital e, em menor grau, aos estancieiros vizinhos, igualmente possuidores de grandes terras, mas sem a nobreza do Castelo. Esses pobres contentavam-se em morar em suas casas retangulares, compridíssimas, de um piso só, de quatro águas, herdadas dos antepassados, ásperas como a natureza do pampa e sempre cheirando a mofo. Nos dias chuvosos e frios do inverno tinham de contentar-se em olhar a chuva através dos vidros das janelas, sem outras distrações, e invejavam – ah, fossem letrados! – a Biblioteca dos 25.000 volumes.

Bebiam o café, fumavam seus charutos e o Castelo era todo obscurecido para a silenciosa sesta. O vigário, absorto em sua virtude, ia espairecer na alameda dos plátanos, gozando-lhes o frescor, recitando o Mantuano, *sub tegmine fagi*... Depois comprazia-se em fazer algum bem, visitava os ranchos das cercanias, consolando os aflitos e dizendo palavras de amparo a viúvas. Ao voltar, acenava ao carão rubro do Bêbado, com uma ponta de simpatia por aquele ser desgraçado que aparecia à janela da torre norte e que lhe devolvia o aceno com a mão peluda e ainda vacilante.

Era o momento do chá, ao qual acudia invariavelmente outro irmão do Doutor, da estância vizinha. Arquelau não vinha só, mas com a mulher, uma vaporosa citadina de palavreado escandaloso e maneiras sutis de dizer as verdades, ou as *suas* verdades, a Beatriz de cabelos arranjados em coque impecável sobre a cabeça. Arquelau, igualmente desbocado, ia acordando os da casa com obscenidades gritadas às janelas, enquanto com um pedaço de pau tocava marimba nas venezianas. Pouco a pouco, as caras iam emergindo, redondas, congestionadas de sono. Os criados corriam para abrir guarda-sóis que fincavam em aberturas no piso, colocando à sombra as cadeiras de cana-da-índia. O Doutor, os olhos escondidos em óculos negríssimos, dava início à conversa, ao início amena, mas logo depois agravando-se à medida que se avizinhavam da política: o Ratão Positivista então queria perpetuar-se no Poder estadual? Arquelau zumbia um estertor colérico, não se contentando em chamar ao Mandatário de Ratão, mas também de Carne-velha, Pau de virar tripa e, com o perdão da Condessa, de Cagada de gato. Beatriz gargalhava, a Condessa fingia não haver entendido e o vigário ficava quase tão pálido como a pequena xícara de porcelana inglesa que segurava entre os dedos finos. Mas logo tudo se abastardava com a chegada de Astor, cujo hálito entontecia cães. Alastrava-se numa cadeira, fazendo gemer o encosto. Também usava óculos escuros e com sua mão espessa empunhando um lenço de cambraia limpava o suor da testa e do pescoço. Não tinha opinião, tudo era *uma cambada*, incluindo nessa compreensão todo o espectro político do Estado. Essa insensibilidade irritava os irmãos e divertia Beatriz.

A Condessa, de sua parte, ignorava-o, mas não só por essas coisas, mas por ter terras – também vizinhas – arrendadas a um ser debochado e vil, com uma vil família e um vil passado.

Essas tardes dominicais terminavam com a *apresentação*, isto é, uma chamada enérgica para que os filhos viessem mostrar às visitas como estavam gordos, corados e como tinham crescido imperceptíveis milímetros no decorrer da semana. O Animal, ou Aquiles, alegando sua condição de acadêmico, conseguira subtrair-se à cerimônia e vinha sentar-se, muito estirado, junto aos adultos; iniciava-se nas discussões e já adquiria ares de deputado provinciano:

– O melhor a fazer com o Ratão é dar-lhe uma sumanta de relho.

Isso fazia rir o Bêbado e despertava a admiração de Arquelau. A Condessa tremia um pouco a sua chávena.

Quanto ao Doutor, este se enojava de tantas vulgaridades, alegando que política não se fazia assim, mas com sabedoria e cultura. E começava uma digressão de hora inteira sobre as teorias liberais, harmonizando-as com a exaltação ao nome do Marquês do Pombal, esse espírito iluminado que soube tirar seu país do atraso, remetendo-o no rumo dos novos tempos. Aí sim, todos se calavam, distraídos com as moscas do verão e com os movimentos dos criados, que passavam bandejas com bolos de milho e arroz-doce. O vigário, que não encontrava Deus nessas dissertações, tentava a todo momento intervir, mas ao final também emudecia, rendido. Quando a voz monótona se calava, os ouvintes olhavam-se, admirados por haverem suportado tanto. O sol, já inclinado, dourava a face do Doutor. Aos cinquenta anos era um homem belo, bela cabeça, belos cabelos grisalhos e vastos, bigode meio viking. Era a própria imagem de um antepassado, e os muitos anos que o separavam da Condessa pareciam ser vinte, trinta, e o recente exílio argentino deixara-o ainda mais antigo.

– Muito bem – ele dizia, levantando-se, dando por finda a reunião familiar.

Arquelau e Beatriz se despediam e se encaminhavam para a charrete que os esperava, o cocheiro dormitando sob os cinamomos; levavam junto o vigário – depois de ficarem em sua estância, mandavam que o cocheiro levasse o sacerdote à sua paróquia e aos deveres múltiplos que o ocupavam a semana toda.

Então era o tédio: a Condessa ia bordar, o Doutor retirava-se para sua Biblioteca, as crianças iam preparar suas lições, o Bêbado ia em direção à sua garrafinha de xerez e Aquiles ia satisfazer sua concupiscência nos ranchos perdidos, antes visitados pelo santo homem: as raparigas que eram à tarde consoladas no espírito encontravam uma outra espécie de consolo, bem mais físico e terreno.

Às oito era o terço na capela, para o qual eram também convocados todos os serviçais, lotando-a. As imagens dos santos – idolatria, na visão do Doutor – recebiam flores e velas. Ao final, quando a voz da Condessa dizia o último *Amen* e orava pela alma de Franz Joseph I, morto havia apenas quatro anos, todos cabeceavam.

A última luz a apagar-se era a acetileno do Doutor. Com o gosto de chá de malva na boca, encaminhava-se para seu quarto, onde dormia, solitário, um sono perfeito de seis horas.

E pelos corredores silenciosos vagava o Pecado.

No lugar preciso onde o Pai do Doutor quis um dia construir, havia em outras eras o pampa e quero-queros. No exato ponto onde ficaria a Biblioteca, várias gerações de serpentes fizeram suas tocas. E onde, pelo traçado, se abriria a sala de jantar, uma avestruz pôs um ovo, quinhentos anos antes. Não um ovo comum, mas talvez aquele que continha o germe do Pecado. Um índio minuano correu, arrebatou o ovo antes que outro índio, também alvoroçado, o fizesse. Lutaram. Ambos morreram. E a casca do ovo partiu-se e a gema escoou por um buraco: cinco séculos depois, naquele buraco correria um fio elétrico preso a uma campainha posta debaixo da mesa, onde a Condessa, premindo com o pé, chamaria as criadas. Antes também havia mulitas. Quando perseguidas, escavavam a terra, ali ficando até que tudo se acalmasse. Na época propícia, corriam perdizes de aparência frágil, desconhecedoras das armas de longo alcance, mas cientes do perigo representado pelas garras e pelo bico curvilíneo dos caranchos.

E o sol imperava sobre todas as coisas, às vezes apagado pelas densas nuvens do inverno. E a lua, futura paixão de Selene, deslocava-se entre as estrelas, coincidindo seu ciclo com a regularidade dos corpos das índias.

Certa vez um extraviado colono de São Miguel avaliou aquele pedaço de mundo – cuidando-se das serpentes – e, montando, cavalgou três dias à Comandância do Rio Grande, onde rogou que lhe dessem solo, que haveria de plantar e assentar família. Foi atendido sem maiores embaraços: o Comandante estava num dia bom, purgara os intestinos sonolentos e fizera uma sangria, retirando de suas veias o volume de uma onça. Ademais, ninguém se interessava por terrenos tão inacessíveis e distantes do mar.

O colono voltou, e no sítio onde, após duas gerações, Aquiles – o Animal – viria a deitar-se com uma rapariga vesga, construiu uma latrina. Mais adiante, numa coxilha, ergueu sua casa, tão pequena que cabia inteira nos limites da futura Esplanada. Feito isso, buscou sua família, composta apenas pela mulher e um filho balbuciante, cujo andar parecia o dos bêbados. E ali viveu anos de trabalho, teve mais filhos e escapou de morrer nove vezes: ataques das serpentes, um raio, lanças minuanas, razias dos espanhóis desgraçados e filhos da puta, insolação, frio de rachar pedra. Plantou nos períodos certos, mas antes preparou a terra, como sabia fazer: e a lâmina do arado rasgou o solo indevassado – fosse anos mais tarde, a lâmina abriria sulcos no parque da sala de visitas, na Biblioteca e no rosto dos criados do Castelo, que viriam a dormir ao rés do chão, sob as escadas e quartinhos anexos à cozinha. E vieram as estações e veio o trigo áureo, que o colono contemplava, agasalhado sob um poncho. As laranjeiras cresceram, deram fruto, tantos que as laranjas esborrachavam-se ao chão antes de serem colhidas. Mas não só isto fez o colono. Criou gado, aprisionando vacas e os touros bravios que ali vagavam, formando um rebanho que tinha o mesmo número dos livros da futura Biblioteca do Doutor.

Três filhos mais tarde, a mulher morreu. O colono, entendendo que não poderia deixar as crianças ao desamparo, buscou nova esposa em Rio Grande, a qual trouxe em uma carreta provida de sal e açúcar. Como a noiva fosse da terra e acostumada a fartura, exigiu casa maior, no que foi atendida: abandonada a casinhola aos peões, erigiu-se na coxilha próxima uma verdadeira sede de estância, acachapada e solene, retangular, com janelas de arcos abatidos. Cem anos depois, a sede seria apenas ruínas onde os lagartos vinham colher o sol do meio-dia.

Aproveitando a calmaria militar, os campos ampliavam-se à proporção em que novos filhos iam nascendo. Duas léguas e oito filhos, a certa altura. Três léguas e doze filhos – num bater de pálpebras. Novas instalações, ranchos de agregados, um novo poço, de água mais translúcida, senzalas para uns poucos escravos imprestáveis que apenas o amor cristão do colono admitia sob seu teto. Quando foram construídas as pocilgas, a estância passou a contar com torresmo, linguiça e leitões assados no Natal. Nos dias de nostalgia o colono-estancieiro ia meditar nas cercanias da antiga casa, que fedia a picumã e suor dos agregados. Lembrava dos tempos de agruras e da primeira mulher. Uma certa lágrima pendeu, embrenhando-se na desordem das barbas selváticas e encanecidas. Era despertado de seus sonhos pelos chamados insistentes da esposa, ciumenta daqueles delírios onde suspeitava uma infidelidade *a posteriori*. Ele então voltava para a sede, percorrendo uma trilha onde Selene correria atrás das borboletas com uma rede construída pelas próprias mãos da Condessa, em um de seus acessos de mãe extremosa. No dia 27 de abril de 1919 Selene engancharia a rede em um ramo de uma figueira, a mesma figueira que, adolescente, ficava à margem da trilha por onde o colono subia para casa.

O filho mais velho do colono, Bento Maria, acompanhava com preocupação o lento envelhecer do pai e as doenças que aos poucos iam empalidecendo seu rosto. Como haviam morrido quatro dos doze, restavam-lhe sete – entre irmãos e meio-irmãos – para reparar, caso ficasse órfão. Bem, tenho de casar, pensou logo ao constatar a morte de seu pai por uma definitiva picada de serpente. Convenceu a mãe aproveitando-se das lágrimas funerais. Nem esfriado o corpo no cimo da colina e Bento Maria rumou para Rio Grande; tal como antes acontecera, trouxe no retorno uma noiva entre sacas de açúcar e sal. As duas mulheres odiaram-se ainda antes de se enxergarem – e quando estiveram frente uma à outra quase se trucidaram com olhares e palavras escandidas ao sabor de uma raiva imensa, colonial, perpétua. A mãe-sogra recolheu-se a seu quarto, levando consigo um urinol, um oratório com vinte e três santos e uma lamparina. Tornou-se, a partir de então, uma ausência esmagadora: suas ordens trespassavam as paredes do quarto e iam espraiar-se pelo corredor, pelo terreiro, galpões e pomares. Sabia de tudo, desde o leite derramado na cozinha a um grão de pó sobre o armário da sala. A nora revidou buscando também o refúgio do quarto, onde as ordens da sogra chegavam como um rugir longínquo de um trovão invisível. Bento Maria dividia as noites entre a obediência a seus deveres de esposo e longas passadas pelo corredor principal. Passou a fumar charutos, incensando a casa, que ganhou por isso o vago ar de uma capela. O cumprimento das obrigações conjugais entretanto deu seus frutos, e a família foi-se acrescendo de um filho a cada ano; chegados à idade das brincadeiras, tiranizavam os tios e tias, que eram apenas um pouco mais velhos. Assim, Bento Maria chegou à conclusão de que o inferno existia.

Desafogava-o o trabalho brutal com a criação de gado e tudo o que isso significava: parar rodeios, carnear, separar o sebo para o sabão, fazer charque, marcar as ancas dos equinos e bovinos, castrar, pôr remédios nas bicheiras, apartar briga entre os peões, amarrar alguns negros ao tronco, cuidar-se dos raios fortuitos e, valendo Deus, enterrar uma panela de moedas de ouro que, noventa anos depois, seria descoberta por Proteu ao masturbar-se junto ao córrego, atrás das taquareiras. Na memória de Bento Maria, no entanto, o lugar preciso do enterramento dissipou-se como um sonho. Pusera uma pedra no lugar; a pedra foi escoiceada por um burro danado; no lugar cresceu uma erva que se misturou às outras adjacentes, formando um tapete indistinto; as taquareiras cresceram, tomaram conta do tapete. Bento Maria procurou durante muitas noites – pois ninguém poderia saber do enterramento, é natural – e, desesperado, concluiu que Deus, o que tudo dá, também pode tirar. Deixou de angustiar-se mas não esqueceu. Seu espectro vagava com um lampião junto às taquareiras em noites cada vez mais espaçadas e tranquilas. E o arrebatamento cedeu lugar a uma terna lembrança.

O inferno, que não perdera sua vitalidade, mostrou seu poder no casamento da irmã mais velha, celebrado com uma grande festa estancieira, morticínio de capões, porcos e novilhas. Os estancieiros contíguos e suas criadagens lotaram a casa naquele domingo. Devoraram tudo o que lhes apresentavam ao dente, ouviram toques de violas e dançaram com furor, inundando a atmosfera de uma pesada nuvem de poeira. A viúva não compareceu às bodas da filha, sob alegação de que o noivo *não tinha sangue*, isto é, pertencia a uma incerta família de incertos bens e certamente possuía incertos defeitos, dos quais o menor seria o de aproveitar-se da fortuna tão grandiosa, levando por acréscimo uma virgindade um pouco antiga, mas ainda assim desfrutável. Não adiantou o pedido do padre celebrante, que apelou para todos os argumentos religiosos, morais e sociais: a viúva excomungou-o de seu quarto, prometendo-lhe um braseiro para após a morte. A mulher de Bento Maria alegrou-se com a decisão da sogra e consolou o anematizado, oferecendo-lhe um copo de água com açúcar. Os irmãos da noiva por primeira vez juntaram-se aos sobrinhos para hostilizar o noivo, cuja vaga família materializou-se nas pessoas dos pais, caquéticos e esquecidos, e nas figuras gordurentas de irmãos açougueiros que acabaram a festa estirados sobre pelegos, engrolando frases alcoolizadas.

 O noivo revelou-se trabalhador e honesto, embora tivesse aceito muito pressurosamente a oferta de abrigo sob o teto de Bento Maria, e isto sob desculpa de que precisava um certo tempo para construir casa em suas próprias terras. Os açougueiros vinham fazer visitas cada vez mais frequentes, até que chegou um momento em que se aventuraram a propor negócio a Bento Maria: como possuíam bom relacionamento em Rio Grande, sugeriram estabelecer uma linha de suprimento à vila, tendo a estância por fornecedora. O negócio foi aceito num dia de nuvens ameaçadoras que degeneraram num aguaceiro. Bento Maria lançou-se à aventura, comprando mais carretas, construindo novos galpões. Como o assunto da panela de ouro estivesse encerrado, teve de assinar títulos debaixo dos olhos atentos de um tabelião, e as noites passaram a ser mais penosas. A mulher não aceitou de ânimo pacífico essas tramoias de costelas, espinhaços e rabadas. Chegou ao máximo em sua cólera ao perceber que os açougueiros também se arranchavam na casa. A grande mesa do comedor transformou-se em um campo de batalha. Enquanto o tiroteio zunia à solta, sem nenhuma baixa para nenhum dos lados, Bento Maria dedicava-se a fazer inumeráveis bolinhas de pão, transformando-as em pequenos patos e porquinhos de rabo encaracolado. Um dia – passado um ano – deu uma punhada sobre a tábua da mesa, fazendo estremecerem os copos e talheres. Seguindo os passos do pai, dirigiu-se à casinhola para meditar. Não era um velho, mas sentia-se no meio da existência, calculando que pouco viveria com tantas preocupações domésticas e comerciais. Além disso, as pequenas dívidas, de resto naturais em qualquer empresa, começavam a aumentar: os negócios dos açougueiros não eram tão limpos como imaginara e no último mês tivera de indenizar credores furibundos que se abalavam de Rio Grande com promissórias nas mãos. Descuidara-se de alguns deveres com a estância e as reses morriam como moscas. Sentiu um cansaço imobilizador, receptivo a qualquer novidade. Esta chegou sob a forma de um desconhecido que o procurava. Já se erguia do cepo onde estivera sentado quando viu um homem que, apeando, apresentou-se como João Felício Borges da Fonseca e Menezes. Bento Maria reparou logo nos arreamentos tauxiados em prata e nas botas de bom couro e logo concluiu que era um homem feliz esse que o procurava. Procurou fazer-se gentil, convidou a ilustre personagem para irem à casa, tomar um mate, lá poderiam conversar melhor. O homem declinou do convite, precisava logo voltar para Pelotas; foi assim, ao lado da figueira e sem maiores preâmbulos, que se ofereceu para comprar a estância com todas as benfeitorias. Passada a humilhação inicial, e ao perceber que os títulos mobiliários ganhavam difamatórias asas, Bento Maria entregou-se à evidência: o homem chegava num bom momento, o melhor dos últimos tempos, quando a fruta já caía de madura. O cansaço transformou-se instantaneamente numa alegria feroz. Deixando João Felício a esperar no alpendre da casa, Bento Maria entrou batendo forte os pés e desencadeou a tempestade, que chegou ao oratório dos vinte e três santos, ao urinol, à comprida mesa onde se alinhavam já as compotas e ao quarto da mulher. Os açougueiros rilharam os dentes e prometeram demandas, juízos e oficiais de justiça. O cunhado reconheceu a voz de Deus nas palavras de Bento Maria, resignando-se a perder desde logo o que não ganhara. A mulher caiu de joelhos, agradecendo a Deus. Assim, perante o pânico, Bento Maria teve a exata noção do que eram seus sócios e parentes. Em pouco tempo as questões de direito foram resolvidas – e eram embaraçadas, pedindo tutores, curadores etc. –, e João Felício pôde, enfim, retornar de Pelotas e depositar vários tubos de libras sobre a mesa do comedor, arrematando terras, casa, serventias, pomares, escravos, gado, tudo enfim que não fosse pessoa. Assumia desde logo as dívidas, negociando-as com os credores em outros prazos.

Bento Maria dispersou a família entre a parentela remota e com a parte que lhe coube retirou-se apenas com a mulher, os filhos e a mãe – desfeita em lágrimas pela perda do oratório mas guardando o urinol – para o Norte de Mostardas, onde instalou uma fazendola pequena; cuja casa possuía somente três quartos. Com suas mãos iria lavrar e plantar. Mas readquiria a paz: os quartos não se comunicavam, de modo que a viúva-mãe poderia continuar sua reclusão sem maiores estorvos. Quanto à mulher, ela foi fértil o suficiente para dar-lhe ainda dois filhos, que seriam educados no respeito aos mais velhos.

João Felício, ao ver que as carretas do antigo dono se afastavam, suspirou de contentamento pela concretização do negócio. E, já proprietário, ultrapassou solenemente os umbrais da sede da estância, pendurando o relho na encosta de uma cadeira. Iniciava-se ali – e ele não viveria o bastante para saber isso – uma dinastia secular.

Como narrar as coisas tão antigas que se passaram com o Doutor? É preciso muito esforço, é necessário socorrer-se até de autores importantes como Eça e, procurando talvez fazer um miserável pasticho de seu estilo, trazer alguma verdade a isso tudo que obviamente é uma mentira. Assim: o Doutor – hóspede mensalista e privilegiado do Grande Hotel à rua de São Bento – praticou em 1880 um livro de poemas românticos – *Alucinações* – e mandou-o imprimir às próprias custas na casa editora de São Paulo onde todos os seus colegas da Faculdade de Direito faziam o mesmo. Em versos elegantes lamentava a sorte dos escravos e previa o fim do Império. Os lentes da Faculdade aceitaram o volumezinho e o puseram sobre a pilha dos congêneres, onde ficaria durante um ano para ser incinerado junto com os outros nos autos de fé periódicos celebrados nos quintais monárquicos. *Alucinações*, porém, seria um marco pessoal na trajetória do Doutor: era, vinte anos depois, disputado a peso de ouro nos alfarrabistas que infestavam as vizinhanças das Arcadas. Uma brochura *in-8* em excelente papel holandês, com o título sob forma manuscrita, produto de preguiça de um colega, desenhista amador. Não chegou a fazer sucesso, venderam-se 62 volumes dos quinhentos originais. Os restantes foram recolhidos pelo autor, envergonhado não apenas pelos erros tipográficos, mas pela constatação de inúmeros versos de pé-quebrado, descobertos por um ilustre gramático e devidamente denunciados em um artigo arrasador no *Correio Paulistano* e cheio de complacência para com os ardores juvenis. Os colegas fizeram um *meeting* de desagravo no Largo da Sé, ao qual compareceram duas dúzias de acadêmicos. Alguns desses acadêmicos viriam a aceitar postos da mais alta importância no moribundo Império, confiados no esquecimento geral que ocorre quanto à vida pregressa dos políticos brasileiros.

Por esse tempo, o positivismo era mais temido do que o cólera; o futuro Doutor, embebido nas fontes liberais, ridicularizava Augusto Comte em público e em privado, o que lhe valeu inimizades viscerais. Queria sim a República, mas algo civilizado, onde todos os cidadãos tivessem acesso ao Poder, e não apenas aqueles mais iluminados, "leitores de prefácios" e que mal sabiam escrever um bilhete em francês. Esta atitude despertou a simpatia de alguns catedráticos, chegou a ser convidado para jantares; tudo veio abaixo quando, numa tarde de domingo, junto ao partidor dos indóceis cavalos que disputariam o Grande Prêmio, o jovem disse em bom som que aqueles cavalos representavam bem a impaciência dos autênticos republicanos para destronarem Sua Majestade. Como lhe reconheciam luzes de inteligência, a frase estremeceu o público vespertino e no dia seguinte era repetida na classe de Direito Civil, estendendo-se logo ao Direito Romano, ao Direito Processual e até ao Direito Canônico. O Diretor chamou o estudante e o repreendeu, de pé, os dedos enfiados nos bolsos do colete; a resposta foi desassombrada, quase heroica:

– A História me dará razão.

O Diretor sentou-se, abanou a cabeça. Tartamudeou algo e depois, recuperando-se, um riso – o mesmo riso dos policiais – instalou-se sob as barbas aparadas em ponta. Discorreu sobre a liberdade de expressão, tirou a poeira de Cícero e Sófocles, bebeu dois dedos de água e mandou que o jovem se retirasse. Antes, disse que escreveria ao pai do desmiolado, relatando o que acontecera no Hipódromo. Foi a vez do estudante sorrir:

– Então mande a carta ao cemitério de Pelotas, sepultura número 325. – E retirou-se, sendo logo erguido aos ombros dos colegas, que o levaram até o pátio e o puseram sobre uma cadeira, onde ele fez o primeiro discurso de sua vida. Mas estava perdido: a comparação hípica passou a brilhar em todas as celebrações dos republicanos e durante cerca de duas semanas esteve em voga: os acadêmicos comunicavam-se apenas aos relinchos, e até os positivistas vieram prestar vassalagem a seu autor, simulando o som dos cascos com duas metades de cocos-da-baía. Essa absurda notoriedade, que aviltava os reais valores intelectuais do futuro Doutor, não chegou todavia a fazer mossa muito profunda; os exames se aproximavam e havia mais do que se ocupar do que com repúblicas. O futuro Doutor foi submetido a uma bateria de provas orais que lhe tiraram o fôlego: as perguntas mais difíceis dos pontos sorteados, as mais profundas elucubrações sobre a distinção entre a posse e a propriedade, bem como as mil formas de constituição das sociedades comerciais. Passou com nota máxima em todas as matérias e comemorou a sua passagem do Mar Vermelho com um espetacular banquete que ofereceu aos colegas de classe, alugando para tanto todo o salão de comer do Grande Hotel. O cardápio, escolhido por ele mesmo, consistia em:

HORS-D'OEUVRE
POTAGES:
Montmorency, Hungaroise
POISSON:
Truite aux épinards
ENTRÉES:
Suprême de volaille rôtie
Canard à republicain
Filets mignons à dorée
GIBIER:
Cochon sauvage à Aurora Paulista
GLASSES, DESSERT
VINS:
Bordeaux, Rôhne, Porto
CAFÉ – LIQUEURS

O inverossímil *Cochon sauvage* fez grande sucesso e rebentou os estômagos; muitos dos convidados saíram em braços, indo curtir seus mal-estares com chás e elixires. O designativo *à republicain* foi aceito com reservas pelo proprietário do Grande Hotel, temeroso de seus comensais ligados ao regime: mas tudo foi resolvido com risadas benevolentes.

No outro dia o futuro Doutor, alastrado em uma *chaise longue* em seu quarto, a testa comprimida por um pano umedecido em água canforada, contabilizava os gastos e encarava com apatia sua viagem para o sul, onde o aguardavam três meses de calor e férias na estância São Felício ou, calhando, na magnífica residência de Pelotas. O Grande Hotel ia-se esvaziando dos estudantes mais abonados e foi um ato de puro estoicismo o arrumar das bagagens. Assim, seguido por três malas-cabine, valises e sacos de lona, embarcou em Santos num fedorento navio do Lloyd, disposto a enfrentar a semana de viagem ininterrupta e seus enjoos. Não saía do camarote a não ser para as refeições. Ali, sentindo os odores do óleo e tendo sempre ao lado uma infusão salvadora de erva-cidreira com seis grãos de aloés, leu todo o *Principles of Political Economy*, de Stuart Mill, e, para rebater os adversários com maior substância, o *Cours de Philosophie Positive*, de Augusto Comte. Desembarcou pálido no porto de Rio Grande, mas transformara-se num erudito. Não quis logo pegar o *coupé* que a mãe lhe mandara, telegrafou-lhe dizendo que precisava refazer-se alguns dias num hotel. Ali conheceu um comandante dinamarquês que o pôs a par de algumas novidades da Europa – em sua marítima visão – e, para prevenir-se do longo jejum sexual que se seguiria, cruzou noites inteiras no famoso *rendez-vous* de Madame Mesplé, evitando ser visto pela nata da classe rural sulina, que ali acorria um pouco enfastiada de suas piedosas esposas. Certo amanhecer chegou ao hotel sem cartola, o fraque partido nas costas e a camisa em frangalhos. O porteiro, ao enxergá-lo, baixou os olhos constrangidos para o Almanaque Rio-Grandense, limitando-se a entregar-lhe as chaves com as pontas dos dedos queimados de cigarro. O futuro Doutor subiu ao quarto, foi à janela, abriu-a de par em par, aspirou o ar e soltou a frase triunfal aos primeiros clarões da alvorada:

– Putas, nunca mais!

Rumou para Pelotas nessa mesma manhã. Encontrou a cidade imersa nos delírios românticos, com um poeta bêbado a cada esquina e vários jornais literários surgidos no decorrer do ano. No amplo solar da praça da Regeneração, conhecido como Solar dos Leões – havia dois deles, rompantes, imobilizados no ato de saltar dos pilares do portão principal –, deixou que os dias corressem, recebendo os cuidados da mãe, jovem como uma parreira de primavera, viúva, e ela também uma literata amadora, cujos interesses iam de Lord Byron a Lamartine e Musset. D. Plácida uma vez suspendeu a leitura e, erguendo a cabeça pequena, de antecipados fios brancos, disse:

– É uma pena, Olímpio, que seu livro tenha tantos erros.

– Era sua maneira de dizer que o filho jamais se aproximaria daqueles gênios.

Entendendo que a agressividade quase sempre disfarça uma contida ternura, Olímpio não retrucou, preferindo correr a vista para a janela de vidraças em cristal lavrado, através do qual enxergava a praça. Passado um tempo, voltou a olhar para a mãe, o perfil exato, de lábios em desenho de nanquim, eternamente essa sombra de melancolia, esse mundo incompreensível de escassos risos e sonhos mal disfarçados. Olímpio desculpou-se:

– Agora me interessa a política.

A mãe sorriu sem olhá-lo, os dedos agudos de marfim opaco folheando ao acaso o volume encadernado que tinha sobre os joelhos.

– A política e a liberdade – Olímpio completou, deixando no ar um perigoso odor revolucionário.

Arquelau apareceu, a roupa de marinheiro muito maior que o corpo franzino. O irmão tinha olhos grandes e pestanudos, e parecia sempre distraído. Foi interrogado por Olímpio a respeito dos estudos; era a preocupação da família, com suas sucessivas repetições de ano. O menino lançou um olhar de súplica à mãe, que o atraiu para si e, segurando-lhe as mãos, disse:

– Não passou de ano. A matemática é o problema maior. Tive de tirá-lo da escola e contratar um professor particular.

– E, pelo que sei, também são problemas a História Geral, a Linguagem e a Geografia. – Olímpio levantou-se, pegou o chapéu panamá do cabide e, dizendo que iria dar uma volta, cruzou o vestíbulo de mármore quadriculado em preto e branco e ganhou a rua. Já na calçada, acendeu um charuto. Talvez Arquelau fosse desprovido de inteligência – bem, o menino teria o que fazer mais tarde: aguardavam-no confortáveis léguas de sesmaria e uma vida de vacas e bois. E mais: tinha mãe, que deveria zelar pelo filho, ela que se julgava tão esperta.

Anoitecia, um desses elásticos entardeceres de verão sulino. A garganta seca pedia um chope. O quiosque começava a encher-se de casacas negras e rostos suados. Ainda não chegara ali a moda dos linhos leves e dos chapéus brancos – o que via era um negror decrépito, arrasado e comercial. Todos se voltaram ao ver o acadêmico-herdeiro entrar, na insolência de seu colete floreado, a calça riscada e o paletó cor de gema batida. O proprietário correu a desalojar um extemporâneo borracho de uma das mesinhas de granito e ofereceu uma cadeira de vime. Olímpio tirou o chapéu e sentou-se, procurando reconhecer algum rosto. "A arraia-miúda tem crescido nesta cidade", pensou logo, ao ver que o lugar fora assaltado por uma horda de adventícios, talvez caixeiros de lojas, talvez operários da fábrica de sabão Lang: os sapatos de verniz quebrado denunciavam, mais do que as roupas. Aterrorizado, bebeu seu chope, jogou fora o charuto, comprou um exemplar do *Progresso Literário* – sonetos, sonetos, acrósticos... – e retirou-se às pressas, voltando para o Solar. Foi ao quarto, gritou por um banho e mais tarde, ao vestir-se para o jantar, ouviu baterem à porta. Era D. Plácida, que pediu licença para entrar.

– Que história é essa de liberdade? – ela perguntou, acertando-lhe a gravata.

– A liberdade é a Mestra dos Povos – Olímpio respondeu.

– Você fala como um livro. – D. Plácida olhou-o de cima a baixo e deu-lhe as costas, deixando no ar um perfume nobre.

O jantar foi um velório, as criadas sob o comando da governanta pisavam nas pontas dos pés. A mesa era assim: a Senhora a uma ponta, Olímpio na outra e Arquelau ao meio – de modo que os olhares eram distantes ou oblíquos. Quando vieram as compotas, os fios de ovos, as ambrosias e os bem-casados, Olímpio começou a discorrer sobre a Mestra dos Povos, desde os antigos

gregos até as revoluções liberais. Com os olhos adormecidos, a Senhora passava lentamente o guardanapo nos cantos da boca, ouvindo-o num misto de bonomia e caridade. Ao pousar o guardanapo sobre a mesa, falou apenas isto:
— Veja lá o que faz. — E levantou-se. Olímpio também se levantou, esperando que a mãe saísse da sala. Voltando a sentar-se, o futuro Doutor olhou para Arquelau: esse jamais entenderia alguma coisa, fosse lá o que fosse.

No outro dia, bem cedo, Olímpio mandou preparar a *aranha*, mandou emalar algumas roupas leves e declarou à Senhora que iria para a estância. D. Plácida arqueou uma sobrancelha:
— Veja lá o que faz.
— Não se desespere — e beijou-a na testa.

Aguardava-o uma viagem de quase dois dias, através de trilhas abstratas. Proveu-se de um chapéu de sol, uma latrina portátil, fiambres, um garrafão de água e o primeiro volume do *Les Misérables*. Transformou seu criado em boleeiro e determinou que evitasse os buracos. Sacolejando as entranhas e abandonando a leitura impossível, mergulhou a vista na paisagem deserta. Revia o campo pela primeira vez após as *Alucinações*, e foi invadido por um sentimento bucólico, de éclogas remotas dos tempos do latim... — e reparou o quanto faltavam árvores nobres naquela paisagem. Onde as faias? as bétulas, os plátanos, os alamos? Com as espinhentas paineiras e os preguiçosos salsos não haveria inspiração possível... E uma ideia instantânea passou a ocupar seus pensamentos, mas não se atrevia a levá-la às últimas consequências: muito tempo teria ainda de transcorrer... Atreveu-se a pensar em uma última linha de poema:

O rude campo em Elíseo transformado...

Mais um maldito verso de pé-quebrado, pensou com raiva, afastando as fantasias. Ao passar por tantas casas de estância, não quis pedir pouso, contrariando o boleeiro, que se lamentava a toda hora pela perspectiva de passar a noite ao relento.

Pois passaram, ouvindo os pios das corujas e os ruídos dos pequenos animais que povoam os campos. Estava quente, por sorte, um calor morno e parado. Levantaram-se não tanto pelo sol que começava a surgir, mas pelas ferroadas das formigas. Comeram os derradeiros fiambres e puseram-se a caminho.

A chegada triunfal na estância de São Felício ocorreu perto do meio-dia, quando o calor dobrava a paisagem e do solo se desprendiam nuvens de mormaço que deformavam as linhas da casa aplastada sobre a coxilha. De imediato foram cercados pela criadagem e escravaria, capitaneados pelo capataz, um novo capataz, grande como um urso mas com a agilidade de um cervo. Enquanto o boleeiro clamava por um mate, Olímpio foi para o quarto, o *seu* quarto, tão inóspito que mais parecia uma cela de convento: paredes nuas, uma cômoda de gavetas emperradas e um grande armário que rangia as portas. Sentindo o tênue cheiro de eras pregressas que exalava dos lençóis, o futuro Doutor deitou-se como um morto na cama de ferro, estirado de comprido, as mãos trançadas sobre o ventre. O teto, por sorte, estava íntegro, e Olímpio buscava com os olhos os veios caprichosos da madeira e que outrora formavam dragões, nuvens, caras de antepassados. Hoje procurava tais imagens, mas encontrou-as substituídas por outras: alegorias da Liberdade, seios voluptuosos, letras góticas.

Levantou-se à sineta, dirigindo-se ao comedor; provou as necessárias rabadas com batata e os pirões de molho graxento onde boiavam nesgas de tempero verde. Afastou-os com prudência, preferindo os doces servidos em compoteiras de vidro grosso. Algo faltava, sim, faltava o vinho; pediu-o, ouvindo em resposta que há muito não usavam vinho em São Felício. Insistiu, trouxeram-lhe uma garrafinha de cachaça. Tinha um sabor adocicado e lixava a garganta, mas logo fez seu efeito. A cabeça em chamas, Olímpio foi ao alpendre, onde encontrou o capataz. Perguntado, o homem informou logo sobre o número de escravos, ao que Olímpio horrorizou-se: sessenta e quatro, incluindo-se aí os caseiros e os campeiros. Num cálculo imediato, o futuro Doutor concluiu que, destes, dezesseis lhe pertenciam.

– Liberte-os – ordenou ao perplexo capataz. – Escolha os que quiser e diga que estão alforriados, que podem seguir seu caminho de liberdade.

Este foi o começo de uma pendência arrasadora e que ficaria nos anais de São Felício – os dezesseis escolhidos premiram-se à frente da casa, exigiam ser recebidos pelo Senhor que lhes destinava um mal tão grande.

– De hoje em diante vocês são mulheres e homens livres. – E num relance viu que eram todos velhos, aleijados ou doentes. Compreendendo a astúcia do capataz, determinou-lhe que fizesse uma escolha melhor, incluindo os mais moços, e que tivessem meio de prover a própria subsistência. Como o capataz objetasse que mesmo estes não encontrariam emprego, Olímpio decidiu que então ele próprio os empregaria, às suas custas. Sem saber – saberia mais tarde – dera margem ao surgimento da desigualdade social nos campos de São Felício, ao mesmo tempo em que acendia a chama da desavença na família.

Cumprindo seu gesto de humanidade – humanidade não, de pura justiça – Olímpio abriu o chapéu de sol e, chegando a uma proeminência junto ao pomar, lançou a vista para a outra coxilha gêmea, a um tiro de distância, onde se delineava o contorno de algumas paredes de pedra, a famosa obra inconclusa de João Felício, aquele Pai dissolvido nos recantos da memória.

– Hei de fazer daquilo um castelo, sim, mas um castelo da Liberdade! E lá vou morar um dia. – E já começou a pensar na demolição da velha casa de Bento Maria, colonial e escravagista, antiquada e bárbara.

A velha Condessa, aproveitando a calmaria do Castelo, recostou-se em seu canapé forrado em cetim e mandou que o capataz ligasse o rádio. Em meio ao tremendo chiado das ondas curtas, ouvia com visível deleite, em seu próprio idioma, as notícias do *Anschluss* austríaco. Exaltou-se com as descrições magistrais da marcha que atravessou a fronteira alemã, cruzou por Linz e entrou triunfal em Viena ao repicar dos sinos de todas as igrejas – inclusive do amado palácio de Schönbrunn – o Homem, na sacada do Hofburg, gritava à multidão de braços erguidos: "Em minha dupla qualidade de Führer e de chanceler da Nação Alemã, anuncio perante a História a entrada de meu país no Reich alemão". Enfim Franz Joseph I estava vingado, e a Águia Bicéfala renascia com todo seu brilho e pompa. Poder-se-ia mais uma vez frequentar os cafés da Kärtnergasse e a Ópera, os bosques reviveriam suas ramagens perpassadas de esquilos, e desde o cimo de Santo Estevão a paisagem do Danúbio seria doçura para os olhos.

Por esses efeitos da atmosfera maligna, e mesmo porque era dia, a voz do locutor sumiu-se, e junto toda glória recém-conquistada. A Condessa mexeu-se no canapé, ordenou ao capataz que fizesse qualquer coisa para reaver a preciosidade do momento, mas o infeliz girava os botões para todos os lados, foi à janela para espreitar a torre, conferiu a solidez da antena e, suando nas palmas das mãos, anunciou que o som perdera-se, mas poderia voltar, talvez à noite.

Longe, muito longe, a noite. O tempo de um possível contragolpe da burguesia austríaca e a reversão ao *statu quo ante*. "Impossível", pensou, já conformada por ver-se momentaneamente à margem da História. Virou-se para o mapa-múndi e contemplou, serena, a amplidão dos dois países que agora formavam *uma* Nação. É certo que o Homem que delirava ante a massa não passava de um impostor, um pobre-diabo de Braunau e cuja vida anterior em Viena fora tão obscura como a dos ratos nos esgotos sob o *Ring*. E dizer que Hindemburg, *von* Hindemburg, apertara aquela mão... Franz Joseph jamais se rebaixaria a tanto. Mas, enfim, essa é a diferença entre os imperadores e os simples ministros oriundos da pequena nobreza alemã.

Março amolecia a paisagem, dando um tom impressionista ao quadro que a Condessa contemplava pela janela, desde que tirara os olhos do mapa. Mas logo teremos o outono, pensou rápida, e as folhas dos plátanos cairão como ferrugem do céu, devolvendo ao Castelo sua roupagem fidalga e merecida. Depois virá o frio, dos plátanos desfolhados e ventos diabólicos do sul. E, nos dias calmos, a geada branquejando a planície como neve recém-caída. Enfim, algo estaria a salvo da barbárie, nem que fosse aquele recanto perdido ao sul do Brasil onde ela, a Condessa, era prisioneira.

Mandou desligar o inútil aparelho, dispensou o capataz e foi refrescar-se entre os tritões e as nereidas, mergulhando na enorme banheira, inebriando-se no mar perfumado a verbena. Seus pobres seios sobrenadavam à superfície e atestavam o quanto envelhecera nos últimos anos, mais do que desejava ou esperava. Submergiu-os na espuma, também, agastada com aquela constatação inoportuna. Dos vitrais coloridos caía uma luz religiosa, quase mística, e a Condessa decidiu que ficaria ali, à mercê das águas marítimas, até que o último raio de sol obscurecesse as deidades que a fantasia do Esposo fizera desenhar nos azulejos:

talvez à noite voltassem as ondas curtas a darem as notícias esperadas da consolidação do Império.

Mas deu-se uma tempestade sob a forma dos trovões da governanta que batia à sua porta e, sem esperar autorização, irrompia com notícias. A Condessa ouviu-a e afundou-se ainda mais na água. Emergiu apenas para dizer:

– Vou já. Antes vou terminar o banho.

A Condessa pensou o que fazer, sentia-se como Tamino perseguido pela serpente. Mas, tal como acontecera ao venturoso príncipe, o socorro foi rápido: a governanta aduziu:

– Ele vem com o padre.

Melhor: o padre seria um anteparo, pensou a Condessa, que saiu de seu túmulo de algas, embrulhou-se na toalha que a governanta lhe oferecia, secou-se e vestiu o roupão-morcego de mangas que lhe chegavam à cintura. No quarto vestiu-se com o costumeiro requinte e a criada arranjou seus cabelos fulvos num coque circular, de tranças perfeitas, semelhante a um bolo de reis. O que diria ao padre?

– Então este é Páris – disse ao sacerdote, que se desdobrou como uma mola ao enxergá-la entrar na sala. O objeto da observação usava calças curtas, camisa de homem e um paletó curto que certamente lhe deixava as nádegas salientes. Tinha olhos de uma luz inquieta e pareciam maiores que o próprio rosto. Moreno sem exageros, de sobrancelhas apagadas e testa comida pelos cabelos dobrados de brilhantina. Nas mãos, um boné de alpaca. Nos joelhos, antigas cicatrizes. Os sapatos estavam foscos de poeira, no que, aliás, se igualavam aos do padre. A Condessa sentou-se no canapé e mandou que os visitantes sentassem no sofá, situado a um deserto de distância. Dali observava o menino, que por sua vez observava o mapa-múndi.

O padre já tecia considerações sobre o mitológico julgamento de Páris, mas foi murchando aos poucos ao perceber que a Condessa não o ouvia.

– Gosta do mapa-múndi? – ela perguntou ao menino.

– Não – ele disse, voltando-se. – Não conheço esses países.

O padre sorriu amavelmente, "por enquanto, por enquanto, meu jovem", mas o menino interrompeu aquela incompreensível benevolência:

— O senhor está mentindo.

— Ora bem, Páris — disse a Condessa, salvando o padre da desgraça —, não estou muito interessada nas causas de sua expulsão do Colégio Anchieta. O Doutor decidiu que você viria para cá, e tenho de submeter-me. O que tenho a dizer é que de hoje em diante esta é sua casa. O padre virá todos os domingos e antes da missa tomará a lição semanal. E agora venha cá.

Páris levantou-se, chegou perto da Condessa, cuja mão anelada avançou pelo ar e pousou de leve sobre os cabelos. O contato com a brilhantina deixou-lhe um visgo asqueroso na palma.

— Seja um bom menino daqui por diante.

— ... e irá para o céu — concluiu o padre.

— E agora vá — disse a Condessa.

Talvez o céu não fossem aquelas paredes repletas de quadros representando frutas e paisagens, nem os tapetes que, ao invés de estarem no chão, a fazerem par com os outros, pendiam de fios invisíveis do teto, ou os apliques de lâmpadas de cristal, nem o papel de parede com tons sobre tons e que mudavam de fulgor sob a incidência da luz; mas antes seria aquela escada em caracol que subia, subia até Deus-Pai e que se ia estreitando à medida que Páris galgava os degraus, conduzido pela mão da governanta; chegaram a um quarto que ficava no topo dessa escada e a governanta, sufocada pelo esforço, sentou-se junto à janela que abria ao campo e assim, com as costas curvadas e procurando tomar fôlego, apontava a Páris uma cama de ferro com uma colcha de crochê e com o mesmo dedo indicava depois uma cômoda de pinho:

— Suas roupas vão... ali. — E deixou-o, depois de olhá-lo bem.

Páris foi então à janela por onde enxergava o campo, mas agora, com toda visão, via uma torre a uns vinte metros, também pegada ao corpo da casa. Olhando melhor, percebeu que seu quarto também era uma torre, completando-se assim a imagem que teve do Castelo, ao chegar com o padre: duas torres, uma de cada lado da fachada. E na janela da outra torre aparecia um rosto de homem velho, um rosto redondo e mal barbeado, em cujo sorriso faltavam alguns dentes. O velho acenava em boas-vindas e logo Páris entendeu que era um louco. Páris correspondeu ao aceno e ia dizer "olá, sou Páris", quando o velho pôs o indicador sobre os lábios, olhou para os lados e, agachando-se, reapareceu ostentando uma garrafinha com uma água verde onde dançavam plantas. E depois outra garrafa, azulada, e outra vermelha: enfileirava-as na borda da janela, ignorando que atrás de si aparecia o vulto da governanta, a qual nem deixou que ele erguesse uma nova garrafa – violácea –, recolheu-as todas e fechou a janela com estrépito. O velho esborrachou o nariz no vidro e continuou sorrindo. Páris, à vista de tantos líquidos, sentiu uma imediata vontade de urinar. Procurou algo sob a cama e, não encontrando, desceu pela escada em caracol, lembrando que passara, antes de sua ascensão ao céu, por uma porta entreaberta que desvelava um quarto de banho. Achou-o ainda entreaberto. E lá dentro, com o traseiro para cima, uma criada secava o chão. Ao vê-lo, ela ergueu-se e perguntou se ele precisava entrar. Sim, ele respondeu, completamente entregue aos dentes alvíssimos e a uma pele escura, reluzente. De todas aquelas figuras nos azulejos, nenhuma era tão bela. Embaraçado pela permanência da criada e não querendo pedir que ela saísse, Páris parou-se frente ao vaso onde leu, gravado, o nome *Royal* sob uma pequena coroa. Quando ela perguntou o que ele estava esperando, dando a entender que no Castelo todos faziam tudo à vista dos outros, Páris abriu a braguilha e tirou o pequeno membro e lançou o jato sobre a água cristalina; a empregada, porque precisava com urgência limpar a pia de mármore e com ainda maior urgência o cano do reservatório justo sobre o vaso sanitário, chegou-se tão perto que Páris sentiu-lhe o odor quente do corpo e num gesto inevitável passou-lhe a mão pelas nádegas. Como sua tarefa era tão importante, ela nem se apercebeu que era o toque macio, levemente cálido, que lhe eriçava a raiz dos cabelos. Combinando um suspiro que vinha da alma com uma advertência para que *nunca* sujasse as bordas do vaso, ela o ajudou a abotoar a braguilha e deu-lhe um beijo na boca, tão rápido que os lábios mal se tocaram, mas foi suficiente para que Páris sentisse um impreterível desejo de urinar de novo. Mas tanto ele como a criada pararam-se hirtos, ao perceberem que passos vinham pelo corredor, estavam prestes a entrar no

Perversas famílias | 33

quarto de banho, estacaram. Alguém chamou "Amália", e ela, pegando o balde, desapareceu pela porta, deixando Páris a olhar ternamente para o par de pernas de uma nereida musculosa.

Saindo do sortilégio, Páris subiu ao quartinho da torre e antes do anoitecer a governanta surgiu com um prato de comida: ele ainda não possuía roupa adequada para descer à sala de jantar, oportunamente viria o alfaiate tirar suas medidas e ele poderia dar adeus àquela ridícula fatiota que lhe deixava a bunda ao léu. "Um alfaiate é um mago que transforma meninos em homens, e dá dignidade a qualquer um" – assim estava escrito em reclame do *Correio do Povo*, um jornal amassado e triste que naquele instante servia de forro para as cagadelas de duas feéricas araras do Castelo; se Páris soubesse disso certamente se avançaria na cara da governanta – ao invés disso, ele comeu um peito de frango, arroz e feijão, e bebeu um copo inteiro de água que lhe pareceu alcoólica, pois logo os olhos estavam pesados de sono. A governanta trouxe-lhe também o desejado urinol, uma peça esmaltada com tampa de flores – "para suas necessidades" – disse obviamente. Páris deixou que ela descesse o caracol e foi abrir sua mala de papelão encapada em brim marrom. Tirou dali um pijama – o pijama –, vestiu-o e, desdobrando os lençóis, deitou-se esperando a morte. Antes, olhou melhor para seus domínios: na parede havia um calendário representando um *Buick* em policromia, sobre cujo capô sentava-se uma jovem sorridente, de *short*, que dizia: *The Best!*; a um canto, um lavatório de três pés, onde pousava uma bacia de folha e sobre a bacia um jarro igualmente de folha; uma toalha de linho ao lado. Quanto mais, um vazio absoluto, só quebrado pelo armário com um espelho oval refletindo a parede oposta, no meio da qual se imobilizava uma lagartixa cor de areia.

Após o jantar, a Condessa determinou ao capataz que pusesse em funcionamento o rádio, na esperança de que as caprichosas ondas curtas dessem o ar de sua graça, o que aconteceu depois de mil exclamações. Após as cautelosas notícias da BBC, ouvidas num misto de desconfiança e nojo, os dedos grossos do capataz conseguiram o milagre de pôr ali, em plena sala do Castelo, as histéricas invectivas de Goebbels, assegurando que o Reich era uma realidade, e que Viena poderia enfim descansar sob a proteção benfazeja do Chefe da Nação germânica. Seguiu-se o *Deus salve o Kaiser*, na versão delicada de um quarteto de cordas. A Condessa ouviu-o até o último acorde, quando caiu sobre o canapé, exausta de gozo patriótico. O capataz correu a socorrê-la, mas ela dirigiu-lhe um olhar perdido em remotos Walhalas, duendes e nibelungos – o pobre homem correu a fechar as janelas e as portas para esconder esta vergonha. Mas a Condessa, recompondo-se, determinou que reabrisse as portas e janelas: tinha mais o que pensar, naquele instante, precisava ocupar-se do menino da torre, que decerto dormia, mas que amanhã acordaria cheio de interrogações.

Páris não dormia, sabedor do nome de Amália e do quanto um beijo, mesmo furtivo, poderia despertar a ebulição do sangue. Chegou à janela e por instinto dirigiu os olhos para a outra torre. O quartinho do louco iluminava-se apenas por uma vela à beira da morte.

João Felício Borges da Fonseca e Menezes desde logo santificou e nobilitou a rústica morada de Bento Maria, batizando-a de São Felício, mandando fazer em estuque um brasão de armas e cimentando-o sobre a verga da porta principal: uma algaravia de símbolos mais ou menos fidedignos, de que sua remota fantasia se lembrava. Os emblemas dos Borges, dos Fonsecas e dos Menezes foram justapostos em um escudo português, estabelecendo uma convivência algo canhestra. Mesmo assim despertava a admiração dos visitantes, desconhecedores das férreas leis da heráldica. Tratava-se de um sonho de João Felício que seu filho, o Doutor, republicanamente viria a destruir a golpes de picareta.

A fortuna de João Felício fora edificada nos arredores de Pelotas, em meio ao fedor do sebo e da carne salgada posta a secar em varais tão longos e alinhados que mais pareciam exércitos em parada. Ele viera para aquele sítio no momento em que terminava a revolução dos farroupilhas, quando o charque adquiria nova importância econômica e se desenhava como a redenção da Província. A origem de João Felício remontava a vagas famílias do Alentejo, sendo ele contudo nascido nas Minas, onde tivera de amealhar o desejado cabedal que pretendia legar aos prováveis descendentes. Pelotas possibilitou a compra da escravaria necessária ao estabelecimento; ele mesmo ensinou as técnicas aos negros, depois delegando a tarefa a um feitor. A indústria cresceu quase por espanto. João Felício ultrapassou os concorrentes utilizando-se das relações em Minas e houve um dia em que, olhando pela janela o formigueiro de escravos e tendo à frente uma caixa de ébano com 223 libras em ouro, disse: "Bem, estou rico". Entusiasmado, mandou selar seu tordilho e foi a Pelotas. Nesse dia houve mais chapéus tirados à sua passagem e, ao entrar na igreja de São Francisco de Paula para suas orações, o próprio vigário veio saudá-lo. João Felício viu o quanto o assoalho do templo estava carcomido e ali mesmo ofereceu-se para substituí-lo, bem como prometeu que encomendaria a Portugal uma imagem de São Felício, que pediu para ser colocada em um dos altares laterais. Ao botar o pé na rua, foi envolvido por uma onda de consideração e pedintes, que o acompanharia pelo resto de seus dias. Em torno da praça começavam a elevar-se casas senhoriais, que ele contemplava com respeito e cobiça. Observando alguns terrenos disponíveis, escolheu um deles, procurou o dono, acertou o preço, comprou. E sua inegável fantasia viu ali dois leões de pedra, a guardarem um portão de ferro batido. A casa seria o complemento.

Já estava alçando a perna para montar quando o ex-proprietário do terreno voltou, lembrado da possibilidade de um outro negócio: conhecia um certo Bento Maria, afastado de Pelotas, cujos negócios vinham mal – quem sabe apresentava-se ali uma pechincha? De princípio a ideia não chegou a tanger as cordas da sensibilidade econômica de João Felício, mas deixou que o homem falasse naquelas enormes extensões de terra, campos de primeira, gado rico e forte. Nunca se imaginara um criador de gado, não tinha a veia dos gaúchos. Disse que não, não era homem para isso. Despediu-se agradecendo o zelo do outro e voltou para seu estabelecimento. Nessa noite, em sua cama, decidiu que sim, poderia ser um estancieiro. Três dias depois encontrava-se com Bento Maria, que desde logo reconheceu como um fracassado – não se aproveitou: comprou tudo, mas a preço justo.

"Bem, estou *ainda mais* rico", disse-se no dia em que entronizou o famigerado brasão de armas – ali sim, ficava digno: não se atrevera pespegar essas veleidades nobiliárquicas no fétido estabelecimento de charqueação. Dali, do cimo da verga, o brasão descortinava uma paisagem majestática, digna dos nobres varões que deram origem aos emblemas e fundaram as famílias que tinham em João Felício seu último rebento.

Depois de seu retorno à charqueada, uma aranha teceu uma confusa teia por detrás do escudo, apreendendo em suas malhas dezenas de mosquitos e três moscas. Como ninguém se apercebeu do ocorrido, o fato não passou aos incipientes anais familiares, mas restou como um símbolo oculto e, por isso, temível.

A partir dessa data, João Felício dividia seu tempo entre a charqueação e a estância, num vaivém rendoso, um tanto alheio à guerra do Prata. Da venda do charque tirava os lucros para a compra de mais gado destinado à estância; a estância, por sua vez, fornecia a carne necessária para salgar. Um dia, num delírio sacrílego, imaginou que era como as três Pessoas da Santíssima Trindade, que se bastam a si mesmas – o pecado foi devidamente confessado ao pároco, foi perdoado e seguido de penitências não difíceis de cumprir, dada a sua fortuna. Mas o remorso o perseguiu durante muito tempo. A preocupação maior era o trânsito dos animais, que perdiam algo de seu peso para chegarem ao estabelecimento onde eram abatidos. Precisavam ser de novo engordados para o abate. As elucubrações de João Felício não eram entretanto de molde a tirar-lhe o sono, mesmo porque o tinha bem entretido com algumas negras que lhe transmitiam, além da paz da carne humana, o sossego do espírito. Não apenas negras, também mestiças de cabelos escorridos e pele cheirosa; brancas às vezes, mas que tinham o funesto dom de conhecerem o pecado, transformando as noites em uma alternância enervante de fogo e arrependimento – e a paz se rompia. Certa manhã em que foi urinar e constatou que o jato lhe saía com uma peçonhenta ardência de mil agulhas, decidiu duas coisas: precisava curar-se de imediato e depois casar-se.

Curou-se, vítima de um tratamento doloroso, caríssimo: o cirurgião de Pelotas aumentou sua própria estância com pelo menos cinquenta cabeças, devolvendo a João Felício uma saúde regular e conselhos de abstinência – no que concordou o vigário, consultado em uma hora extrema de dor e aflições.

Noivas havia em Pelotas, ou pelo menos desejosas de assumirem essa condição salvadora; como era inverno, João Felício entusiasmava-se com as mais cheias de corpo – mas ao início da primavera seu gosto voltou-se para as magras. A tudo isso, somava algumas variantes matemáticas, ligadas à educação, cultura e dinheiro. Quando chegou o estio, concluiu que as equações não se resolviam e decidiu abanar as moscas longe da cidade – e portanto longe das virgens. Resistiu o quanto pôde aos assédios das costumeiras habitantes de sua cama que, ao serem rechaçadas, pediam dinheiro em troca de favores que não haviam concedido por completo.

Em fins de fevereiro sua caixinha de ébano continha tantas libras que ele as calculava já em grupos de dez, o que significava que deveria acrescentar mais alguma melhoria ao templo; já planejara uma ida a Pelotas quando o feitor veio com a notícia de que chegara ao porto uma belíssima imagem de São Felício e que o vigário reclamava sua presença para marcar a data solene da inauguração do santo. Enfim, uma novidade, e piedosa, a tirá-lo das mesquinharias diárias. Foi, acertou com o vigário que não esperariam a data onomástica do santo – 9 de junho – antecipando-a para logo depois da Páscoa. A imagem, ao sair de seu engradado, mostrara-se bela, mas também rica, com um belo resplendor de prata maciça e incrustações de ouro, o que fez com que o comandante do barco exigisse de João Felício um recibo circunstanciado. O vigário pôs o santo provisoriamente na sacristia, encoberto com um capuz roxo – afinal, tinha a desculpa de que era quaresma –, e isso aguçava ainda mais a curiosidade dos paroquianos.

Passou-se a Páscoa, e veio o domingo posterior, um dia de sol frio o suficiente para permitir que os cavalheiros envergassem suas melhores roupas negras, e as damas se autorizassem a alguns veludos e chapéus de feltro. Após a missa, o vigário retomou o pluvial adamascado, os acólitos renovaram o incenso nos turíbulos e o miserável harmônio que fazia o papel de órgão entoou o *Veni Creator* com a possível pompa, enquanto o oficiante dirigia-se em procissão até o altar onde o encapuçado fora posto durante a noite. João Felício, vestindo sobrecasaca e o pescoço espremido num colarinho de palmo inteiro, ocupava lugar bem à frente, ajoelhado num genuflexório de borlas douradas. Quando enfim o capuz foi tirado e a água benta respingou as faces venerandas do santo mártir, perpassou um murmúrio reverente entre a assistência: era a mais bela e rica imagem do templo, o que fez uma anciã pensar que melhor ficaria tal formosura no nicho do retábulo principal, e não ali, naquele altar sem significância. Atrás de João Felício paravam-se de pé os mais importantes membros da comunidade, inclusive o viúvo Prates do Canto, cujos dedos da mão direita entrançavam-se aos dedos de sua filha Águeda, de peitos explodindo o cetim negro e cujo arfar era bem um perigo aos botõezinhos de madrepérola que tentavam conter a massa de desejos e cobiça; a chaga dos lábios e o carvão dos olhos faziam com que os libertinos de Pelotas vivessem em constante êxtase. João Felício, por um momento atraído pelo perfume que sabia provir de tal colosso, voltou-se disfarçadamente; ao errar de lado, deu com a mão esquerda de Prates do Canto, o qual pousava com delicadeza nas espáduas de outra filha, a menina Plácida, por todos chamada de *A Genebrina*, por recém-egressa de um internato de clarissas às margens do lago suíço, para onde fora há onze anos e de onde voltava magra como um galgo, sofrendo românticos ataques de dispneia e dona de vários caixotes de livros.

    Ou porque a sedução da carne já trouxera tantos dissabores ou porque uma verdadeira fêmea é um perigo constante à testa dos maridos, ou porque perto dos quarenta anos um homem é velho o bastante para imaginar que logo logo os deveres conjugais podem tornar-se um martírio se forem diários, ou ainda porque é mais fácil alcançar um remédio a uma doente do que inventar caprichos de voluptuosidade a uma esposa ainda cheia de fogo, João Felício – após um curto noivado – casou-se com a Genebrina ao início da primavera.

    D. Plácida trouxe para o estabelecimento charqueador um enxoval de três baús – anteriormente destinados à irmã –, mais seus famosos caixotes de livros e um complicado aparelho francês, feito de latão e lona, onde mergulhava sua cabeça para aliviar-se dos ataques. Desde logo João Felício reconheceu que empalmara uma planta mimosa em um jardim aristocrático, replantando-a num lodaçal recendente a podridão, onde os cadáveres dos animais – ou melhor, seus ossos – eram uma afronta à figura esbelta e vaporosa, de vestidos cor de creme e véus que recobriam parte do rosto. Mas era um esplendor de majestade e glória a desfilar com a corte de criadas; sua voz parecia vir das raízes de sua árvore genealógica, revificadas pelas águas do famoso lago; para cada coisa trivial tinha um sinônimo surpreendente: *fâmulos, chávenas, pérgolas* e *frutos* (estes últimos ao invés de *frutas*). Quanto às flores, tinha saudades das rosas e das frísias, embora não desdenhasse as margaridas-do-campo, que amavelmente reunia em um vaso de prata com seu monograma e depunha sobre a mesa do comedor. À tarde recolhia-se a seus bordados em pintura de agulha, no que era mestra: com linhas belgas, bastidores turcos e telas alemãs fornecidas pela Casa Rios, confeccionava uma complicada toalha de mesa, na qual aplicava crivos de transparência lunar. Quanto ao montão de ossos sanguinolentos, João Felício tratou de escondê-los em uma baixada. Apenas nos dias mais densos, quando o odor da decomposição trazia a morte para dentro da casa, as janelas eram fechadas e a Genebrina cantava, em altiva indiferença e no tanto que a fraqueza dos pulmões permitia:

> *Che soave zeffiretto*
> *questa sera spirerà*
> *sotto i pini del boschetto,*

enchendo a casa de uma aragem fresca e sevilhana.

– "Precisamos sair daqui" – murmurava João Felício, louco de paixão. E lembrava-se da estância de São Felício, distante de toda a imundície, onde aquela flor lacustre desabrocharia em toda sua força. D. Plácida dedicava uma atenção displicente àqueles desejos do marido, dizendo sempre que estava bem, *ubi bene, ibi patrie* – e, ouvindo a tradução, João Felício babava-se de ternura. Mas insistia em que deveriam mudar-se, chegou a pedir a interferência do sogro, que mandou à filha uma longa carta em apoio à ideia – ficavam mais longe, "mas mais próximos da saúde".

A firmeza do pai e a suavidade do marido convenceram-na, tanto que certa manhã ela acordou, sentou-se à beira da cama, espreguiçou-se com languidez e, chamando as criadas num final de bocejo, mandou que preparassem os baús, malas e livros. Eram tantos os negros que acompanhavam a mudança e tantas as bagagens, caixas, sacos, cavalos e carroças e era tão colorido o chapéu de sol que uma escrava mantinha aberto sobre a cabeça mimosa da Senhora que o cortejo, visto à distância, mais parecia uma procissão de soba em demanda de seus domínios. Em uma estância onde fizeram pouso, receberam-na como a uma relíquia, destinando ao casal um quarto com cama de dossel, em atenção à palidez da Senhora; entre si, e à distância do marido, que fumava junto com o estancieiro, previram-lhe um futuro pacífico, porém curto. No outro dia estava recuperada, pronta a prosseguir, mas antes teve a gentileza de deixar com a estancieira um belo broche de safiras cercado de águas-marinhas.

Chegaram a São Felício num entardecer feérico que incendiava o brasão de armas, o qual, logo notado pela Genebrina, mereceu um comentário discreto numa ponta de sorriso. Tudo era – exceto o brasão – muito precário, muito rude, elementar: um caos de selvageria campestre. O ar, em compensação, era puríssimo, perfumado a maricás outonais. Instalaram-se nas dependências melhores, um aposento descomunal, com um enorme leito de jacarandá lavrado, o melhor móvel de todos, obtido por Bento Maria de um viajante platino. A voz da Senhora ressoava amplificada, como a reverberar pelas paredes de uma igreja. Não reclamou de nada, nem do colchão de crinas, nem do travesseiro encaroçado. Quando ao outro dia abriu as janelas e premiu os olhos à paisagem lavada em luz, ela disse um: "que belo!" tão sincero que João Felício sentiu um calor no peito e uma irrefreável vontade de bater palmas. "Aqui se respira liberdade" – ela entretanto acrescentou, ao que João Felício empertigou-se, confuso, voltando a mirar, num temor quase sagrado, a imensidão de seus campos, suas coxilhas e capões de mato.

A notícia da abolição particular da escravatura nos campos de São Felício chegou a Pelotas como uma bomba de retardo, estourando no salão de D. Plácida justo quando ela lia

Levez-vous, orages désirés...;

ela então largou o volume, encaminhou-se à secretária de mogno marchetada e, tomando a pena Mallat, escreveu uma carta de duas folhas, na qual determinou ao filho que não se atrevesse a formalizar aquela loucura libertária; ato contínuo, mandou chamar o notário e, perante o servilismo burocrático do homem, disse que Olímpio não estava em seu juízo, viera de São Paulo cheio de ideias e que suas possíveis declarações de vontade corresponderiam, na forma e na substância, às de um louco. O notário ouviu-a com os braços cruzados e, ao descruzá-los e a meia-voz, afirmou que o rapaz, *data venia*, poderia fazer o que fizera, era sua parte na herança do falecido pai João Felício e portanto... "Sim..." deplorou irresistivelmente D. Plácida, passando um lencinho nas pérolas de suor da testa e amparando-se à *bergère;* sentou-se, pousando a mão esquerda sobre o crochê e com a direita retinindo uma campainha: ofereceu ao notário um cálice de Porto; pegou também um cálice para si. E naquele entardecer mantiveram-se em silêncio durante quatro minutos. D. Plácida então perguntou, num tom ausente, o que o visitante achava de Chateaubriand, ao que o homem respondeu que preferia as *Memórias de além-túmulo*, que lera numa tradução portuguesa. "Ah, as traduções..." sorriu indulgente D. Plácida. Se o notário fosse mais esperto para entender o que significam pequenos gestos, veria que ela segurava o cálice com tanta força que a sala estava prestes a transformar-se em um cenário de cortes profundos, sangue e médicos.

Ao cruzar a praça, meia hora mais tarde, ele trazia o segredo como uma fera que se debate contra as grades da jaula; pensou seriamente sobre a sua responsabilidade de confidente e oficial que deve guardar discrição em todas as circunstâncias, mesmo que exaltado como estava. Talvez viesse a falar apenas para seu ajudante, homem ingênuo e algo obtuso, o qual deveria compartilhar dos mistérios do notariado; talvez desabafar ao juiz, "um túmulo"; acabou engraxando os sapatos – mas, ao receber o troco, desfez-se de imediato do peso. Assim, foi um rapaz de dezesseis anos, descalço e analfabeto, o primeiro a saber da novidade que ocorria atrás dos leões dos Borges da Fonseca e Menezes. A cada pé de bota, borzeguim ou sapato que se firmava para ser lustrado, mais a notícia crescia, os escravos libertos avultavam-se em proporções geométricas e a onda abolicionista alastrava-se pelas estâncias vizinhas, despertando um pânico revolucionário no quiosque e até no palácio municipal, onde os conselheiros emudeceram.

Atrás dos leões a calmaria era um desmentido: os criados entravam e saíam com as caras mais disfarçadas deste mundo, o padeiro entregava o pão, o armazeneiro entregava os gêneros e muitos destes viram o perfil da Genebrina perambulando por detrás das vidraças, e sem sinal de hecatombe. O professor do menino Arquelau é que forneceu maiores informações aos frequentadores do novo Club Comercial, entre tacadas de bilhar: a Senhora ontem tivera, é certo, uma longa conversa com o notário, segundo ela própria relatara, e falaram sobre papéis relativos a libertação de negros – acontecera mesmo a tal alforria, e patrocinada por Olímpio, mas em proporções mais modestas das que andavam comentando. A maioria dos jogadores do Comercial, obviamente comerciantes, pouco se lhes dava que os estancieiros estivessem a desfazer-se dos negros; quanto aos outros, respiraram aliviados, mas sentiram um rastilho de pólvora a incendiar-se sob seus narizes.

No Solar, na verdade, reinava a amargura. O rosto que anteviam através das janelas, e que parecia tão sereno, tinha um ricto de impaciência a perturbar-lhe o perfil, outros fios de cabelos, imediatamente brancos, soltavam-se. A Senhora compreendia naquele momento o quanto suas leituras, pejadas do afago da palavra *liberté*, contradiziam o real sentimento de sua alma, esmagador, trincador de cálices, demoníaco. Vinha à estante, tirava um Byron (Edição francesa, Paris, 1862), trocava-o por Musset, trocava Musset por Lamartine, e tinha a infelicidade de abrir sempre sobre a palavra maldita.

Quando Arquelau surgiu na sala com o caderno de folhas quadriculadas pedindo-lhe ajuda para decifrar o quanto de tempo precisaria um homem para encher uma cisterna de 50 litros à razão de 2 litros por minuto, ela abrandou a ruga entre os olhos, suspirou, tomou o caderno e escreveu com um toco de lápis:

$$50 \div 2 = 25,$$

agora certa de que o menino tinha seu futuro em definitivo ligado a São Felício. Devolveu-lhe o caderno, afagou-lhe a cabeça e, ao vê-lo sair aos saltos, encaminhou-se à gaiola dos canários encantados, uma obra-prima de latão e arames rococós junto à janela do salão. Dois canários: o primeiro que cantava em *sol* e o segundo em *mi*. Se o primeiro conseguisse emitir três colcheias sucessivas e o segundo uma mínima com *fermata*, repetiriam as quatro notas iniciais da 5ª Sinfonia:

Ensinava-os havia meses, sentada ao Pleyel, como agora: a cor dos dedos longilíneos igual à das teclas, tangia-as num deleite de crescente orgia, já esquecida dos surpresos pássaros, enovelando-se no Universo antigo junto à beira do Lago, quando ouviu uma guitarra espanhola e viu seu tocador: o filho de uma família suíça, vizinha ao colégio, que lhe dedicava um *villancico* cujas notas lhe arrepiaram a coluna vertebral: e naqueles remotos tempos de laçarotes à cabeça houve um beijo, uma descoberta pelas venerandas madres e um quarto escuro onde a puseram por três dias para purgar as quedas da alma. O rapaz fora mandado estudar em Heidelberg, e a guitarra fora espatifada de encontro a uma réplica do Apolo del Belvedere que ornava o jardim do pai transtornado. Nos três dias de solidão a interna não comeu, não bebeu, não se lavou, emergindo como um cadáver de profundas olheiras, nariz afilado e um profundo desejo de não amar mais homem algum, passando a partir daí a dedicar-se às suas crises de dispneia como quem cultiva um cacto de espinhos dolorosos mas necessários à harmonia do imundo.

A lição de Beethoven aos canários dissolveu-se num lamento de testa pendida, de uma lágrima ao lado das breves rugas dos olhos, de um desfalecimento, de uma quietação que a imobilizou numa atmosfera de sonho. Na sala de música não se ouvia mais nada naquela tarde. A criada encontrou-a prostrada, foi preciso recostá-la à *récamier* e dar-lhe um chá de melissa e malvas. "Talvez o calor", murmurou a Senhora, ao fitar, absorta, as circunvoluções do vapor que se evolava da xícara. A criada correu às janelas, afastou as cortinas, abriu as vidraças – e a onda avassaladora de um vapor quente, penetrando a sala, liquefez a angústia da Senhora e as preocupações da criada.

Duas horas mais tarde, D. Plácida tinha o peitilho de renda holandesa totalmente empapado de suor, e a criada, cumprindo permanentes ordens, veio recobrir a gaiola dos canários com um véu de cassa, preparando-os para a longa noite. As janelas foram cerradas e, pela mão da serva, a Senhora foi ao banheiro, onde foi despida e lavada amorosamente com uma esponja embebida no frescor de lavandas.

Às nove horas o Solar envolvia-se em silêncio e sombras – apenas a lamparina junto à peanha da *Consolatrix Afflictorum* ainda bruxuleava, afastando o Pecado.

Olímpio, ao ler a carta materna, rasgou-a em dois, em quatro e, por fim, em dezesseis pedaços. Jogou o montículo de papel na cesta dos dejetos e imaginou que àquelas horas sua mãe, talvez lembrada de seus tempos de Genebrina, já teria conversado com o notário e, entre goles de *Napoléon*, soubera da verdade jurídica, e quanto os dedos pontudos de marfim antigo teriam procurado esmagar o que se apresentasse à frente. Mas enfim, ele, o Libertador, fizera o preciso.

Como era perto do meio-dia, vestiu o terno de flanela, pôs um chapelão de abas largas e saiu a cavalgar para abrir o apetite. Os campos estavam submersos em uma atmosfera doentia, e as perdizes não corriam com a mesma velocidade; o sol tirava a seiva dos vegetais, e mesmo os lagartos que se estendiam, estáticos, sobre os lances dos lajeados limitavam-se a girar os olhos, acompanhando sonolentamente cavalo e cavaleiro. As cobras-corais luziam com vagar todas as suas cores, e os guizos das cascavéis pareciam gordos sons de matracas de Sexta-Feira Santa.

Árvores frutíferas, poucas. Do arruinado pomar de Bento Maria, cujo furor pecuário e charqueadas de João Felício não fizeram prosperar, restavam algumas pitangueiras nodosas e quase extintas; havia também uma pitoresca videira mal podada e vários pés de laranjeiras, estes últimos excepcionalmente viçosos. "É uma merda, isso tudo – só cresce o que a Natureza manda crescer" – rosnou Olímpio. Animou-se um pouco ao avistar as reses heroicas, e que se mantinham de pé apenas porque possuíam uma constituição selvagem. Mas, ao aproximar-se de uma vaquilhona, constatou que se cobria de bernes e carrapatos.

Chegou bufando à sede, mandou chamar o gigantesco capataz e deu-lhe olímpicas ordens, tão severas que o homem empalideceu, tartamudeando que, se mais não fizera, não fora por sua culpa exclusiva – ninguém lhe exigia nada, nem a Senhora D. Plácida a quem ele sempre punha a par do que acontecia na estância.

– Milho – disse o Senhor, numa brusca inspiração –, quero que plante milho.

– Milho?

Sim, deveria plantar milho, e do melhor, o milho era a salvação dos povos americanos. Milho para alimentar os animais, para fazer pão e farofa, para sementes, milho para a Humanidade faminta. Estivera lendo um tratado sobre a civilização inca no último inverno paulistano e convencera-se de que o milho era cereal mais nobre que o trigo, pois dera fartura a um grande império americano. O trigo, ao contrário, não tivera o dom de salvar Roma.

Naquela tarde, sob um sol de derreter os miolos, já estavam demarcando, com um risco de arado, os limites da futura plantação; sempre que o capataz queria parar, abismado pelo tamanho, o Senhor mandava que prosseguisse no sulco e assim formaram um quadrilátero compridíssimo, num plano do campo, abocanhando um pedaço perigoso das terras de São Felício e onde, meio século depois, correriam as rodas dos aeroplanos que chegavam à estância trazendo fervorosos correligionários à busca de soluções para os graves problemas políticos da Nação brasileira. Depois Olímpio veio para o meio do quadrilátero, pernas abertas, o olhar vagando em volta, seguro de sua condição de iniciador de uma cultura revolucionária e de homem-símbolo da renovação econômica. O terreno, delimitado, era um reviver de uma outra era, muito antiga, feita à lâmina de um arado conduzido pelo mitológico Rômulo. Estava nestas divagações histórico-sentimentais quando viu três cavaleiros que vinham em sua direção, desconhecidos mas nobres, a julgar pela qualidade das montadas e pelo ar ereto com que se punham nas selas. "Lindeiros", aterrorizou-se o capataz, sabendo que se formava ali, em pleno campo, um desacerto. O jovem Senhor de São Felício certamente não os conhecia, porque a última vez que os enxergara estava no colo de D. Plácida. Quis avisá-lo do perigo iminente, mas era tarde: os homens chegaram, apearam e de imediato, sem nenhum preâmbulo, revelaram-se furibundos senhores rurais, ameaçados pela soltura injustificada dos negros. Gritaram, exigindo explicações para o desatino e pelo mau exemplo, ao que Olímpio contestava, dizendo que fizera e estava benfeito, e que não iria sedimentar sua riqueza sobre ombros escravos: queria trabalhando para si homens livres, que recebessem salário e que com dignidade construíssem suas vidas. Os lindeiros, sufocados pelas palavras absurdas do fidalgote de meia-tigela, contaminado já pelas ideias de abolição e repúblicas, advertiram-no de que, a proceder daquela forma, ele instaurava a anarquia nos campos do Rio Grande e que ele próprio seria a primeira vítima, pois não conseguiria, dali por diante, manter a ordem na estância. "Cuidem de suas vidas", foi a insultosa resposta. Os cavaleiros primeiro riram da afronta, depois entreolharam-se, rosnaram outras pesadíssimas ameaças, deram o rapaz como perdido, montaram e, sem despedirem-se, fizeram meia-volta. Um deles, sofreando o cavalo, voltou-se e ainda disse que não contasse com eles quando perdesse o controle de seus homens. "Fodam-se", gritou Olímpio, "e não me entrem mais nos meus campos sem pedir licença". O capataz sentou-se sobre uma pedra, abanando a cabeça, levando as mãos à testa, dizendo que uma imprudência dessas não ficaria sem resposta e lembrando que esses vizinhos tinham negócios antigos com São Felício, servidões de passagem, servidões de água, todos os interesses se cruzavam, como agora deslindar tudo isso? Olímpio não fez caso, havia procuradores para isso, há contratos e leis – leis do Império, mas, ainda assim, leis – o capataz que não viesse com essas histórias desordenadas do tempo antigo, quando os homens viviam como animais. E além disso, o que esses barões tinham a perder? Se alguém perdera fora ele, Olímpio, e não se queixava, ao contrário, pois ganhara uma consciência tranquila.

Exausto pelo uso de tantas virtudes e porque o sol transformara o campo em uma fornalha, Olímpio voltou à casa, ultrapassando com sobranceria o brasão medieval de João Felício, certo de que sua honra não provinha daquelas duvidosas armas familiares, mas de seu coração generoso e libertário. E dessa honra jamais abriria mão, nem que mandassem contra si todos os barões daqueles ermos tão pródigos em titulares, nem que viesse o decrépito Imperador em pessoa no comando de seus imperiais exércitos. A propriedade era sagrada e inviolável, era a garantia dos povos civilizados, a base do progresso dos povos. Sentou-se à mesa do comedor e, bebericando a sangria enjoativa dos campos, corria o olhar por aquela sala funesta, onde ainda errava o fedor ancestral e longínquo do Pai, cuja grandeza assentara sobre couramas, carne salgada e sebo. Os móveis, guenzos, ainda estavam lustrosos da graxa de mil mãos que por eles passaram; no enorme ambiente ainda ecoavam os gritos das vacas e bois que se entropilhavam para serem levados à charqueação de Pelotas e mesmo as criadas, na sua maioria negras, traziam no rosto uma ressonância bovina, décadas de submissão e açoite. Lamentou no mesmo instante, e de modo sincero, a sorte de D. Plácida, ali encarcerada um bom tempo: certamente que havia cortinas, alguns quadros cuja marca ainda deixava sinais esbranquiçados nas paredes, algum luxo de vasos de prata, mas como tudo seria postiço, falso, artificial! Ao entardecer, foi ver mais de perto os alicerces e as meias-paredes do Castelo da Liberdade. As ervas, tomando conta de modo vertiginoso das pedras, não disfarçavam a amplidão e a dignidade que João Felício quisera dar à sua futura morada campestre. Como os riscos extraviaram-se entre os papéis do espólio, a fantasia de Olímpio via ali as generosas salas, os enormes quartos, o gabinete, os corredores. Avaliou a solidez dos fundamentos e logo se deu conta de que poderiam suportar não apenas uma casa térrea, mas vários andares da verdadeira nobreza, a do espírito. O sol oblíquo, enaltecendo os volumes, dava àquelas precoces ruínas um ar cenográfico, uma predestinação nunca imaginada, nem pelo Pai, nem por D. Plácida, mas apenas por ele, Olímpio, Senhor do Milho e de dezesseis escravos libertos.

E ali se parava crucificado no ar o menino-manequim, tolhido pelas evoluções prestantes do alfaiate e pelos inéditos risos da governanta. Mas Páris não enxergava o que lhe faziam, atento a um ronco muito distante, não bem um trovão, não bem o ruído do motor a sugar a água da cacimba para remetê-la ao reservatório, mas algo muito mais denso e misterioso, como a voz de um deus aéreo. A governanta e o alfaiate pareciam não dar importância, apenas tinham um leve atirar dos olhos para cima, para além da janela do quarto da torre, onde estavam; não se afligiam, nem sequer demonstravam curiosidade, um fato normal. As mãos do alfaiate, emendadas em braços decrépitos e vacilantes, mediam com discutível exatidão a circunferência do tórax e a estreiteza dos quadris, descendo depois a fita métrica desde o umbigo até a gáspea do sapato. Estava Páris bem ridículo, apenas de camisa, cueca, meias e sapatos, a figura deflagradora da hilaridade da governanta. No desejo de Páris, ali estaria melhor Amália, que saberia conduzir a tortura com bastante amor, um beijinho na flor dos lábios, palavrinhas doces e viciadas, um céu dos últimos dias. "Esse ronco...", disse Páris, quando ouviu com nitidez as batidas ritmadas dos pistões, anéis e válvulas. "É o avião do Doutor...", respondeu a governanta, agora sim chegando-se à janela, "logo ele estará aqui", ao que o alfaiate, sem suspender a tomada das medidas, murmurou que os aviões costumam dar muitas voltas antes de pousar, "para verem melhor o campo de pouso".

Mas logo surgiu a cor da fatiota, azul-marinho ou preta? A Condessa não dera ordens? "Azul-marinho", disse a governanta, a mão em pala sobre os olhos, o nariz fincado para o céu. Assim decidiam que o azul-marinho era a melhor cor para fatiota de rapazes, e essa era uma verdade insuperável. O alfaiate pegou sua caderneta e, sentando-se, foi anotando os números mágicos que sua memória guardara e que, uma vez decifrados, eram capazes de dar corpo a quem não o possuía, transformar fedelhos em homens; deu por findo seu trabalho, guardou a caderneta, serviu-se de água do jarro e também foi para a janela. Os dois corpos obscurecendo a vista, Páris tinha para si apenas uma nesga entre a cintura da governanta e o cotovelo do alfaiate, por onde enxergava a outra janela, onde o louco também espreitava as evoluções do aeroplano.

Duas mãos femininas taparam os olhos de Páris, e ele logo as reconheceu pelo odor de sabonete e pela pontinha de água-de-colônia *Amor Gaúcho*. Agarrou-se a elas, levou-as à boca e, antes de beijá-las, mordiscou as articulações. "Chhhh...", soprou Amália, retirando as mãos e enfiando-as no bolso do avental, a tempo de não serem vistas pela governanta, a qual se voltou, perguntando o que ela fazia ali. À explicação de que a Condessa chamava Páris, a governanta mandou então que ele passasse um pente nos cabelos e vestisse as calças. Páris obedeceu e, ainda enfiando as fraldas da camisa para dentro do cós, desceu o caracol, seguido por Amália; durante o volteio, foi ouvindo a repetição de alguns artigos e parágrafos do regulamento pessoal que passara a vigorar desde que ele chegara ao Castelo: não poderia falar com a Condessa sem que ela primeiro falasse com ele; deveria limitar-se a responder, jamais perguntar; não poderia, ao beija-mãos, tocar a boca na pele da Condessa (pintalgada de manchas escuras, seca, venosa, ah!); enfim, proceder como esse inefável regulamento mandava e ele cumpria.

Embaixo, o Castelo transformava-se num batalhão disciplinado, hoje mais do que nunca mostrando que cada qual sabia seu posto e seu dever, correndo a eles como preparando-se para um assalto. A Biblioteca, porém, era um contraste com a agitação: conduzido por Amália, Páris viu abrir-se a pesada porta de carvalho e ali dentro viu a Condessa, vertical, de chapéu largo, leque suspenso entre as mãos descaídas com displicência. Ao enxergá-lo, ela adiantou-se e deu-lhe a mão direita; Páris seguiu mais uma vez as ordens e apenas bafejou os cordões das veias do dorso, dando uma nova espiadela ao anel de ônix com o brasão entalhado – se ele entendesse dessas coisas, veria ali uma pequena romã entreaberta, mostrando os grãos pujantes de vida, a significarem fartura e opulência.

A Condessa olhou-o de cima para baixo, lamentando a descompostura do menino, perguntando a Amália se o alfaiate já tirara as medidas para a fatiota. Ao "sim", a Condessa suspirou, resignada; procurou entretanto sorrir:

– Páris, o Doutor está chegando. Como ele vai estar muito cansado, e talvez aborrecido porque você foi expulso do colégio, você não fale com ele. Fique comigo todo o tempo, a meu lado, e faça apenas o que eu mandar.

Páris acedeu com a cabeça, novamente desperto pelo ronco do avião, a essa altura ensurdecedor. A Condessa tomou-lhe a mão e, varando corredores e portas que se abriam, deram-se lá fora. Caminharam pelo frescor da alameda dos plátanos, em direção ao campo de pouso. Iam à frente de um cortejo de criadas e criados vestidos com rigor, e que pareciam seguir um ritual conhecido, embora raro.

O ar brilhava quando chegaram ao lado da pista, após vencerem uns duzentos metros de sol, em pleno campo. Dali observaram o aeroplano (metálico, a disparar cintilações de prata!) aproximar-se da cabeceira da pista, adernar as asas para um lado e outro e num solavanco brutal tocar as rodas no chão. O engenho rolou, saltou, voltou a rolar, levantando uma poeira que submergiu a todos em uma nuvem seca que entrava pelos narizes. O rosto da Condessa, sombreado pelas abas larguíssimas do chapéu, não se alterou e mesmo o pó e o cheiro intenso de querosene não pareceu incomodá-la. Quando o aeroplano parou – um Junkers F-13 para cinco passageiros, da VARIG – ela avançou alguns passos formais. Páris seguiu-a no gesto, parando-se a seu lado. Então a porta da máquina abriu-se e saiu uma figura elástica de homem, cabelos loiros, branquíssimo, vestindo um macacão zuarte, a retirar dos olhos uns óculos ovais, antes presos atrás da nuca por um tirante de borracha. O homem voltou-se, puxou uma escadinha e deu a mão a um outro senhor, este de gestos difíceis e cabeça totalmente branca e solene, maior que o corpo. Era o Doutor. Amparado pela solicitude do outro, conseguiu descer; pousou sobre a cabeça um chapéu *gelot* negro, da mesma cor do terno de colete. Vieram os dois caminhando, o piloto – os criados decifravam a figura – à frente, como abrindo caminho entre uma multidão invisível; o aviador veio até a Condessa, beijou-lhe a mão como um boneco de mola e afastou o corpo para que o Doutor recebesse a vassalagem, primeiro da Condessa sua Esposa, a quem beijou em ambas as faces, muito gentil, muito cavalheiro, mas muito, muito cansado. Foi a vez da Condessa parar-se de lado, para que Páris ficasse em evidência. O Doutor baixou-lhe uns olhos certamente interessados, mas encobertos por um véu de distância e fadiga.

– Então este é Páris... – disse. Tinha a camisa e os punhos tão brancos como se fossem esmaltados em leite, e trescalava um odor de tabaco e erva queimada. Apenas naquele momento foi que Páris deu-se conta de que o Doutor era o homem de um retrato a óleo, enorme, pendurado à sala, e que, a julgar pelas cores do quadro, deveria estar morto há muito tempo. Mas o morto tinha ainda vida, apesar de precária, débil, como a desfazer-se, o suficiente para que suportasse, com dignidade, os atrevidos apertos de mão dos criados, perguntando-lhes coisas, mas desinteressado das respostas. Terminados os cumprimentos, o Doutor apoiou-se ao braço da Condessa e, virando-se, estendeu uma surpreendente mão a Páris. Surpreendente foi também que não estivesse feroz pela expulsão e ainda mais espantoso foi quando parou, tirou do bolso uma caixinha longa, embrulhada em seda, e, entregando-a, disse:

– É para você. Abra. – E ficou ali, gozando, com olhos mais intensos, como Páris desembrulhava o presente e como se maravilhava com um relógio de pulso que via brilhar sobre o fundo de veludo negro. – Ponha-o – ordenou o Doutor. – Vamos ver como é que fica.

Ficou como um luzeiro no pulso, atraindo a atenção de todos os criados, que vieram juntar-se à volta (é ouro! é ouro!).

– Um pequeno presente – disse o Doutor. – Cuide bem dele.

E seguiram, Páris agradecido àquela figura encurvada, uns cinco centímetros menor que a Condessa, e que estendia o olhar ao Castelo, ao *seu* Castelo, às suas árvores, às frísias do pequeno canteiro oval à frente das escadarias, às nuvens que também eram suas, ao universo que agora se recompunha.

Foram recebidos ao vestíbulo da sala com um atroar a todo volume de uma vitrola que cantava, sincopadamente

> *The man I love,*
> *I love,*
> *I love,*
> *I love,*

– Ao menos ele podia pôr um disco que não estivesse rachado – suspirou o Doutor, tirando o chapéu e entregando-o à governanta. A Condessa mandou que o Bêbado, entrincheirado atrás do sofá, desligasse aquela música infernal. O Bêbado desligou e, erguendo o grosso volume do corpo, materializou-se como egresso do hospício, um terno de linho amarfanhado e sem gravata, a barba por fazer, um aspecto doente e bárbaro. Seu hálito seria insuportável caso abrisse a boca junto àquele que tratava por irmão, estendendo-lhe manoplas gordurosas e largas. O Doutor empertigou-se:

– Como passa, Astor? – foi a única pergunta que fez o dono do Castelo.

– ... bem – respondeu o Bêbado, enchendo as bochechas com um riso indefinido entre a ironia e o respeito.

A Condessa interveio, compreensiva:

– Ele está alegre porque hoje está fazendo aniversário.

– Parabéns, Astor – disse o irmão.

– *Gracias* – Astor respondeu, fazendo uma continência, juntando os sapatos de lona.

Encerrado o capítulo do Bêbado, o Doutor encaminhou-se à Esplanada, de onde mirava com olhos de saudade os seus campos. Páris seguira-o e, com as mãos descansando sobre a balaustrada – o relógio refulgia! –, acompanhava aquele olhar crescentemente voraz, que conferia cada coxilha, cada dobra de terreno, cada capão de mato. Apontou com o dedo murcho, mas firme:
– A figueira...
– Tivemos de escorar os galhos, estavam quase caindo – explicou a Condessa.

Páris olhou para a figueira, uma figueira-do-campo imensa, de copa verdejante e bojuda, frondes que pareciam longos e envelhecidos braços, amparados por estacas de madeira.
– É triste... – murmurou o Doutor. Por um instante seus olhos perderam a avidez, umedecendo-se. – Mas é o Destino. – Voltou-se para Páris: – E você, sabe o que é o Destino? Não? Não faz mal. Trate de viver. Isso é mais importante. – O Doutor logo recompôs-se e, dando ambas as mãos à Condessa, disse: – Então, feliz? A Áustria agora é alemã. O piloto me pôs a par das novidades. Ele está também exultante. É de Dresden, você sabia? – Sem que a Condessa pudesse responder, o Doutor convidou-a para entrarem.

Na sala, o piloto descarregava as malas. O Doutor chamou-o:
– Quero apresentá-lo a uma... a partir de agora... conterrânea. Desculpe se não o fiz antes. A gente, depois de velho, acaba esquecendo esses deveres.
– Heinrich Klober – disse o piloto, surpreso, entesando-se, estendendo a mão.

O Doutor fez uma inclinação algo zombeteira ao indicar a Esposa:
– Esta é Charlotte, Condessa von Spiegel-Herb, hoje modestamente Charlotte Borges da Fonseca e Menezes. Não se iluda: é austríaca, mas tão dura como os alemães.

A Condessa disse um "ora, Olímpio..." e correspondeu ao aperto de mão, muito graciosa, um leve sorriso clareando o rosto:
– Muito prazer. Sinta-se em casa.

— Não terá tempo para isso, minha cara — disse o Doutor. — Amanhã Heinrich voará de volta para Porto Alegre. E depois para o Rio. Voará sozinho.

Deu-se um momento embaraçoso, um silêncio em que a Condessa olhava interrogativamente para o marido. Este tratou de esclarecer:

— E voará sozinho. Recusei o Ministério. Já respondi ao Getúlio que não posso fazer parte de um governo que se encaminha para uma ditadura.

— Mas você já uma vez...

— Aquilo foi uma revolução popular, democrática, justificável. Agora, a Liberdade está ameaçada.

— Mas isto pode ser considerado um insulto. Você é um homem notório.

O Doutor mirou a Esposa com vagar. Depois respondeu:

— Notório demais. Meu vulto tornou-se tão grande que, nem que usasse o anel de Giges e o elmo de Hades ao mesmo tempo, não me tornaria invisível. E isso é um peso. Talvez um Pecado.

Foram suas últimas palavras.

Empalideceu, a respiração tornou-se difícil. Quando os joelhos se dobraram, o piloto amparou-o, levando-o para o canapé.

Acorreram todos, o alfaiate abriu o peito — onde Páris descobriu uma cicatriz curiosa em meio aos pelos embranquecidos — e tentou reativar o coração desvanecente. À volta, aguardavam. Por fim o alfaiate ergueu-se, abanando a cabeça.

A Condessa aproximou-se, fechou os olhos do Esposo, que fixavam o enorme lustre de cristal da Boêmia. A governanta, seguindo alguma antiga ordem, correu as cortinas e acendeu uma única vela do candelabro de prata.

Enquanto lá fora um minúsculo baraço de hera, vencendo a gravidade, conseguia enroscar-se em uma das pedras da torre Norte, Páris olhava para seu relógio, ainda luzindo apesar da obscuridade da sala.

Quando João Felício entrou em casa, nem teve tempo de pendurar o relho no espaldar da cadeira: um imediato e funesto bafio de doença peneirou suas narinas. Correu ao quarto e, paralisado à porta, varando com os olhos a névoa exalada pelas ervas silvestres, enxergou a mulher, de joelhos sobre a cama, nua, acolitada por duas negras, a cabeça em uma longa coifa de couro que se unia a uma caixa de latão com um braseiro por baixo. O impulso foi de libertá-la daquele aparelho infernal – que já entrevira, apesar de todos os despistes – mas estacou quando ela, mostrando o rosto desfigurado, implorou-lhe que saísse. João Felício obedeceu, indo para o comedor de onde ouvia o estertorar da mulher. Isso, sim, o angustiava; mas também perturbavam a última visão entre a neblina: bela, os cabelos escorridos sobre os ombros, senhora de uma nudez antiga, de cera ou marfim, semelhante à carnação das imagens de santas, uma desarmonia completa com a rudez da casa da estância. Era a primeira vez que a enxergava nua à plena luz: as madrugadas do amor eram feitas de despistes, rápidas visões entre lençóis, um joelho, uma curva de ombro, uma ponta de seio, enfim tudo o que estimula mas não completa. Hoje, João Felício acendia um cigarrão após o outro, traçava mil vezes a distância entre a porta do quarto e o umbral da cozinha, tentava reanimar um jogo de gamão abandonado havia semanas, olhava pelas janelas seus campos e bania os cães da soleira da entrada. O esperado alívio foi surgindo tão lentamente que ele nem percebeu o cessar da tosse e dos gemidos: quando o silêncio era apenas quebrado pelo primeiro vento do inverno, vieram chamá-lo. Encontrou a Genebrina deitada, composta, as fronhas renovadas, banhada do sol do entardecer. Tinha o olhar disperso dos que atravessaram grandes perigos, e sorria. Ele então perguntou em voz baixa se ela estava bem, se precisava de alguma coisa. Ela pediu que o marido sentasse na cadeira ao lado: "a dispneia..." ela começou, passando a explicar-lhe as causas e as consequências do mal – embora doloroso, ninguém morria dele: uma falta de ar, um sufocamento sem hora nem data, algo para ser suportado e não temido. E por felicidade havia aquele aparelho criado na Europa, que abreviava os ataques. Agora tudo passara e a paz voltava. João Felício chegou mais perto e beijou a testa úmida e gelada da mulher. Ela retribuiu com um novo sorriso, desta vez com um matiz de agradecimento:

– Nem meu pai tem tanta paciência – ela disse, tomando-lhe a mão.

Ali ficaram, até que as negras trouxessem os candeeiros.

Uma semana depois, entre silvos do peito e mil cuidados, foi gerado o Doutor.

Grávida, a Genebrina teve uma constante melhora. Era um encanto imerecido contemplá-la, sentada no pátio interno da casa, os ombros envoltos por um chale de lã, a ler os preciosos livros. Desventrados num sábado, os caixotes revelaram encadernações riquíssimas que a delicadeza campestre de João Felício impedia de tocar; eles e sua dona representavam uma unidade, um universo de sonhos fidalgos. João Felício por vezes chegava silencioso, parando-se à distância, só para vê-la, a *sua joia* de perfil tão raro, os dedos folheando as páginas douradas. Um dia ela percebeu-o, pediu-lhe que se aproximasse; começou a ler em francês e foi assim que naquelas paredes ressoou qualquer idioma que não fossem os sons selvagens do português sulino:

Tout fermé, tout fermé, mon coeur...

Ele então, tocado, perguntou-lhe como era o lago de Genebra.
– Ah, o lago... – ela murmurou, fechando o livro e cerrando as pálpebras, reclinando a cabeça no encosto de palhinha. E isso bastou para que ficasse subentendido que o lago era tão sublime que só poderia ser expresso com um suspiro de pulmões enfraquecidos. Mas... havia um castelo à beira do lago: um castelo todo de pedra, com uma torre onde nos dias de festa ondulava uma bandeira com um brasão de família. Grudava-se à beira de uma elevação, refletindo-se nas águas serenas, e ela ficava horas a mirá-lo, imaginando as cenas de amor cavalheiresco que ali teriam acontecido: príncipes, donas, montarias riquíssimas, luares misteriosos, sons de guitarra.
– Mas eu era apenas uma criança – ela disse, emergindo daquele devaneio preocupante. Por mais que ele insistisse, ela não prosseguiu o relato e pôs o indicador sobre os lábios estreitos. Foi o bastante para incendiar as inquietações de um João Felício já decidido a encarar o passado da Genebrina como algo que deveria ficar entre os recessos das eras; em certo sentido, a pergunta sobre o lago de Genebra fora um erro, agora reparável apenas com um gesto estupendo. Surgiu-lhe a ideia, instantânea e amorosa: a construção de um castelo ali mesmo, no pampa, dedicado a esmagar para todo o sempre aqueles delírios. O sigilo do projeto era porém fundamental, para que a surpresa gerasse seus efeitos; não que imaginasse erguer um castelo às ocultas, mas pretendia comunicar-lhe tudo quando as obras já estivessem acertadas, ou melhor, quando começassem a chegar à estância as primeiras pedras. Tudo isso João Felício fantasiou no pouco tempo entre o pedido de silêncio que ela lhe fizera e o momento em que se levantaram e, abraçados, entraram em casa.
Para satisfazer a condição essencial de um castelo, era preciso uma família nobre, e o escudo familiar sobre a verga da porta servia para isso; naturalmente que seria necessário consultar homens entendidos nesses assuntos de brasões; talvez ele próprio precisasse de um título, um dos tantos que o Monarca concedera a Pelotas – em suma, um baronato, ou um vice-condado –, mas

não era condição indispensável, porque a principal possuía: o dinheiro. Depois, precisava-se de um bom risco, uma planta-baixa e uma fachada. Para os novos sobrados da praça central de Pelotas, havia bons mestres-pedreiros já familiarizados com o melhor do Rio de Janeiro e que sabiam apalaciar qualquer habitação, traçando platibandas gradeadas e pinhas de cimento sobre pilares; havia também a possibilidade dos leões de pedra. Nem tudo era tão fácil ao tratar-se de um castelo, destinado de antemão a ser o único na Província e em todo o Brasil. João Felício tinha uma vaga ideia de como era um castelo: uma construção ciclópica, de três ou quatro andares, com torres semelhantes às das igrejas, mas precisaria instruir-se muito mais quando chegasse a hora.

Naquela madrugada, enrolado em um poncho e aproveitando o luar, saiu às escondidas e, amassando a geada, encaminhou-se à coxilha contígua, onde Bento Maria construíra a primitiva casinhola. Encontrou-a em ruínas, crivada de morcegos cujos excrementos empestavam o ar. Amanhã mandaria demoli-la. Sentou-se onde encontrara Bento Maria e ergueu lentamente o olhar, acompanhando as imaginárias linhas do castelo. Assustou-se com as alturas que o rumo dos seus olhos indicavam, um gelo esfriou o peito: a ideia era grandiosa, um pânico de andaimes, traves, argamassa e pedras, muitas e retangulares pedras de basalto, trazidas em arquejantes carretas puxadas por bois que estouravam os bofes. Mas teria ânimo para enfrentar tudo isso, mercê de Deus e da caixa de libras. Quanto ao luxo interior, lembrava-se apenas dos lustres, conseguira vê-los desde a rua, nas casas nobres do Rio de Janeiro. Em Pelotas já havia alguns, mas nenhum tão rico como os do Rio de Janeiro. Não tinha importância: quanto mais feérica a ideia, maior o desejo de realizá-la. No castelo a Genebrina imperaria, abandonando suas apreensivas lembranças.

E seria sua por inteiro, desde sempre.

Voltou para casa quase ao amanhecer. A mulher acendeu uma vela ao pressenti-lo entrar no quarto e perguntou onde andara.

– Por aí. Tive um sonho – ele respondeu, despindo-se e voltando para a cama.

Passaram-se dois meses distraídos. À volta do fogão, discutiam o nome que dariam à criança. Como todas as negras afirmassem que seria um menino, D. Plácida acedeu logo em buscar um nome de homem. "Olímpio", ela murmurou uma vez. João Felício gostou, era o nome de seu avô paterno. Ela sorriu:
– É também o lugar onde moram os deuses.

Felizes com a coincidência, decidiram que o menino nasceria em Pelotas, lugar de recursos e boas parteiras. E com médico, para o caso de necessidade. Assim, aproveitando um dia em que uma prematura primavera secava os campos e deixava transitáveis os caminhos, armou-se uma expedição: a Genebrina foi acomodada no côncavo de uma diligência, afundada em pelegos e mantas de lã. Seguia-se uma carreta com baús e malas-cabine onde se gravavam as iniciais da dona. À frente do cortejo ia o capataz, a cavalo, com ordens de entregar a Dona sã e salva ao pai. Marido e mulher despediram-se com um beijo em cada face; ele já conferira tudo, desde o engraxamento das rodas até o estado dos arreios. O estancieiro que daria pousada no caminho já estava prevenido, e mostrava-se honrado por receber em sua casa a mulher de João Felício. Nunca passou pela cabeça de João Felício ir junto, embora estivesse ardendo de vontade: mas essa questão de gravidez e filhos era assunto feminino, não ficava bem a um homem entrar pela rua central de Pelotas custodiando a mulher. Disse-lhe ainda que logo em seguida iria para a charqueada, embora inverno: assim ficava mais perto de Pelotas e poderia atender a qualquer aviso.

Ao partir da Genebrina, a estância de São Felício submergiu em chuvas, vento e intenso frio. Por detrás da cortina de água, e na estreita faixa de luz entre o campo e as nuvens baixas, os bois eram minúsculos pontos negros a errar como perdidos. João Felício ficava longos dias tomando mate, cuspilhando o chão do comedor, esperando o momento das refeições. Tudo parecia morto ou moribundo, e o verão era um sonho que nunca chegaria. Afeiçoou-se à bebida, entregando-se a orgias solitárias que acabavam em sestas de tarde inteira, ao cabo das quais acordava com a cabeça estourando e o estômago escaldante.

– Estou virando uma mulher! – gritou para o armário do comedor, onde vibrou um pequeno cálice.

Levantou-se, enérgico, chamou o capataz e decidiu que no dia seguinte iria para a charqueada. Nessa noite, antes de deitar-se, ainda olhou amorosamente para as lombadas dos livros da esposa, dispostos no aparador na sala. Ela levara muitos, mas muitos também ficaram: folheando-os, João Felício experimentava um fascínio desvirginador, cheirava-os, descobria o último perfume daquelas mãos tão brancas. Tenso, concluiu que de nada valiam aqueles livros, nem todos os idiomas, nem todos os castelos sobre penhascos, sem a Genebrina.

A charqueada era um remanso, nessa época silenciosa: nem se hasteava a bandeira sanguínea a indicar a matança, nem ferviam os caldeirões de sebo; os varais, que na época do calor serviam de suporte às mantas de charque, agora eram esqueletos de pernas bambas. Sob os imensos telheiros dormiam dezenas de pilhas de carne salgada, recobertas com uma camada de fígados, bofes e intestinos – prontas para serem embarcadas no canal de São Gonçalo. João Felício certificou-se disso tudo, recebeu as contas do capataz e, constatando que as colunas do dever-haver beneficiavam-no como nunca, concluiu que bem poderia desde logo construir a morada de Pelotas – primeiro passo para aventurar-se à construção do castelo, além de ser uma imposição de seu lugar na sociedade; a Genebrina com certeza receberia a notícia com muita alegria, pois não apenas os invernos eram mais cômodos na cidade, como assim ficava perto do pai e da irmã, que continuava solteira. Mandou chamar o melhor mestre-pedreiro de Pelotas; na volta, o mensageiro trouxe o homem e notícias frescas da Genebrina, que passava os últimos dias de gravidez na maior paz e lhe mandava lembranças e, num bilhete,

mil afagos do coração em meu esposo que
tanto quero.
Plácida.

– Leões – disse João Felício ao mestre-pedreiro. – É possível pôr dois leões no portão de entrada?

Não apenas dois leões, respondeu o homem, mas também dois leões segurando cada um o brasão de armas da família. De-

mais, pensou João Felício, pedindo que esquecesse as armas; bastavam dois leões de peito estufado e cauda enrolada em volta das patas, dois leões portanto sentados.
— Assim será. — O mestre-pedreiro passou a desdobrar algumas plantas sobre a mesa, mostrando algumas fachadas: desde as mais simples ("É pouco, é pouco, homem!"), com janelas em arco pleno, até as mais rebuscadas, com ornamentos em estuque, belas platibandas e pinhas ou compoteiras decorativas. João Felício não hesitou muito: escolheu a fachada que lhe parecia a mais rica; à planta-baixa dedicou uma atenção displicente, assegurou-se dos cinco quartos, da ampla sala de visitas, do comedor, do estar íntimo, deixando à competência do mestre a decisão sobre os demais confortos.
— Será a casa mais importante de Pelotas — exultava o mestre, enrolando as plantas.
— Talvez, mas para mim é apenas o começo. Tenho outra ideia de construção, uma coisa que você nunca imaginou, e que vou começar logo que a casa estiver pronta. Você constrói apenas casas, solares?
— Já construí um quartel...
— Ótimo. Feita a casa, vamos conversar. Não aceite nenhum serviço para depois. — E João Felício passou a tratar do preço e condições da obra de Pelotas. Uma bagatela, constatou, arrependendo-se de não ter já antes providenciado aquela casa, a única moldura digna da mulher que possuía. Lembrou-se de perguntar, à despedida junto à porteira do estabelecimento, para quando se iniciavam as obras.
— Na primavera, em setembro. Até o final do verão estarão erguidas as paredes e posto o telhado.
— Ótimo. Contrate quantos homens precisar.
Dois dias depois, ainda embalado pelas doces palavras do bilhete, João Felício contemplava o pôr do sol sobre o São Gonçalo quando distinguiu um cano metálico, altíssimo e vertical, que apontava no estabelecimento da outra margem; intrigado, no dia seguinte cruzou o braço de água numa canoa, disposto a esclarecer o mistério.
Camille Arnoux era um homem baixo, corado e de poucos cabelos. Fumava como um morcego e sua fortuna não chegava a

ameaçar, embora fosse o primeiro a experimentar novos métodos de charqueamento. Recebeu o vizinho numa nuvem de tabaco e não escondeu a alegria em tê-lo em casa "depois de tanto tempo". O enigma do cano foi logo esclarecido: o francês importara uma furiosa máquina a vapor, que poderia erguer um boi e em meio minuto pô-lo em condições de ser sangrado e carneado, o que dispensava meia dúzia de escravos e economizava o precioso tempo de matança. Embora naquele período estivesse inativa, Arnoux fez questão de fazê-la funcionar; passadas duas horas a máquina resfolegava, inundando o ar de uma pestilência de fuligem. Fascinado, João Felício assistiu a tudo: os maneadores arrastaram para o galpão um boi previamente atordoado, com rapidez enlaçaram as patas traseiras em um nó preso na ponta do braço de ferro do guindaste; a máquina, rodando as catracas, gemeu um pouco e com a rapidez de um suspiro suspendeu o boi; o peão sangrador aproximou-se e cravou a longa faca no peito do animal; quando a retirou, uma golfada rubra inundou-lhe o braço.

– Contou o tempo? – disse Arnoux. – Meio minuto.

Naquele mesmo instante, em Pelotas, dono de um possante choro, entre gosma e sangue, nascia o Doutor.

Os canários encantados mantêm-se mudos, nesta tarde. Tu estás junto a uma das quatro janelas que dão para a praça, o vestido negro caindo em drapeados, o coque preso por uma travessa de Toledo, o coração perdido entre acentos de exaltação e angústia. Ou nem tanto, talvez a angústia seja apenas a leve dor de cabeça e a exaltação um resquício de

Ô exaltation sublime, ô mon ami!...

que estavas lendo até então, depois de cansar-te junto ao Pleyel, na tentativa de reanimar para a música as estúpidas aves. Com o sol cintilando nos trechos de mica do empedramento e com a ardência dos inícios de março, a praça apresenta-se tão abandonada que ninguém poderá passar frente ao Solar para dizer, num assomo poético, "como está bela a Senhora! que alegria para os olhos!", ou então, fazendo-se mais visível, mover os lábios num "boa tarde" e tirar o chapéu de palhinha ornado por uma tira de crepe. Ao centro da praça sombreada por figueiras, canjeranas, paus-ferro e inhanduvás, há um aguadeiro, encostado à sua pipa, abanando-se com um jornal velho. Já antes esteve apregoando sua mercadoria num clamor tão escandaloso que te obrigou a suspender as mãos sobre o teclado. A criada, percebendo tudo, largou apressada a travessa de porcelana cheia de docinhos e veio à sacada, mandando que o homem se retirasse dali. Por tua ordem ainda jogou uma frágil moeda, terminando com o incômodo. Mas o piano calou-se. Agora o aguadeiro, vislumbrando um possível cliente, para de abanar-se e atento acompanha o caminhar de algumas pessoas entre as árvores; por pouco tempo, pois já volta a movimentar o jornal junto ao rosto. Nada portanto acontece, nesta tarde quieta e soalhenta; tudo à espera da noite com seu zéfiro; tudo eterno e denso, igual a ontem e possivelmente amanhã.

Mas na sala há uma fragrância açucarada e fresca dos pastéis de santa clara, dos toucinhos do céu, das barrigas de freira, dos quindins e fios de ovos, impregnando o aposento com um ar festivo que contrasta com o negror dos móveis. Um cenário antigo, como acontecido há anos: o relógio de pêndulo impõe um ritmo compassado à visão dos teus olhos, que se aborrecem da praça e percorrem os bibelôs de *biscuits*, o vaso Worcester, a cristaleira de mil peças tremeluzentes, os quadros pastoris, o centro de mesa com o galeão de majólica. Em vão procuras um rasto de poeira, esquecida de que isso jamais acontecerá no Solar dos Leões. Caminhas até o aparador e com objetiva ternura tomas entre as mãos o pequeno retrato oval representando João Felício fardado de major da Guarda Nacional, com a Ordem da Rosa – grau de Cavaleiro – dando um toque feminil à figura tão máscula; como sempre, levas o vidro do caixilho aos lábios e, ao sentir o contato gélido do beijo que o marido te manda, também sentes o repetido cheiro de sebo e graxa, carne salgada e courama. Hoje, é claro, haveria outras mensagens para receber de João Felício, além destas tão abjetas; ele, se vivo fosse, talvez tivesse um gesto de gentileza, maior do que os habituais. Mas hoje ele é um homem tão morto que, mais que esposo, é um antepassado. E o beijo é o beijo de um morto e nem o calor que tu, D. Plácida, impões à cena, é capaz de desfazer a frialdade.

O primeiro a anunciar-se é o notário, desta vez acompanhado da esposa, uma castelhana de feições de homem mas voz de soprano, remetendo-a às ambiguidades do sexo – está apavorada, como sempre, esmagada pela magnificência da sala, e o pequeno leque corre furtivo de uma mão à outra, esquecido de abanar o rosto esbraseado. Enquanto o marido desmancha-se em atenções contigo, elogiando tua *toilette* negra, tão condizente com o estado de viuvez "sem contudo empanar a mocidade e o frescor", ela, a esposa, devora com os olhos um arlequim de Murano, o qual segura uma guitarra absurda, feita de losangos coloridos; seu máximo atrevimento é aceitar um docinho que a governanta lhe oferece, embaraçando-se com uma hesitação vulgar: comerá inteiro ou dividirá em dois bocados, levando-o em duas ações à boca? Escolhe deixá-lo entre os dedos, e um fio de calda escorre pela palma da mão. Vêm cálices de *Porto*, minúsculos, temerários, uma joia de fragilidade e requinte; quebrar um deles será perder uma coleção inteira: recusa, num gesto imitante à fidalguia, embora seus lábios estejam secos de pânico. O homem, alheio a essas misérias, discorre sobre o tempo – como fazem os faltos de assunto. Nuvens há em abundância, mas ele se dobra à evidência de que estão em pleno verão, um pouco distantes do "cair das folhas, douradas e murchas", que trará o alívio dos corações e propiciará uma bela estação de caça. Os animais, por infelicidade, começam a escassear nos campos de Pelotas, tangidos por indiscriminados tiros que não respeitam as espécies benéficas aos homens. Porque há espécies boas e más, segundo maior ou menor proveito para a Humanidade; dessa forma, as cobras cascavéis e jararacas podem ser mortas, bem como as lebres destruidoras das hortas; mas dignos de preservação são os caranchos, que caçam os ratões e toda fauna daninha. Já as perdizes e perdigões situam-se num estado *útil*, pois foram criados para alimento dos homens, e suas existências têm o sentido de preservar as deliciosas carnes da corrupção. Ciente da grosseria da ideia, o notário aceita mais um cálice e, como se estivesse numa taberna, emborca-o de um só gole, devolvendo-o à bandeja com um pedido de desculpas por ser tão explícito perante uma dama. Tu, a dama, esboças um "não tem importância": estás atenta aos movimentos da casa, à espera, e pouco ou nada ouves. O notário então trata da demora na finalização da estrada de ferro Rio Grande-Bagé, iniciada há quatro anos e que anda a passos de cágado pelas coxilhas; o que salva é a circunstância de a Companhia ser inglesa: "só mesmo a *Southern Brazilian* para esse extraordinário empreendimento!" – mas é lamentável a demora, talvez uma questão de dormentes, ou de trilhos, ou de rebites, essas coisas. É preciso que o imenso Senador do Rio Grande faça algo... afinal é obra dele... Tão arredondado em suas considerações ferroviárias, o notário nem percebe que a governanta, contendo o riso, trouxe um cartão pousando na salva de prata, e que agora tu tens entre os dedos:

| Felix del Arroyo |
| Professor |

– Ora, é Félix! – exclamas subitamente leve, soltando um riso claro em *staccatto:* – desde quando ele precisa de cartões? Mande entrar.

Entra: curto mas não desgracioso, cabelo e barba negríssimos, olhos redondos como nozes e colete de damasco. Traz uma pasta de papelão sob o braço e faz uma pequena mesura; avança, toma tua mão e depois de cumprimentar-te:

– Afinal, preciso usar meus cartões. Tenho vinte mil amarelando num armário.

Riem todos; a mulher do notário comprime o doce em seu próprio papel e o deposita no interior de sua bolsinha de franjas. Aterroriza-se quando o professor vem em sua direção, pega as pontas dos seus dedos e leva-os aos lábios – por sorte apenas as pontas.

Vêm novamente os copinhos, o professor serve-se, prova, elogia, aceita uma barriga de freira e cruza as pernas. O notário então recompõe mentalmente aquilo que ele conhece como

A HISTÓRIA DE FELIX DEL ARROYO

Uruguaio – a temer, portanto –, é contudo filho de um ministro despejado de seu país por um golpe político, vindo a aportar primeiro a Jaguarão, depois a Pelotas. O pai, estancieiro no país vizinho, passou a viver de rendas e a mãe a ensinar piano às filhas da nobreza e do povo e era a mulher de mais belos dentes do mundo. Dois anos da instalação e o pai morria, ou melhor, amanheceu morto, fato que a pianista, distraída, só percebeu ao meio-dia, entre gritos de pavor. Ela então viveu só para o filho, mandando-o estudar em Buenos Aires; lá, dizia-se, adquiriu uma bela voz de barítono e prestou exame de suficiência em matemática. Depois dessas conquistas voltou a Pelotas, onde viveu meio ano a contemplar crepúsculos e redigir versos às moças, todos em acrósticos. De resto era um vagabundo, esbanjando tempo no Club Comercial, onde se sagrou campeão de bilhar ante adversários incompetentes. Quando o menino Arquelau revelou-se destituído de inteligência e custoso de aprender as quatro operações, o Bispo D. Felício indicou-o (temerário gesto!) para lecionar a domicílio. Félix del Arroyo aceitou tão prontamente a oferta que todos imaginaram que estivesse mal de finanças. Mas não estava: os honorários iam todos, e de modo ostensivo, para a Santa Casa de Rio Grande, "para as poções dos pobres". E o Solar passou a ser sua segunda casa. Depois das longas tardes em que Arquelau embaralhava-se com os números, ouviam-se alguns sons dolentes do piano, um agradável descanso aos cérebros doloridos de tanto exercício. E quem passava frente ao Solar dizia "Arquelau já terminou sua lição, e agora a Senhora toca e o professor vira as páginas para ela", imaginando tão bela cena familiar e aristocrática. Sim, murmúrios havia, subterrâneos e torpes, proferidos entre uma tacada e outra no Comercial, mas que se esvaíam quando o professor chegava para ganhar de todos, faceiro e luzente, quase ingênuo, "um bom rapaz".

Tal é a história de Félix del Arroyo, que agora mostra o esperado presente deste teu dia de aniversário, Genebrina, quando chegas aos quarenta e escassos anos novamente atingida por um deslumbramento pela vida e suas surpresas: tão antiga em teu passado de castelos e lagos, te apercebes que o passado não é tão velho quanto imaginavas (talvez o tanto viver dispneias e *villancicos* guitarreiros te desse a impressão errônea de que o pretérito é longo e enevoado).

Pois o professor de Arquelau, abrindo a pasta de papelão, te mostra as paisagens por ele desenhadas, representando os arredores de Pelotas, e onde surgem ruínas em meio aos campos, coxilhas de ondulação suave, condutores de carretas com varas ao ombro, enseadas do canal de São Gonçalo e, suprema arte, uma perspectiva longínqua da estância de São Felício, onde a sensibilidade do artista transmutou aquele reduto agreste em diáfana representação de sonhos. Talvez queira te provocar, para saber até que ponto a saudade ainda te consome – mas Félix já notou o quanto os desenhos te deixam indiferente, e uma pequena luz de satisfação brilha entre aqueles dentes fortes, imersos em saliva, agora mesclada aos resquícios do licor – e sentes que uma calidez envolve teus seios, forçando-os de encontro ao corpete. Ah, teus desfalecimentos! Te entregas a eles em tantas noites e entardeceres que a governanta se vê obrigada a banhar-te com essências, sem atinar o que te faz assim infeliz; por tantos dias imaginaste que a lembrança do lago de Genebra era a causadora de tudo, e esqueceste o principal, isso que agora te faz tão atilada às insignificâncias. Não, não queres! E então te levantas, caminhas pela sala sob pretexto de buscar um álbum com vistas de Paris e acabas traindo a ti mesma, pois quando mostras o álbum a primeira coisa que escorre de tua boca é uma comparação: Félix é um artista superior àquele de Paris, "veja só", dizes, "ele não conseguiu a segurança dessas tuas paisagens"; assim deixas de lado teu saber e tua sensibilidade e te entregas a esses insultos de avaliação. Ah, tanta miséria!

    O notário avança os óculos para a ponta do nariz, convida a mulher para ver o quanto Félix é um excelente artista, maior que os franceses – que até então lhe pareceram os melhores em tudo. E tu, Genebrina, te enches de furor ante aquela cara andrógina que se debruça sobre o ombro de Félix e que concorda com o marido, emitindo uma expressão vulgar. Se pudesses, desfarias em pó aquele casal. No entanto, o notário é um homem inteiro em sua rústica vida letrada que lê apenas traduções; perdoável, por isso. Mas a mulher... ou seja o que for, te irrita e te perturba, não?

    Arquelau surge, e traz-te uma flor oscilante, posta em sua mão pela governanta, e pela terceira vez neste dia te deseja um feliz aniversário. Te enterneces mais do que o devido, há quase um dilúvio de lágrimas e abraços e beijos calorosos no rosto fresco de menino; imaginas que com isso irás disfarçar o que te sufoca, pálida Genebrina. Os outros – Félix inclusive – destinam algumas palavras fúteis ao mais jovem herdeiro do Solar e a cena se esvai como uma aquarela centenária. Forma-se um silêncio quando todos veem Arquelau pelas costas, indo em direção à porta do vestíbulo. O notário então pergunta por Olímpio, ao que respondes que lá ficou em São Felício e dele não tens notícias precisas – apenas um ou dois bilhetes apressados, pouco informadores. O funcionário pega mais um doce, "deve estar estudando muito os juristas, aquele rapaz. Um belo talento. Quando se formar virá advogar aqui, não é mesmo?" E tu, Genebrina, não escutas a pergunta: teu olhar acompanha Félix, que se levantou e perambula ante as janelas e estira as vistas lá para fora, para o braseiro de luz da praça. Então perguntas a ele se ainda está lá o aguadeiro e explicas o quanto foste perturbada há pouco em teus exercícios com os canários. E Félix vai até a gaiola e com o dedo entre as barras alvoroça as aves, que esvoaçam a esmo, batendo-se nos poleiros. "Sim, o aguadeiro ainda está lá", ele diz com voz tão inadvertida que bem demonstra saber o quanto perguntaste apenas por perguntar, desejosa de ouvir sua voz.

Te levantas também, a propósito de apaziguar os canários, e discorres sobre o sentido musical, não apenas atributo do gênero humano, e isto por um raciocínio muito simples: o ouvido todos o temos, garganta também – toda a questão se resume em fazer com que haja o menor intervalo entre o ouvido e a garganta, esta última apenas reprodutora do que o ouvido percebe. Logo, canários podem cantar, basta que sejam instruídos. Félix del Arroyo argumenta que talvez os canários tenham como dom reproduzir um canto, um canto único, que passa de uma geração a outra desde séculos, e imaginar que eles possam cantar sons criados pelo homem talvez seja uma intromissão nos propósitos da natureza. Concordas, miseravelmente, com um breve balançar de cabeça, embora penses justo o oposto. E assim estás perto de Félix, quase percebes a respiração exuberante debaixo da camisa alvíssima. O notário vem juntar-se ao concílio dos doutos, e pede permissão a ti para acender um charuto; tu dás a licença e vais até o aparador, voltas com um cinzeiro de cristal entre as mãos. O homem põe a mão no bolso junto à lapela e tira um *bahiano*, tira dois, oferece um ao professor, que recusa – o fumo o deixa dispneico, quase à morte. "Ah!", quase dizes, "sofremos do mesmo mal", mas te calas com prudência, e tens duas razões para isso, e uma delas é porque não convém que Félix saiba dessa fraqueza que tanto te humilha. Agora, em meio à fumaça, o notário toma partido da Senhora, discordando, *data venia*, do professor: a civilização, que criou o telégrafo e os trens de ferro, está destinada a humanizar tudo, rendendo a natureza, inclusive os canários. Aliás, Jules Verne, esse eminente francês, tem antecipado tantas invenções que pode tudo acontecer; mas, e mudando de assunto, porque esse vai muito filosófico, seria demais pedir a D. Plácida que fosse até o piano brindar os presentes com uma bela página musical? É tua salvação, senta-te à banqueta giratória, levantas a tampa do piano, retiras o feltro vermelho que cobre as teclas e dás início à *Valse des Adieux;* para ouvi-la e, ainda mais, para virar-te as páginas, Félix puxa uma cadeira e, como sempre faz, senta-se a teu lado, compenetrado, os olhos correndo pela pauta. Ouves seu cantarolar das notas, cujo sopro chega até tuas mãos. E quando ele aproxima o corpo e corre o braço junto ao teu rosto para volver a página, aguardando que faças um breve sinal, tu quase desfaleces, pois

Ce parfum, mon ange, c'est l'Enfer pour moi...

e no entanto tens força para mover a cabeça e ele obedece, escravo do que tu mandas. E assim é por quase duas horas.

Já é quase noite quando, exausta e com os nervos estirados, concluis a audição com uma *fermata* de pedais premidos ao fundo – é como se quisesses prolongar indefinidamente aquele acorde perfeito, para que ele fique ressoando, e não apenas dentro de ti. O notário abre as pálpebras de míope, talvez tenha cochilado um pouco; a mulher sussurra um "muito bonito" bestial – e ambos levantam, o notário chega a ti, endireita o corpo e revirando os olhos solta: "sublime!", rebusca o relógio, olha as horas e, num previsível espanto, diz que vai ficando tarde; convoca a mulher para despedir-se também. Félix, esse, hesita, e tu sabes que a decência o impede de ficar mais: vês que pede o chapéu à governanta e te lança um olhar e uma promessa, ou assim queres que seja.

Caminhas devagar, conduzindo todos à porta, despedes-te e agradeces a visita e como o luzeiro da Estrela do Pastor já brilha, e como o ar acalmou o abafado e recende a jasmim, te deixas tomar pelo momento único e dizes:

– Ah, tão triste!

Os outros concordam, despedem-se novamente; Félix, já de chapéu, beija o dorso da tua mão e, ao erguer o corpo, diz, só para ti:

– Sim. Triste mas belo.

Quando fechas a porta atrás de tuas costas, já respiras mal: vais até a sineta, toca-a com furor e a governanta, tal como tem feito nos últimos dias, corre a buscar o aparelho de cobre e madeira e na cozinha põe a ferver um caldeirão; e tu vais tirando peça por peça da roupa e chegas ao quarto quase nua e, mesmo sabendo que o aparelho ainda não se pôs a vaporar, submerges a cabeça na coifa de couro onde arquejas como à morte. A governanta, por pudor – Arquelau ainda corre pela casa –, cobre teus ombros trêmulos com um lençol e vai prover o jantar que, como sempre nos últimos dias, não tocarás.

E ENTÃO SOU EU, PÁRIS, JÁ NA FORÇA
DA IDADE E DA ILUSTRAÇÃO, QUE
COMEÇO A LEMBRAR DE TUDO

Em meio à Biblioteca de dois andares, saturada pelo bafio das flores e do sebo das velas, deitado em um caixão que lhe deixava à mostra as solas lustrosas das sapatilhas de verniz, sobressaindo o perfil do nariz forte (aquilino, alguns diziam), imenso na dignidade da morte, alvo das explosões de magnésio dos fotógrafos (o *flash* recém começava) e dando o último adeus à vida de que tanto desfrutara, jazia o Doutor. Quis assim, por disposição testamentária: ser velado entre seus 25.000 volumes. Desde manhã cedo começaram a chegar dignitários, senhores graves de preto, arribando ao Castelo de automóvel, charrete, cavalo, aeroplano – aliás, houve um momento em que os gramados adjacentes à pista estavam com dois Junkers F-13 e outros menores, de tela e duralumínio; o piloto alemão avisou a Arquelau que a pista se estragava e isto poderia pôr em perigo as decolagens; Arquelau então fez com que o capataz corresse ao telégrafo da estaçãozinha de trens para emitir aos quatro cantos do mundo o informe: quem quisesse chegar ao Castelo deveria usar a pista de pouso de Bagé, vindo de automóvel o resto do trajeto. Abriram uma exceção, ao meio-dia: um KL-25 branco e azul trouxe o Interventor Federal, elegante, de chapéu mole; desceu da aeronave ao som de um toque de clarim soprado pelo cabo-corneteiro da guarnição de Bagé e em passos medidos encaminhou-se ao Castelo, respondendo com monossílabos às perguntas dos jornalistas, prometendo para depois uma declaração completa. Por ora ia apresentar seus pêsames à família, que o aguardava ao pé da escadaria central. O Interventor tirou o chapéu, beijou a mão da Condessa e emitiu, em nome da Interventoria Federal e do Chefe do Estado, a solidariedade da Nação brasileira; apertou a mão de Aquiles e Proteu, dizendo que o Pai deles fora um exemplo, um varão de Plutarco, um autêntico líder das forças progressistas do País. Entrou no Castelo, foi conduzido à Biblioteca e ali, frente ao esquife, ficou longos minutos a contemplar a face de cera. Depois ergueu os olhos, vagando-os pela assistência: "Um arauto da Liberdade" – disse, bem alto. – "O Brasil chora esta perda irreparável". Providenciaram-lhe uma cadeira, sentou-se, com um abanar consternado de cabeça. Suspirou: "E dizer que ainda ontem era um homem vivo. Mas a morte é assim: um evento inexplicável".

Já se erguia um rumor distraído na Biblioteca, os senhores adiantando-se para serem bem-vistos pela governanta, que, no comando de duas criadas, distribuía cafezinhos. O Interventor, do fundo de sua consternação, recusou o cafezinho e pediu uma limonada gasosa, sentia-se num deserto abrasante, e ainda mais com essa perda...

A Condessa, sentada ao outro lado do caixão, era consolada por duas senhoras que portavam chapéus veladores de parte do rosto e que, talvez um pouco escandalizadas pelo fato de a viúva não derramar uma lágrima, se encarregavam elas próprias de levar continuamente os lenços aos olhos. Arquelau, na qualidade de irmão do finado, além de decidir o assunto dos aviões, paravase de pé, à cabeceira do esquife, os braços cruzados, atento a outras providências. Suas botas tinham ainda resquícios de bosta de cavalo grudada aos saltos. Junto dele, sua mulher Beatriz avaliava a *toilette* das damas num sorriso curioso que afilava seus traços.

Eu, Páris, não estava nem alegre nem triste: perambulava pela Biblioteca com meu relógio de ouro quando fui chamado por Amália: Astor, o Bêbado, queria ver-me; subi correndo o caracol da outra torre e vi-me de frente com ele; aguardava-me entrincheirado atrás de uma mesa repleta de livros. "Páris", disse-me. E levantou-se, chegando bem perto, segurando minhas mãos. Em meio a um vapor de cebola e álcool, perguntou-me: "Você viu o morto? Como ele está? Morto? O rosto está duro e gelado? Não se move nem um pouquinho? Da boca já não sai mais nenhuma palavra?" Pensei logo: "o Bêbado está bêbado". Mas assustei-me pelo tanto que havia de patético naquele rosto sem cor e murmurei: "Bem morto. Tem velas e muitas flores. Duas mulheres de chapéu estão chorando". Astor então disse: "Não esteja certo disso. Pode ser mais um truque dele. Já morreu de outras vezes". Toda minha segurança veio por águas abaixo, e penso que senti um calafrio. Os olhos semicerrados de Astor, de pálpebras pesadas, miraram-me longamente, aumentando meu desconforto: "Não sei quem você é, menino, embora desconfie". Foi até a janela, fechou-a, riscou um fósforo, acendeu uma vela. Com a face emergindo da escuridão, disse: "Tome cuidado. Olímpio pode estar fingindo. Conto com você para ter certeza. Desça para o velório e não tire os olhos dele. Cuide se ele não movimenta os olhos, se não dá nenhum sinal de vida. Eu quero ter o prazer de festejar a morte de meu irmão, mas preciso ter certeza de que morreu de fato. Descubra isso para mim, por favor". Senti as pernas congeladas. As mandíbulas presas, mal consegui dizer que sim, que iria fazer o favor, mas... se o morto vivesse de novo? "Aí você vem depressa me dar a notícia. Agora vá, logo". E eu fui caminhando de costas, fascinado, até abalroar a porta, os cabelos percorridos por uma descarga elétrica. Embarafustei pela escada abaixo e dei de cheio com Amália, que me esperava. "O que é isso?", ela perguntou, abraçando-me. "Nada", respondi arfante, num primeiro ato de fidelidade ao segredo. "O Astor me pediu uma coisa". E corri para a Biblioteca, onde o Doutor permanecia em seu caixão, aparentemente na mesma atitude em que o deixara: as mãos cruzadas sobre o ventre, os pés unidos, na mais profunda horizontalidade. Observei o rosto, atento a todas as linhas... mirei o peito, duro, imóvel, fixei-me em uma medalha oval, de onde saíam raios de ouro... aquele seria meu ponto de referência; se a medalha se movesse, um pouquinho só, um milímetro que fosse... Como ficou vaga uma cadeira, sentei-me, as pernas balançando no ar. Nem notei que Arquelau parava-se ao meu lado; só dei por mim quando ouvi a pergunta: "Há quanto tempo você está no Castelo, guri?" Eu sabia que Arquelau era irmão do talvez-morto e portanto merecia respeito. "Faz uma semana, não sei. Já mandaram fazer fatiota para mim". Arquelau ergueu-me o queixo, examinou-me os olhos, a testa, as maçãs do rosto: "E já disseram quem é você?" – "Não", respondi, embora soubesse que eu era Páris, um expulso do colégio, tinha poucos anos e que, embora minha vida se transformasse por completo, eu não deixava de ser quem era. "Vamos ter de conversar, guri. É só passar isso tudo". E Arquelau foi reunir-se aos senhores que bebiam café na Esplanada, cujas portas foram abertas para o brilho da tarde. Percebi naquele instante que deveria incluir Arquelau no rol das pessoas temíveis.

A medalha, porém, ...sim, estava em seu lugar, refletindo a cintilação da vela. Eu não poderia confundir uma oscilação da chama com um improvável movimento da medalha...

Talvez seja o momento de dizer que era a primeira vez na vida que eu via um morto. Contudo, me abalava mais a possível vida que havia naquele morto do que a morte propriamente dita. Na verdade, todo aquele ritual fúnebre fazia com que o homem deitado no caixão adquirisse ares de cenografia, não era um morto *verdadeiro*, via-se logo; era um morto porque diziam que o era, e as duas senhoras ainda choravam. Estava tão composto, tão bem vestido, tão cercado de gérberas... parecia mais um ator representando sua própria morte. A todo momento me ocorria a ideia de que talvez o Bêbado tivesse razão, e tudo aquilo fosse um entreato – o Doutor tão antigo, tão entranhado em si mesmo e que fazia poucas horas me dera o relógio de ouro, esse homem era superior à morte. Certa vez, no cinema, eu vira um morto de verdade – crivado de flechas apaches, tinha o peito coberto por espessas e escuras manchas de sangue, e custara a morrer, e antes de morrer revelara o lugar onde estava escondido um saco repleto de dinheiro de um banco. Ali, sim, houvera morte, trágica, final. O que eu tinha à frente, no velório, era um homem pacífico, sem marca de extremo sofrimento, bem isso: uma encenação.

Um leque movimentou-se, um ruflar de asas perfumadas bem junto a mim. Era Beatriz, uma pele fresca, um ar feliz, volúvel. "Olhando o quê, Páris?", perguntou-me a mulher de Arquelau, abaixando-se a meu lado, com o rosto à altura do meu. A boca em coração, ao entreabrir-se, revelara dentes com personalidade, mas branquíssimos. E ficara ecoando em meus tímpanos a surpresa de um leve sotaque carioca: *Párishhhh...* Respondi que eu não olhava para nada, estava apenas ali sentado, como achava que deveria ficar. "Venha cá", ela disse, pegando minha mão e levando-me para fora, para o jardim fronteiro ao Castelo. Havia muito sol, e ela procurou, junto comigo, a sombra de um plátano. Sentamos em um banco de cimento. Ela começou – porque tudo tem um começo – elogiando meu relógio de ouro, algo muito fino, tão fino como o dela – e estendeu o pulso delgado, de veias roxinhas e ágeis, onde brilhava um pequeno relógio sextavado, o mostrador orlado de brilhantes onde eu li *Omega*: éramos iguais, portanto. Disse-lhe isto. "Então, se somos iguais, você não pode ter vergonha de me dizer como é que você foi expulso do colégio". Sempre obedeci às ordens das mulheres, o que já me deixou em dificuldades terríveis; respondi-lhe que eu estava no colégio interno Anchieta, em Porto Alegre, quando aconteceu um incêndio na lavanderia e me acusaram e eu não tive direito de defender-me e que passada uma semana um automóvel chegara e o Reitor, mandando-me chamar, me dissera que eu estava desligado do Colégio para onde eu poderia voltar depois de um ano se me comportasse bem; e que eu deveria fazer uma viagem com aquele *chauffeur* de boné, que me levaria para o interior onde eu seria confiado a um padre que me daria destino. Nada mais, agora eu estava no Castelo, bem tratado por aquela gente toda. "Sei...", ela balançava a cabecinha em afirmativa. – "Mas você provocou mesmo o incêndio?" Empertiguei-me, o tanto que pode empertigar-se um quase adolescente. Não éramos tão iguais a ponto de eu lhe contar *tudo*. E como aprendera com os jesuítas que uma pergunta se responde sempre com outra, resolvi usar o artifício, embora tivesse à minha frente uma mulher adorável, de sobrancelhas riscadas a lápis: "Por que você quer saber?", eu disse com arrogância. Ao ver os olhinhos decepcionados, emendei, entregue: "Um dia eu revelo". Este verbo *revelar*, com sua perturbadora carga de mistério, me pareceu inapropriado. Remendei: "Um dia eu conto". "Bem, um dia você conta", ela assentiu, inesperadamente cordata, "eu também quero contar algumas coisas para você. Teremos tempo para isto". E desviou o olhar para dois homens que passavam com ferramentas de pedreiro. – "Vão abrir o túmulo para enterrar o Doutor".

Uma pancada no peito me fez lembrar o dever assumido junto ao Bêbado. Desvencilhei-me do sortilégio de Beatriz e corri em direção a meu posto de atalaia, e corri tanto que abalroava as costas das pessoas e cheguei a chutar longe uma escarradeira, espatifando-a de encontro à parede do corredor. Um alívio momentâneo: o Doutor ali estava, inerte. Mas logo o pânico ensopou-me a camisa: a medalha movera-se! Pouco, quase nada, mas eu sabia que escorregara um centímetro peito abaixo. Ninguém suspeitava de nada, ou assim pensei até o momento em que vi os dedos nodosos da Condessa aproximarem-se do esposo e com amor conjugal arrumarem a medalha. Observei as feições aristocráticas: serena, apenas cumpria o dever de última solidariedade com a compostura do marido. Depois foi sentar-se, ficando longe da visão do esposo e da medalha. E ali fiquei eu, entregue a meu segredo. Pois era certo que medalhas não deslizam sem que uma força as empurre... um leve respirar de peito... Ou quem sabe já não eram os primeiros sintomas de decomposição que – eu sabia – incham os cadáveres? Qualquer das tétricas alternativas deixavam-me com a boca seca. Como é que as pessoas podiam estar tão displicentes, conversando (ouvia risinhos, até), alheias ao mistério ali debaixo de seus queixos? Era até possível que, ao me olharem, pensassem: "Deveriam tirar esse menino do lado do caixão, crianças não devem estar tão perto de um morto", ou então: "É bom que as crianças desde logo tomem contato com a morte, assim não alimentam ilusões". Mas nem a isso se dignavam. A bem da verdade, eu era nada, eu não pensava nada, apenas comprimia convulsivamente os lavrados do braço da cadeira, e isso não era nada.

Houve um momento, sim, em que repararam em mim, e para enxotar-me dali. Chegara o vigário que me trouxera até o

Castelo, e vinha paramentado com a alva e uma estola negra cruzada ao peito. Enxotaram-me para retirar as cadeiras, pois o vigário, chamando todos para a beira do féretro (o Interventor largou seu copo no console e veio parar-se junto à família), dava início à encomendação. Alguém me pegou pelo braço, era Beatriz, e conduziu-me para junto das pessoas notáveis e consternadas. A mão do vigário ergueu-se várias vezes na peroração de seu panegírico e depois borrifou-nos com o aspersório, algumas gotículas vieram bater na minha testa e no rosto de Beatriz; ela me sorriu com uma cumplicidade brejeira, ignorando o horror que era ver aquelas mesmas gotas irem cair sobre as flores e o corpo do Doutor, e mais: sobre a medalha que de novo mudara de lugar. Puxei com energia o cotovelo de Beatriz, ela curvou-se um pouco para me ouvir e eu, sentindo junto às minhas narinas aquele perfume tão feminil, sussurrei-lhe: "A medalha, Beatriz", e indicava com a cabeça o peito do Doutor. Ela soergueu-se, olhou, curvou-se de novo para mim: "Eu também vi" – e pôs o indicador sobre os lábios. "Viu o quê?", eu pensei, ao que ela deve ter pensado: "Vi que a medalha se mexeu, Páris". E no entanto Beatriz sorria e eu me desesperava por estar impotente ante o irremediável que iria acontecer, iriam enterrar vivo o Doutor e ninguém fazia nada para impedir. Quando veio a tampa do esquife e aquelas mãos implacáveis a encaixaram sobre a urna, forçando para dentro as flores que desesperadamente saíram para fora, senti um enjoo, devo ter ficado pálido. E aquelas mesmas mãos seguraram nas alças de latão e ergueram o enorme peso de cedro (o Interventor à frente) e dirigiram-se para a porta, onde já se aglomeravam dezenas de pessoas que tiraram os chapéus e incorporaram-se ao lento cortejo que, organizado e triste, foi pela Alameda dos Suspiros, nome fatal dado pelo próprio Doutor a um caminho entre renques de jovens ciprestes acabando em uma clareira onde havia, no centro, um túmulo vazio. Um anjo de mármore, encostado a uma coluna, chorava previamente a morte do Doutor. E o esquife foi colocado sobre paus atravessados sobre o oco do túmulo; o Interventor veio para a frente e começou o longo discurso fúnebre. O sol, torrante, abrasava-lhe o rosto e fazia brotarem gotas de suor que desciam pelo rosto, pelo pescoço e sumiam no colarinho engomado. E quanto mais falava, mais suava, todos suavam, e as pessoas aproveitavam para secar o suor junto com as invisíveis lágrimas, todos coniventes, todos mancomunados. Beatriz, a Grande Assassina, olhava o voo pacífico dos urubus que faziam voltas espiraladas no alto do céu desmaiado; sua perversidade não tinha limites, preocupava-a mais o sol que caía sobre seus olhos – mudou várias vezes o chapéu de posição sobre os cabelos curtos e ondulados, fazendo sombras tão inúteis quanto fugazes, desatenta ao crime, como os verdadeiros homicidas. À volta do túmulo a assembleia dos não parentes dispersava-se pelos poucos ciprestes, de modo que os rostos ficavam salpicados de pequeninas manchas de sol; calvícies brilhavam, sapatos empoeirados buscavam não estragar-se sobre a brita feroz; sobre todos pairava a voz cansada e algo rouca do Interventor, falando sobre o conceito grego de Liberdade com tanta proficiência que os homens alargavam os nós das gravatas negras; os verdadeiros compenetrados eram os operários, os chapéus rotos pendurados nas mãos de pedra e cal: talvez fossem os únicos a acreditarem na pseudomorte. Eu, Páris, sabia que dentro daquele esquife pulsava o coração do homem que me dera o relógio e eu via, via tudo... o arranco final do discurso seguido pelo longo silêncio, o adianto do vigário que borrifou mais água benta sobre o féretro, o movimento dos operários que cruzavam grossas cordas pelo fundo do caixão, o retirar dos paus que o sustentavam, o pressuroso auxílio prestado pelos homens que seguraram as pontas das cordas e o pesado descer de todo o conjunto para dentro do túmulo; olhei o anjo de mármore, olhei os rostos cruéis dos assistentes, olhei a fisionomia tranquila do vigário, as vestimentas negras, a cumplicidade estarrecedora de todos, a angústia, a angústia crescendo,

E ENTÃO,

maior do que eu próprio, senti a onda de pavor que me colava ao chão e que subia pelas minhas entranhas e me rebentava o peito e como um louco gritei:

"Ele está vivo!",

o que fez o sacerdote suspender o aspersório no ar. Beatriz arrebatou-me contra tantos olhares que passavam da perplexidade à fúria, eu criara raízes de cipreste, eu me batia e esperneava e chorava ao mesmo tempo em que a assassina me pedia que ficasse quieto e me levava para a cozinha, onde me deram um copo de água com açúcar e me sentaram num banco e me abanaram com jornais velhos. "Foi o sol" – diziam, criando teorias sobre minha fraqueza infantil.

Muito mais tarde, a cabeça reclinada entre os seios bojudos e nus de Amália, e sentindo a branda carícia de seus dedos entre meus cabelos molhados de suor, eu lhe perguntava por quanto tempo uma pessoa pode sobreviver dentro de um caixão fechado. Ela, também sonolenta, dizia "acho que depende dos pecados dessa pessoa". Não cheguei a convencer-me totalmente, mas, querendo ouvir novas mentiras, perguntei que tipo de castigo mereceria quem pusesse fogo numa lavanderia. "Não sei" – ela quase fechava os olhos –, "quem sabe o inferno?"

O futuro Doutor, aliviado do peso da escravidão que manchava a estância de São Felício – pelo menos na parte que lhe tocava –, entrou rompante no Club Comercial, disposto a enfrentar todos os olhares; encontrou-os dispersos pelas mesas de bilhar e entretidos com os jornais e as revistecas literárias, povoadas de sonetos cujas chaves de ouro eram

Lobas, leoas! sim, bebei meu sangue!

ou outras menos trágicas, compatíveis com a placidez do ambiente enfumaçado. O notário conversava amavelmente com Félix del Arroyo, girando copos de vinho e dissertando sobre a recente chegada de dormentes para a estrada de ferro. O professor, as pernas cruzadas e aparecendo um trecho das meias de seda pintalgadas de estrelas de prata, como era moda, estava desatento às preocupações do notário: tinha o cotovelo sobre a mesa de mármore, o braço fazia um ângulo e a mão amparava a cabeça reclinada, como bom ouvinte, mas os olhos fixavam-se num pequeno quadro-negro onde, ao invés dos escores do bilhar, inscreviam-se os números das cautelas premiadas naquela semana. Um garçom pálido, encostado a uma coluna jônica – sustentáculo, como as outras, de uma falsa arcaria –, acompanhava o movimento dos senhores, adivinhando-lhes os pedidos, que acabavam sempre em cervejas argentinas e bifes. Perto de uma vênus de alabastro, dois franceses conversavam de pé, um deles tirando baforadas de um incrível cachimbo de espuma, cuja fornalha representava a boca aberta de um ogro.

 Como o Doutor ainda era futuro, apenas Félix del Arroyo e o notário o reconheceram e quase derrubaram a mesinha ao levantarem de uma vez só, no ímpeto de saudá-lo. Essa agitação extemporânea fez com que os olhares se desviassem um pouco; depois de certificarem-se de que não conheciam, de fato, o desconhecido, voltaram às suas ocupações rotineiras. "Logo me lamberão as botas", pensou rápido Olímpio, tão seguro de sua posterior fama que dedicou uma atenção irresoluta aos apertos de mão do professor e do notário, incluindo-os no rol dos desprezíveis. "Esses putos me saúdam porque sou filho de D. Plácida. Talvez às escondidas a chamem de Genebrina" – foi o que pensou enquanto olhava para a gravata negra que tomava o peito do professor. Já ao sentir a maciez servil da mão do notário, teve vontade de cuspir-lhe o rosto. Mas cumprimentou-os como cavalheiro e foram sentar-se à pequena mesa (o garçom providenciara mais uma cadeira). Entre as triviais conversas sobre São Paulo e a Academia, Olímpio foi percebendo uma espécie de mutação no auditório. De modo perceptível apenas por quem deseja ser notado, um círculo de curiosidade alargava-se pela sala, tendo como epicentro a mesinha, a propósito circular. O garçom tocava suas trombetas informadoras entre os cavalheiros, que foram levando os óculos para a testa, foram-se recostando melhor, enviesando-se nas cadeiras, baixando os jornais para as pernas, aproximando as cabeças umas das outras, numa coreografia provinciana que fez Olímpio sorrir. Enquanto Félix del Arroyo dissertava sobre as virtudes matemáticas de Arquelau, Olímpio notou que um daqueles homens levantava-se e vinha em direção à mesinha: um cavalheiro libertário, de cabelos insubmissos, moço o suficiente para alojar na cabeça mil ideias renovadoras, mas rico o necessário para ter a audácia de defendê-las. Reclinou-se, o que fez uma mecha negra cair sobre a testa. O notário, subitamente constrangido, cumpriu entretanto seu dever, apresentando-o como o advogado Câncio Barbosa.

– Formei-me em Coimbra, embora isso já seja um pouco ultrapassado – riu o jovem, apertando a mão de Olímpio.

Era o vago filho de uma dispersa família campestre, de uma nobreza rural imaculada e dele não se ouvia falar há uma década: Olímpio reconstituía mentalmente as lembranças de infância. Sim, haviam sido ambos alunos do Bispo D. Felício, atrapalharam-se nas conjugações latinas!

Na segunda cerveja argentina já não teriam mais o que falar se não fosse uma revelação: Câncio organizava em Pelotas um incrível clube republicano. Olímpio não teve a esperável exaltação, ao contrário: conhecia muito desses tipos, errantes e maldormidos. Submeteu o rapaz a uma artilharia de perguntas teóricas para averiguar a solidez das convicções, e ficou mais benévolo já em Benjamin Constant, o francês. O *tu*, contudo, ficou para mais tarde.

Câncio não apenas organizava um clube republicano, mas também abolicionista, e curiosamente não queria ser deputado. Era, em outras palavras, um congregador. Por enquanto sua congregação era pequena, mas tendia a aumentar – o que enfraquecia um pouco o movimento era a quantidade de poetas –, e olhava com decisão para Félix del Arroyo, que olhava para as riscas do mármore – porque há dois tipos de poetas: os *errados*, que gostam de rimas pobres e falam de amores trágicos em meio às brumas do entardecer, e os *certos*, que amanhecem bêbados, esbanjando talento. Ambos imprestáveis.

– Platão bania os poetas de sua República – disse, trincando os dentes.

Mas o adepto de Benjamin Constant era um puro e não notou a pequena contrariedade do autor de *Alucinações* – pequena, sim, porque Olímpio já se arrependera bastante de seu mau passo paulistano. Assim, perdoou o insensato e perguntou-lhe onde era a sede do clube.

– Provisoriamente em minha casa – ouviu em resposta.

Tudo aquilo começava a tomar ares pândegos, querer fundar um clube republicano logo em Pelotas, a cidade brasileira que – fora a Corte – respondia pelo maior número de barões, viscondes e condes do Império... Contudo Câncio Barbosa era simpático em sua ingenuidade, e Olímpio deixou-o falar. O que não esperava era que o rapaz, tomado de um crescente entusiasmo, começasse a aumentar o volume da voz, a bater com o punho na mesa; o notário e Félix del Arroyo, pressentindo o perigo, pediram a permissão para se retirarem, prometendo encontrar Olímpio em outra hora, talvez na casa de D. Plácida; o futuro Doutor consentiu, e, entre divertido e preocupado, deixava que Câncio esbravejasse sua fúria contra o Trono e, de raspão, contra o Altar e seus acólitos.

– Uma récua de covardes! – exclamou a certa altura, olhando para os monarquistas em volta.

– Covarde é a puta da sua mãe – surgiu uma voz ao fundo da sala, junto à mesa de bilhar. E à voz seguiu-se o espetáculo feroz de um primata, as espáduas da largura de uma canga, que vinha em direção à mesa, brandindo um taco. – Preciso ensinar a esse mocinho o preço do fumo em corda.

Olímpio ferveu sobre as solas das botas e alçando a bengala levantou-se, encarando o ciclope:

– Antes passe por cima do meu cadáver! – Logo se arrependeu da frase banal, mas não tinha tempo para retoques estilísticos, e o feudal, o brutamontes, já gritava "vou acabar com a raça desses frescos" e sem consideração alguma veio brandindo a maça neolítica no ar, encontrando porém braços que o atacavam, braços moles de jogadores de cidade que o deixaram cruzar a sala e arrojar-se sobre Olímpio, que se parará como um escudo sobre Câncio Barbosa e passou a defender-se com a bengala mas agredindo também; recebeu uma tacada na cabeça, desferiu uma estocada certeira no estômago do medieval, que se retorceu e caiu ao chão, desabando como uma velha torre de menagem posta abaixo pelo povo. Mas foi apenas um momento de espanto, logo se erguia e arremessava de cabeça contra Olímpio, que desviou o corpo e arrastou junto Câncio Barbosa, e o bruto foi espatifar-se contra a mesinha de mármore, levando de roldão as cadeiras de vime e dois guardanapos. Olímpio foi-lhe por cima e com a bengala aplastava-o de golpes; a fera sub-repticiamente rastejou e pegou nas pernas de Olímpio, e gaguejava e bufava, e Olímpio vacilou um pouco, mas enfiou-lhe o tacão da bota no queixo.

– Te entrega, infeliz!

O infeliz revirou os olhos e ao berrar "não!" foi consumido por uma tempestade de bofetadas e socos e o *não* foi murchando naquela boca odiosa e toda aquela imensidão foi-se sujeitando aos argumentos de Olímpio, que ao fim de tudo, vendo-o prostrado como uma ruína da ex-torre, soltou a pressão da bota:

– E então? – dizia – qual é o preço do fumo em corda?

Sentiu logo que algo quente escorria da cabeça, levou a mão à testa, retirou-a empapada de sangue: – O sangue da Liberdade! – exclamou, triunfante, ao mesmo tempo em que tirava um lenço do bolso e comprimia o ferimento. Os assistentes, vendo que o pior já passara, vieram socorrer os dois contendores e foi uma espécie de rápida transformação, Olímpio ouviu tímidos "muito bem" e "bravo" e assim, general em apoteose, tomou Câncio Barbosa pelo braço e atravessou a multidão de romanos que o saudavam com as palmas da vitória e saiu do clube, cruzando a praça em direção ao Solar. Ao passar pelo quiosque, entrou e pediu uma cerveja:

– Preciso terminar meu copo – disse para Câncio Barbosa, que o olhava como a um Júpiter Capitolino.

Meia hora mais tarde D. Plácida o recebia com curativos e repreensões: o brutamontes, além de brutamontes, era o barão de São Gonçalo, dono das maiores charqueadas de Pelotas e conselheiro municipal.

– Pois tenho muito prazer em dar-lhe uma bengalada de novo se ele se fresquear comigo.

D. Plácida empalideceu um pouco e seguiu cortando as ataduras.

– Afinal a questão não foi com você?

– Não. Mas foi com um amigo. – Olímpio não gostou de ter usado a expressão, muito candente para designar alguém que começava a conhecer. Porque a época anterior, de escola, não contava.

Acabava de dizer isto quando chegou Câncio Barbosa, que voltava no comando de cinco cavalheiros. D. Plácida ia mandar dizer que o filho não poderia receber ninguém; mas Olímpio antecipou-se:

— Não posso recusar. São amigos.

Pois os amigos vieram para a sala, sentaram-se formando um círculo e quando Olímpio chegou, a testa enfaixada, todos se levantaram. Câncio Barbosa fez a saudação, vinham desagravar a afronta sofrida e deixar clara sua solidariedade "ao novo membro do clube republicano". Olímpio olhou para os poetas em volta, não eram assim tão desprezíveis. Um deles até parecia respeitável, a casaca bem cortada, um ar magistral; talvez houvesse lido Stuart Mill.

— Muito grato — disse Olímpio, sentindo tremer a voz. — Apenas cumpri meu dever de defender um republicano e abolicionista. Mas sentem-se, senhores.

Sentaram-se, vieram refrescos. Desde logo Olímpio, antevendo sua figura patriarcal, imbuiu-se da certeza de que tinha à sua mercê aquele punhado de homens. E como se o refresco fosse uma bebida alcoólica, passou a falar dos *meetings* paulistanos. Estabeleceu teorias sobre a incapacidade da Monarquia de levar adiante o ingresso do Império no rol das nações civilizadas. A causa era o regime, que se mantinha graças à influência dos barões paulistas e parte do Exército. Mas havia indícios de mudança, a jovem oficialidade andava insatisfeita com os soldos, a equipagem da tropa era um fiasco depois da Guerra do Paraguai.

— E precisamos do Exército para qualquer mudança. Não basta os intelectuais escreverem nos jornais, não basta Rui Barbosa.

Os poetas mexeram-se:

— Grande homem!

— Sim, mas um homem desarmado. Só conta com a sua pena. É preciso mais, muito mais... É preciso organização e método, é preciso fazer ver ao Exército que eles só têm a ganhar com a República. Mas... — perguntava Olímpio — quem fará isso, senão *nós?*

O plural atiçou os cavalheiros. Ali, naquele momento, todos, inclusive Olímpio, sentiam-se novos conjurados, o embrião sulino de um movimento destinado à vitória. Câncio Barbosa estava comovido:

– Quem, senão nós? – repetiu, escandindo as sílabas. – Não podemos ver a nação se deteriorar ante nossos olhos. O povo já decidiu que é hora de mudança, e confia em suas elites pensantes. Temos uma espécie de delegação tácita, um mandato implícito, e não podemos falhar a essa confiança. Os clubes republicanos começam a surgir por todo o lado, inclusive aqui na Província. A História só se escreve uma vez, e não podemos ficar à sua margem, sob pena de sermos um dia levados a prestar contas de nossa pusilanimidade.

Começava a tornar-se perigoso, aquele Câncio falador. Olímpio comprimiu um pouco a atadura para lembrar que o mais vulnerado, ali, era ele. E tudo por causa da República, essa divindade tão esquiva e tão perversa... Os poetas acorreram em sua defesa, o facínora do Comercial teria seu pagamento: ainda que não em forma de novas bordoadas, mas pelo advento de um novo regime, onde os privilégios seriam abolidos e onde ele iria gramar sua nobreza, adquirida à força de dinheiro e corrupção, junto com os perversos de sua laia. Olímpio poderia ficar descansado, que eles ali reunidos saberiam como agir; mas era necessário que ele ajudasse.

– Em algo muito específico – disse o suposto leitor de Stuart Mill não olhando para Olímpio, mas para os outros cavalheiros, como a pedir apoio àquilo que iria propor. Certo de que o silêncio era total, dirigiu-se a Olímpio: – Em algo muito específico, senhor. Um jovem tão ilustrado, que como nós pranteia as musas atualmente tão vilipendiadas, um jovem que está por terminar a Academia e que mostrou fibra nos episódios de sua própria estância, libertando os escravos e escorraçando os malfeitores que vieram pedir-lhe contas, esse jovem está destinado a uma grave carreira. Não um ministério, que isso ficará para a República, não um cargo de embaixador, porque qualquer homem de bem se recusaria a representar o Império. Mas candidatando-se a uma cadeira na Assembleia Provincial! – O *áll* do fim da palavra ficou ressoando na sala como um tiro. Fixando-se na peruca marrom de um deles, que lhe pareceu um pouco torta na testa, o futuro Doutor sabia da gravidade do momento. Tudo ali era grave: a moldura da sala rica, a dignidade de suas ataduras; até o refresco que dormia em sua mão pareceu assumir uma cor de sangue. O advogado Câncio Barbosa esperava, à beira da poltrona; os senhores esperavam uma palavra, destinada a tornar-se histórica. Olímpio pigarreou, entesou-se:

– Se é para o bem da nação brasileira, estou pronto ao sacrifício – disse, certo de que dava um passo decisivo em sua vida.

– Bravo! – exclamou Câncio Barbosa, e bateu palmas, que foram seguidas de todos.

– Peço entretanto aos senhores que me deem um tempo. Preciso formar-me e depois escolher partido.

Câncio Barbosa respondeu que não haveria outro partido digno a não ser o Partido Republicano.

– Mas não está criado na Província. – Olímpio ganhava tempo.

– Pois cria-se! – disse o da peruca.

E começaram a tratar da criação, todos falavam ao mesmo tempo. Passada uma hora, em que Olímpio deixou-os acertar essa coisa menor, onde não faltaram citações de artigos da Constituição e das leis constitucionais e onde tudo foi bem-visto e pensado, chegaram à conclusão de que não apenas do ponto de vista legal, mas também moral e político, era possível, necessário e imprescindível a criação do ramo provincial do Partido Republicano. Republicano Rio-Grandense! Na primeira Convenção, Olímpio seria lançado como candidato, e por unanimidade. E seria eleito pela maior votação já vista na Província. Disso eles se encarregariam.

– Estou comovido, senhores – disse Olímpio, embora estivesse mais incrédulo do que propriamente comovido. – Mas insisto que preciso antes formar-me.

– Ninguém pensou diferente – era Câncio que falava. – Assim será apresentado ao povo como *Dr.* Olímpio.

Os poetas todos concordaram, dóceis à argumentação. Inclusive seria o tempo preciso para todas as providências. Ele que voltasse para São Paulo, continuasse sua brilhante carreira de estudante, viesse de lá coroado com as palmas acadêmicas; seria um trunfo a mais de que disporiam para a campanha... Eles aqui ficariam, na frente de batalha, como soldados a garantirem a glória de seu general. Não, não admitiam contestação, ditada pela modéstia. O nome de Olímpio seria logo conhecido na Província e no Império. Desse-lhes tempo!

Quando veio a noite e os senhores, ébrios de Democracia e República, retiraram-se para seus tugúrios conspiradores, Olímpio caiu em si. Fora longe demais. Essa ideia de depuração, e partidos, vinda de quem vinha, tomava feições de um delírio, uma fantasia política. Mas... pensando bem, por que não? Por que apenas os perversos barões poderiam esmagar suas bundas fedorentas de encontro aos assentos das Assembleias? Tinha pouca idade... mas um dia é o momento de começar, e, se tivesse de ser, que fosse logo. O lance do Club Comercial precisava ser aproveitado em sua plenitude... Todas as carreiras políticas tiveram início mais ou menos aventureiro. E, além disso, o Império caía de maduro. O que iriam fazer era apenas um coro com as aspirações do povo brasileiro, cansado de sofrer debaixo do tacão da tirania imperial. Ele, Olímpio, era o escolhido. Não escolheu, escolheram-no, vieram à sua casa, sem que isso fosse pedido. No fundo, ele não tinha o direito de recusar-se a dar sua colaboração à nova ordem, seria um crime. E tinha mais coisas...

– E daí? Deputado?... – D. Plácida entrava na sala.

Olímpio ergueu-se, enérgico, sentiu uma fisgada profunda na testa. Esquecera-se da mãe. Tinha de acertar coisas com ela; faltara ao aniversário, rasgara a carta, deixando-a sem resposta; irrompera no Solar dos Leões como se nada tivesse acontecido, um bárbaro. E depois enchera-se de compromissos para evitar uma conversa mais detida sobre a soltura dos escravos e os desaforos aos paspalhos que o pegaram em meio à futura plantação de milho.

– A senhora viu como não busquei nada. Tudo aconteceu ao natural. É a Pátria que me convoca. Esses senhores nada mais são do que instrumentos para a realização de um ideal que tanto prezo. Se não fosse eu a ser escolhido, seria outro. Mas onde encontrar outro com as condições que eu reúno? Veja: sou rico, vou formar-me, tenho ideias, tenho independência. – A cabeça de Olímpio parecia estourar. – E tenho juventude. Não me desagrada ser deputado provincial. Isso será apenas o começo.

D. Plácida, transformada em Genebrina, mas mantendo uma sobranceria admirável para as circunstâncias, ou talvez tocada pelo arroubo do filho, ou apenas porque estivesse cansada àquelas horas e quisesse deixar para depois as discussões, disse:
— Faça como achar melhor. Mas não toque nos meus escravos e nem nos escravos que são de Arquelau.

Estendeu a mão direita, olhou longamente o anel episcopal, uma ametista arroxeada, lapidação brilhante, com cerca de quatro quilates; o tempo e o longo abençoar a céu aberto fizeram com que a cor perdesse a agressividade de vinte anos antes, quando se impunha ao ser comparada com as gemas que ornamentavam os anéis dos colegas reunidos em Concílio.

 Enquanto olhava para a negra a preparar sua pequena maleta de couro de veado ("não me esqueça dois pares de meias de lã, é abril e as noites começam a ser traiçoeiras"), D. Felício dava-se conta de que esses chamados extemporâneos não lhe devolviam a anterior autoridade, da qual se despira por desejo próprio, mas de certo modo conferiam-lhe uma grandeza transcendental – sua condição de Pastor ganhava um novo merecimento, mais próximo de sua vocação primitiva. Não ignorava que à nobreza provincial sua mitra ornada com os quatro evangelistas era coisa indiscutível, capaz de abrilhantar uma bela cerimônia junto à Pia – mas para isso poderiam convocar o novo bispo de Porto Alegre; logo, se o queriam a ele, D. Felício, era porque o estimavam. E, depois, havia as relações de família, os compromissos anteriores, essas emendas todas que tornam os homens escravos uns dos outros, presos a uma teia única e indecifrável, onde preponderam a educação, o hábito e as convivências.

Enfim, um formidável tédio.

Levantou-se da velha cadeira de jacarandá lavrado, firmou melhor as chinelas de ourelo e veio até a larguíssima sala de comer, de onde podia enxergar seus campos pelas várias janelas abertas ao calor embaciado daquela manhã em que deveria viajar. Odiava viagens. De tanto ir daqui para ali, passou a temê-las à simples menção. Abandonar sua propriedade assumia agora as proporções de uma pequena catástrofe, e pior – assemelhava-se a uma despedida. Assustava-o pensar que poderia voltar morto, para ser sepultado na coxilha a que dera o pitoresco nome de Colina dos Adeuses – mas da qual guardava uma conveniente distância. Pensava muito na morte, nos últimos tempos, ainda que, avaliando-se, sentindo o pulsar ritmado do coração e as pernas ainda fortes, chegasse invariavelmente à conclusão de que a idade corporal, cuja verdadeira medida é a saúde, essa lhe permitia ainda cavalgar por várias horas e, auxiliado pelo capataz, acompanhar impávido a tosquia de suas centenas de ovelhas e depois, com precisão de contabilista, anotar em seus cadernos os pesos dos fardos de lã que constituíam a sua safra.

Com o sexo estabelecera uma espécie de pacto: não o irritava. Em troca, não era incomodado por ele. Assim fora durante toda a vida. E assim poderia ser até o fim, salvo se lhe ocorresse a tragédia de Santo Antão, que, nos últimos momentos de uma existência piedosa de anacoreta, esteve em vias de perder o Paraíso ao confundir a neve com os seios brancos de uma donzela. "Bem, no Brasil não há neve", ria sibilino, ciente de que por vezes as formações dos montes pampeanos lembravam-lhe formas tácteis, vertiginosas. Quando uma jovem negra veio trazer-lhe o mate, do qual iria beber bem pouco para não encher a bexiga, já o pensamento estava distante, na avaliação das léguas que deveria percorrer até Pelotas e os sucessivos pousos que deveria pedir nas estâncias do caminho, tendo de suportar intermináveis churrascos sob figueiras e o sem-número de confissões que deveria escutar e absolver, isto sem falar nas tramoias políticas para as quais o julgavam apto. Seria forte, porém: nada de política, nada de disputas com os maçons. Era um bispo retirado das funções; mas poucos se lembravam disso, querendo sempre envolvê-lo em preocupações administrativas. Agradava-lhe, porém, discutir o preço dos fardos de lã, com os quais fazia bons negócios nessas jornadas: com um bispo sempre negociavam limpo.

Foi até a capela – um quarto que adaptara para este fim, e que permitia a entrada tanto por dentro como pelo terreiro –, dobrou os joelhos no genuflexório forrado em veludo sanguíneo, e ali ficou um quarto de hora, nas últimas orações. Uma capela simples, como convinha a seu gosto austero. Poucos ornamentos, um pequeno altar português, um oratório com alguns santos minúsculos e empoeirados e, como único requinte, um friso que corria por toda a parede, simbolizando o Sacramento em sucessivas espigas de trigo e cachos de uvas. Ali, sentia-se bem, pouco se importando com o falatório dos negros que afirmavam estar ele a ruminar formas mais eficazes de aumentar a fortuna de sua estância. "Nada é para mim", pensava, perdoando-lhes. Quando morresse, e o testamento já estava feito, a estância iria em parte para os sobrinhos e o resto para a Diocese, que saberia dar um bom destino àquilo. Não era, portanto, um rico, mas um conservador e um ampliador de uma certa riqueza que fazia parte da Grande Riqueza da Criação, cujo último proprietário é Deus. Mesmo o título de Barão de Uruçá, levava-o constrangido, gentileza de amigos próximos ao poder, e sempre preferiu ser chamado de bispo ou ainda de monsenhor.

– Monsenhor, suas ordens foram cumpridas.

Persignou-se e veio até a porta da capela, onde já estavam dois cavalos selados, um carro menor para as bagagens e o capataz e um negro, que o acompanhariam. No terreiro os escravos e diaristas formavam um cordão à espera da bênção costumeira, uma espécie de rito onde não estava ausente um certo paganismo. Deixou calçarem-lhe as botas, pôs na cabeça o chapéu preto de abas largas de onde pendiam duas borlas de seda e, sim, abençoou toda aquela gente. A ametista mais uma vez pegou sol, perdendo um tanto da cor, algo imperceptível, mas irremediável. A mesma mão foi ao bolso, tirou um charuto, alguém correu para acendê-lo e só então, soltando uma baforada, é que D. Felício deu início à viagem, prendendo o pé no estribo, sungando a sotaina e alçando a perna sobre o lombo do cavalo maior, arreado em prata e com monograma na testeira.

– Vamos, José – disse ao capataz, já montado à sua dianteira. – E que Deus nos acompanhe.

– E São Cristóvão também.

Deram início à cavalgada. Passavam a porteira.

– O que me diz, Monsenhor, vamos ter tempo bom?

– Deus ajudando, sim. Afinal é época de pouca chuva. Antigamente, quando eu era mais moço, essas coisas do tempo não me interessavam. Podia cavalgar léguas e léguas debaixo da chuva, os ossos chegavam a ficar todos molhados. Eu nem sequer dava um espirro. Hoje preciso me cuidar.

Iam ao costado da longa cerca de pedra. Dali D. Felício observava suas ovelhas.

– Essas me dão menos trabalho do que me deram as humanas.

– Essas o quê, Monsenhor?

– Essas ovelhas. É só cuidar bem, curar as bicheiras, providenciar pasto e fim – nunca serão capazes de nos atraiçoarem. Me dão pena quando preciso matá-las. É uma injustiça.

– Mas o senhor pouco mata. Usa só para a lã, um desperdício.

– Talvez por isso eu seja um criador de ovelhas, e não de bovinos. Os bovinos são criados e engordados para serem mortos. Já as ovelhas existem para dar lã aos homens. São semelhantes às galinhas poedeiras, cujo fruto é mais importante do que elas próprias. Assim, um ovo é igual a um fardo de lã. Você está entendendo?

– Um pouco...

– E têm uma outra vantagem, as ovelhas-animais: não preciso me preocupar com o destino delas. Já as ovelhas humanas, é preciso saber no que deram, se se tornaram boas, virtuosas, santas. Cada vez que encontro alguém batizado ou crismado por mim, sempre me vejo às voltas com dúvidas: acabou como? É bom pai de família, boa esposa? – D. Felício pensou um instante. – Mas você sabe o que mais me interessaria? Não sabe? Pois

vou dizer-lhe. A mim me faria uma grande alegria que um desses meus homens batizados acabasse por tornar-se alguém verdadeiramente importante, alguém a quem todos tirassem o chapéu. Aí, sim, eu teria certeza de que o Espírito Santo obrou por minhas mãos. Não é que duvide da presença do Paráclito junto à pia batismal, mas sou um homem, que por vezes precisa de fatos, algo que lhe dê uma redobrada fé. Você está me entendendo?
– Sim, Monsenhor.
Três horas depois D. Felício sentia doerem os ossos por baixo das nádegas e uma imensa vontade de escorrer terra abaixo o resultado do mate. Não deveria ter bebido... Fizeram *alto* sob um umbu agonizante e ali, ignorando que não estava só, desfez-se dos incômodos da bexiga num jato potente e infindável; sentiu um grande alívio, chegou a comentar com José "como está lindo o dia, parece primavera". Ao dizer isto, ergueu a vista e quedou perplexo: estavam tão perto da estância lindeira que podia avistar dali, emergindo da coxilha próxima, o telhado. Erro de avaliação, José deveria ter sido mais cauteloso. "Bem, enfrentemos". Era próximo do meio-dia e, depois do alívio, o estômago tornara-se um lugar reconhecível no ventre, de modo que este "enfrentemos" não era apenas uma exclamação pela possível maçada mas também significava o desejo de deliciosos pratos de galinha com arroz, espinhaços com aipim e rabadas com batata.
Receberam-nos como convinha: estavam à espera, por obra desses correios campestres que tudo sabem, tudo informam a troco de um pouso ou um gole de cachaça. Aguardavam com uma mesa com todos aqueles pratos, mas também todos os familiares do estancieiro, cunhados, primas, velhinhas de escapulário e perigosamente rezadoras e um padre com os dedos queimados de cigarro, audaz na sua subserviência e explicações: era tio do estancieiro e gastava ali os últimos dias antes de assumir a coadjuvância da freguesia de Bagé. A coisa corria solta, na diocese, não participavam mais nada ao bispo retirado. Pensando bem, não cabia. Bispo retirado é bispo morto. Ou quase, apenas à espera de um funeral pomposo em um caixão compridíssimo para caber a mitra. O Bispo, entretanto vivo, submeteu-se ao beija-mão e ao

sentar-se à mesa deu-se conta do desastre: batizados de negros, vinte; confissões, umas trinta; casamentos, três.

– Por que o senhor não ministrou os Sacramentos? – perguntou ao padre, não deixando transparecer a vontade de admoestá-lo.

O outro respondeu-lhe, num sorriso, que santo de casa não faz milagre, que ninguém é profeta em sua própria grei, que em casa de ferreiro o espeto é de pau. E tudo isso num sorriso.

Ali, demorou-se dois dias, ao fim dos quais não tinha ânimo nem para receber a espórtula que o estancieiro fazia questão de lhe dar. Mandou que usasse aquele dinheiro nos reparos da capela, bem acabadinha por sinal. Despediu-se pensando em como recuperar o tempo perdido e na decisão firme de evitar esses pousos. Antes de montar, recomendou ao padre aforismático que não se demorasse muito por ali, a messe era grande e os operários bem poucos.

– Vá com Deus – disse o estancieiro, cercado de velhinhas. – Vossa Excelência não se preocupe, todos no caminho já estão avisados.

– Muito grato pela sua gentileza – respondeu D. Felício, calçando o pé no estribo com tanta força que o bico da bota cravou no dorso do animal, que se desviou, quase jogando-o ao chão.

Chegou a Pelotas sem fazer nenhum negócio e com um considerável atraso em relação ao dia previsto. Mesmo tendo dispensado as honras e o infalível *Te Deum*, não quiseram ficar sem uma espalhafatosa missa solene, celebrada por suas episcopais e exaustas mãos. Toda a nobreza e clero enchiam a igreja de São Francisco de Paula, sem contar as fardas de gala. A névoa do incenso, quase esquecida, nauseava-o. Levou adiante a cerimônia cuidando de ser exato e cumpridor. Terminada, quando a luz exterior trazia para dentro da nave um clarão de outono, inclinou a cabeça para que o vigário lhe retirasse a mitra e, seguido pelos acólitos, dirigiu-se para a pequena capela à entrada da igreja, onde todo o povo da cidade se tocava nos cotovelos, as espadas batendo nos leques. Enfim, João Felício. O Bispo sentiu uma inesperada alegria por enxergar, forte e rijo, o anterior parceiro de gamão nas tardes de domingo em São João D'el Rei, quando o bispado era uma esperança remota e João Felício vinha trazer à freguesia os emolumentos que o pai mandava. Afeiçoaram-se, à época, e João Felício esteve quase por vestir batina, mas abandonara tudo para aventurar-se para o Sul, onde, era evidente, fizera fortuna, fortuníssima. Com a inesperada designação de D. Felício para exercer seu ministério no Rio Grande, reencontraram-se, e como D. Felício se tivesse tornado ele próprio um estancieiro – embora as longas estadas na sede do bispado, em Porto Alegre – as relações ganharam corpo. Quando não se viam, trocavam-se cartas. O papel utilizado por João Felício era crescentemente melhor, e por fim trazia um pequeno brasão. Na última, de linho, convidava o Bispo, "mas para mim ainda o antigo padre de São João D'el Rei", para o batizado do primogênito, a quem daria o nome de Olímpio. Eis a causa de sua vinda a Pelotas, e a razão de haver suportado todas as atenções de que já previa ser alvo em sua viagem.

– Só por um amigo – disse ao enternecido João Felício, quando o abraçou.

E por amizade tomou nos braços a criança envolta em rendas e que babujava um biquinho na boca rosada.

Fizeram um círculo à volta, os padrinhos seguravam velas e pelo infante renunciaram a Satanás e seus vícios, apagando-lhe a mancha do pecado original. Foi a vez da água escorrer pela testa enrugada, foi a vez de tomar entre os dedos o cilindro de metal e traçar uma cruz de óleo na testa e, ao tentar entreabrir a camisola do bebê para que este recebesse uma nova cruz, aconteceu o inexplicável: um movimentar-se dos bracinhos, um safanão enérgico das perninhas, D. Felício sentiu uma pequena tontura, e no lugar da cruz de óleo abriu-se um filete de sangue: a gasta armação do anel abrira um sulco na pele recém-nascida. A mãe, uma plácida senhora, multiplicou-se em duas, três, correu a estancar a torrente com um lencinho, desde logo desculpando o prelado pelo incidente, as crianças são assim mesmo, mexem-se quando se menos espera.

– Desculpe, minha senhora. – D. Felício desejava sumir-se dentro das próprias vestes. Nunca lhe acontecera aquilo. E o menino ali, já refeito do susto, mas atroando um choro descomunal por toda a nave. Apenas quando tudo serenou é que D. Felício seguiu a cerimônia, e já sem gosto, querendo ver tudo findo. E ainda mais com um amigo lhe acontecia aquilo...

– Não se preocupe, Excelência – disse-lhe à saída o amigo. E tratou de rememorar o tempo de Minas, quando eram pobres-coitados – isso nas entrelinhas, claro. Em meio à multidão que se aglomerava junto ao adro e que insistia em beijar o anel que tanto desgosto causara naquela manhã, D. Felício mal respondia às rememorações de João Felício. Estava pasmo, atordoado, querendo a toda hora saber se a criança passava bem. "Está", tranquilizava-o o amigo, "ficará uma pequena cicatriz, mas será uma honra no futuro".

Honras não faltaram naquele dia cansativo; depois do almoço, celebrado em casa do avô materno de Olímpio, João Felício levou o amigo bispo à praça e ali, em meio a um terreno onde estavam depositadas montanhas de pedras, pediu-lhe para abençoar a edificação que iria começar no dia seguinte, "uma casa digna para recebê-lo", onde não faltariam leões a guarnecerem o portão de ferro.

À noite, quando todos foram deitar-se, e ainda antes de retirar-se para o quarto de hóspedes mandado ornamentar eclesiasticamente, D. Felício e o amigo trocaram um pequeno diálogo de pé, um diálogo provisório.

– Imagine, eu fazer uma coisa daquelas no batizado. Acho que estou velho. Ou cansado da viagem.

– Como lhe disse, Excelência, isso no futuro será como uma medalha para Olímpio. Imagine ele mostrando a cicatriz para embaixadores, para ministros... "foi um bispo, no meu batizado"...

– Um bispo anônimo, já morto...

– Mas sempre um bispo.

Na outra manhã, a criança já sorria, com uma ostensiva bandagem no peito. Sorria e babava, engrolando uma cantilena indevassável para todos mas decifrada pelo pai:

– É o primeiro discurso que ele faz.

Deram gargalhadas e então puderam atualizar suas conversas, seus passados, suas esperanças.

Do berço, através de uma porta entreaberta, o futuro Doutor os vigiava.

E assim, Genebrina, mal teu filho adorado livra-se das cadeias da opressão, libertando os escravos e instituindo o milho como a salvação do mundo civilizado; mal ele consegue desembrenhar-se da cizânia do Club Comercial para instituir-se em esperança do pequeno núcleo republicano de Pelotas; mal ele se enfia na sacolejante diligência de quatro rodas e dois cavalos para de passagem saciar-se nos puteiros de Rio Grande (sabias tudo, és mãe); mal ele some na estrada para tomar o caminho de São Paulo e concluir seus brilhantes estudos de bacharel, futuro deputado provincial, tu, Genebrina, te afogas nos sentimentos caudalosos do platino-professor Félix del Arroyo. Nem tudo foi tão fácil como o acima narrado: uma simples mulher não pode ser dada a violências sentimentais nem a lances repentinos: é preciso armar uma teia, primeiramente. E assim o foi. Uma teia finíssima, onde o essencial é o olhar e o gesto, e já vinhas exercendo esses filtros há muito, já de antes da vinda de Olímpio, algo que não despertava a menor atenção dos outros – afinal, possuías a viuvez como um estado permanente e, se possível, perpétuo. Desta forma ninguém observou que, nos dias de aula de Arquelau, teu vestido negro acinzentava-se, uma vez passando a branco. O branco, por sua ausência, é também sinônimo de luto, segundo os orientais – tinhas desculpa. Depois, Arquelau é muito displicente, quase um aéreo, custando a aprender as lições de matemática, teimando muito em ter a mãe ao lado assistindo à sua tortura, para talvez condoer-se do filho – então vinhas, sentavas ao lado dele, Félix do outro lado. Os dedos da mãe e do professor muitas vezes coreografaram sobre o caderno de abas, ora aproximando-se, ora afastando-se, ao sabor de um frêmito leve como o ruflar de uma asa. A cabeça de Arquelau se interpondo, um bom motivo para não seres constrangida a observar sempre e sempre o perfil de Félix. Havia uma barba escura com alguns fios brancos, havia cabelos que rolavam pela orla do colarinho, havia dentes exclusivos e – em especial – havia um perfume de corpo que te punha nos primeiros arrepios do paraíso. Então sofrias, pois o amor, nessas circunstâncias, é sofrimento. Quando ele saía, tinhas desmaios, ou quase. E as angústias te faziam sonhar com o lago de Genebra com seu repenicar de violas e seus castelos. E era o tempo de sofrer do peito, e te entregavas ao aparelho fumegante em meio a tosses ardidas, te despias de toda a roupa. Vês? um sofrimento só. E os canários fantásticos negavam-se à tua obstinação em ensinares as quatro notas, tu sentada ao Pleyel em pose de maestria; por fim vinha o cansaço, e vinham as mazurcas suaves, as valsas, e, quando calhava, um *Nocturne* do Polonês, a partitura sempre aberta ao abafamento da sala e aos teus olhos pouco atentos. Sem querer, começavas a tecer a teia, cujos primeiros fios prendiam-se às tuas angústias, preparavas-te sem saber para lançá-los adiante no momento oportuno. Pouco ou nada passaram a significar as coisas do cotidiano, substituídas por constantes idas ao armário de livros, que eram relidos com uma nova e inesperada intenção. Musset um dia, Vigny no outro. Um atoladouro de poemas de sons gordos e rimas ricas. As páginas mais eloquentes eram marcadas com barbantes de seda presos no interior das lombadas, como nos missais.

No exterior, nada a reparar. Tua única saída semanal te levava aos domingos à igreja, Arquelau pela mão e uma criada atrás, pronta a socorrer ao primeiro sinal de ataque que nunca ocorreu; uma enfermidade respeitosa. Quando o pai ainda era vivo – fazia tão pouco, meio ano – completavas a saída com um almoço demorado na casa dele ao outro extremo da praça. Ouvia-o falar de doenças e negócios, timbravas uma gentileza comovente e filial, mesmo quando Águeda, tua explosiva irmã (tão ardente, tão solteira), vinha com lamentações pela falta de marido, chegando a dizer francamente que mais lhe apetecia um bom macho que lhe desfrutasse as carnes intactas – mas envelhecidas, em tudo iguais a um pêssego que apodrece antes de amadurecer. Mandavas então que ela se calasse, dizendo que mulher deve prezar antes de tudo a virtude e o respeito aos pais, especialmente em um meio composto de intrigantes. Quando Águeda passou a experimentar êxtases místicos, deste-a por perdida, mantendo uma distância tranquilizadora, mas não isenta de inquietações – nela estava o teu espelho.

Aos vizinhos sempre mostraste um rosto civilizado, e os bons-dias e boas-tardes tinham um acento impessoal, quase neutro, mas que te faziam estimada quando passavas pelos leões rompantes. O notário, com sua indiscutível honestidade, servia para mostrar que mantinhas um elo com o povo – e era só. Já Félix del Arroyo era inevitável: todas as famílias em torno à praça tinham preceptores para os filhos; por que procederias de modo diverso? As criadas, de seu lado, passaram a desenvolver um estilo que copiava a Senhora, discretas, gentis, ausentes.

O capataz de São Felício era recebido de portas abertas no vestíbulo de mármore, pois tratava de negócios que mantinham a subsistência da casa e da estância. D. Plácida tomava o teu lugar, respondia por ti, decidindo o melhor para a boa regularidade dos serviços, dispondo sobre marcações, apartes de gado e reerguimento de cercas – após a morte de João Felício ela se viu obrigada a entender dessas coisas. E foi a mesma D. Plácida que recebeu Olímpio, repreendeu-o pelos erros do livro de versos e por suas ideias absurdas de liberdade, e foi ela mesma quem mandou a carta deflagradora de uma passageira ira do filho. Também foi ela que tratou a testa ferida na luta corporal do Club e que abanou para Olímpio ao vê-lo embarcar na diligência. Tu, Genebrina, pulsavas os nervos debaixo das carnes férreas de D. Plácida. Só alguém de muito próximo poderia enxergar. E como esse alguém não existia, ninguém notava.

Eis que estás agora entregue aos teus desejos perversos, nunca imaginaste... Havias chegado a uma idade em que nos dizem: "Afinal, você é relativamente jovem", usando o advérbio com tal insensatez que não notam o insulto subjacente. Sim, como fazem todas as personagens de romance, buscavas tua face ao espelho, e não te reconhecias. Para escapar a essa vulgaridade, vias tua imagem refletida na parte côncava da colher de sopa, e não enxergavas nenhuma ruga, antes um rosto firme... A fisiologia de teu corpo era perfeita, ainda: teus incômodos mensais tinham a mesma força dos vinte anos – mas a cada vez que acontecia cogitavas com horror que poderia ser o último, era como se a vitalidade se esvaísse por entre tuas pernas rijas. Assim, esse mero desconforto assumia proporções de prenúncio. É possível viver dessa forma?

Estás à janela, agora. As batidas da máquina do relógio são mais lentas do que tua pressa. Tua mão segura um livro e teu pé direito avança um pouco em relação à barra do vestido cinza, mostrando o bico fino da botina envernizada. Um camafeu ao peito, rodeado por filigranas de ouro, e a botoeira subindo até o pescoço, que emerge de um tufo de babados "mais brancos do que neve". Estás imóvel, mas não estás só. Tens Félix del Arroyo sentado à mesa, aguardando Arquelau, e há pouco desviaste o olhar para fora, para a praça que tão bem conheces. Teu olhar afastou-se de Félix com a pressa arisca de uma gata que é surpreendida. O que querias? Que te fosse lícito desfrutar aquela pele tão suave? Ele entretanto fez um breve movimento, passando as páginas de *l'Illustration*, na verdade atento a ti, à maneira como te solenizas com teu livro de poemas, como se ele, Félix, não importasse: ainda devem estar ressoando naquela cabeça tuas últimas palavras, "ah, tão triste!", que disseste ao olhar a Estrela do Pastor na noite do aniversário. E não te referias à ausência de João Felício, por certo.

– Me agradaria ir a Veneza – ele interrompe tuas ideias. – O carnaval...

– O carnaval... – respondes.

– As gôndolas...

– As gôndolas... – te afundas nos embalos lacustres. E voltas a olhar para Félix: – Também a Piazza di San Marco, com tantas pombas.

Com uma sem-cerimônia encantadora ele se levanta, vai até o aparador, serve-se de um cálice de licor de ovos, leva-o aos lábios. Sorve um pouco.
– Não sou muito viajado. Nunca tive tempo. Pior agora, com a mãe velha e doente. Mas sinto que me faria bem. Às vezes a província me abafa. Sou, na verdade, um homem do mundo.
– E no entanto o senhor fica aqui, ensinando crianças.
– Nem sempre o que se faz é o que parece. Às vezes há outros motivos para o nosso procedimento.
– Que motivos?
Félix del Arroyo bebe outro gole. E te olha:
– Motivos, digamos, do coração.
– O coração nem sempre indica o melhor caminho.
– No meu caso, senhora, indica. – Ah, ele avança, Genebrina! Um calor vai subindo pelos teus maxilares e faz pulsar tuas têmporas:
– Como o senhor pode ter certeza disso? O senhor não prefere que a razão comande suas ações?
– Se eu permitisse isso, estaria distante desta casa.
– Não diga. Seria uma pena, porque Arquelau ficaria sem suas aulas.
– Mas eu viveria em paz. Longe dos olhos, longe dos sentimentos que nos torturam. Talvez eu fosse mais feliz...
Te defendes:
– O que é felicidade, para o senhor? – Sim te defendes, mas apenas à vanguarda; os flancos estão desprotegidos.
– A felicidade se aproxima muito da dor. É uma espécie de maldição.
– O senhor fala como os poetas. Aliás, o senhor é um deles, pelo que sei.
– Talvez sem a genialidade daqueles que escrevem livros como esse que a senhora tem na mão. – E ele olha para o teu Chateaubriand, mas logo olha para ti, devorando as maçãs vermelhas do teu rosto.
E então dá-se aquilo que na tua memória ficará gravado para sempre como uma

CENA DE ROMANCE

Félix del Arroyo, largando repentinamente o cálice, vem até a tua frente, dobra os joelhos junto às tuas botinas e louco, ébrio de paixão, diz que és a luz de seus dias, que treme de amor ao te enxergar, que nunca pensou que poderia viver tão torturado, que o farias o homem mais feliz do mundo se consentisses em amá-lo como ele te ama e que prefere a desgraça eterna a se ver privado de tua visão tão linda.

A REALIDADE

Afastas teu corpo, trêmula.
– Levante, por favor – dizes a Félix del Arroyo. – E lhe dás as costas, abrindo o livro a esmo, as letras dos poemas se embaralhando ante teus olhos perdidos. Perdidos e brilhantes.
Vais até a gaiola dos canários mágicos, vais até o piano, sentas-te e tocas um acorde de quinta menor, áspero e tenebroso, fazendo os canários voltarem as cabeças.
– O Arquelau pode começar a aula? – a governanta te salva.
– Pode sim – dizes com tal sofreguidão que Arquelau se surpreende. Corres até ele, massacra-o de beijos angustiados, como se não o visses há anos, dizes que ele é o teu querido do coração e que aprenda bem a aula com o professor.
Félix del Arroyo, já refeito, foi até a mesa e, sentado, o lápis na mão, espera o aluno.
– Vamos começar pela tabuada – ele diz a Arquelau. – 5x1...
– Cinco – Arquelau responde, sentando-se, ainda espantado.
– 5x2?
– Dez...
(E Félix te olha, perverso.)
– 5x3?
– Quinze...
(E acompanha teu movimento de ir até a poltrona junto à janela e reabrir o Chateaubriand, aquele olhar é um fogo que te enlouquece.)

– ... bem. 5x4?
Arquelau pergunta por que o professor está tomando a tabuada se ele já é capaz de resolver problemas difíceis.
– De fato... – Félix responde. – Desculpe. Hoje estou meio distraído. Vamos ver outras lições. – E pede a Arquelau que abra o caderno. – Vamos ver... – E traça algo: – Isto aqui, o que é? Não é um triângulo? Como se calcula a área de um triângulo? Vou-lhe ensinar. Preste bem a atenção. Antes disso, quero que você mesmo desenhe um, bem bonito.

(Enquanto Arquelau preme a língua entre os lábios e mal segurando o lápis vai riscando no caderno, Félix volta a te olhar. Sorri, cúmplice. Então é o momento pior de todos, aquele que abre a porta do labirinto onde te perderás: retribuis àquele sorriso, mostrando com malícia a pontinha dos dentes. Isso é coisa que, todos sabem, não tem volta.)

– Está pronto, professor.
– Ótimo.

(Afinal, por que este sorriso que ofereces? Por que precisas de Félix del Arroyo? O que te falta? Tens tudo, casa confortável e até rica, dois filhos, criadas sempre à mão, uma estância opulenta, tens respeito, consideração, tens teus livros e mais todos os que quiseres ter, teu roupeiro vomita para fora dezenas de vestidos – quase nunca os repetes –, tens a memória de um casamento feliz; sim, o que te falta?)

– O quadrado da hipotenusa é igual à soma do quadrado dos catetos... – E teu filho com um rosto de pânico te olha, deves socorrê-lo dessas afirmações geométricas. Dizes ao professor:
– Talvez seja um pouco adiantado para Arquelau.
– Talvez, mesmo. Como disse, hoje estou distraído. – E o maldito olha para ti com tanta força que sentes algo liquefazer-se dentro de ti... tuas entranhas se transformam em água viscosa que te inunda... precisas sair daqui... queres e não queres... e no entanto precisas... E de fato abandonas tua poltrona e de passagem pela mesa pegas um papel e escreves algo em francês, e enquanto Arquelau se abstrai com as dificuldades do triângulo tu dás o papel a Félix, saindo depois da sala com tal rapidez que fazes bater três pingentes do abajur, que ficam soando o cristal.

Já no teu quarto te entregas às tuas práticas de autocomiseração e delírio que te fazem voar e morder os travesseiros, nada detém teus dedos, ganhas por minutos a dignidade feminil sempre negada, gritas de encontro ao colchão de penas e por fim atinges um ápice doloroso e profundo, já és toda líquidos, lágrimas, viscosidades e choro.

Quando a governanta te encontra, diriges a ela um olhar distante e branco: teu desejo está saciado, mas não preenchido.

LEMBRO COMO ENTÃO MEU RELÓGIO
DE OURO PASSOU A DESPERTAR A COBIÇA
DE TODOS NO CASTELO. QUERIAM O
RELÓGIO PARA SI, NEM QUE FOSSE
PARA USÁ-LO POR UM DIA. DIZIAM-ME
QUE ASSIM SERIAM FELIZES

Sim, não fosse minha memória indestrutível, já teria esquecido tudo, principalmente na situação em que me encontro, quando todos procuram saber coisas da minha vida, à busca de razões para incriminar-me.

Desejavam meu relógio, no Castelo. Amália era a primeira a tirar-mo do pulso e levá-lo imediatamente para o seu próprio, um contraste bestial com a mão grossa de lavradora. Tive de submeter-me a essas fantasias em troca de alguns carinhos de que andava tão necessitado nessa época em que não sabia meu lugar no mundo. Os outros, os que não tinham nada a dar em troca, recebiam meu desprezo e mil cuidados para que não me roubassem. Nem na Condessa eu confiava, agora que ela se mostrava tão ciosa de minhas coisas, ao invés de chorar a morte do marido. Olhava-me, perscrutava-me, media-me. Avaliava minha fatiota nova e foi a primeira a pôr-me na manga uma tira de tecido negro, obrigando-me a ostentar minha dor pela perda de um homem velho cuja única ação notável fora dar-me o relógio e que fora enterrado vivo na sepultura que mandara fazer para si próprio.

Mas sei que a Condessa também queria meu relógio porque pediu-me para guardá-lo entre suas joias. Recusei, claro. Eu tinha certeza de que jamais o veria de novo, se consentisse. Mesmo porque ela poderia perdê-lo entre os tantos anéis, colares e pulseiras que enchiam sua caixinha de ébano marchetado com ramagens de madrepérola e que tocava uma gavota ao ser aberta. A frivolidade daquela música de salão acabava por metamorfosear as joias em reles bijuterias, e meu relógio poderia transformar-se numa delas. Quando recusei, a Condessa não insistiu, suspirando irritada, como se dissesse: "Bem, você é um cabeça-dura, logo irá perder esse relógio de ouro que nunca deveria ter ganhado. Um desperdício". A Condessa era uma pessoa muito preocupada comigo.

O luto, no Castelo, foi imponente e superficial. Quando pensaram em transformar o Castelo numa casa de cultura, como é a moda, pensei que os familiares estavam certos em não mexer em nada que pertencia ao Doutor, deixando tudo como se ele ainda fosse vivo, inclusive a famosa Biblioteca dos 25.000 volumes encadernados. Foi nessa mesma biblioteca, encostado a uma estante baixa, dedicada às sucessivas edições da *História de Roma*, de Tito Lívio, que Amália submeteu-me a uma série de manipulações afetuosas, no propósito de amenizar minha possível solidão entre aquelas paredes desconhecidas. Foram momentos da mais pura ausência de solidão, mas que me deixaram com as pernas bambas, enquanto o efeito em Amália foi justo o contrário – saiu pisando com energia, cantarolando, o rosto aceso.

Além da falta de choro, o luto foi palco do Bêbado. Saiu de sua toca na torre da direita e, vestido com um terno de linho branco e eternamente de chapéu redondinho de palha, caminhava pelo Castelo importunando as criadas, indo sentar-se na cozinha, para onde levava o gramofone e fazia tocar seu disco,

The man I love,
I love,
I love,

até pedirem-lhe que as deixasse trabalhar. Provocavam-no, na verdade, pois ele começava um discurso caloroso no qual incitava as criadas a abandonarem o serviço ou que então pusessem veneno na comida, mas que enfim se revoltassem contra o destino que as tornava servas miseráveis de uma família rica e degenerada. Era retirado de lá pelo capataz, que cumpria ordens da Condessa; mas, quando saía, todas na cozinha lamentavam a monotonia a que eram devolvidas. Para mim, Astor era continente de um mistério, por mais eu quisesse decifrá-lo. (Esquecia-me de que eu próprio era um mistério.) Quanto ao Doutor, o Bêbado era bastante lacônico, mas na primeira vez que passou por mim me sussurrou: "Muito obrigado" e sorriu-me, terrível. Angustiei-me por algumas horas ao sabor da constatação de minha cumplicidade na morte do Doutor, e angustiado fiquei até o momento em que Amália veio trazer-me dois pastéis de carne polvilhados com açúcar e canela, que devorei a olhar, por entre os vãos dos ciprestes, o anjo de mármore que chorava o Doutor. Era certo que estaria mortíssimo naquelas alturas. Ele não poderia ter tantos pecados assim; e a teoria de Amália, a ser verdadeira, deveria ter-lhe propiciado morte rápida.

Após um período em que o Castelo resumiu-se à Condessa e ao Bêbado, voltou a encher-se com filhos do morto e assim conheci melhor Aquiles, o mastodonte-engenheiro que trabalhava em Porto Alegre, e Proteu, o médico-inútil, que clinicava – ou dizia-se – em Pelotas. Vinham a negócios, bem percebi pelo ar fúnebre e pelos gestos de quem tem algo muito sério a resolver. Da estância vizinha acorreram Arquelau e Beatriz, a Volátil, aquela que me enchera de perguntas durante o velório e me socorrera em minha síncope. Todos vieram num domingo e sentaram-se à mesa da sala de jantar. A intenção imediata era o jantar, e para isso desceram todas as baixelas da casa, os cristais, os guardanapos com monogramas enfiados em argolas de prata com monograma, e um centro de mesa representando um galeão de majólica. Não faltou um par de candelabros com velas encarnadas e pavio branco que entretanto não foram acesas. A Condessa sentou-se à ponta e seu pequeno pé apertou a campainha elétrica por baixo da mesa. Meu lugar – ó honra! – ficou ao lado de Beatriz, a salvadora, e tive à minha frente Astor, com o guardanapo preso à papada balofa e mal barbeada, os olhos empapuçados olhando com angústia para o cálice de vinho vazio. Aquiles e Proteu eram um par de vasos desparelhos: Proteu o mais novo, parecendo que lhe faltava algo, embora eu não soubesse bem o quê. Beatriz me sorria, e em hipótese alguma era um mero apêndice de Arquelau, o Feroz: tinha existência própria de mulher, jamais se submeteria ao que fosse, muito menos à cunhada-Condessa que naquele instante provava o vinho, fazendo uma cara feia e mandando substituí-lo por outro. "Este servia" – protestou Astor, vendo a criada levar a garrafa de volta à cozinha –, "são uns frescos, aqui no Castelo, me enchem". Não chegaram sequer a lançar-lhe um olhar de desdém.

O que foi o jantar, eu não sei. Arquelau estava muito exaltado, falaram de coisas incompreensíveis, vagamente referindo-se a mim, vagamente dissertando sobre inventários e partilhas e ministério público, tutela e curatela, uma selva de leis e códigos. Ao fim de tudo a mesa era uma cena de embate naval recém-findo, com navios a pique e fumaças de incêndios. A Condessa abanava a cabeça, dobrando o guardanapo; Arquelau murmurava indecências aos restos de comida. Enquanto o *par de vasos* mantinha-se mudo, Astor arrotava com benevolência, já pacífico e vermelho. O galeão de majólica, contudo, permanecia impávido.

"Precisamos falar ao menino", disse Beatriz, olhando-me. Olhei para a Condessa, a mais alta autoridade naquela mesa; todos me olharam. A Condessa então disse um "está bem" morno e que fez Beatriz levantar-se, ir até meu lugar e, repetindo o gesto do velório, tomar minha mão, levando-me até a Biblioteca, onde os volumes de Tito Lívio me fizeram enrubescer. Sentamo-nos, eu na pequena escada portátil de três degraus e ela no *récamier* adamascado. Acendeu um cigarro com imediato prazer, "essas proibições de fumar à mesa me deixam louca". Eu sabia dos meus limites: não iam além do que ela quisesse falar e, para tanto, fiquei atento. Começou a falar como começam os adultos quando se dirigem a uma criança, isto é, perguntando imbecilidades. Eu entretanto lhe perdoava não só pelo seu passado salvador, mas também por ser ainda muito bela. Respondi-lhe a todas as perguntas sem manifestar impaciência: na verdade eu estava magnetizado pela maciez do sotaque carioca e pela forma encantadora de soprar colunas de fumaça que se desfaziam no ar. Já na fase aproveitável da conversa, perguntou-me se eu de fato acreditava que o Doutor tinha sido enterrado com vida. Respondi-lhe que nunca, era mesmo o sol na cabeça à hora do sepultamento etc., ao que ela mentiu também que era o sol. Mentiu tão graciosamente que lhe perdoei mais uma vez. E depois começou a falar.

Quando voltamos à sala, eu olhei para meus novos parentes, já sabedor do Pecado que rondara aquele Castelo. Nem tudo ficara esclarecido, mas eu teria tempo para extorquir de Beatriz mais informações, era uma questão de momento.

Arquelau, agora meu tio-avô e meu tutor, disse-me que ele cuidaria de meus interesses; a Condessa – vejam, minha avó – convidou-me para vir até seus braços e envolveu-me num amplexo seco e constrangido, sem todavia desfazer a posição da coluna vertebral. O par de vasos díspares me fez um afago na cabeça e o Bêbado me olhava de modo disperso, em meio às névoas do sono. Tomei meu cafezinho de igual para igual com toda aquela gente, arrisquei até a manchar o guardanapo de linho, levando-o aos cantos da boca.

Apesar de todas as revelações folhetinescas, eu me sentia confuso, aceitando apenas na aparência minha nova condição e meu passado – tudo era tão novo e inverossímil que aquelas pessoas adquiriram uma condição limítrofe entre a mentira e o sonho. Recusei-me a chamá-los de tios, e muito menos admiti que a Condessa, imersa em seu orgulho blindado, merecesse o nome de avó, em geral reservado para senhoras amáveis, compassivas e cheias de caramelos nos bolsos. Entretanto continuei, após a veleidade do guardanapo de linho, a manter a mesma atitude submissa e disponível a qualquer admoestação ou ordem, mesmo que Amália depois me mostrasse a amplidão dos campos que circundavam o Castelo e dissesse que uma boa parte daquilo tudo seria meu. O que sabia eu de campos e vacas? Eu era apenas um expulso do colégio dos jesuítas, mais acostumado aos toques de sinetas e estudos e orações nas madrugadas; a questão dos meus pais era caso já resolvido, isto é: já me conformara a ser uma espécie de geração espontânea que a caridade de um médico de Porto Alegre adotou e mandou estudar, pagando tudo, e que me fazia visitas e perguntava pelos meus avanços pedagógicos. Os inacianos preenchiam com perfeição a figura de um pai e de uma mãe, pois eram homens – por certo – mas usavam algo parecido com vestidos. Eu possuía até bem pouco uma trilha previamente traçada, que desembocava nas portas de uma faculdade qualquer, que me tornaria um homem respeitado "por vir do nada" e possivelmente seria caridoso como aquele médico e no futuro teria um enterro muito concorrido. Precisava mais? Desta forma, e pesando bem os fatos como se apresentavam ao meu espanto, decidi ser perverso, aproveitando tudo a que tinha direito. Proteu, contudo, me freava, com seus grandes olhos marrons, sempre tristes, com as largas sobrancelhas que se emendavam junto aos olhos e com o ar de sonâmbulo; todos tinham ido embora, só ele ficara no Castelo – parece que sua clientela pelotense não passava mesmo de fantasia. Com Proteu, minha pessoa tinha de jogar a verdade, pois ele não deixava que ninguém mentisse, e isso sem dizer uma palavra, apenas com o olhar... Fizemos juntos caminhadas à estação de trens e víamos como paravam, bufando, gemendo nos trilhos, e largavam ali pouquíssimos e desconcertados viajantes que sempre carregavam caixas de papelão atadas por barbantes, meio desfeitas e com nódoas de gordura e fuligem. Vimos também deputados descerem na plataforma, na tentativa de reanimar para a política os destroços da família do Doutor; logo regressavam a Porto Alegre, certos da perda de tempo: os herdeiros de sangue queriam nada mais senão usufruir um sobrenome sem os tropeços da batalha cotidiana.

Logo o Castelo relegava-se à sua nova condição de símbolo e museu, acomodando-se à perspectiva de resguardar para todo o sempre a memória de seu mais ilustre ocupante. Proteu, ao enxergar esses deputados irem embora, respirava com alívio: "menos um; em breve serão nenhum". Era quase uma diversão, portanto, ir à gare paulatinamente despovoada; eu ganhava com os ditos de Proteu, cada vez mais espirituosos. E havia motivos acessórios para aquela ida quase diária: comíamos rosquinhas fritas crivadas de erva-doce, acompanhadas por um café tão forte que doía no fundo dos maxilares, servido por uma gorda de pano à cabeça; cobrava tão pouco que sempre levava uma gorjeta. Esses ágapes aconteciam com a leitura do *Correio do Povo*, edição de uma semana atrás, e do qual eu declamava em voz empostada alguns poemas para Proteu, o Sonhador. Ele gostava em especial daqueles que tinham versos como "o rebenque da saudade ferindo meu coração", de autores para mim absolutamente desconhecidos e que me faziam esquecer as leituras do colégio, em geral vidas de santos, e em especial a de S. Estanislau Kotska, que morreu lapidado pelos ímpios, sorrindo a cada pedra que atingia sua cabeça. As sessões de declamações na gare logo deram seu fruto: decorei vários daqueles poemas do *Correio*, recitando-os depois à noite para Amália, enquanto ela usava temporariamente meu relógio de ouro.

Aborreciam-me as aulas, ministradas pelo sacerdote que me trouxera para o Castelo e que agora se encarregava de me fazer estudar naquele o ano de limbo escolar; chegava nos horários mais improváveis, ao sabor das suas desocupações. Comecei a aperfeiçoar-me no latim, e as declinações, perfeitamente inúteis, eram como o hálito morto de eras passadas. Cheguei até o *Galia est omnia divisa in partes tres*, mas não passei muito disso. De Camões eu admirava o retrato, o olho falho, a coroa de louros e as nervuras da gola. De Tito Lívio eu apreciava, obviamente, suas lombadas resistentes às minhas costas, pois eram tão grandes os volumes que chegavam a tocar no fundo da estante, um bom anteparo. Da geografia cheguei a conhecer os afluentes da margem esquerda do Amazonas, ignorando os da outra margem por uma questão de economia de neurônios. À matemática eu dedicava todo o meu rancor e minha ira. O bom padre, logo percebi, também não era muito afeito aos cálculos e cheguei certa vez a corrigi-lo. Em suma, tardes imensas, tediosas; assim, à minha perversidade acrescentei a vagabundagem lírica. Dava graças a Deus quando ele fechava os livros, esfregava os olhos e dizia "por hoje está bem, Páris". Antes de dirigir-se à charrete, recomendava-me mil leituras e abençoava-me. Abanava para ele, esperando que não voltasse nunca mais.

Também me enojava a Condessa com suas intermináveis sessões de rádio em língua alemã, findas as quais reaparecia na sala de estar com a vista toldada. Armava-se um grande escarcéu na Europa, e isso punha a todos bastante nervosos e ambivalentes. Falava-se num Eixo, o que lembrava carretas e carroças. Pedi explicações ao Sonhador, e ele mas dava de modo excessivamente oblíquo, e onde eu sentia um profundo desgosto pelas preferências da sua mãe. A mim não me incomodavam, pois ela era velha o suficiente para estar à beira da morte. Uma dessas vezes em que o rádio atroava por todo o Castelo, fui até a Biblioteca, onde vi a Condessa mirando de modo abstrato o grande mapa pendurado na parede. Que delírios sonhava, então? "Pobre Condessa, desgarrada nestes confins do mundo, tão longe de sua pátria, tendo de contentar-se com o rádio", eu cheguei a pensar, comovido e sem entender muito por que aquelas coisas aconteciam, e que estranhos destinos a trouxeram para cá, e mais ainda como ela acabara por tornar-se minha avó. Quanto a este último item, embora as palavras de Beatriz tenham sido bastante claras, ainda não faziam sentido. Paradoxo? Pessoas fantasiosas como eu têm amor aos paradoxos. Uma questão, contudo, permanecia intacta:

MINHA MÃE E MEU PAI

Estava decidido a recompor suas vidas quando outra questão, mais premente, tomou conta de mim:

MEU AVÔ

E tudo porque ele, embora morto, e tal como acontece em tantos romances, decidiu materializar-se ante meus olhos. Reapareceu na Biblioteca. Era noite, naturalmente – essas coisas sempre acontecem à noite –, e todos naturalmente dormiam, só eu perambulava pelos corredores, à busca de alguma coisa, como um copo dágua. Enxerguei meu avô folheando um de seus grossos incunábulos. Ao ver-me, depôs o volume na mesinha ao lado da poltrona, cruzou as mãos sobre a barriga e ficou girando os polegares – sempre imaginei que um avô verdadeiro fizesse isso, por este motivo não cheguei a sentir medo; meu pavor era outro, o de ser acusado de não impedir seu sepultamento em vida. Para meu espanto, ele não parecia incomodado por isso; na verdade, até me pareceu bem satisfeito; afinal (pensei eu depois) eu o subtraíra a uma decisão heroica, a de recusar o ministério que Getúlio Vargas lhe oferecera e que ele não poderia aceitar, dado seu entranhado amor à Liberdade.

Espectros de romances, por tradição, costumam falar em ditos sentenciosos, nos quais prodigalizam conselhos de como melhor viver a vida neste mundo, eles que já tanto desperdiçaram tempo em futilidades. Meu avô, ao contrário, tinha mais perguntas do que afirmações; chamou-me para sentar no tapete à sua frente e, depois de mirar-me com olhos sonolentos, abriu a boca e disse: "O que lhe parece a minha morte?" Pisquei várias vezes as pálpebras. Eu sabia que estava sonhando, é evidente. Respondi-lhe – ali, minha vergonha! – que tinha sido morte muito injusta, pois aconteceu quando começávamos a nos conhecer e ele acabara de me dar um relógio de ouro... O Doutor riu, esgarçando o formidável bigode grisalho. "E você então gostou do relógio?" Disse-lhe que sim, era bonito e todos o invejavam. "Pois eu estou feliz porque não preciso mais dessas coisas. Enfim disponho do meu tempo, veja só". Espectros não aparecem para falar de relógios; mas o *meu* espectro nada tinha de extraordinário, e, depois de inquirir-me sobre o humor da Condessa sua viúva, quis saber sobre minha permanência no Castelo. Já me haviam falado *de tudo* a meu respeito? Fiquei muito interessado em saber a sua versão sobre minha origem, confirmar o que Beatriz me falara naquele mesmo lugar; mas não cedi à pressa, dizendo-lhe que sim, eu já estava a par de tudo, havia alguns pontos que eu não entendera muito bem... "Ora, isso virá com o tempo, meu filho. Saiba apenas que você foi o resultado da Liberdade... nada pude fazer para evitar que você nascesse... mas depois que nasceu eu mesmo dei-lhe este nome, Páris... mas não sei se foi bom, para você, vir ao mundo. Veja, agora está aí, tendo de viver a vida, como um animal, um bicho... e fui eu, entretanto, logo que eu soube da sua expulsão do colégio, eu mesmo que ordenei que viesse para o Castelo, contrariando sua avó. É que eu tinha certeza de que eu morreria logo, e precisava reconciliar-me com sua mãe. Um dia você irá compreender tudo". Meu avô olhou para as lombadas da

História de Roma, mudava de assunto: "E agora tenho de enfrentar os prenúncios da carne e do Pecado, uma perfeita maldição". Naquele instante eu corei: espectros não apenas sabem tudo, mas também podem escolher o que desejam ignorar. Vejam só, uma grande vantagem sobre os vivos.

Depois passou a falar-me sobre Liberdade... a mestra dos Povos... o Farol das Nações... e isso desde os gregos, os romanos... a Revolução Francesa... Tive um lapso de sono entre a Comuna de Paris e a Revolução Russa, essa última uma ignomínia, uma pseudodemonstração de Liberdade que escondia a intolerância... Em suma: aborreci-me profundamente com nomes e datas. Mas meu avô já não falava para mim, e sim para um ponto do infinito, talvez para seus colegas do Mundo Indevassável.

Ao cabo de uma hora, mais ou menos, eu estava tão saturado de Liberdade que senti uma grande fome, avassaladora, lembrava-me de um possível sanduíche de mortadela e queijo, de uma coxa de galinha, dos pasteizinhos de Amália... Meu avô, percebendo tudo, mandou que fosse embora, outro dia conversaríamos com mais calma...

Agradeci-lhe a gentileza, disse-lhe que sim, falaríamos noutro dia; ele então apagou a luz do abajur e eu, aproveitando a escuridão, corri à cozinha, onde acendi uma vela e, abrindo os armários, devorei vários ladrilhos de marmelada com bolachas e muito leite. Cuidando para não fazer barulho, subi à minha torre e voltei para a cama.

No outro dia, ao acordar, dei um berro tão selvagem que acordei todo o Castelo.

Estamos portanto acompanhando a trilha cometária do futuro Doutor, e eis que o captamos às voltas com uma pequena gráfica para imprimir *A República*, umas cadeiras novas, um quadro-negro, uma jarra para água e dois copos: está pois fundando o veículo oficial de divulgação da República entre os estudantes de Direito da Faculdade de São Paulo, dos quais o futuro Doutor é o líder inconteste e precocemente perpétuo. Já não sabemos ao certo se a ideia do jornal veio antes ou depois da fundação do Clube Republicano, o fato é que, num dado momento, Clube e jornal existiram ao mesmo tempo, e pertenciam ao mesmo grupo e compartilhavam a mesma casa alugada nas proximidades da Rua Direita. O que mais precisamos conhecer? Certamente a hostilidade declarada dos professores reacionários, as dificuldades com o senhorio (ao saber dos malévolos fins de sua casa honesta, ficou uma fera e queria cortar os bagos daquela estudantada), averiguações da polícia, excrementos humanos jogados às vidraças – tudo como convém aos heroicos, os que estão à frente nas etapas transformadoras da sociedade. Olhemos a biblioteca, para a qual o futuro Doutor colaborou com 63 volumes escolhidos a dedo; todos em francês, a língua oficial da democracia – também a mais fácil, depois do espanhol. Inglês? Só o chefe e alguns poucos o entendem. O grupo inicial é composto de gaúchos, entre eles Borges e Júlio, os mais determinados e positivistas; o primeiro vemo-lo fino como uma lâmina de papel, tem ideais práticos e inicia-se nas artimanhas políticas; o segundo, crivado de varíola, escuro e retaco, é o teórico que pode escrever várias laudas de papel almaço sobre Augusto Comte enquanto outros pensam em figuras de retórica. Percebemos também alguns adventícios, que chegam para tomar mate e contar causos mais ou menos fantasiosos: comparecem tarde às reuniões, escapam à leitura das atas e quedam-se embevecidos com os discursos dos mais acesos, aplaudindo-os fora de hora. "Esses vêm no vagão-reboque da História, mas são úteis", diz Olímpio. Tarde da noite, quando São Paulo é uma cidade morta, só *eles* vigiam a composição, as provas, as manchetes, encantando-se com o cheiro de tinta sobre o papel encorpado; isso dito assim, parece que as edições são diárias. Engano! A periodicidade é caótica, surpreendendo os leitores quando reaparecem, "qual nova Fênix", etc. Mas imprimem durante a noite, ao abrigo dos olhares e ouvidos maliciosos e, também, para que se reforce o espírito conspiratório. Os artigos de Júlio são os mais festejados, pois não se limitam a infantilmente atacar a Monarquia (é preciso tato, o Imperador tem a seu favor a benevolência que se dedica aos velhos), mas mostram as vantagens da República Positivista com tal veemência que podem convencer um visconde. Quanto ao emporcalhamento das janelas, limpavam-na estoicamente. Um deles diz: "Com esta bosta solidificaremos a massa que selará os alicerces dos Novos Tempos"; o estulto é olhado com censura por Borges, que lê, as magras pernas cruzadas, um jornal da Corte: em seu cérebro já prepara outros alicerces, que fundarão em um longo consulado sobre os pagos infindáveis do Rio Grande. Interessam-no as notícias da movimentação dos Gabinetes, e ele sabe dizer com precisão quem subirá ou quem cairá – prepara-se, como se pode perceber.

O problema é esse: a mesma bosta que os une é, também, o pomo das discórdias futuras – enquanto alguns sentem-lhe o fedor e se revoltam, há os que a aceitam como uma espécie de diploma de honra ao mérito. Borges fica, como sempre ficará, atento ao que lhe for mais conveniente. Aos poucos, o pequeno clube vai recebendo estudantes de outros lugares do Brasil, fascinados pelos altíssimos ideais que leem no *A República*, adaptando-se inclusive ao mate depois de queimarem bem os beiços. Olímpio recebe-os de braços abertos, e já começam a faltar cadeiras revolucionárias. É estimado: a abolição da escravatura em sua estância e suas preocupações agrícolas transformaram-no em uma espécie de predecessor, quase um vidente. Cheguemos mais perto, pois algo está por acontecer: Olímpio chega à sede do Clube, reúne à sua volta os correligionários, bate com uma tesoura no copo, impondo silêncio. Com os olhos embaciados de lágrimas, o enxergamos tirar do bolso um saquitel vermelho, atado por uma fita da mesma cor. Ante o espanto reverente dos outros, abre-o, despejando o conteúdo sobre a mesa. Grãos de milho. "É a primeira produção dos meus campos". Toma alguns grãos entre os dedos, ergue-os com os dedos trêmulos de fervor: "A revolução está em marcha, senhores, a revolução que tirará o Brasil da monocultura do café, que apenas enriquece os barões e serve para prestigiar a Monarquia". Assim, o milho deixa de ser um simples alimento, transformando-se em símbolo. Cada um dos ouvintes recolhe seu grão, que se tornará a partir de hoje um amuleto. Mas estejamos atentos: Júlio não manifesta o mesmo amor a essas manifestações cabalísticas, preferindo ocupar-se com o Mestre francês; já Borges sorri imperceptivelmente debaixo do bigode negro e esfiapado e olha com discrição para o relógio com tampa de mola.

Chatos são os exames da Faculdade; sempre foram. Um percalço, um acidente. Os mais relaxados naufragam em meio ao turbilhão das ondas magisteriais. A imagem náutica é boa, usemo-la: Olímpio, Borges e Júlio passam pela tempestade como se fossem ventos alíseos, chegando ao porto seguro da aprovação, e sempre com louvor; é preciso reconhecer, não são bobos. Depois dos exames reúnem-se – os aprovados e os que levaram pau – no Grande Hotel, onde celebram num jantar interminável, pago novamente por Olímpio, o perdulário. Após os licores, começam as declamações de poemas ardentes, onde o autor das *Alucinações* limita-se a ouvir, supremo. Não faltam os castroalves, os casemiros, que mesmo esteticamente ultrapassados mantêm um vigor *up to date*. Tudo muito civilizado, como convém àqueles que um dia – sabem muito bem! – assumirão o comando da Nação.

Olímpio levanta-se, faz-se silêncio. É impressionante vê-lo em sua figura de prócer e futuro Doutor, os dedos fincados nos bolsos do colete, o corpo levemente vergado para trás, a cabeça altaneira, os olhos que esmagam os ouvintes de encontro às suas cadeiras – notemos: são os mesmos olhos que choraram à vista do milho. Está prestes a fazer uma exaltada apologia do Rio Grande. É preciso abreviá-la sem complacências: "Terra de meus pais, de meus avós, saudoso e distante Rio Grande! Rincão perdido onde a avestruz corre das boleadeiras índias, onde o vento minuano encrespa as águas da Lagoa dos Patos e levanta, à sua passagem, o poncho dos gaúchos destemidos e audazes! Terra feroz de combates inauditos contra o castelhano perverso que sempre timbrou em macular o sagrado solo pátrio com suas botas prepotentes. Rio Grande, cenário de heróis que em 1835 levantaram-se em armas contra a tirania da Regência, instaurando ali a República Rio-Grandense, destacada e autônoma do Império Brasileiro até 1845. Dez anos de glórias, de martírios e, ao mesmo tempo, de Liberdade. Dez anos em que o maior valor era a lei e o respeito à dignidade do homem, e onde não se conheceu o desmando nem a corrupção. Bento Gonçalves! Legítimo líder de um povo! Que alegria para teu povo ver-te passar, indômito guerreiro, em teu cavalo ajaezado de prata e ouro, a comandar as tropas rebeldes! O que passava por tua cabeça nesses momentos cruciais? (Sim, abreviemos) Nós, gaúchos, não somos melhores do que ninguém, mas temos a nos orgulhar um sentido da terra que outras plagas não têm. Sentimo-nos bem tanto na humilde choça coberta de capim santa-fé como nos palácios que adornam nossa bela capital, plantada às margens do Guaíba. E tudo por quê? Porque somos, antes de tudo, temperados na adversidade e no tinir das armas, somos rústicos e nobres ao mesmo tempo. Dançamos a valsa dos salões com a mesma desenvoltura com que executamos a guerreira coreografia dos campos de batalha. Para gente como nós certamente estará reservado um grande futuro nos destinos nacionais. Não! Não perdemos, como muitos pensam, o sentido da estremecida pátria brasileira. A flama que nos impulsionou ao movimento libertário, essa mesma flama dedicamos agora à unidade do país, belo em sua multiplicidade étnica, e que só não é maior porque anda atrelado aos grilhões do obscurantismo passadista da grei monárquica. Sim, estamos prontos, nós, gaúchos, a capitanear o vendaval que irá instaurar uma nova ordem, de progresso, de altivez e desenvolvimento. Sei que muitos de nós aqui nesta sala comungam de ideias filosóficas que, se as rejeito, respeito-as. Filhos de Augusto Comte!"

Olhemos para o lado: Borges e Júlio cruzam os braços.

"Filhos de Augusto Comte" – repete o orador – "deixemos de lado o sectarismo. A República instaurar-se-á, sem dúvida. É preciso que Ela nos encontre unidos, e as divergências ideológicas devidamente aparadas. Isso me diz meu coração, minha alma, minha inteligência".

Isto sim é coragem: tocar num ponto sensível, capaz de suscitar a cólera da ortodoxia positivista. Júlio e Borges mantêm-se firmes, talvez à espera de ocasião melhor para discordarem; aparentemente aceitam a convocação que Olímpio lhes faz; mais tarde é que tudo virá à tona, provocando rompimentos dramáticos e permanentes. Olímpio, enganado pelo que vê, bebe dois goles de água, limpa os cantos da boca. Esses movimentos típicos das personagens romanescas é em geral o prelúdio de uma nova e fastidiosa investida oratória. De fato, assim é: o discurso recomeça, com elogios aos comtistas, ressalvando-lhes o espírito prático e organizado, necessário para o desencadeamento das ideias republicanas – o resto, essas aparas de pensamento, tudo deve ser esquecido em benefício da Ideia comum. O que Olímpio não imagina é que seus arroubos gauchescos causavam um penoso mal-estar entre os outros brasileiros, cariocas, baianos, pernambucanos e norte-rio-grandenses. Afinal, consideram-se iguais. Não chega a constituir uma rachadura no bloco monolítico, mas depois que as travessas são tiradas da mesa e aparecem as manchas de molho sobre a toalha, depois que as luzes amortecem e os participantes do jantar se despedem à porta do Grande Hotel, uma evidência surge: é preciso separar os gaúchos num clube específico, que é fundado uma semana mais tarde, e que leva o nome de Clube Farroupilha, e cujo propósito declarado é "reverenciar as figuras gloriosas do insigne movimento de 1835". Desta forma, Olímpio vê-se à volta não com um, mas com dois clubes, e de bom grado aceitou presidi-los a ambos, sabendo com inusitada perícia agradar a todos. Reúnem-se, é claro, em dias diferentes. O jornal continua o mesmo, acolhendo a todas as manifestações, desde que republicanas.

– Cindidos, mas unidos – diz Olímpio, erigindo essa frase a uma espécie de lema, e que ouve repetido nas arcadas da Faculdade.

Com esse baralho de interesses, o futuro Doutor joga bem, e, aproveitando-se da paz transitória, encontra vagar para fazer contato com grupos republicanos extra-acadêmicos onde pontificam Américo Brasiliense, Américo de Campos, Cerqueira César – "uma bela rapaziada", e, também, para escrever dois livros ao mesmo tempo, um dedicado a propagar a república federal e outro a beatificar os líderes de 1835; para o último já tem o título há muitíssimo tempo: *História da Grande Revolução*.

É muito? Talvez para um homem velho, mas não para um jovem que pode amarrar os cordões das botinas de um fôlego só. Tem outras virtudes, como guardar a continência sexual, lembrado de sua promessa gritada uma noite à janela do hotel de Rio Grande. De resto é seguido, neste terreno, por Júlio e Borges. Uma assembleia de castos? Quem o sabe?

Está, neste momento, sentado à secretária de seus espaçosos cômodos da pensão. Vai molhar a pena no tinteiro de nácar quando lhe anunciam alguém.

– Câncio! – ergue-se para abraçar o advogado pelotense.

Câncio Barbosa está de férias em São Paulo. Na verdade, o destino é o Rio, mas a escala torna-se indispensável. E traz notícias do clube republicano. Mas não só o de Pelotas, como também de Alegrete, Bagé, Itaqui, Santa Maria, enfim, clubes que cobrem o Rio Grande. Não são, a rigor, novidades para Olímpio, mas ditos assim, de viva voz, ganham colorido e força.

– E todos te esperam, Olímpio.

O advogado inteira-se de tudo que ocorre em São Paulo, os diferentes clubes (exulta com o *Farroupilha*), e há um momento em que "um instante de palidez enobrece-lhe a fronte": e se Olímpio deixar o Rio Grande por São Paulo? O futuro Doutor levanta-se, põe a mão no ombro de Câncio Barbosa e, mirando-o bem nos olhos, diz outra frase destinada a tornar-se mitológica:

– Eu corro para o Rio Grande como um grande rio corre para o mar.

Imaginemos que um pintor está ali, de palheta em punho, junto ao seu cavalete: jamais conseguirá reproduzir o clima grandioso daquele final de tarde onde o sol, varando as vidraças cagadas pelos pombos, lança uma luz de mistério sobre a augusta cena.

Nesta noite Olímpio conduz o visitante por todos os antros republicanos e o apresenta a uma legião de conspiradores. O advogado, ao final, está exausto. Encostado a um poste da rua da Princesa, mal consegue dizer:

– Será difícil compor o primeiro ministério da República, com tanta gente ilustre.

> – *Que é que está escrito ali, pai?*
> – *Nada. Vamos andando, que já estamos atrasados...*
> *O pequeno, entretanto, para mostrar aos circunstantes que já sabia ler, olhou para a palavra de piche e começou a soletrá-la em voz muito alta: "Li-ber..."*
> – *Cala a boca, bobalhão – exclamou o pai, quase em pânico.* (Erico Veríssimo, Incidente em Antares.)

João Felício estava bem feliz, e, embora sua felicidade pudesse ser creditada a uma crescente prosperidade material que lhe enchia as caixinhas de libras, tinha um motivo específico: inaugurava sua casa de Pelotas. A construção durara exatamente vinte e cinco meses, dois dias e dez horas – essas extravagantes dez horas foram gastas no lixamento final e no envernizamento das tábuas daquela peça que ele, num assomo infantil, chamava de *gabinete*, um francesismo oferecido a D. Plácida, uma espécie de última condescendência com seu passado genebrino. Diziam, as pessoas da rua: "a casa está pronta", mas faltavam, para João Felício, os dois leões rompantes. Decidiu inaugurá-la assim mesmo; os bichos quando viessem seriam cimentados em seu lugar definitivo e eterno, nos cimos dos pilares do portão. À festa, realizada no primeiro domingo após a Páscoa, a que chamam de domingo *in albis*, compareceu toda a nobreza de Pelotas, mais os militares de chapéu bicorne e roídos de traças e o bispo D. Felício. Acharam o prelado mais moço: de fato, vendera uma tropa de 360 ovelhas por um preço inacreditável, associara-se ao novo banco que se formava sob o apelo de quotas fixas e, além disso, seu colega de Porto Alegre o chamara para consultas. Ele poderia ter usado a imagem da Fênix, mas calara-se na dúvida em invocar o mito pagão. A imagem que lhe ocorreu a seguir foi a de Cristo saindo de seu túmulo depois de três dias, mas lhe parecera uma blasfêmia; isto considerando, explicou tudo pela graça divina, que nunca lhe faltava. Sim, mais moço, engordara duas libras e uma onça, aferidas em sua rançosa balança de pesar fardos de lã, e se gabava da higidez dos dentes. Nem reclamou da viagem desde sua estância. De báculo e mitra dourados, abençoou o solar, casa sólida, pé-direito altíssimo, lavraturas de acanto sobre as cimalhas das janelas, e platibandas em vez de beirais, o que era uma novidade. Cinco janelas à frente, sendo a do meio com um balcão de ferro forjado. Estas janelas ficavam a tanta altura da rua que a casa parecia ter dois pisos; de resto o porão, do qual brotavam quatro gateiras com gradis, servia para afirmar essa ideia. O portão, ao lado esquerdo, ainda despido dos leões, era largo o bastante para passarem carroças e alguma eventual carruagem, e dava acesso a um pátio empedrado em basalto irregular que adquiria com a chuva o aspecto nobre da ardósia. Uma pequena escada de mármore de doze degraus ascendia à porta de jacarandá entalhado cuja verga projetava uma espécie de baldaquino coberto com telhas em canal. Aberta a porta, dava-se numa antecâmara com piso também de mármore e forro em caixotão. Depois eram as peças, amplas, arejadas, ensolaradas, em especial a grande sala que dava para a praça. João Felício mandara prover a casa com móveis de Buenos Aires, fortes, parecendo pregados ao soalho. Estava tão cheia de gente que João Felício nem reconhecia aquela casa como sua mas, como se sabe, estava feliz. Mais do que isso: estava certo de que agora, cumprida esta etapa necessária à vida de qualquer homem honrado, seria capaz de concretizar o sonho do Castelo, o definitivo sepultar dos delírios do lago de Genebra.

Atacada por uma nova crise, D. Plácida entrou no Solar com Olímpio nos braços, troféu de carne rosada, rendas nos punhos e um ar vago sob os cabelos dourados. Ao enxergá-lo, D. Felício admirou-se de como estava grande, curvou-se e pediu para ver-lhe o peito. Fez um sinal de contrariedade entre as sobrancelhas ao constatar que a cicatriz do batizado lá estava: seria perpétua. Foi então que disse, pondo-se ereto:

– Este menino será um predestinado.

Esta fala do Bispo fez com que todos se juntassem à volta de Olímpio e imediatamente o invejaram. Olímpio, esse, avaliava os circundantes que o apalpavam e olhavam; ao enxergar o rosto barbudo do Presidente da Câmara e temendo que aquele gesto de chegar mais perto pudesse significar um perigo, desatou num choro histérico, logo abafado por sua mãe com uma avalancha de beijos entremeados pelo arfar arrítmico dos pulmões. Foi então que aconteceu o fato destinado a ficar nos anais da inauguração. O menino, contendo os soluços, desejando livrar-se de tantos afagos e invejas, abrindo os braços, disse a palavra fantástica, e que até então povoava apenas as bocas dos revolucionários:

– LIBERDADE!

Sua primeira palavra. Tardia, mas feroz, e com ela esgrimia o ar, empurrando seus ouvintes para uma distância prudente. Enquanto todos os bebês do mundo engrolavam murmúrios logo decifrados pelos pais como *mamãe* ou *papai*, Olímpio soltara aquela sujeira. Constrangia-se, o Bispo, por haver lançado profecias a quem começava tão mal sua existência de orador, mas estava num dilema: se agora censurasse o menino, viria por baixo o augúrio antes proferido; se apoiasse, passaria por cúmplice. Assim, repetir "é mesmo um predestinado" pareceu-lhe melhor, pois tanto o destino pode ser bom como funesto.

Apoiando-se no báculo, olhou abstratamente à volta. E sua voz, a Voz dos Negócios Rentáveis, mais uma vez soou:

– É mesmo um predestinado. – E, depois de um silêncio: – Deus Nosso Senhor o ampare, e que viva para o bem.

Os foguetes, mandados soltar às pressas por João Felício, apagaram o desconforto numa chuva de estouros, e, como todos corressem para as janelas, assistiram a um espetáculo de burlantins mandado preparar para a ocasião: saídos de esquinas silenciosas, dois malabaristas jogavam-se pelotícas e garrafas de madeira, enquanto um terceiro, com o rosto coberto de alvaiade e cartola com uma flor, inclinava-se em mesuras ao Solar, dizendo, num terrível português misturado ao espanhol, que o dono da festa desejava a todos dinheiro e saúde, e que aquela casa seria dali por diante um lar aberto aos homens de bem, refúgio da virtude e amparo dos miseráveis. No atroar das palmas, poucos ouviram o menino que, no colo de sua mãe, dizia cada vez mais alto:

– Liberdade, liberdade, liberdade, liberdade, liberdade, liberdade, liberdade, liberdade, liberdade, liberdade, liberdade, liberdade.

Naquela noite, exaustos e meio bêbados, muitos dos convidados custaram a dormir.

A fama do menino revolucionário entretanto alastrou-se por toda Pelotas. Sobre uma almofada de cetim e borlas, repetia a estranha palavra para quem a quisesse ouvir, dando entonações raras e escandindo as sílabas com imprudência infantil. Era chegar alguém, por exemplo, o escrivão, e Olímpio tirava a chupeta da boca e com um risinho danado repetia-a duas, três vezes, até que o homem, suando e com os cabelos eriçados, pedia que parasse. João Felício, ao lado de seu *tesouro*, babava-se de vaidade; por detrás disso, ria; era uma espécie de vingança difusa, algo incompreensível. O Bispo, antes de voltar à estância, ainda advertia o pai para não permitir esses excessos. João Felício ouviu-o, mas não o escutou. D. Plácida recebeu o conselho do pai para que fizesse cessar aquela fama dúbia, mas, tal como o marido, não interveio. Os mais curiosos chegavam ao Solar sob os pretextos mais diversos e, de saída, pediam para ouvir a palavra. Como Olímpio estivesse cada vez mais temerário, caminhava agarrando-se nos móveis e, tendo por palco o balcão da janela central, gritava o insulto à cidade perplexa.

Assim foi por dois meses. Numa tarde em que recebiam o Juiz de Órfãos, e como este lhe pedisse para falar – no fundo o juiz era um bandalho –, Olímpio mais uma vez preparou-se, tirou a chupeta e bradou pela casa, espantando os gatos:

– Puta merda!

Respiraram, aliviados. Enfim o menino dizia algo digno: e logo a praça e as ruas adjacentes souberam que a paz voltara ao Solar.

João Felício teve uma surpresa quando abriu a janela de seu quarto, numa quarta-feira. No terreno ao lado, Camille Arnoux, fumegando um cigarrão, demarcava os alicerces de uma casa. Não contente em possuir sua charqueada na margem fronteira do São Gonçalo e achando pouco ter a primeira máquina de sangrar e carnear, o francês desenhava os alicerces de uma residência citadina. Não eram inimigos, longe disso, mas foi com uma ponta de desagrado que João Felício o cumprimentou e, perguntando, ouviu com impaciência as explicações – quase desculpas – daquele serzinho balofo e ruivo: precisava casar, estabelecer-se, e Pelotas era o lugar natural, não achava?

– Decerto – respondeu João Felício, mordendo um insulto. Compreendeu logo que vizinhos são uma cadeia eterna e convém manter cordialidade. Ofereceu-se para ajudá-lo, exagerou, fez-se um tapete para o francês. Decidiram, assim, que manteriam a amizade. Não obstante, João Felício não o convidou para tomar mate naquela manhã.

Ou pelo estímulo da provocação de Camille Arnoux, ou por achar que chegara a hora de enfim dar início a seu sonho, João Felício mandou chamar o mestre-pedreiro, fechando-se com ele durante três horas no gabinete. Em meio ao cheiro da caliça nova, pondo os pés sobre o assoalho de verniz imaculado e evitando falar em voz alta, inteirou-se das dificuldades de construir um Castelo. – "No pampa?" – perguntava o mestre, desconcertado. "Sim, no pampa" – afirmava João Felício –, "e por que não?" Mas um castelo no pampa exige uma complexidade de aparatos construtores, como árvores abatidas – "devem ser altíssimas" – para a realização dos andaimes desmesurados, operários transferidos para a casa da estância de S. Felício; requer também o transporte da cal, da areia, do pó de conchas; não se deve esquecer das pedras, de onde tirá-las, ou melhor, como levá-las até lá? E a proteção contra os ventos? e a possibilidade dos raios nas tempestades?

João Felício gostava de ouvir as objeções, pois lhe davam a impressão de como eram frágeis. Mas se o mestre-pedreiro não quisesse aceitar a obra...

– Aceito! – disse o homem, apavorado. – Os problemas são para serem resolvidos, não? Problemas não são dilemas...

– Ótimo.

E passaram a discutir o traçado do Castelo, no mesmo tom em que dois cegos dissertam sobre a beleza de uma árvore. Por sorte havia algumas gravuras de castelos, que João Felício descobrira nos livros de D. Plácida. Quase sempre imagens alegóricas, tais proezas arquitetônicas apareciam dissolvidas em brumas, o perfil mal se desenhando no entardecer, e sempre com algum maldito menestrel ou trovador em primeiro plano, dolentemente entregue ao desespero. O trovador era desenhado com minúcias, era possível ver-se até as nervuras das golas engomadas e contar as cordas do instrumento; quanto ao castelo...

– Só há uma solução – o mestre-pedreiro iluminou-se. – O senhor me manda para a França, ou Europa, lá posso copiar o risco.

João Felício tirou-lhe as ilusões. Não poderia esperar nem mais um dia. Era uma questão de honra. Disse-lhe que deveria informar-se, consultar obras de engenharia, agir com a cabeça, enfim. Deu-lhe o prazo de um mês para aparecer com um traçado convincente – o Castelo deveria ter duas torres, disso fazia questão, duas torres negras de basalto.

"Duas torres. Duas torres..." saiu murmurando o mestre-pedreiro, e assim chegou à praça, onde olhou para as duas torres da matriz. Cortar-lhes as agulhas, a cruz, talvez...

Para D. Plácida começou o Período do Grande Mistério. João Felício falava por monossílabos, tinha ausências sonhadoras e reunia-se com o mestre-pedreiro por longas, imensas horas, findas as quais saía do gabinete com um ar perdido, os olhos foscos de segredos, remexendo a comida com distração, passando as pontas dos dedos nas bordas dos cálices de vinho. Se a mulher perguntava algo, respondia-lhe com um disparate, como "o tempo, que estava bom, agora entortará" ou "cartolas podem ser revestidas de feltro ou pelo de marta", o que fazia D. Plácida crispar um pouco o braço em direção ao peito: por desfastio, ela procurava ocupar-se com Olímpio, que aumentava seu arsenal de impropérios a cada semana, tornando-se o maior desbocado em um perímetro de cento e cinquenta metros em torno do Solar. Salvava-a o Pleyel, recém-comprado por João Felício e dado de presente junto com um anel onde se via uma clave de sol. Sabendo que o Grande Mistério não se esclareceria, D. Plácida reviveu o *Gradus ad Parnassum*, mais os estudos de Cramer, Czerny e

Bertini, e com tal sofreguidão que logo seus dedos readquiriam a destreza de seus tempos de Genebrina. E a praça passou a encher-se de mazurcas, polonaises e noturnos, cujos sons emanavam das janelas entreabertas aos primeiros frios do inverno. Como um sortilégio, as pessoas esperavam a hora em que D. Plácida tocava e vinham encostar-se aos poucos postes; antes isso do que a sórdida palavra que Olímpio, felizmente, esquecera. O escrivão, concentrado na música, gostava de adivinhá-las – ao fim, de tanto repetidas, já se incorporavam aos sons habituais da cidade, equivalendo-se ao zunir dos ventos e ao chiar dos eixos das carroças. Quando a música faltava é que se davam conta: "'Hoje ela não tocou" – mas diziam isso com a distração com que poderiam falar: "Os cachorros não latiram hoje". Ninguém poderia imaginar que esses alheamentos eram motivados não só pelas crises dispneicas, mas também pela inquietação que D. Plácida cultivava ao perceber o marido absorto com uma ideia até aquele momento incompreensível: passava períodos forçados na estância e na charqueação, mas na estância principalmente, retornando cada vez mais displicente com as coisas da casa. Um dia foi mais claro: circundado por um halo de fumaça do charuto, disse que preparava um grande acontecimento, "um grande presente", maior do que ela poderia imaginar. D. Plácida voltava a página de um estudo, e assim fixou o gesto, atenta ao que ele poderia dizer a seguir. Mas ele calou-se, ou melhor, era como se estivesse calado, pois apenas falou, "agora, com o inverno, tudo gela". E perdeu-se em digressões sobre as poças de água, duras como pedras, ao amanhecer. Algo estava impedindo seu trabalho, sua tramoia... D. Plácida endireitou o busto, retomou uma escala em Dó sustenido menor e passou-se meia hora. Nesse tempo, ela respirou com certo desafogo, pois se tudo não passava de um presente... mas qual presente poderia ser maior do que a casa, o piano, o anel? Nessa estação, D. Plácida, suspensa pela anunciada surpresa, abandonou as frivolidades musicais e durante as tardes arrepiadas, de nuvens baixas e carregadas de água e eletricidade, os transeuntes apenas podiam ouvir, por detrás das janelas, os sons de autores carrancudos como Bach; raramente a pureza cristalina de uma sonata de Mozart ou o ingênuo frescor de Rossini.

Com as primeiras flores de setembro João Felício anunciou-lhe que passaria uma longa temporada na estância; não o esperasse antes de três meses; mandaria notícias pelo capataz. Causou espanto o séquito que levou consigo: além do mestre-pedreiro, iam oficiais de cantaria e carpinteiros, carregando suas ferramentas. Como o pacto se estabelecera, ela nada perguntou, resignando-se à espera.

Para João Felício começava a Grande Aventura de sua vida. Desde logo alojou toda aquela gente na sede da estância, enchendo os quartos e até a varanda. Organizou-os como num exército, do qual o mestre era o comandante. Na segunda tarde foram para o lugar designado, o do antigo rancho de Bento Maria, e ali, com o risco arquitetônico nas mãos, estabeleceram os lugares onde ficariam as torres, a esplanada, as gigantescas salas, as intermináveis cozinhas. O desenho estava bom, recebendo aprovação entusiasmada do contratante: uma obra cujas torres tinham doze metros de altura, o corpo principal um pouco mais baixo, janelas românicas mescladas a portas góticas, frontões gregos nas janelas da capela e seteiras com metro e meio de comprimento por vinte centímetros de largura, estas últimas simbolizando repulsa a ataques de inimigos invisíveis. A fantasia do construtor bordejava a insânia, parecia um bêbado ao descrever a obra finalizada – "a minha obra-mestra", dizia, os olhos travados de delírios. Concordara em manter o segredo, "uma obra do coração merece esse cuidado".

Enquanto teu filho trava batalhas republicanas nos cafés e clubes de São Paulo, tu até te esqueces das aulas de Beethoven aos canários mágicos, e tudo porque, num momento de êxtase, entregas-te um bilhete em francês a Félix del Arroyo. Félix nada espera de ti a não ser a condescendência ao amor que ele te dedica; mas foste além, muito além do que te era permitido, atravessaste a barreira que te joga em cheio no abismo do teu desejo. Houve aquele teu maldito sorriso entre os dentes maliciosos, houve o bilhete obsceno, um convite: e por isso estás aqui, em teu posto frente à janela, os olhos tesos de tanto mirar a praça entregue à nostalgia do outono. É como numa pintura, ou, mais uma vez, uma cena de romance: as folhas, rompendo os frágeis pedúnculos, soltam-se num voo caprichoso e vêm pousar sobre a amarelada grama dos canteiros simétricos. As torres da matriz, varando o primeiro minuano, estão mais hirtas e desafiantes – ali pairam como símbolo de tua imprecisa virtude. Mas ainda a reténs, a virtude. Não deste o passo definitivo que te incluirá no rol das vítimas do pecado. Jogas, assim, com um bem precioso, à beira da catástrofe, e nesse jogo todo teu corpo se altera, o sangue enlouquece, fazendo pulsar as artérias num ritmo de barbárie.

Há pouco procuraste a paz entre teus livros; estes só aumentaram a tua inquietação, com seus poemas bojudos, redondos de lascívia. Largaste-os, com um *ah!* de impaciência. Então veio o café, trazido pela governanta, e tua mão derramou mais açúcar que o necessário; o líquido transbordou, enchendo o pires. Provaste-o, mesmo assim, e aquela calda acionou tua saliva e te provocou um repentino enjoo e logo os pulmões se encolheram dentro do peito e o ar dourado te faltou. "Tudo, tudo, menos isso" – foi tua exclamação para a governanta: já antevias os vapores, aquele aparelho diabólico que também é teu céu e salvação, mas que te põe inerte durante horas, a agonizar, e que te deixa, ao final, um ser exaurido e úmido. "Tudo, menos isso" – repetiste, lançando-te à soleira da porta, os braços abertos, presa de uma angústia abjeta. Tuas mãos se agarraram em ambos os batentes e sorvias o ar como uma possessa, preciso, preciso melhorar. Naquele momento algo dentro de ti se desintegrava, não reconheceste mais tua casa, nem as mãos da governanta, que te amparava e que dizia palavras de consolo e ânimo, tudo imerso em neblina e esquecimento. O dia porém te sorriu: pouco a pouco os pulmões respondiam, inflando-se e expirando com crescente regularidade, secou o suor da tua testa e teu corpo lentamente voltava a ser teu. E assim pudeste assumir teu posto vigilante frente à janela, mirando a praça. É espantoso como te assalta agora uma ideia de irrealidade, não queres crer que tua audácia tenha chegado a tanto: entregar o tal bilhete. A cena de romance, o professor ajoelhado a teus pés, isso foi mais do que poderias esperar em tua idade e em tua compostura de viúva resolvida a envelhecer. Não, não poderias ser tão ingênua, e no entanto o és. Aquilo que recriminas em uma jovem agora é teu cotidiano, paixão, amor, desejo. Enfim. Se a virtude de teu corpo ainda oscila à beira do abismo, teu espírito há muito projetou-se no espaço: esta é a verdade.

Ah, acontece um contratempo: o notário cruza a praça, arrepanhando as lapelas do capote junto ao pescoço. Vem em direção ao Solar e traz uma pasta de couro, cheia de papéis que deves assinar. Recebes o homem já revestida das couraças de D. Plácida, assinas os papéis da herança de João Felício com uma firma floreada, pondo em andamento esse *imbroglio* cheio de avanços

e recuos, petições e memoriais. João Felício não é mais teu marido, tornou-se um nome e um processo, do qual queres te livrar, como a sepultar teu casamento. Assinas o último papel e, por cortesia, ofereces um cálice de Porto. O notário aceita-o, e:
– A senhora não deveria incomodar-se.

Enquanto ele bebe, ergues o olhar para o relógio de pêndulo, que começa a bater as quatro horas num ranger de engrenagens gastas, e, sem que percebas, tuas vistas já estão varando a janela, como se estivessem fugindo daqui. Ao soar a última batida, logo abafada pelas paredes apaineladas, não estás mais nesta sala; só teu corpo reclina-se na poltrona, a mão amparando o rosto, os olhos perdidos.

– A senhora não acha?

D. Plácida, que está atenta, responde logo que a estrada de ferro de fato está tardando muito a ser concluída, parece obra de Santa Engrácia.

– Será um grande progresso – afirma o notário. – E, no caso, eu ficaria muito contente, afinal o traçado passará defronte à estância de São Felício. Fim para essas viagens terríveis em charrete. Mas mais do que isso, os produtos da estância chegarão logo em Pelotas.

– Decerto. Mas não tive nada a ver com isso. Os engenheiros fizeram livremente o traçado.

Com que habilidade D. Plácida te salva nos momentos mais difíceis! Deves agradecer a ela. Meia hora depois ela se levanta e dá a mão a beijar ao notário, e o conduz ao átrio de mármore, despedindo-o com um *até breve* que te surpreende pelo tom seguro. Quando a governanta fecha a porta e, após verificar o quanto estás recuperada – ela não pode adivinhar o que se passa em tuas veias –, tu pensas: "hoje é um dia em que pode acontecer tudo, as paredes podem rachar, os canários podem até cantar Beethoven, a governanta pode ensandecer e matar-me como a um animal". O chão, instável como tuas fantasias, some a teus pés e vais flutuando até o quarto e te sentas frente ao espelho. Te enxergas por dois segundos. Te ergues inquieta, vais até a cômoda, pegas um lençol e com método infinito recobres a superfície de cristal, encarcerando lá dentro a breve imagem daquela mulher com o rosto lustroso de expectativa e com pensamentos tão loucos. "E como tem passado a senhora, D. Plácida?" – "Bem, Félix, aguardando sua chegada a cada minuto desse dia. E abandone esse tratamento tão cerimonioso, me chame por outro nome, é o que mais quero". – "Como esperei por esse momento, minha querida". – "Entre, fique à vontade. Isso, tome minhas mãos e leve-as aos lábios. Sou tua, sempre fui desde o primeiro dia em que te vi entrar por esta porta. Não tenhas medo: passo meus dedos por teus cabelos, são tão lindos". Ah, que péssima escritora de romances saíste, Genebrina! De que te serviu leres obras e mais obras de autores tão literários? De que adiantou, se apenas sabes compor essas banalidades? O amor – refletes – é assim: uma sucessão de lugares-comuns. Amor? Quem falou em amor? Darias a vida por Félix del Arroyo? Estarias disposta a desafiar a minúscula grandiosidade dessa malta de barões e marechais e senhoras gordas e proclamar que amas o professor? É amor essa pulsação desordenada, essa gosma que desce de teus órgãos e inunda tuas roupas imaculadas? Essa saliva que te enche a boca, essa esperança?

As horas escorrem como gotas de rocio sobre a superfície de uma pétala amanhecida (e essa imagem, onde aprendeste?) e, quando chega a hora de Arquelau vir para o beijo de boa-noite, cumpres o papel de mãe amorosa, fidelíssima, e lhe dás o beijo, recomendando que ele não se entregue aos pesadelos. Ao vê-lo por trás, conduzido pela governanta, tens pena – mas é por pouco tempo, sem notares, vais-te desprendendo das contingências deste mundo, vais ficando liberta de tudo que te obriga a ser uma senhora digna, te entregas a um domínio irresponsável e temeroso, um primórdio de liberdade. Assim como fizeste à tua imagem do espelho: ocultas, voltando para a parede, o retrato de João Felício, e depois conferes se estão no lugar a garrafa e os copinhos de licor de ovos. Estás nessa tarefa quando ele chega, anunciado por uma suave batida com os nós dos dedos – já imoralmente dispensando a aldraba que revolve os mortos no túmulo.

Com um calor na face vais em pessoa recebê-lo.

Em meio à luz amarelada dos lampiões, Félix surge como um espectro silencioso. Beija tua mão e sem dizer palavra senta-se na poltrona de palhinha junto à cristaleira. Tu dobras os joelhos e te abates sobre a cadeira em frente, os olhos presos nos deles. Por instantes é apenas o tic-tac do relógio e o perfume de cítricos. Ele, terrível, avança o busto em tua direção: é o momento em que podes vê-lo melhor e de súbito tudo se desfaz. Por este homem é que esperaste tanto? A pele já possui algumas rugas, pequenas, mas sólidas, e o lábio inferior ("que freme de desejo", oh, Vigny!) nunca foi tão indecente, quer engolir-te, saborear-te como a um figo maduro. Os olhos percorrem todo teu rosto, lavrando uma terra que não é dele. Quase podes tocar esta ardência despropositar – a que deste causa, entretanto. És desastrosa, Genebrina:

– Chamei o senhor aqui porque preciso falar sobre Arquelau.

Ele ri, ri alto, o que te faz olhar apavorada para os lados e pedir a ele que se contenha. Félix obedece, mas tira o bilhete do bolso e, aproximando-o da chama do lampião, lê-o com vagar, em voz pequena mas perceptível, escandindo as francesas obscenidades com um deleite de sátiro. Serão tuas, mesmo, estas palavras?

– Peço ao senhor que me poupe esse sacrifício – imploras.

– Pois não – e ele te devolve o bilhete. Tu o relês frase por frase e o rasgas, guardando os pedaços na gavetinha do aparador de ébano, junto a ti. – Se foi apenas por isso que vim... – ele diz, levantando-se.

Tu o acompanhas decidida até a porta, e, antes que possas abri-la, ele te abraça e sôfrego procura tua boca e te murmura palavras carregadas de paixão, tu te esquivas e por fim dá-se uma nova cena de romance, *la passion s'installa dans le corps de la faible femme*, e tu a fraca mulher entregas-te a um beijo profundo, demorado, daquele homem que há pouco consideravas tão indigno, tão vulgar e imerecido. Não há razões, não há causas nobres, nem conveniências, nesta hora, tua pequena mão enfim, enfim percorre aquele rosto, os dedos perpassam os cabelos longamente desejados, descem pelo pescoço, arrancam a gravata, abrem os botões da camisa e passeiam pelo peito rijo, de pelos resistentes, e deitas tua cabeça sobre aquele peito, aninhando enfim ali todas as esperanças e desejos de meses, não te comandas mais, o que importa? Conhecendo bem por onde anda, Félix te conduz pelo corredor de sombras na direção do quarto e ali, a porta fechada,

Perversas famílias | 139

te repete todas as mentiras que já mentalmente fabricavas. Sem nenhum amor pela verdade, sabendo que a verdade, aqui, é coisa inútil que apenas te afastará da tua vontade, fazes um gesto absurdo, corres o trinco da porta e logo tua mão é presa pela mão de Félix e já sentes que ele te arrasta para a cama e tu, sucumbida e apagada, deixas que ele te rasgue as tuas rendas, desembarace teus cabelos, e nessa vertigem e nesse abismo o recebes como a um ladrão noturno.

Imaginavas algo melhor, quando, depois de um instantâneo sono, te acordas nos braços nus que passam por detrás de tuas espáduas nuas e o ouves dizer que sempre te desejou – e sem nenhuma surpresa procuras desvencilhar-te e acendes a vela sempre posta ao lado da cama. Em meio ao balbucio da luz amarelada, ele te sorri, dentes fortes e falsos, e é o que basta para te levantares e assim, soberana, mandar que ele ponha as roupas que jazem sobre a tua cômoda. Ele já parecia esperar a ordem, tanto que te obedece, veste-se devagar, quase insolente, e sabes que ele já prevê muitas e muitas noites iguais a esta, e que não terás forças para recusar-te a ele, nem que queiras, nem que nisso ponhas todas as tuas fracas energias. E quando ele sai, mal beijando-te a testa, fazendo-se de casto, e depois, quando o imaginas escondendo-se pelas vielas enegrecidas, tu te abraças ao travesseiro e é então que choras, de vazio, de ausências, talvez de desespero.

VI-ME ÀS VOLTAS COM NOVA CULPA

Na Europa as coisas ocorriam de modo vertiginoso. Mas ainda não havia guerra ou, pelo menos, eu não atinava com ela, apesar de os adultos estarem continuamente com a cabeça no ar, à busca de novidades. Viena entregara-se como uma ave ao tiro, e a Polônia apenas aguardava que o Grande Estuprador lhe viesse entre as pernas – a História, portanto, seguia seu rumo. Eu, Páris, pouco entendia dessas coisas, como disse: naquele instante a minha História era mais importante. Procurava decifrá-la nos entremeios das conversas; mas os adultos eram cada vez mais elípticos – fiquei reduzido às conversas com Beatriz, naquelas vezes em que vinha com Arquelau para bebericar o café dos domingos à tarde. Mas era pouco, muito pouco, pois o casal chegava de sua estância lindeira em uma charrete magnífica, manejada por um cocheiro ainda mais magnífico, uma espécie de personagem de contos fantásticos, na cabeça uma cartola esburacada e um jeito fabular de enrijecer-se à boleia, como se estivesse conduzindo majestades. Fumava charutos meio podres e muito babados, com um fedor descomunal. Minha atenção, por isso, dividia-se entre as revelações de Beatriz – que ao fim já não eram novas – e o interesse pelo cocheiro. Eu gostava quando ele, apeando, ia desatrelar o cavalo, era o momento em que falava mais, explicando-me os segredos de bem conduzir; afinal, era um mestre. Mais fascinado ainda eu ficava quando o seguia a uma espécie de ritual: encaminhava-se para a cozinha, sentava-se na larga mesa, tirava da cintura um canivete e da bolsa de foles tirava um naco de mortadela que – no meu entender – vinha amarrada a uma garrafa de vinho tinto. Pedia à cozinheira um pão enorme, estendia tudo sobre a mesa e ali, com um prazer animal, cortava rodelas do fiambre, metia-as regularmente na boca, metia mais um pedaço de pão e emborcava grandes goles de vinho. Repetia essa cena a cada vez, e até hoje eu posso sentir o cheiro úmido da mortadela e o ácido do vinho. Ao cabo de meia hora ele estava bêbado, indo curtir o porre no galpão, sobre uma enxerga cambaia. Com alguma astúcia, eu juntava os farelos com as pontas dos dedos e lambia com sofreguidão as últimas gotas da garrafa abandonada. Da mortadela, eu comia as cascas. "Dá lombriga", diziam as mulheres da cozinha, mas eu desejava lombrigas, e muitas, se me fosse permitido comer um pouco. Não que me faltasse comida – ao contrário, tinha-a, e abundante, e gordurenta, e excessiva até. Mas a mortadela, ou melhor, as cascas da mortadela, tinham um sabor que me atiçava a comer sempre, e cada vez mais. Numa tarde fria em que o vinho no fundo da garrafa foi suficiente para embriagar-me, levantei-me e com toda a coragem fui até o galpão e menti ao cocheiro que Arquelau e Beatriz iam mais cedo, ele que preparasse a charrete sem perda de tempo. O homem levantou-se e, estremunhando – perdia seu precioso vocabulário –, dirigindo insultos aos patrões, buscou o cavalo e, em meio aos vapores do vinho, atrelou-o nos varais. Pedi-lhe então para "'dar uma voltinha", ao que ele negou-se, dizendo que naquela charrete só ele punha a mão, e entretanto Páris já se aboletava no banco de couro e, sem esperar mais nada, segurou as rédeas, pegou o relho e deu-lhe com força nas ancas do cavalo que, por não estar bêbado como nós, saiu em disparada ao redor do Castelo, Páris fustigando, Páris gritando de alegria e vá relho, e vá relho, sentindo-se como Hitler que tudo mandava, levantando poeira e um barulho de erguer mortos. Acorreram todos para fora e berravam como loucos, minhas queridas mulheres Amália e Beatriz, mais as cozinheiras, mais o melancólico Proteu, mais a figura tesa de minha avó, e eu de relho alçado, em cada porta e janela havia pessoas que ao fim se embaralhavam na minha cabeça, eu já compondo figuras patéticas, a cabeça de um com o corpo de outro, e dê-lhe relho, e dê-lhe grito, até que o cavalo entrou pela alameda de plátanos, venceu-a em dez segundos e, ganhando ar livre, cruzou o campo de aviação, eu consegui dominá-lo um pouco, fiz com que fosse à cabeceira da pista, voltei-o, e dê-lhe relho, e comecei a ganhar velocidade, e mais velocidade, seria a primeira charrete voadora do mundo e já podia sentir que as rodas se descolavam do chão e o cavalo era um Pégaso e as patas eram leves como os pés de Mercúrio, o vento zunindo entre minhas orelhas de ébrio, e dê-lhe relho, e o boné de Páris perdeu-se para trás, Páris abandonando o mundo e seus sofrimentos de passado obscuro, lá em cima, no céu, todos sabiam de tudo, todos tinham pai e mãe, Nossa Senhora e os Santos, São Luís Gonzaga, monstro de pureza e castidade, lá vai Páris! *Crás!*

Sim, estavam sobre mim dois rostos: um por profissão – embora parteiro, ou quase – e o outro por encontrar em mim um novo colega de vagares etílicos: imaginem que eu entreabria os olhos e via Proteu e o Bêbado. Digamos: meu tio e meu tio-avô. Proteu me tomava o pulso e perguntava se algo doía. Sim, doíam todos os ossos, e as vísceras desmanchavam-se num fragor de cachoeiras; Astor ria de Páris, um riso safado onde eu, mesmo de olhos entreabertos como convém a um moribundo, enxergava algo de coleguismo. Chamaram peões e naqueles braços cheirando a graxa e couro fui levado para o mesmo canapé onde meu avô morrera e ali, deitado e olhando o mesmo lustre, eu me entregava aos cuidados médicos do tio-parteiro que não me tirou um filho do ventre, mas me apertava a barriga como se o fizesse, e continuava perguntando o que me doía e eu repetindo que tudo, que tudo, e pedi para segurar a mão de Beatriz que se oferecia como um pêssego e com isso eu esconjurava os olhares da Condessa minha avó. Astor apareceu com o gramofone para me consolar e enquanto rodava o *The man I love, / love, / love* ele dizia a Páris que logo iria ficar bom, todos ali queriam que eu ficasse bom e sugeriu que dessem ao menino deitado um pouco de conhaque,

Páris com medo que ele batesse a língua nos dentes e naquele momento supremo revelasse meu pecado de enterrar o Doutor com vida – o perverso omitiria a própria culpa, como fazem todos. Por sorte, sua insanidade resumiu-se à música e à sugestão do conhaque. O parteiro, buscando o estetoscópio, achatou-o sobre meu peito, minha barriga e depois, pendurando-o no pescoço, começou a examinar minhas costelas, braços e pernas, à busca de fraturas; a Condessa-avó sentara-se ao lado, seus olhos iam de minha mão que segurava a mão de sua cunhada e partiam para o rosto do filho, quase sorria ante a reconhecida incompetência dos médicos brasileiros, e foi com descrença que o ouviu que "possivelmente não aconteceu nada", exceto – bem, *exceto* – uma luxação no pé direito. Quanto aos órgãos internos ele, que – eu imaginava – misturava úteros com cólons e intestinos, ele disse que "é certo que estão bem". As dores eram de resto naturais num tal acidente, Páris salvara-se por milagre.

Meu pé era, assim, o único vestígio de minha borracheira, e passou a ser foco de meu interesse, enfaixado, comprimido, os tendões obrigados a descansarem de suas funções. Como era difícil subir meu pé pela escadinha em caracol até meu quarto, Proteu disse que eu poderia ocupar uma cama vaga ao lado da sua, no quarto ao rés do chão. Sua sabedoria médica foi respeitada, à falta de outra. Entendi logo que a proposta escondia algo: o Sonhador mostrava-se ainda mais melancólico nos últimos dias, precisando talvez de alguém para falar, ninguém mais lhe dava atenção. Instalado em uma cama de verdade aprofundei-me em que ciência? Não da obstetrícia, por certo, mas da literatura. Os poemas do *Correio do Povo* foram momentaneamente substituídos por versos desconcertantes sem métrica nem rima, recém-descobertos por Proteu nas gavetas escondidas de seu finado pai. Os livros estavam todos com as páginas virgens, e continham dedicatórias dúbias. Meu tio-parteiro trazia tais publicações como se carregasse dinheiro falso, depositando sobre a cama e com um vagar milimétrico de quem sabe – sabia? – usar o bisturi nos ventres alheios; ia abrindo com uma espátula de ouro e platina cujo cabo representava a galharia de um veado – soube depois que fora uma oferta do presidente dos Estados Unidos para o

Doutor. Aliás, na lâmina estava gravado *In God we trust* em letras góticas. Descrevo com tantas minúcias a espátula porque ela, tão rica, revelava o desconchavo dos poemas daqueles livros. Proteu lia-os em voz alta para mim, os olhos marrons velados pelas lentes engastadas em aros finos de metal. Era um gosto vê-lo deitado, a mão esquerda suportando a cabeça, o colarinho aberto, a mão direita segurando o livro, as pernas cruzadas, os pés calçados sobre um jornal – para não sujar a colcha. Sua voz, que lembrava muito a do meu avô-Doutor, recitava autores tão desconhecidos para mim como para ele próprio. Eu gostava de ouvir meu tio, as palavras em sua boca ganhavam sentido, articulavam-se em pensamentos lógicos, vibravam. Quando eu entretanto pegava algum daqueles livros e tentava ler por mim mesmo, me dava um grande tédio, e logo dormia. Em silêncio – eu o pressentia – meu tio me tirava o livro tombado sobre o rosto e ajeitava minhas cobertas. Antes de submergir novamente no sono, eu ainda podia vê-lo, a lâmpada da cabeceira acesa, lendo. Uma vez em que custei a dormir de novo, notei que ele se levantara, caminhava de um lado para outro, acendia um cigarro e, apagando-o no cinzeiro, debruçou-se sobre a cômoda e chorou desabalado, contendo-se para não chamar atenção. Depois, muito lentamente, tirou um lenço do bolso, secou as lágrimas, olhou absorto para o lenço, despiu-se, vestiu o pijama, deitou-se, apagou a luz. Eu então perguntei "tudo bem, tio?" – mas ele nada me respondeu.

    Até que um dia, como deve acontecer, ele declarou-me curado. Eu já caminhava, embora claudicante; talvez estivesse apto a subir o caracol. De qualquer maneira, minha hospedagem no quarto do obstetra tornava-se insustentável: minha avó-Condessa andava falando pelos corredores que eu já deveria estar são e em condições de voltar para meu quarto. Se fiquei triste? Sim, por deixar meu tio; estávamos, é certo, na mesma habitação, mas o Castelo é tão grande que as peças distam quilômetros umas das outras, o que me mandava para outra cidade, outro país, para o inferno. Proteu, na tarde em que eu recolhia a caixa de papelão com minhas poucas roupas, chegou-se perto e pôs a mão sobre meus cabelos, numa ternura inesperada. Pensei que ia falar algo, alguma despedida, mas ele apenas abanou a cabeça e ergueu os ombros. O que fazer... tio?

Mas eu tinha minhas compensações: poderia ver Amália com mais vagar, de modo bem diferente do que aquelas aparições silenciosas para me levar uma bandeja de comida. Não me enganei: logo na primeira noite ela subiu na ponta dos pés, levando-me um copo de leite morno. Vinha de camisola e os cabelos escondiam-se dentro de uma coifa de crochê e sentou-se na beira da cama, olhando-me. Sem esperar consentimento, levantou as cobertas e enfiou-se para dentro. Lavara-se recentemente, talvez naquele mesmo entardecer, e por mais que eu a cheirasse não descobria nada de gordura. Abracei-me por detrás à cintura grossa e encostei meus pés nos dela, sentindo-me um verme por estar assim traindo meu tio, que imaginei sozinho, perambulando em seu quarto vazio, sem nenhuma companhia humana. A presença de Amália, entretanto, era forte o suficiente para fazer esquecer disso tudo. Bem baixinho, perguntei-lhe o que ela fizera todo aquele tempo sem mim e ela respondeu-me: "vivendo..." Havia uma suspeita entonação, um visgo de adultério em sua voz. Mas ela procurou desfazer a impressão e relatou-me tudo o que se passara no Castelo durante minha convalescença, a irascibilidade de minha avó-Condessa, que depois de viúva tornara-se insuportável, remexendo em tudo, pedindo contas até dos grãos de arroz na despensa, que raiva! Só era bom quando ela ouvia rádio, dava um sossego aos criados. O Bêbado, esse não incomodava, exceto quando ia para a cozinha com a nova moda de bolinar as empregadas – mas depois de uns goles transformava-se num animal dócil e divertido.

– Você nem parece parente deles. – Amália voltava-se para mim, abraçava-se a mim, beijava minha testa. Eu, um menino, procurava satisfazê-la, passando a mão sobre sua coifa e dizendo que nem eu mesmo acreditava naquele novo parentesco. Eu, o malvado, fiz-me carente: contudo ali no Castelo era melhor do que no colégio interno de Porto Alegre (eu falava): um lugar horroroso, os padres davam pancadas nos alunos, punham-nos ajoelhados sobre grãos de milho durante um dia inteiro, éramos obrigados a decorar a descendência de Abraão, a comida era apenas pão velho e água choca. Tínhamos de esfregar o chão e limpar, nas latrinas infectadas, o mijo e a merda dos padres. Isso sim, era sofrer!

– Você precisa de uma mãe – ela sussurrou, trazendo-me para junto dos seios. – Sua mãe, Páris, não conseguiu te dar carinho, a pobre.

Ah, Amália, malvada! Ergui-me num salto, atraquei-me ao seu pescoço, gritava como um louco, exigindo que me dissesse mais de minha mãe, ela sabia! Amália, apavorada com minha fúria, mal gaguejava "não sei, não sei, fique quieto, não sei" e eu comecei a golpeá-la no peito, amassando aqueles seios gordos, Amália defendendo-se, levantando-se, procurava as chinelas e eu então agarrei-me àquela camisola maldita e rasguei-a de cima a baixo num furor assassino, queria matá-la naquele instante e assim atracados saímos da cama, Amália seminua a proteger-se de Páris, o Huno, que lhe foi ao encalço gritando puta! puta! Mesmo percebendo que a luz do Bêbado se acendia na outra torre, eu não conhecia limites, cravei minhas unhas naquelas costas infiéis e Amália projetou-se pela porta em direção ao caracol e eu atrás e de cambulhada despencamos pelas escadas e Amália sempre negando, sempre, e estávamos quase no chão – quando um tiro soou pelo Castelo.

Estacamos, gélidos. "O que foi isso?", ela disse. Outras luzes se acenderam, criados apareceram e vi minha avó-Condessa, em robe de chambre, correr em direção ao quarto de Proteu, corremos todos, corri e vi, pela porta que se abria, o meu tio, o peito encharcado de sangue, a mão segurando um revólver. Ainda balbuciou algumas coisas e de repente os olhos cravaram-se no teto, imóveis e mortos.

E assim o futuro Doutor põe na mala alguns exemplares de seu novíssimo livro *A república liberal*. O outro, *A história da grande revolução*, terminará na volta – junta várias edições do jornal acadêmico, contrata um criado, dá ordens para que retenham sua correspondência, oferece um jantar no Grande Hotel e ruma para Santos, onde toma o paquete para o Rio de Janeiro: lá as coisas fervem, mais do que em São Paulo. Durante a breve viagem marítima vai refazendo a lista de nomes que deveria procurar, alguns ilustres gaúchos como o Senador e outros brasileiros não menos ilustres como Rui Barbosa e Quintino Bocaiúva.

Não se deixa seduzir pela senhora argentina que viaja acompanhando o marido, proprietário de cavalos de corrida e cavanhaque à Cavour; bem que a senhora tenta seduzi-lo por várias formas, sugerindo-lhe encontros durante as reuniões cariocas do proprietário que – diz ela – não manifesta outros desejos além de derbies e seleção de sementes para forragem animal. Veem-se pela primeira vez junto à amurada, olham para as mesmas elevações decorativas da Serra do Mar e suas mãos quase se tocam. É aprumada e leve, cabelos em coque imbatível ao vento e à maresia; vista assim de lado, possui traços de camafeu italiano, mas logo

ao voltar a cabeça a impressão se desfaz, pois dois olhos de betume gotejante e boca indecisa e carnal dão-lhe ares de baronesa com passado mundano e muitos amores nos recantos de saletas escuras. Uma presa facilmente capturável, se vontade houvesse, bastando a maçada de um par de horas de conversa e dois ou três encontrões junto ao corredor dos camarotes. Margarita fala da linha de montanhas, comenta a sujeira do porto de Rio Grande (os negros contudo causaram-lhe uma pena imensa) e mostra-se interessada em conhecer um país monárquico, talvez na esperança de recuperar suas hipotéticas posses feudais: *"Un emperador, qué chic..."* E joga os seios em direção ao oceano, duas proeminências arrogantes que Olímpio imediatamente compara a "promontórios bordejados pelo mar de rendas luzentes ao sol". Fica apenas pela metáfora, pois no fundo não lhe interessa a fêmea, "perversa meretriz de Nínive faustosa, corroída pelos males de Vênus", ou enfim: uma puta. Mas educadamente ouve-a falar ainda as trivialidades de esposa infeliz, sempre iguais, quase as adivinha no pormenor das longas noites de abandono, das amantes do marido que é obrigada a suportar, etc. E com pesar percebe o infalível dessas queixas, que sem a menor originalidade Margarita as desfia como a recitar um romance de capítulos desencontrados e sem nenhum preâmbulo. Instado a falar alguma coisa, Olímpio diz, desviando o olhar para o marido que chega:
– Coisas da vida, minha senhora...
O marido encontra-os assim em doce entretenimento e oferece charutos a Olímpio, recomendando-lhe – ele, um estrangeiro – os melhores lugares da Corte e, embora a temporada de teatro vá adiantada, ainda pode ver alguma coisa de aproveitável. Bebem refrescos, extasiam-se com a entrada da baía da Guanabara e são colhidos pela surpresa de um entrave oficial qualquer, papéis irregulares, suspeitas de contrabando a bordo – algo que os deixa fundeados ao largo, à espera de um major, ou coronel, que dará liberação para o desembarque dos passageiros e da carga. A admirável castelhana covardemente aproveita esse tempo para declarar seu fulminante amor, obrigando Olímpio a reter o nome do hotel onde ela e o marido se hospedarão: não esquecerá, pois fica a dois passos do seu. O coronel, ou o major – na verdade,

é um capitão de fragata – dá a licença, e Olímpio e a castelhana despedem-se à vista do marido, como bons companheiros de viagem.

Sacolejante em seu *char-à-banes*, e tendo junto de si o criado Raymond, um mulato sarará de óculos azuis, terno de riscas e gestos perigosamente voláteis – Olímpio vê pela primeira vez a Corte, gloriosa em sua decadente aristocracia, soberba no arremedo de um poder que pouco a pouco se esvai nas mãos de um monarca erudito e fraco. Ao passarem frente ao Parlamento, Olímpio joga-lhe um insulto republicano tão terrível que faz o criado soltar um assobio de espanto pelo biquinho dos lábios. De resto, impressiona-se pela pouca higiene das ruas forradas de merda e mijo, e mais: pela constatação de uma secular dependência para com uma nobreza falida, cujos restos estão em alguns solares brasonados e estropiadas caleches pilotadas por lacaios com libré abrindo nas costuras.

– Isto não pode conviver com o telégrafo, com a máquina a vapor!

Fica num hotel da rua das Marrecas, de onde pode ouvir o rumorejar da rua do Ouvidor, que se revelou, à passagem, a mais aproveitável de todas, exibindo belas lojas de mercadorias francesas, mulheres de chapéus empenachados e senhores de bengala. Cenário um pouco frívolo para um gaúcho com estada em São Paulo; mas por ali é que tudo passará, quando a República for uma realidade. Arranja-se no hotel, manda Raymond entregar um exemplar de *A república liberal* a Quintino Bocaiúva, põe roupa condizente com o calor úmido e, para maior adequação, um chapéu redondo, de palhinha finíssima, duro como um pedaço de pau – a moda deve ser seguida mesmo por um jovem republicano que vai visitar o Senador de sua terra, um parlamentar liberal-monárquico, tribuno esmagador e cheio de truques, fazedor de ministérios, o chamado *Rei do Rio Grande*, que entretanto deve ser objeto de atos de vassalagem: antes tê-lo como adversário do que como inimigo.

Esse homem recebe-o em um vasto gabinete do Senado, onde se curvam inúmeros serviçais e que recende a charuto. Sentado a uma poltrona ao pé de uma mesinha atulhada de papéis, o Parlamentar toma mate. Tem o aspecto de lenda, cabelos grisalhos jogados para trás por um vento impalpável, barba apostolar e colarinho um pouco puído – são fartas as lendas de sua sovinice. Ao levantar-se – e não termina nunca de levantar-se – a larga mão que oferece a Olímpio parece ter acabado de soltar um malho de ferreiro.

Por fim conheço-o, doutor Olímpio.

Pelo visto o Senador já ouviu falar de mim...

– Já. És republicano. Desculpe-me tratá-lo por *tu*, mas a idade me permite, não?

Por certo.

– Então senta. Não sei o que esperas de mim. Não somos propriamente correligionários.

– Vim aqui por dever de civilidade com um conterrâneo.

O Senador enche a cuia do mate, passa-a a Olímpio.

– Dever de civilidade... gosto deste modo de ser nosso, bem gaúcho. Todo o gaúcho é lhano de trato, um *gentleman* de bombachas e esporas. São essas virtudes que constituem o substrato da nossa alma. Aceito tua civilidade. Ora bem, conheço tua família. São de Pelotas. Conheci teu finado pai, um homem com suas fantasias, mas um honrado. Pena que nunca quis perfilhar-se aos conservadores. Mas tinha índole de conservador, isso tinha. E a senhora tua mãe?

– Pelo que me diz na última carta, vai bem. Vive lá, no solar de Pelotas.

– E como vai teu curso em São Paulo?

– Termino este ano.

– E vai abrir banca no Rio Grande.

– Pretendo. Penso, entretanto, começar na política. No Partido Republicano. ("Um suor brusco orvalhava-me a testa".)

– Não imaginava outra coisa. Pena que sejam tão despreparados, os republicanos. É difícil, para mim, encontrar um opositor à altura. Escrevem como guris de escola, com seus errinhos de português, pronomezinhos mal colocados... E acham-se luminares, só porque leram Augusto Comte com o dicionário ao lado. Esse tal Quintino Bocaiúva é uma besta, com todo o respeito. Espero que sejas mais inteligente do que esses. Ainda não li teu livro de propaganda republicana, e julgo que não o farei. Poderias me fazer uma síntese?

— Bom, o livro é dividido em quatro capítulos, e começa com uma citação de Sófocles. E desenvolvo a tese do liberalismo.

— A Antígona... a liberdade... o direito natural... Já posso imaginar tudo. Não descamba para o positivismo, pois não? Mas por que a República? o que vês de oposto entre o teu liberalismo e a Monarquia? Uma coisa é o trato dos assuntos econômicos e outra é o regime político.

— A meu ver a Monarquia opõe-se ao liberalismo, assim como se opõe ao Estado Federado, assim como se opõe aos direitos individuais, pois a Monarquia é, por essência, despótica, centralizadora e com larga intervenção na vida dos cidadãos.

— Bravo! Falas como um livro. Mas uma vez proclamada a República, quem é que tomará conta do bolicho? Quem tem porte para isso? O negro José do Patrocínio?

— Temos o Rui Barbosa.

— O Rui Barbosa é um *homme de lettres*. Gostaria de vê-lo tratando de taxas de importação e fundos do tesouro público. Além do mais, quem elegeria um homenzinho *flaquito*, quase um anão? E o Brasil desconfia dos intelectuais.

— Mas o Senador é um destes.

— Eu, um intelectual? Sou um homem prático, um ignorante que, talvez, saiba falar mais ou menos em público.

(Mente, o miserável, ao fazer-se iletrado. São todos assim, os monarquistas: avocam uma ancestralidade robusta, onde mais vale a força moral do que as elegâncias do espírito, e isto apenas para justificar a prepotência.)

— Mas seus discursos, Senador, são elogiadíssimos, e revelam conhecimentos admiráveis.

— Admiráveis? nada disso. Apenas fortes. Essa gente é que confunde tudo. Confunde força moral com erudição. Sei, sei bem por que os republicanos me elogiam: é só para dizerem "isto é o máximo que o Império pode produzir". Não sou ingênuo, nem suponho que o sejas. Acho, por exemplo, que não vais meter o bedelho na administração pública sem antes saber administrar a tua estância.

— Não tenho estância que seja só minha. Mas da minha parte eu penso que sei dar conta. Já tomei medidas que considero acertadas: libertei meus escravos e dei início a uma grande plantação de milho.

— Milho? para os cavalos?

— Com milho, Senador, a Humanidade será alimentada no futuro.

— Sim, para logo se pôr a relinchar. Meu jovem: isso de libertar os escravos eu ainda entendo, a caridade, a boa alma... Mas o milho! Dize-me uma coisa: sabes domar um potro? Sabes a época melhor para a castração dos ovinos?

— Não.

— Então não te metas a ser republicano. Para entender-se do bem comum, deve-se saber a quantas andam os próprios negócios. (Pouco mais tarde, no Largo da Carioca, Olímpio dirá bem alto, assustando os sanhaços e azulões afogueados: "Que grande animal!")

— Esta relação de causa e efeito, se o Senador me permite, não me parece assim tão clara. Há homens para todo o tipo de trabalho, é um desperdício um doutor lavrar a terra e curar bicheiras quando seu ofício é outro; não melhor, mas diferente.

— Aí já começo a desconfiar que meu jovem estudante andou ouvindo os positivistas. A besta do Quintino Bocaiúva diz coisas parecidas.

— E se ele também é uma besta, eu também sou, *por supuesto*.

— *Por supuesto, no.* Tu ainda és muito moço, tens conserto.

— Posso ter conserto, como o senhor diz. O que não tem conserto é a Monarquia. Apodreceu no galho. É jogar fora.

— Não entendo essas ideias. Tu, o filho de uma família tão distinta do Rio Grande...

— As famílias distintas é que entravam o progresso dos povos em direção à Liberdade. Presas ao passado, não reconhecem a mudança dos tempos. E nós, gaúchos, somos generosos em excesso com o passado.

— Acho até que por parte de mãe tu tiveste ancestrais no povoamento da Província. Uma família secular.

— E daí? Só por isso vou viver naquilo que se chama de *glórias do passado*? Minha estirpe começa em mim.
— Desculpa. Mas tua última frase não te pertence. É de Napoleão.
— Pois serve a mim. É bem o que eu penso.
(É possível dizer isto, pois construirá o Castelo.)
— Pois se começa em ti, que comece bem, meu rapaz. Com sólidas ideias de respeito ao Monarca e ao Império.
— Com sólidas ideias republicanas.
— És mesmo um insensato.
— É com a insensatez que se dá início às grandes obras.
— E tens dito?
— E tenho dito. E grato pelo mate.
Meia hora mais tarde, já no Largo da Carioca, Olímpio grita:
— Que grande animal!
Avista, sem querer, a Margarita de braço com o criador de éguas. Olímpio sobe para o Convento de Santo Antônio, chega esbaforido no amplo adro que serve de observatório ao morro do Castelo e ao Pão de Açúcar envolto numa névoa seca, azulada. Abana-se com o chapéu de madeira que lhe produziu um vinco nos cabelos:
— Que grande animal!
Consola-se com a paisagem e com a ideia de que verá, nesta noite, *a besta* do Quintino Bocaiúva. Refeito, desce as escadarias e vai para a rua das Marrecas. Raymond ajuda-o a despir-se, prepara-lhe um banho de imersão e ali, em meio às águas leitosas de sais, Olímpio lê a página molhada de um jornal, arrancada pela incompetência do sarará, que a usaria para lustrar as botinas. Notícias de touradas, participações de casamento, exposições de flores... que grande animal!... decretos do Gabinete, as férias do Imperador em Petrópolis.
— Porra! Não há nada mais prestável para se ler neste calor?
— Achei isto na rua... — Raymond alcança-lhe um panfleto. — Imaginei que o senhor iria gostar.
Em papel ordinário: *Viva a república!* Mas muito mal-escrito, erros de colocação dos pronomes... Faz naufragar o panfleto entre as águas, vê-o tornar-se uma placenta de tinta borrada.

– Preciso é do Quintino!
Termina o banho, desce ao refeitório vazio, pede um bife e ovos, traga-os com meio Bucelas, fuma um charuto e espera a noite.

Encontra Quintino Bocaiúva entorpecido de República, numa casa burguesa de São Clemente. Sim, o prócer havia recebido *A república liberal*, lera-o, "embora por cima, como é natural" nesta tarde. E tinha gostado muito. E desde logo, incluíra Olímpio entre os da linha de frente do Partido. Para comemorarem o encontro, pediu um licor de jabuticaba e confeitos.

– Contudo – é Quintino quem fala – é preciso manter a cabeça no lugar. É preciso, em síntese, obter o apoio do Exército e, talvez, da Armada. Não é hora de revoluções, e sim de conspiratas – no bom sentido do termo.

– E pode-se contar com alguém nesse setor?

– Sim. Muitos. Todos descontentes com a Monarquia, que não sabe o que fazer com eles depois da Guerra do Paraguai. Anseiam por apear o Governo. Muitos são positivistas e querem uma boa ditadura militar. Mas nem tudo está maduro. Quando a coisa acontecer, deve ser definitiva. Não podemos nos dar o luxo de errar. A primeira coisa é abolir a escravidão, essa nódoa que nos humilha.

(Olímpio cala sobre sua experiência pessoal. Seria de um extremo mau gosto falar de São Felício.)

Quintino continua:

– Mas não podemos cair numa cilada. Mesmo os barões do café querem a abolição, e isto porque desejam pôr máquinas em suas terras, e os escravos começam a ser um peso. O importante é parecer que a abolição foi conseguida por nós, republicanos. O resto será fácil.

– E a imprensa?

– Pobre, embora há quem tenha a coragem de lançar-se à frente.

– O senhor, o Rui Barbosa...

– O José do Patrocínio... aqui as coisas fervem. Mas em São Paulo também as coisas correm bem.

– É a mocidade acadêmica, principalmente, os estudantes de Direito...

— E no Rio Grande do Sul?
— Há vários clubes republicanos, embora haja poucos homens para serem líderes. (Atenção: há um silêncio propício.)
— É que todos estão à sua espera, rapaz! (Um belo silêncio, de fato.) Forme-se, Doutor Olímpio. Forme-se logo e volte para lá. Não queira ficar por aqui, onde tudo vai adiantado. O senhor será mais útil na sua terra, entre os seus, falando coisas que seus conterrâneos entendam. O essencial é organizar o partido, dar-lhe estrutura, conquistar adeptos, eleger pessoas como o senhor. Imagino que deseje uma cadeira na Assembleia Provincial...
(É o momento de repetir aquela frase.)
— Eu, doutor Quintino, eu corro para o Rio Grande como um grande rio corre para o mar.
— Pois corra, antes que ponham diques à sua frente. (As belas metáforas devem ser aproveitadas à exaustão.)
— Há também os outros, o Borges, o Júlio. Também vão formar-se e voltar para o Rio Grande.
— Pois una-se a eles, e juntos formem um caudal invencível. Depois de conquistada a República, escolham entre si para ver quem fica com a governação. Agora é assim: todos unidos pela causa comum. (A verdade deve ser dita, embora doa um pouco.)

Quando, uma hora depois, Olímpio chega ao hotel, encontra Raymond com um papel na mão. Criados são sempre assim: costumam ter papéis para seus amos: e neste a desenvolta Margarita convida-o para jantarem juntos, "eu e meu marido teremos muito gosto", etc. Segue-se um novo banho, desta vez com um jornal mais servível e onde há um belo artigo de José do Patrocínio contra os escravocratas, "novos sátrapas do continente americano, repimpados em suas gorduras parasitárias". Pessoalmente, o sarará é contra a abolição, os negros devem é economizar e comprar sua liberdade, o que querem?
— Ora, vá plantar nabos! — sapeca-lhe Olímpio. — E veja-me logo essa toalha.

Já no hotel dos argentinos, em meio ao tilintar dos talheres de prata sobre a porcelana inglesa, sentindo os vapores do *Dom Pérignon*, Olímpio considera a figura espasmódica de Margarita à sua frente, e gosta da pressão que aquela botinha mimosa faz sobre seu sapato de couro de puro cromo, botinha muito safada, muito sub-reptícia, muito acariciante.

— Eu — ele diz — não tenho nada contra o Imperador (já vai-se fazendo gentil com a possível baronesa). Minha questão é mais profunda, diz respeito à forma de governo...

No silêncio do marido, que lança olhares ternos a uma dama da mesa vizinha, Margarita aproxima-se, murmura:

— Vi hoje à tarde o Imperador. *Que figura!* — a pressão da botinha aumenta a cada segundo, sobe pelas meias.

— Um bom homem...

O marido, talvez desapontado pelo que acontece na outra mesa, volta à tona:

— O Imperador é um sábio.

— O Imperador é um sábio?... — nesta noite Olímpio diz no ouvido perfumado de Margarita, num momento em que ele sai da cama para beber um copo d'água. Às trevas, apalpando aquele quarto onde há pouco a cartola do hípico marido fez-lhe tremer de medo ante a possibilidade de uma invasão repentina e tremebunda, Olímpio tropeça no vestido amarfanhado da castelhana e cai. Tateando e sentindo dor em alguma parte do corpo, alcança o candeeiro. Risca um fósforo, acende a mecha e pega a garrafa com a água. No chão, completa: — Só o imbecil do teu marido poderia dizer essa asneira.

— O quê...? — ouve a voz sonolenta, gorda de visco.

— Se o Imperador fosse mesmo sábio, abdicaria.

— ... mmm ... e quem seria o novo Imperador?...

(A vaca da tua mãe.)

A filha, a princesa Isabel, casada com um conde francês. Com ele, o Império duraria uma semana.

— E é muito guapo, este francês?

(A ótica das putas é assim: vai muito além do fugaz momento, e está sempre com alguém em perspectiva para preencher uma iminente solidão.) Olímpio bebe a água no gargalo — ante tal mulher, os copos são supérfluos — e volta para a cama, para aqueles braços de falsa nobreza mas feérica licenciosidade.

Os outros dias passa-os assim, entre o quarto de Margarita e encontros republicanos. Num sábado, Raymond, no qual Olímpio enxerga um *rouge* nas maçãs do rosto, vem-lhe entregar mais um papel. Quintino Bocaiúva assegura-lhe que podem contar com a adesão de um "chefe militar" e convoca-o para uma reunião na casa de Rui Barbosa.

Rui Barbosa, a princípio, não lhe deu muita importância, mais interessado em dar pormenores da adesão, "um cavalheiro de farda, bastante gasto pelo tempo e pela doença, e que entretanto já se rendeu às novas ideias, um autêntico chefe".

– Mas não podemos dar uma quartelada – diz alguém –, é preciso uma verdadeira revolução, que comece por baixo, pelos soldados...

– Pelo povo... – Olímpio arrisca.

– Nosso gaúcho talvez tenha razão, mas é difícil que o povo seja imediatamente mobilizado – é para ele, Olímpio, que Rui Barbosa está falando. O pequeno homem crava-lhe os pequenos olhos apagados por lentes fortíssimas.

Todos se recolhem a um silêncio reflexivo. Olímpio aproveita, sempre aproveitará:

– Precisamos (vejam só, já fala no plural) é de mais propaganda, que vá além de exposições teóricas e explique, por exemplo, os gastos inúteis do Império com as representações diplomáticas, deixando à míngua os soldos dos militares. Os militares, por egressos do povo, saberão minar as resistências desse mesmo povo.

Rui Barbosa, agora sim, está com toda atenção em Olímpio:

– Como é mesmo seu nome completo?

Ao fim da reunião, todos estão convencidos; de mero assistente, Olímpio passa a peça imprescindível do movimento.

– Mas meu lugar é no Rio Grande, apenas – é sua modesta palavra.

Há diversos "não apoiado" e Quintino Bocaiúva diz-lhe:

– Não penso como os outros. Seu lugar é, mesmo, o Rio Grande. Precisamos naquela Província tão rebelde alguém que represente a nacionalidade republicana.

– O doutor Bocaiúva falou certo – diz Rui Barbosa –, o Rio Grande precisa integrar-se à nova corrente, e ninguém melhor que o doutor Olímpio para esse papel. Ele e seus companheiros gaúchos que estão em São Paulo. São poucos, mas suficientes. Quanto a nós, ficaremos aqui, na linha de frente dessa guerra.

À saída, Olímpio oferece-lhe um exemplar autografado de *A república liberal:*
– Minha modesta contribuição para o debate das ideias.

Rui Barbosa toma o pequeno livro, folheia-o, detém-se em algumas páginas:
– O senhor domina muito bem o vernáculo.

Quanto ao deslinde do *affair* com a castelhana, deixemo-lo à fatalidade: encontros rareados, pedidos de explicações, choros copiosos seguidos de ameaças de suicídio, revólveres à mão do amador de corridas, conferências com o proprietário do hotel e, enfim, bilhetes de retorno comprados às pressas pelo criado.
– Agora, são os estudos e a formatura. Depois é o Rio Grande.

Tal como João Felício imaginara, os bois vinham estourando os bofes no carregamento do basalto para o alicerce do Castelo; ali mesmo em São Felício eram desbastados e reduzidos a paralelepípedos ciclópicos por oficiais-canteiros que trabalhavam sob a ramada de santa-fé ao lado da obra, batendo os malhetes nos cinzéis de aço, tirando lascas e chispas da pedra negra; depois os cavadores, rasgando valões retilíneos e profundíssimos onde desapareciam por completo, apenas os chapéus de fora – o mestre-pedreiro instigava-os a irem mais fundo, conforme uma vara de guajuvira, crivada de medidas, indicava; de um lado os operários lançavam os pedrões mediante um aranhel de cordas trançadas em linho-cânhamo, grossas como um pulso, deitando-os no leito meio úmido e aguardando a vinda do onipresente mestre, que aferia o nível e ordenava as correções, feitas com seixos menores, cuidando para que ficassem depois justapostos como dois lábios unidos: um formigar de gente que se revelou mais ou menos boçal, mais ou menos ladina, devoradora de intermináveis assados de ovelha, tocadora de violão e harmônica, arranchada nas dependências da estância com o à vontade de legítimos proprietários; suportavam calados as implicâncias do mestre e terminavam o dia em cachaçadas monumentais que faziam temer pelo prosseguimento dos trabalhos. Ainda caíam chuvas primaveris, capazes de inutilizar durante uma semana aquele batalhão de fábula, remetendo-o às mentiras ao redor do fogo e a novas bebedeiras e violaças. Com a volta do bom tempo, as obras recomeçavam num ardor frenético, como se o mestre se quisesse sobrepor à natureza. Enfim o Castelo, ou seu alicerce, tomava forma: no caso, um desenho de prometedores ângulos retos que se uniam às incipientes paredes, tão largas que garantiriam o esmagamento dos delírios de D. Plácida. Era de escaldar o sangue de João Felício num êxtase voluptuoso quando o mestre abria a planta do Castelo e mostrava o que já estava feito, no respeitante ao alicerce: uma vasta esplanada, aberta justo sobre o antigo rancho de Bento Maria, arrasado a picaretas e soprões – seria tão grande que comportaria mais de cem pessoas; a sala de comer alargava-se nas medidas de salão apalaciado; os quartos de dormir teriam a vastidão de mil camas e – em especial – já se delineavam, antecipadamente majestosas, as duas torres fronteiras sob a forma de quadriláteros idênticos, postos a cada canto da fachada. A audácia de João Felício completava o que os olhos não viam, e para si as torres já furavam os céus naquele instante límpido. Via-as, hieráticas e românticas: ali seria o reino de D. Plácida e o sepultar dos ciúmes regressivos, talvez mais atrozes que os verdadeiros e atuais – que aliás não os tinha.

  Tinha era pressa: considerava-se moço, mas de uma mocidade devastada, e talvez não fosse muito longe no desfrute de tão esperada alegria. Atiçava o mestre-pedreiro, rogava pragas ao perceber algum entrave: e eram tantos. As pedras vinham de um lugar a quatro dias de viagem, lá dos confins remotos de sua charqueada, e por isso havia interrupções enervantes. Resolveu adquirir mais carretas e contratou mais homens, de modo que sempre, pelo caminho que levava a São Felício, viam-se carretas indo e voltando, num movimento que assombrava os lindeiros: enxergavam aquele vaivém e se faziam perguntas, cada qual querendo dar explicações mais plausíveis para a novidade. "Coisa de louco", diziam alguns; outros, decerto porque João Felício ainda representava um vizinho a cortejar e obter favores, retificavam para "talvez esteja apenas reformando a casa da estância": o certo é que havia aqueles de má bebida e pior língua, cacarejando pelos bolichos que João Felício construía uma cidadela para cem homens armados, na intenção de abrir discórdia com o governo provincial – estes últimos eram calados a porradas pelos mais sóbrios, tal a bobagem que diziam: de revoluções estavam fartos, e as adagas do último conflito felizmente se enferrujavam, presas às paredes dos galpões. Essas vozes chegaram aos ouvidos de João Felício, que impôs guardas em todas as estradas da estância, vigiando ele mesmo de pistola à cintura, como um bandido. Só entravam os carreteiros e suas cargas. Nem as crianças, sempre bulhentas, sempre metediças, eram admitidas além das porteiras. Assim criava-se uma lenda, e não poucas vezes os vizinhos enxergavam o vulto errante de João Felício, à noite, percorrendo a cavalo as longas cercas de pedra que demarcavam os limites de sua propriedade. Uma vez o capataz da estância vizinha arriscou-se a espreitar, trepado a um ramo de figueira: os homens de João Felício mandaram-no descer dali e, não sendo obedecidos, dispararam para o ar; esse ato de extrema incivilidade foi respondido com mais tiros, e João Felício teve de escrever uma curiosa carta ao vizinho – um barão – para esclarecer tudo. Recebeu em troca uma outra, em que o barão mandava-o à puta que o pariu e desde logo rompia a amizade de uma vizinhança sempre cortês, embora distante.

– Pois que assim seja – rugiu João Felício. – Nunca precisei de barões.

Foi procurado por um padre – acenava um lenço branco a prudente distância, gritando pelo nome de João Felício. Encontraram-se além da cerca, e o diálogo que travaram foi assistido de longe, e viram o padre dar meia-volta depois de estender a bênção às obras que mal enxergava. A quem lhe perguntou o que ocorrera, o padre disse apenas:

– Isso não pode continuar.

Mesmo o capataz da charqueada, vindo a intervalos regulares para dar contas dos negócios, mesmo esse era posto à margem dos acontecimentos, e, como mais vale ter um emprego do que satisfazer a uma curiosidade fora de hora, tratava de despachar-se, regressando a São Gonçalo com grandes dúvidas sobre a declinante serventia mental do patrão.

O fato é que ninguém, exceto o mestre e João Felício, sabia ao certo o que se edificava ali. Suas conferências tinham acentos de conspiração, e falavam através de códigos escabrosos.

João Felício entretanto sabia: o segredo era impossível de ser mantido, dado o gênio linguarudo daquela gente sem eira nem beira. Era até razoável admitir que todo aquele delírio construtor já tivesse chegado aos ouvidos de sua mulher, e ele próprio apressava-se em mandar para Pelotas notícias de inverossímeis marcações de gado, consertos de cercas, cuidados com um pomar misterioso, compra de reses, enfim, tudo que justificasse perante D. Plácida o movimento descabido.

E dormia com ardências de febre, acordando aos sobressaltos, imaginando tudo devassado e descoberto: e nesses momentos sua dúvida assumia proporções de catástrofe, e vinha-lhe uma nuvem de ideia: não chegaria a terminar o Castelo. Veio-lhe num rompante quando em certo domingo pôs o pé fora da cama. As obras paradas no feriado do Senhor e ele à mercê de si mesmo, cingindo a seu fantástico voto. Afinal, por que não dizia à mulher? de que valeria aquele capricho, a não ser a oculta perversidade de um dia chegar a D. Plácida e dizer "vamos a São Felício, quero te mostrar uma coisinha" e depois constatar, nos olhos abismados da esposa, que o Castelo era muito maior e mais bonito que os obscenos castelos do lago de Genebra. Sim, mas onde a glória disso tudo, onde a grandeza?

Ergueu-se, naquele domingo, tentando livrar-se dos novelos da alma. Foi para o alpendre. Amanhecia um princípio de verão, as coxilhas escuras da noite, mas revelando nos cumes alguma claridade. Era um silêncio brutal, o ar pesado de vapor e sonolência. Sem nuvens, no lado nascente a Estrela ainda luzia um brilho doentio de cansaço. Gritou para dentro de casa, trouxeram-lhe o mate, sentou-se e ali ficou até que o sol surgisse, tingindo de sangue suas mãos e braços, reverberando na prata da bomba do mate. Sim, não conseguia conter as ideias: homem prático até aquele instante da vida, via-se enrascado em um projeto monstruoso, talvez um pecado, e, por mais que quisesse justificar-se, só encontrava argumentos delirantes para sua empresa. Pensou em parar tudo, esquecer tudo, regressar a Pelotas, para a charqueada, assumir seus deveres de homem digno. Limpou o suor ambíguo da testa, lançou a vista para as obras – e cedeu à evidência: fora longe demais para desistir. As paredes, poucas mas inexoráveis, ali estavam desafiando-o. Mandou acordar o mestre-pedreiro e, perante o homem estremunhado, desfiou uma série de recriminações: a obra atrasava, o inverno iria alcançá-los sem nada adiantado, ele que chamasse mais operários, ele que fosse procurar nas imediações algum lugar que tivesse pedras servíveis, ele que se materializasse em andaimes. Com impaciência ouviu razões, não queria ouvi-las, era uma barbaridade! ele estar a gastar centenas de contos e não ter o comando da obra.

Ao meio-dia o mestre-pedreiro foi salvo por uma visita. Com os nervos distendidos, ouviram o anúncio da chegada do Bispo.

D. Felício vinha montado em um baio e reclamando do calor e da fome. Vestia trajes civis, bombachas, botas de cano alto, pala de seda. Veio escoltado por um peão e trazia junto um menino que logo apeou e foi tratar dos cavalos. Abraçaram-se, João Felício achou-o bem disposto, sanguíneo. Antes de preocupar-se com a razão da visita, perguntou-lhe como conseguira chegar ali. O Bispo, tirando o pala, disse candidamente que havia prometido um terrível sofrimento pós-*mortem* ao homem que queria impedi-lo de entrar na estância. Riram então, e João Felício mandou levá-lo ao quarto de hóspedes e preparar um gomil e um jarro com água quente.

À mesa, D. Felício deliciou-se com uma carne de panela e bebeu longos sorvos de um vinho que considerou apenas medíocre. Quando vieram as compotas, João Felício tentava decifrar o rosto indevassável do Bispo, mas este permanecia com um sorriso, empatando assunto: suas ovelhas começavam a engordar, depois daquela primavera com boas chuvas; pensava comprar o campo contíguo, mas os proprietários não queriam vendê-lo. Abrira uma sanga que se entupia, estivera crismando em Pelotas...

– Mas então...? – arriscou João Felício.

— E então que vim ver essa barbaridade — resumiu o Bispo, afastando o prato.

Começaram uma tensa conversa: em Pelotas todos comentavam; comentavam nas margens do São Gonçalo, na Província, talvez em Porto Alegre, o dono de São Felício enlouquecera, estropiava bois sem conta, gastava fortunas numa obra gigantesca sem a menor consideração pela esposa que ficara abandonada.

— Não está abandonada. Está em casa, com Olímpio.

— Com uma criança, sem marido. Volte ao seu tino, homem. Afinal, o que você está construindo aqui?

João Felício então contou com todos os pormenores. Sentia-se desafogado ao fazê-lo. À medida que narrava os meses precedentes, os projetos, penetrava em uma espécie de limbo, como se o longo contar tivesse o dom de tornar tudo mais leve, desculpável. Quando parou, escutou isso:

— É mesmo uma barbaridade. Acabe logo com essa ideia.

— Não posso.

Veio o café, que beberam em silêncio.

— Quero ver essa obra — disse o Bispo.

Foram mesmo a pé, com chapéus protegendo as cabeças. D. Felício andou em volta, avaliou o estado das paredes, sentou-se num dos ângulos da futura torre da direita.

— Estou pasmo. Não pensei que você ainda precisasse dessas demonstrações exteriores de riqueza. É uma ostentação pecaminosa, um acinte. Não basta a casa de Pelotas?

— Não. Não basta. — Como dizer tudo, e para um bispo? — Não, não basta. — E João Felício, exaurido de argumentos, começou a falar, caminhando de um lado para outro no costado da parede, batendo com o nó dos dedos em cada pedra, aos poucos perdendo a calma, aquilo era a sua Grande Aventura, aquela a que se julgava no direito, era homem honrado e cumpridor de suas obrigações com a Igreja, e não admitia que ninguém o impedisse de seguir, iria terminá-la nem que fosse a última coisa que fizesse neste mundo — e acabou por cometer o erro fundamental de sua vida: quis figurar que a terminaria nem que fosse com a força de seus braços e assim dizendo pegou de uma corda, deu a volta em torno de um daqueles paralelepípedos basálticos e já transtornado jogou-se no valo onde se acumulavam pedras por assentar, não ouvia os pedidos de D. Felício para que saísse dali, e lá do fundo começou a puxar a enorme pedra, o Bispo clamando que era uma insensatez e mesmo assim João Felício continuou a puxar, o pesado vulto da pedra oscilava à borda do valo, João Felício gritando que assim terminaria a obra, com a força de seus braços, e que ninguém era homem para impedir e então: por todos aqueles campos ouviu-se um baque pesado, seguido por um urro de dor. E D. Felício aos berros, homens vieram despenhando-se da estância, meio bêbados do almoço e assim deram a mão para que ele descesse ao valo para ministrar a extrema-unção àquele que jazia esmagado sob a pedra e que entretanto não morria, respirava em arrancos e não dava cobro de si, avizinhava-se de uma morte animal para angústia dos homens que gritavam a melhor maneira de tirá-lo dali. Após a breve extrema-unção que o Bispo pronunciou entre raiva e lágrimas, mal acreditando que aquilo acontecia, o mestre-pedreiro mantendo a cabeça no lugar orientou os seus homens para retirarem a pedra e foi assim, debaixo de interjeições e pragas, que se foi descobrindo o corpo de João Felício, milagrosamente intacto mas com um amolecimento tétrico de ossos partidos, e assim foi depositado no leito de uma charrete de onde retiraram o banco de molas; D. Felício, emergindo do buraco, então ordenou que rumassem sem mais espera para Pelotas, cuidando o chão por onde passassem.

Entraram em Pelotas como uma procissão de Sexta-Feira Santa, o Bispo à frente em seu baio – e logo atrás a charrete com o moribundo que apresentava instantes de consciência e gemia um lamento de arrepiar. Rumaram para o Solar. D. Felício narrou a D. Plácida o acontecido; D. Plácida parou-se hirta, sem comando, foi preciso que a governanta providenciasse a condução de João Felício para a cama. Chegando o médico, tratou das poucas feridas aparentes, enfaixou os membros quebrados e, lavando as mãos na bacia, concluía que era muito cedo para dizer alguma coisa quanto ao futuro: mas, se sobrevivesse, João Felício era certo que ficaria paralítico.

Seguiram-se dias de febre, o Solar cheio de gente como num velório, a lenda de João Felício desvelando-se entre exclamações abafadas de incredulidade, um castelo? então era mesmo um castelo? D. Felício chamou D. Plácida e então com mais calma verberou contra a insanidade do marido que daquela forma jogou-se a uma ideia de sonho e que não contente ainda fez aquela loucura de arrastar a pedra que poderia ser sua sepultura.

– Foi um castigo de Deus – o Bispo resumiu para a esposa.
– Não se constrói um castelo.

Quando uma tarde João Felício deu sinais de que sobreviveria e abriu os olhos embaciados, reconhecendo as paredes de seu quarto, ouviu de D. Felício, que velava:

– Deus assim quis. Esqueça esta ideia.

Portanto, o primeiro gesto da ressurreição de João Felício foi um débil mover de cabeça, concordando.

Mas nunca mais foi o mesmo homem, e não só por mover-se numa poltrona a que somaram rodas e que o levava a todas as dependências da casa, embora preferisse ficar na sala, junto à janela: perdera a luz da vida, numa convalescença feita de amargores. Em sua primeira semana de relativo vigor, a primeira coisa que fez foi chamar Camille Arnoux, que já concluíra a casa ao lado. Vendeu-lhe a charqueada de São Gonçalo. Tratou do negócio com uma frialdade espantosa, numa urgência que arrancou do francês um agradecimento terno, quase feminino. Colocaram-lhe sobre os joelhos uma tábua, sobre ela o livro da escritura e João Felício apôs sua firma sem hesitar, olhando distraído para o gesto do notário que despejava areia sobre a tinta molhada. Selaram a venda com um brinde fúnebre de Porto e Camille Arnoux repetiu mil vezes que daria seguimento aos trabalhos da charqueada com o mesmo empenho, só iria acrescentar alguns modernismos – a máquina a vapor, certamente. João Felício ouviu-o sem muita atenção e no propositado silêncio deu a entender que podiam retirar-se; despediu-se num sopro de voz e naquela tarde quis que a esposa fosse ao piano, "tocar umas músicas bem alegres, daquelas que se dançava antigamente". D. Plácida obedeceu-lhe, olhando a toda hora para o marido, indiferente ao que ouvia, as mãos tombadas nos braços da poltrona.

Quanto ao mestre-pedreiro, João Felício recusou-se a recebê-lo durante semanas, foi preciso que o notário viesse procurá-lo e dar-lhe a entender a complicação iminente: a malta de operários pedia pagamento por todo aquele período à disposição – enfim, era necessário um acerto de contas geral e o encerramento definitivo das obras. Com um erguer enfastiado da mão direita, João Felício deu a entender que consentia, mas logo disse que não faria pessoalmente o negócio: outorgou uma procuração ao notário para que em seu nome desse fim a tudo. Assinou a procuração e caiu numa letargia de pouquíssimas palavras. Folheava um livro ilustrado de D. Plácida, detendo-se nas gravuras de castelos – foi preciso que o Bispo, numa de suas visitas, o tirasse das mãos, proibindo-lhe como amigo que voltasse a pegá-lo: tão longe não precisava ir em sua mortificação: Deus, era certo, já lhe perdoara pelo delito da vaidade, e seria maior pecado manter-se naquela penitência arrogante. Para surpresa de todos, João Felício submeteu-se, devolvendo o livro e recostando a cabeça no espaldar da poltrona, cansado de séculos.

Apenas Olímpio conseguia que falasse um pouco mais: João Felício punha o filho no colo e ficava-lhe ouvindo as novas palavras aprendidas, acompanhando sua ampliação e anotando tudo num caderno. Olímpio já não falava palavrões, substituindo-os por vocábulos mais sociáveis. E João Felício ensinou-lhe outros, logo aprendidos.

Quando o seguinte inverno findava, a casa recomeçou a ter visitas, primeiramente tímidas, mas logo acostumando-se a ter na sala a sombra inofensiva e muda de João Felício. Às quartas-feiras jogava-se gamão e se fumava após uma rodada de doces e café. Ao término, D. Plácida tocava piano e as visitas despediam-se de João Felício com um aperto de mão rápido e formal e que no entanto passou a ser correspondido, perto do Ano-Novo, com uma incerta calidez: a partir daí, consideraram-no curado, pelo menos quanto ao espírito.

Mas não estava: D. Plácida ansiava-se pela forma distraída com que levava a colher de sopa à boca, derramando gotículas no peito. Fazia com que o levassem até o pequeno pátio e ali, sob a ramagem de uma parreira de folhas tenras, lia para ele trechos selecionados de romances, que logo se transformaram em livros.

Traduziu-lhe de viva voz *Le Génie du Christianisme*, explicando-lhe as passagens obscuras. Durante a leitura, por vezes, Olímpio vinha aninhar-se aos pés do pai e ali ficava, a cabeça inclinada, atento ao rumor das palavras: também adormecia, e a mãe e o pai olhavam-no com afeto e a leitura era suspensa por instantes para ser retomada em tom mais baixo. Depois de Chateaubriand, D. Plácida quis ler poemas, mas João Felício recusou: não os entendia em absoluto e, de mais a mais, considerava-os perda de tempo – ele que possuía todo o tempo do mundo. Numa tarde em que D. Plácida atreveu-se a começar *La Dame aux Camélias*, houve um movimento incomum à frente da casa: chegavam enfim, depois de longa encomenda a Portugal, os dois leões rompantes, jazendo em caixotes forrados com serragem. João Felício quis em pessoa supervisionar todo o trabalho da abertura, quis tratar com o pedreiro a colocação dos leões. Da sua poltrona de rodas coordenou, com um sorriso incrédulo, a subida dos dois animais aos seus postos sobre os pilares. A ascensão foi trabalhosa, conseguida à custa de cordas e braços de três peões e sob as vistas de Camille Arnoux e todo o resto da vizinhança. Eram dois portentos de ferocidade imóvel, as garras erguidas no ar e as bocarras abertas.

– Esses leões são a minha própria figura – disse João Felício. – Ficou um instante contemplativo e depois voltou-se para a mulher: – Agora, sim, este presente para ti está pronto.

Camille Arnoux elogiou a beleza dos leões, os outros elogiaram, e até o Presidente da Câmara, que passava pela praça, veio cumprimentar os donos da casa, batizando-a de *O Solar dos Leões*. Pela primeira vez depois do acidente João Felício viveu algo que se aproximava da alegria.

E nessa noite, também pela primeira vez naquelas circunstâncias, João Felício procurou a mulher – algo difícil, custoso, mas completo.

Passou-se o tempo, os leões adquiriram uma tênue pátina de musgo e Olímpio começou a ler e a escrever. O Bispo, sentindo que não possuía a força necessária para comandar de própria voz e presença todos os trabalhos de sua estância, comprou um sobrado em uma das ruas que desembocavam na praça e passou a dar lições ao menino.

Quando Olímpio começou com o latim, João Felício teve a fantasia de apresentar-lhe as ruínas do Castelo. Venceu um a um os argumentos da mulher, de D. Felício e do notário e, mandando arranjar para si uma charrete e outras duas para a comitiva, foram todos.

Ao chegarem à divisa da estância, anunciada por uma porteira aonde acorreu o capataz com sua gente, João Felício fez com que Olímpio viesse sentar-se a seu lado e assim foram eles os primeiros a enxergar, cozidas pelo sol e verdes de heras, as pedras do Castelo. Aproximaram-se, os outros apressaram-se, era preciso ter cuidado para o que poderia acontecer. Mas João Felício mostrava decisão e, quando estavam junto aos alicerces da torre direita, pediu para ser baixado da charrete e, apoiando-se nos braços de dois homens, foi levado até a primeira fieira de pedras, agarrando-se a ela como a uma balaustrada. Chamou a mulher, chamou o filho e pôs-lhe a mão sobre o ombro. Doído de saudade, disse para D. Plácida:

– Era o que eu preparava para ti. Deus impediu que eu terminasse.

D. Plácida quis falar alguma coisa importante, mas a compaixão por aquele homem esmagava-a. Apenas murmurou:

– Para mim é como se estivesse terminado... que loucura.

João Felício curvou-se para Olímpio:

– Um dia caberá a ti terminá-lo.

Olímpio olhou a imensidão das pedras; e o cansaço, o brilho do sol e todo aquele aparato deixaram-no meio tonto, querendo sair logo dali. Suas vistas foram atraídas por uma lagartixa marrom que, desarvorada, correu a esconder-se numa frincha. E a lâmina de um suor repentino desceu pela espinha do menino.

Começava a anoitecer quando João Felício ordenou que fossem todos para a estância. Depois do jantar, o Bispo contou casos engraçados de seus paroquianos e o notário improvisou a declamação de uns versos. D. Plácida não falou uma palavra, mas quando foi madrugada, entre os lençóis cheirando a mofo e sobre o ranger do lastro da cama, recebeu em si sêmen enfraquecido que lhe faria nascer, decorridos os meses necessários, aquele menino a quem D. Felício, numa fantasia de pensamento clássico, deu na pia batismal o nome de Arquelau.

João Felício não chegou a desfrutar a paternidade tardia: morreu no outono, sem atinar que as poucas dores junto ao estômago viriam a transformar-se em um câncer fulminante. Morreu ao amanhecer, e sua sentença final foi um grunhido que o Bispo traduziu:

– Eu morro feliz.

NÃO É PRECISO SER UM ESPECIALISTA PARA CONHECER A LOUÇA DA COMPANHIA DAS ÍNDIAS

O segundo luto, no Castelo, teve uma peculiaridade: se não foi leve como o do Doutor, foi entretanto *natural*. Isto porque – logo depreendi – Proteu era um ente de pouca valia naquela estrutura, e no passado fora protagonista de alguma ação reprovável; sua morte cabal deveria ser esperada desde muito tempo. Não quero dizer que a Condessa não chorasse: chorou, e muito – mas sempre dava a impressão de que chorava por outra coisa. Um dia acordou melhor disposta, mandou recolher todas as roupas do filho-morto e ordenou uma fogueira no terreiro, "talvez ele tenha morrido de tuberculose, e, embora doa muito a uma mãe, é preciso tomar estas providências higiênicas". Assim, desde aquela data, Proteu teve uma *causa mortis* oficial e que todos repetiam, até as empregadas, "coitado do Doutor Proteu, morreu daquela doença que matou meu avô, a tuberculose..." E eu, eu tomei prematuro mas esclarecedor contato com as singulares mentiras dos necrológios que se veem nos jornais.

Como nossa mesa de jantar, no Castelo, ficasse cada vez mais despovoada, pude prestar atenção ao serviço habitual: uma porcelana com a inscrição *Wood & Sons Ltd – Burslem – England*. Bela, de uma heráldica simplicidade. Todas as peças ostentavam uma borda finíssima, negra, com pequenas rosas pintadas, e margaridas brancas. Usavam a sopeira com seu *présentoir*, duas legumeiras bojudas, três travessas rasas e uma funda – esta última para as carnes. Isto era o serviço habitual. Para os domingos, quando vinha o casal Arquelau e Beatriz, o almoço era servido numa louça da Companhia das Índias, preciosidade única.

"Foi adquirida pelo Doutor num leilão do espólio do 5º Conde de Sarzedas, em Lisboa" – dizia minha avó-Condessa, que não falava mais em Proteu.

Eu observava este serviço nobre que apagava as dores maternais: as abas ostentavam uma decoração à base de borboletas que adejavam, coloridas, num campo *rouge-de-fer* sobre dourado. Algumas borboletas copulavam, inequivocamente; nas caldeiras dos pratos havia um brasão que Beatriz com seu dedinho mimoso me explicava: sobre a coroa de conde, o timbre dos Silveira (um urso com cara de coati) e no escudo de armas a divisa dos Távoras, *Findit Quascumque, Atravessarei quaisquer águas*. Minha tia-avó era um anjo quando pronunciava em latim, e aquele dedinho eu tive vontade de sugar como se fosse o bico de um seio. E aquelas borboletas nupciais me inquietavam. "Louça Qing, período Jiaqing", ela me ensinava, mostrando-me o *bowl* e duas cremeiras, "uma dinastia que reinou de 1644 a 1912. Os portugueses mandavam fazer na China todos os seus serviços de mesa. O que te parece?" – e me fixava, presa a meu olhar lascivo. "O menino não está entendendo nada", disse o Bêbado, naquele momento ainda sóbrio. Tirou da boca o cigarrão de palha que o impedia de falar direito: "Tudo aqui é estrangeiro, menino. Desde o lustre que está sobre sua cabeça até o tapete aos seus pés. O meu finado irmão era um portento comprador, e odiava o Brasil. Ministro, Embaixador, Presidente do Estado, mas um renegado da pátria. Por debaixo de sua casemira inglesa, suas gravatas francesas de *grisperle*, tinha também um corpo de estrangeiro. Uma vez me disse: "Sabe, Astor, do país possuo apenas a merda dos intestinos".

Arquelau olhou-o de viés. Imaginei que iria dizer algo, mas deu um suspiro resignado e eu, o mágico, pude ler seus pensamentos: "Esse infeliz abusa do direito de irmão. Um dia o mato empalado num moirão de cerca". Mas logo desviava o olhar para os peitos de Amália, que trazia uma sopeira fumegante. "A mesa" – prosseguiu o Bêbado – "é D. João V, um rei devasso e gastador, que entupiu os conventos com o ouro das colônias. De útil só deixou o estilo dos móveis".

Naquele instante pensei que Astor seria o próximo a morrer. Aliás, o fato de ele me haver induzido a sepultar o Doutor com vida já era motivo suficiente. E o fato de ter a morte vincada no rosto inchado e vermelho o transformava em um ser temível e fascinante: também era a primeira vez que eu via um vivo quase morto, e essa certeza me arrepiava. Vida, naquela mesa, era Beatriz. Beatriz e Arquelau. Ela por ser tão jovem que poderia ser minha mãe; e ele por ser um bruto.

Os talheres pertenceram a D. Plácida, minha bisavó, uma sorte de mulher cujo nome sempre vinha seguido de um adjetivo trágico; assim, diziam: "D. Plácida, a coitada..." ou "D. Plácida, a infeliz..."; era um nome tutelar, e a Condessa orgulhava-se de não tê-la conhecido. Em tardes mais abafadas era possível até que se referisse à infeliz com o doce epíteto de *sogra*, ou "aquela que me deixou os talheres de prata... aquela coitada...", mas quem conhecesse bem a Condessa certamente não se admiraria do tanto de sarcástico que havia naquelas lamentações. Os talheres tinham um monograma de família, e que se repetia no portão do Solar dos Leões, e isso nunca seria nobreza bastante para minha avó austríaca, cujos cabelos foscos de tão brancos serviam-lhe de auréola e tiara.

Assim eu ia decifrando minha família; agora mais por divertimento do que ansiedade por minhas remotas origens. Minha mãe – bem, este era um outro caso. Minha mãe não era uma ancestral, era minha carne.

Beatriz segurava uma colher entre os dedos e mirava-se: o rosto afinava-se, ela fazia caretas, mostrava a língua rosadinha, trouxe-me a colher para frente do rosto e eu fiz uma careta descomunal, tornei-me um ogro e ri tanto que encostei a cabeça naquele peito que batia só por mim. Ela afastou-se com delicadeza, pôs-se ereta na cadeira, era hora de servirem o almoço. Entremeado de conversas muito sérias a respeito de heranças, houve um instante em que foi preciso fazer algumas contas. Arquelau coçou a testa:

"Nunca fui muito forte em matemática. Dei muita preocupação a minha mãe por isso".

A Condessa fez de cabeça uma operação complexa de porcentagem, "em meu país se puxa muito pela matemática", disse depois.

Por sorte eu me reconciliara com Amália. Eu lhe perdoava – provisoriamente – por me negar informações sobre minha mãe e em troca ela me consolava todas as noites em meu quartinho da torre. Na noite daquele domingo em que eu soube da Companhia das Índias, ela foi excessivamente carinhosa: chovia muito, fazia frio, e eu estava faminto de saudade de Proteu. Uma saudade repentina, avassaladora. Amália livrara-se do serviço mais cedo, embora antes tivesse de providenciar a arrumação do quarto de hóspedes para Arquelau e Beatriz, retidos pela chuva. Eu gemia pela falta de Proteu, era um rato sobre a cama. Remorso, também. Ele não morrera de tuberculose, morrera por minha culpa. "Se eu não o tivesse abandonado naquele quarto solitário, talvez ele estivesse vivo". Amália: "Era um bom homem. E, mesmo que todo mundo diga diferente, era um bom médico. Você sabia? Foi ele quem pôs você no mundo".

Senti meu coração despencar-se. Mas me contive. Tinha meu pacto. Um dia Amália falaria tanto que eu saberia de tudo. E, para aliviar, retomei minha dor pela falta de Proteu. Minha dor foi tão aparente que fui logo compensado por beijos por todo o rosto, e pude dormir, mais uma vez, entre os grandes seios de Amália. Mas dormi pouco, naquela noite: Amália, ao levantar-se, me acordou, e, como eu insistisse muito em perguntar aonde ela ia, respondeu-me que precisava ir ao banheiro e já voltava. Deixei-a partir, mas olhei para meu relógio de ouro à cabeceira:

"Te dou dez minutos".

"Nem isso, seu bobo".

Fiquei contando os segundos, na quase escuridão do quarto. O vulto de Proteu caminhava de um lado para outro... eu com os cabelos em pé.., passou-se um minuto... Proteu aproximou-se de minha cama... passaram-se dois minutos... eu quase sonhando... Proteu passava a mão sobre meu rosto e me sorria triste... Com um susto e suando por todo o corpo, me acordei de todo: passara-se uma hora! Saí da cama, desci desabalado o caracol e, chegando lá em baixo, dei-me na casa silenciosa. Lembrei-me daquela noite em que vagara solitário... minha primeira esperança foi de ver meu avô, como da outra vez. Caminhei solerte até a Biblioteca, abri a porta de carvalho, e... ele estava ali, no mesmo lugar, sentado ao lado da mesma lâmpada. Como da outra vez, percebeu-me, fez sinal para que eu chegasse mais perto. Repetindo a cena, sentei-me no tapete, de frente para o Doutor. Pareceu-me um tanto mais velho, e logo imaginei que os cadáveres também envelhecem – não se decompõem; envelhecem, apenas, mais rápido do que nós, rumo a um destino semelhante ao nosso. Por um instante gelei: o espectro indicava e olhava para um ponto para além do meu ombro, para algo que estava *atrás de mim*. Algo que se movia. Notando o terror que me paralisava, ele disse, com calma e afetuosamente: "Proteu! sente-se, meu filho". O nome do recém-morto me apaziguou. Voltei-me e acompanhei o caminhar melancólico de meu tio até a poltrona que ficava ao outro lado da lâmpada, vi-o sentar-se, descansar as mãos sobre os joelhos. Usava a mesma roupa com que o enxerguei na última vez, mas não estava lavado em sangue. No centro do peito apenas a camisa apresentava-se dilacerada, mas limpa – era como se a tivesse mandado lavar. Dali de baixo vi seus pés, enormes, enfiados em sapatos lustrosos. Ali, sim, havia marca de algum sangue.

Minhas duas vítimas ali estavam, me olhando. Superiores a mim, porque para eles já estava revelado o mistério da morte, e talvez da vida; mas não estavam ferozes com seu assassino. Mesmo assim me senti no dever de desculpar-me com meu tio e ensaiei algum tímido gesto de aproximação, mas ele suspendeu a mão, pedindo-me que ficasse no meu lugar. Debaixo das sobrancelhas hirsutas, os olhos eram tão meigos como os de gato doente, e parecia sorrir.

"A medicina..." – disse, mas foi logo interrompido por meu Doutor-avô:

"A medicina não te ajudou em nada. Nem chegaste a fazer nome."

"Talvez. Mas ajudei muitos a nascerem. Aí estão, vivos e felizes. Páris entre eles."

"Não falemos nisso" – afirmou meu avô. – "É um assunto doloroso. Meu maior tormento é que, nesta situação em que nos encontramos, as lembranças são permanentes, é como se estivessem acontecendo. Você é que é feliz, não tem lembranças".

"Minha vida foi sempre obscura, contentei-me em vivê-la até o ponto em que se tornou insuportável. Já Aquiles..."

"Aquiles é um animal. Nem parece meu filho. Saiu igual a meu irmão."

"Astor?"

"Não. Arquelau. Astor é apenas um bêbado. Filhos ilegítimos sempre acabam bêbados. Ele ainda teve sorte, de encontrar em mim um protetor, senão já estava morto, por suicídio". – Meu avô caiu em si: – "Digo, morto por assassinato".

Como os espectros sabem coisas! E como se revoltam por sofrerem... Talvez tenham sido logrados, na esperança de encontrarem a paz no outro mundo. Proteu, esse, tinha os olhos cheios de lágrimas, e encurvava-se na poltrona, mirando as gotas de sangue dos sapatos.

"Essas grandes famílias... essas perversas famílias" – murmurou. – "Foi um peso carregar esse nome famoso".

"Um peso para os fracos. Veja Páris. Ele saberá como se haver com o sobrenome, assim que começar a usá-lo."

"Só espero que não acabe também um bêbado, ou um suicida".

Bem, falavam diretamente de mim. Eu poderia perguntar "E que tal se falassem de minha mãe? Os senhores sabem tudo", mas controlei-me, com medo do que poderia ouvir. O que me dissera Beatriz já me abalara até a medula dos ossos. E as negaças de Amália me deixaram ainda mais tenso.

Aos poucos, Proteu falava de minha mãe.

"Não pronuncie esse nome" – disse o Doutor, peremptório, o indicador erguido. Reacendiam alguma velha disputa. E o Doutor era uma velha estátua, imóvel com seu dedo no ar. Enxerguei-o de bronze, em uma praça pública; mas Proteu era de carne, com suas dúvidas.

"A mãe de Páris..." – entretanto Proteu dizia. – "Foi outra que não suportou. Este castelo..."

"O que tem este castelo?" – meu avô desmanchava a estátua – "eu o fiz como um exemplo, um marco da Liberdade, a Liberdade que inflama os povos, a Mestra das nações civilizadas e você me vem com histórias? Tenho lá eu culpa da degeneração dos meus filhos, dos meus irmãos, que não entendem, nunca entenderam, o que o Castelo significa? Veja Arquelau, veja. O que ele está fazendo, neste exato momento?" – Meu avô saiu de onde estava, veio até mim, pegou minha mão e levou-me até a porta: "Vá pelo corredor, Páris, vá em direção à cozinha. Veja por si mesmo".

Olhei rapidamente para Proteu, e ele ergueu-me os ombros: "Faça o que diz meu pai".

Caminhei pelo corredor, como me mandava meu avô. As luzes de 20 watts, ligadas para vararem a madrugada, pouco esclareciam. Mesmo assim segui, passei pelo sopé do caracol, passei pelo vestíbulo que ligava à sala de jantar e, antes de chegar ao pequeno vão que se abria para a despensa, estaquei, duro de pressentimentos: ouvia claramente uns gemidos guturais, uns suspiros... Aproximei-me mais. E vi, pela primeira vez, o *amor* – assim alguém me explicaria, mais tarde – entre um homem e uma mulher. O homem: meu tio-avô; a mulher: minha adorada Amália, que, de bruços, agarrando-se com fúria a um manequim de costura, deixava-se penetrar por trás, Arquelau bufando e rosnando em seu pescoço, as calças arriadas, o traseiro branco surgindo das abas da camisa. Não me viram, por sorte. Senti uma pressão em meu ombro. Meu avô, que viera silenciosamente até ali, disse quase ao meu ouvido:

"É uma pena que tudo seja assim, e que você seja iniciado dessa forma tão animalesca. Mas isto é para que saiba que a Liberdade precisa conviver com o Pecado, são indispensáveis. Aliás, sua bisavó D. Plácida aprendeu isso na carne".

Eu continuava preso àquele curioso balé que se feria junto à despensa, procurando decifrar a semelhança, uma semelhança que me fugia, que voltava, mas que consegui apreender em pleno voo: duas borboletas acasalando-se, sim, muito iguais à decoração infantil da louça da Companhia das Índias. Perdiam toda aquela perversidade que lhes atribuía meu avô, e dançavam ao embalo de bramidos e balbucios, e mesmo as fortes pernas de Amália, pousadas no chão como estacas, mesmo quando oscilavam ao serem golpeadas pelos quadris decadentes de Arquelau, mesmo elas adquiriam a fragilidade das delgadas pernas dos lepidópteros. Curioso: enterneci-me. A revolta surda e delinquente, esta viria depois. No momento eu era um esteta. Meu tio-avô, em certo instante, bufou mais alto, o movimento foi-se aquietando, perdendo o brilho e a vida, e os dois corpos, agora humanos, apagavam-se. Amália largou o manequim e, sem voltar-se, prendeu por trás a cintura de Arquelau, como se não quisesse soltar. Ele entretanto desvencilhou-se, apoiando-se de lado na parede, os joelhos flexionados, arquejante, tentando encontrar as calças que estavam ali, enrascadas no chão.

"Isto basta", disse-me meu avô, enlaçando-me delicadamente pelos ombros e fazendo-me caminhar de volta à Biblioteca – "meu irmão apenas irá dar algum dinheiro a Amália. Tudo sempre terminará assim no Castelo".

E seguíamos, pisando sobre a passadeira indiana, nós: o mágico e o profeta. O triste, o suicida, nos aguardava; mas para meu consolo estava sorrindo, sabendo de tudo que se passara na despensa.

No outro dia, à mesa, minha cabeça era um zumbido só, de falta de sono, de raiva e de dúvidas quanto à minha sanidade mental.

Meus tios, ilhados pelo mau tempo, persistiam no Castelo, e, tendo Beatriz ao lado, algo me reconfortava. Sua graciosidade de ave canora incitava minhas prematuras glândulas; e quando ela, ao desdobrar o guardanapo de linho sobre a louça da Companhia das Índias, me mostrava mais uma vez a decoração lasciva e me interrogava sobre o sentido da frase em latim, eu fixava as borboletas. E assim eu pude dizer, e não mentia:

"A louça das Índias? Não, não tem segredos para mim."

A final, afinal, o que é feito do teu antigo pudor? Em que desvão dessas horas úmidas o perdeste? Quem te disse que serias a mesma depois da febre sem dores em que dissipas os dias abafados neste mausoléu de dois leões à entrada, sem coragem nem ânimo para sair à rua, mesmo sabendo o quanto tua irmã Águeda, ao outro lado da praça, se consome em ardidas tardes de masturbação e ódio? Imaginaste, talvez, que seria fácil desembaraçar-te de Félix, assim como quem joga fora a água do despejo? Sequer passou por tua cabeça que te unirias a ele em longos meses, longas noites, ambos a espreitarem os ruídos da casa, o ressonar infantil de Arquelau no quarto pegado ao teu, as passadas agora cúmplices da governanta, também ela a espreitar, solícita, qualquer perturbação de teu amor? Sim, é de caso pensado que te entregas, sabendo as causas, os resultados, as instâncias desse jogo que te deixa completamente bêbada ao fim, quando amanhece. Agora és mestra na arte mil vezes repetida da recusa-dúvida-entrega, e nessa arte buscas a perfeição: recados pressurosos a Félix quando surge um contratempo, janelas iluminadas em código silencioso, ordens para que ele parta sem mais demora e tudo isso para ser novamente praticado no dia seguinte. Porque tudo organizas para que te seja assegurado o teu prazer noturno, capaz de despertar em ti os sufocamentos daquela máquina fumegante, sempre pronta a acolher-te em meio a águas ferventes e respiros estentóreos. É um ritual, ou quase: a máquina acaba por tornar-se o teu refúgio nos momentos em que te vês só, rigorosamente só em teu Solar, em meio às cristaleiras de mil bibelôs, sob os pingentes luzidios dos lustres, ao amparo das paredes que se emboloram, pisando esses tapetes crivados de rosáceas coloridas e sentindo lá fora a vida que corre como um animal respeitável. Um dia foste a teus canários na intenção de recuperá-los aos ensinamentos de Beethoven, na tua infeliz ideia de fazê-los cantar as notas da sinfonia. Os dedos premiram as teclas quase abruptamente, quase com raiva, e o que ouviste foram acordes desafinados. Indiferentes, os canários olhavam-te. Que estranha essa forma de te ligares à vida.

Era preciso que acontecesse algo de novo, algo intransponível e definitivo, que te afastasse disso que chamas sem pensar de paixão, antes adultério à memória de um homem que mesmo nas sombras da morte ainda é teu marido. O homem que te contempla no retrato sobre o aparador, de rosto tão solene na tristeza, aquele mesmo a quem encomendaste uma missa pela passagem do aniversário, fazendo publicar um convite no jornal onde previamente agradecias a presença amiga de uma sociedade que não o estimou completamente em vida mas que o reverencia após a morte.

E assim todos te veem, Arquelau à mão e tendo ao lado tua irmã, dirigir-se à igreja elegiacamente ornamentada em crepe, os paramentos negros com frisos de prata clamando o luto geral a que se julgam obrigados. É um momento fatal, o professor Félix del Arroyo parando-se às tuas costas, compenetrado no ritual (tu o pressentes, tu que bem o sentiste nesta última noite, abraçado a ti, morno dos lençóis e meio tonto do vinho que beberam quase à madrugada). O sacerdote não precisava, mas fez uma homília breve ao benfeitor da igreja, aquele doador não apenas da imagem do santo, mas de turíbulos, ostensórios, navetas e galhetas. Durante as palavras do inocente homem tu sorrias, quase em escândalo. Tua irmã Águeda, essa, arrojava-se ao genuflexório com as mãos postas, a cabeça tragada pelo véu preto, submissa

Perversas famílias | 181

à evidente castidade, mas tendo bem acesos os olhos e ouvidos a qualquer presença masculina no templo. Assim, eram duas transgressoras aos regulamentos não escritos desta sociedade enraizada em seus títulos de nobreza e seus generalatos, capaz das maiores vilezas para manter a ostensiva dignidade que lhes dá razão de ser na História da Província. E também o doutor Câncio, em tudo obediente às disposições eclesiais, embora chefe do Clube Republicano que não poucas dores de cabeça causa aos barões e viscondes enfarpelados de negro. E ainda o vizindário, o capataz de São Felício em póstuma vassalagem, teso nas contabilidades daquele estabelecimento ora tão abalado pelas estripulias de Olímpio, que Deus o mantenha feliz em seu curso em São Paulo. O presidente da Câmara de Pelotas sabe seu papel, e buscou um lugar de destaque, como representante do pesar de seus munícipes; aliviam-se ao vê-lo no bom e fiel desempenho do mandato que impõe esses deveres aborrecidos mas indispensáveis. À comunhão, permaneces em teu lugar, ignorando o gesto de tua irmã de aproximar-se da mesa (muito deve ter confessado, muito deve ter purgado) com a insolência das santas – por ela também teus lábios se abrem num sorriso complacente: como condená-la? Ao fim, recebes os pêsames, os mesmos pêsames do ano passado, do ano retrasado. Arquelau igualmente recebe condolências que não entende muito bem, embora em sua memória deva restar alguma imagem tosca do pai. Tudo isso te deixa inquieta e desejosa de sair dali, daquela comédia, e o fazes sem esperar muito, logo após Félix haver beijado o dorso de tua mão. Olhaste-o bem nos olhos, afastando consideração sobre o ardor obsceno, tão impróprio para esta hora. No entanto, sabes que ele te procurará logo que a cidade esteja adormecida, logo que tua janela se iluminar com o candeeiro velado por um papel azul. E nesse embalo acompanhas Águeda até a casa em que habita solitária, aceitas o almoço que ela mandou preparar, um pretexto, logo descobres, para que ela te fale de sua nova paixão à distância, desta vez um furriel de cavalaria que de longe manda olhares significativos mas agrilhoados a um casamento indissolúvel. É preciso consolá-la, propor estratégias para que se livre desse amor sem futuro, e quanto mais desfilas argumentos mais sabes que falas para ti mesma,

Âme sans pareil, âme amoureuse...

Porque voltaste a teus livros, procurando assim apagar os tédios das esperas da noite. Tu os lês numa compulsão doentia, quase pervertida, e os recomendas à tua irmã, sabendo ser inútil: ela já entendeu que antes prefere viver do que imaginar – o mesmo que tu fazes, agora. Para ti os livros de versos hoje servem como uma necessária justificação para teus atos, uma classe de bênção literária e disciplinadora – quando Félix te deixa, ainda estás insone, é preciso dizer-te a ti mesma que o acontecido durante a noite foi apenas

Une solennelle consécration à l'Amour,

e não aquele prazer intenso que te esgotou até a raiz dos nervos. Mas ouves, à tua irmã, e dizes a ela que a paixão desordenada acaba por empalidecer as pessoas, tornando-as irritadiças e sem fome, doentes. Por um instante chega até tua boca o convite para que ela venha morar contigo, mas na última hora abandonas a ideia. Deixas passar a oportunidade de regenerar-te, e isso é uma astúcia impensável de tua parte. Quando o almoço acaba, dás de mão a Arquelau e rumas para tua casa, submergindo naquela prisão expectante e consoladora.

A carta de Olímpio, que te aguarda, fala de propósitos republicanos e aproximação das provas bem como dos dois clubes que, a contragosto, vê-se obrigado a presidir. Esbanja o verbo, esse filho tão diferente, deixando entender nas entrelinhas o desejo de logo voltar a assumir "seu lugar na História da Nação", e isso é uma ameaça brutal. Contas os poucos meses que faltam para o retorno, e percebes que passam celeremente. Logo terás de defrontar-te com uma decisão, ainda bem, talvez seja esse o acontecimento intransponível que tanto esperas. Mas escreves-lhe de volta, D. Plácida cheia de conselhos maternais para que ele pese bem seus atos e projetos: Pelotas ainda é uma cidade minúscula e falaz, onde as novas teorias custarão muito a vingar. Além disso, que mal vê ele no Imperador, tão sábio a reger os destinos de todos nós? Substituí-lo por quem? Por um simplório burguês, que anda de bengalinha moderna e toma carros de aluguel? A quem os povos respeitarão, quem encarnará a alma do povo brasileiro? Como logo percebes, tuas leituras de Chateaubriand foram muito fecundas. Depois dás a Olímpio notícias dessa fantasia do milho, que cresce selvagemente nos campos de São Felício, e de como a gente ri e faz chacota das sacas acumuladas no galpão, sem destino certo a não ser apodrecerem, e tudo por um capricho. Ele é dono da porção plantada, mas há de convir na impertinência. E que dizer dos escravos libertos, logo arrependidos da fantástica alforria que os tornou ainda mais dependentes, e que vêm pedir ajutórios sem fim? Muito já os tem auxiliado, e a soma chega a assustar de tão grande. Portanto, não é uma carta amável, esta. Quando a assinas e a metes no envelope, ainda é D. Plácida que o faz. Logo depois de posta sobre o aparador no aguardo da criada que a levará para despacho, é novamente a Genebrina a olhar para o lerdo relógio de pêndulo e que pede um copinho de licor.

Para a noite deste dia, sempre com a benevolência da governanta, mandaste preparar uma ceia – pois, por uma inexplicável coincidência, hoje Félix faz aniversário. Este meio de tarde é terrível: Arquelau exige tua atenção, volta a toda hora para pedir explicações em seus desastrados estudos. É preciso paciência, e como mãe a tens, ou te esforças. Te enternece a obtusidade do filho, no tanto que é o inverso do brilho intelectual de Olímpio – teus deveres em relação a Arquelau por isso crescem em importância e, não fosse toda a revolução em tua vida, terias apenas olhos para ele. Dedicas amor para esse filho, mais do que pressentes, há um momento em que o abraças e murmuras palavras de afeto, às quais ele responde com um olhar de espanto. Mas com o chegar da tardinha, quando a lição acaba, queres que ele vá comer o jantar e que se ponha na cama: os dias desse inverno são curtos. Vais à janela, como sempre, e vês que quase todas as árvores estão despidas, e o ar tem aquela bruma sonhadora, própria dos poetas e dos devassos. Uma angústia, não sabes... algo que te fala talvez de João Felício, ou de um outro tempo menos mesquinho, quando podias livremente dizer que eras dona de ti mesma... algo sem pé nem cabeça, talvez agora saudades do pai, do mar que atravessaste, das margens do Lago com seus castelos, guitarras... E vais ao Pleyel, rebuscas uma partitura, começas a tocar baixinho uma balada; Chopin casa bem com teu estado de espírito. Pensas que encontraste um objetivo, mas, quando firmas em tua cabeça a imagem de Félix, vês que é um objetivo indigno de tantos poemas acumulados em teu sangue durante anos de dolências e leituras. Querias outra coisa... indefinível, inalcançável. Por que foste à janela e por que te puseste a tocar Chopin, mulher?

E no entanto não consegues disfarçar o movimento de teus olhos, que se voltam a todo momento para o relógio de pêndulo, de minutos tão custosos. O ponteiro grande avança em frações de passo, firmas bem as vistas... a aguçada ponta da flecha metálica não te obedece, é como se estivesse colada ao mostrador de esmalte. Que ignomínia estares assim dependendo de um mecanismo de corda e molas... que derrocada, Genebrina. A governanta vem dizer-te algo, tu te endireitas na banqueta do Pleyel, fingindo descaso; ouves os passos dela que pisam sobre as tábuas, depois sobre o tapete de rosáceas, depois novamente as tábuas, ela se para junto de ti... finges não tê-la percebido e volves a cabeça, agora displicente, e a interrogas com o olhar. Quase a assassinas ao ouvi-la apenas dizer que o jantar está pronto, para quando tu quiseres, o professor virá a que horas? Mas tens muita malícia, e respondes numa voz sumida mas firme que o aguardas para daí meia hora. Logo acrescentas: "Deixe a mesa posta e depois vá dormir". E baixas a cabeça, pois sabes muito bem que a governanta está sorrindo, ela também possui a sua malícia – e, para tua vergonha, precisas dela. Teus olhos cravam-se nas teclas do piano, vês o breve amarelecido do marfim, as estrias, tua cabeça gira. Depois escutas o tinir dos talheres, o ruído nobre da porcelana sobre a toalha de linho, tão fina que se pressente a madeira por debaixo: o soar musical dos cálices, a garrafa sendo aberta... Já quase nada se vê, e a governanta agora prepara o candeeiro, pressentes o verter do óleo de baleia no receptáculo de vidro lavrado. Agora te levantas e repetes o gesto de cobrir a gaiola dos canários com seu véu de cassa e rendas, e o fazes pausadamente, lentamente, quase nem sentindo teus dedos sobre o tecido. As horas, as horas... A governanta dá por findo seu trabalho e te diz boa-noite, tu responderes e – pronto! Estás perdida na sala silenciosa, escutando cada estalido dos vigamentos do teto, alternando-os com as compassadas oscilações do pêndulo. A mesa para o jantar é como uma visão em meio à pouca luz, mesa para dois – há quanto tempo? Procuras a *bergère*, sentas, teus dedos percorrem a trama do crochê, tão sinuosa, o que buscas no crochê? Atenta: as engrenagens do relógio saem de seu torpor, giram nos eixos. O carrilhão, percutido por um martelinho de bronze, começa a soar. É como um sinal, levantas-te, pegas o candeeiro, vais à janela, abres meia folha e logo – superior degradação – envolves o candeeiro em um fino papel de seda azul e ali ficas, estática, sabendo que ao outro lado da praça teu sinal é visto. Então fechas a janela, depositas o candeeiro sobre a cômoda e mais uma vez te enxergas ao espelho. Compões os bandos do cabelo, asperges umas gotas de verbena entre os seios, vês como tudo está bem. Voltas à sala, vais ao vestíbulo de mármore e te colas à porta, atenta. Começas a contar os segundos...

Então ele bate, o pouco-bastante para ser ouvido só por ti. Num ímpeto abres a porta e, sem mais pensar, arremetes teus despojos naquele peito que te envolve como a um náufrago. E nada mais sabes fazer do que chorar de ansiedade, de alívio, sim, o que é feito de ti? Félix diz-te palavras banais de amor e no entanto tu as transformas em expressões da mais original poesia. A tanto chegas, Genebrina. Afastas teu corpo, olhas para Félix e, cedendo a um impulso de comédia, dás-lhe uma bofetada, duas, três, até que estejas justificada perante ti mesma. Ele ri e de novo te abraça, entendendo teus caprichos e – talvez – percebendo o imenso de tua entrega. Procuras apoio no aparador:

– Não sei por que fiz isso – dizes, tonta de vergonha. – Te esperei tanto. – E voltas a te abraçar a ele.

E ele te diz que muito mais esperou, ao vento, ao frio, muito mais esperou que a janela se abrisse e fizesses o sinal, e no entanto não te esbofeteia... Então riem desabaladamente, numa espécie de rir ante o abismo que sentem rondar o quadriculado branco e negro do piso. E, exaustos, se encaminham para a sala, e logo percebes que ele dá os olhos com a mesa posta e também logo confere se as janelas estão todas fechadas: uma preocupação humilhante para ti – embora tu mesma as tenhas cerrado. Enfim, o aniversário: uma idade inferior à tua, não tanto que te escandalize, mas o suficiente para que digas outros lugares-comuns: ele um dia estará cansado de ti, uma velha... e te trocará por outra, com o frescor da juventude... Félix tapa teus lábios e faz promessas, das tantas que leste na *Dame aux Camélias* (uma obra detestável, pois não?), e que já conheces de cor, quase podes adivinhá-las – e, no entanto, como são consoladoras neste instante. Quase podes sentir a pouca consistência de tudo o que ambos dizem nesse instante de péssima escritura, mas te entregas, sonhadora, louca. Buscas *o presente*, um alfinete de gravata comprado por interposta pessoa, um rubi cercado de pequenas pérolas, uma aberração de joalheria, excessivo e vulgar (onde teu anterior bom gosto, onde?). Ele o toma com um fervor trêmulo, crava-o sobre o cetim da gravata e diz: "belo!" – não lhe ocorrendo nada mais próprio. Está belo, Félix, de uma beleza a par da joia extravagante, e te retribui com um beijo que te faz frágil, mais frágil do que querias. Te desvencilhas e dizes que vais trazer o jantar – mas ele te detém, atraindo-te para si e dizendo que o jantar pode esperar, e logo te certificas de que se vai repetir a cena de sempre, o ritual mágico dessas noites perdidas, e nem deixas que ele diga algo: tomas o candeeiro e agora és tu que o conduzes pelo corredor, abres a porta do quarto, deixa-o entrar, fechas a porta, caem abraçados sobre a cama e aí sim, tem início aquela liturgia profana, feita de suspiros e arrancos do peito, onde te dissolves em um grande-nada e não te comandas, descrevendo um bailado brutal de sede e fome:

– Ah, como esperei, não via as horas passarem... – dizes, enquanto ele percorre teu corpo, revelando-o em cada curva, trazendo-o à luz. Sim, Félix te desperta e te faz consciente de que mereces este teu corpo que antes era apenas dúvida e inquietação, uma excrescência. Ele te pede para deixar o candeeiro aceso e tens a visão magnífica destes músculos ainda tesos, a rebrilharem de suor, e que lançam ao ar um odor plástico, quente, convidativo.

É um único momento, mas definitivo: notas que Félix começa a estranhar-te, esmorece os esforços cênicos, o rosto se dissipa numa expressão de ausência.

E desde logo tens a certeza de que esta noite será diferente das outras.

— O que foi? — perguntas como uma criança desamparada.

Ele te deixa, rola para o lado e ali fica, as mãos sob a cabeça, olhando as tábuas do teto. Repetes a pergunta, fazendo-te muito submissa, muito dócil, mal controlando tua angústia.

— Ora, nada. Ando preocupado. — E te diz que é muito difícil as coisas no passo em que estão, e que talvez seja melhor pensarem numa solução para ambos, uma solução que dê fim a essas idas e vindas, acha-te muito pressurosa nesses encontros; enfim, te dá a precisa ideia do que tanto temias. Não, não está cansado de ti — ele se apressa em dizer-te, traindo-se. Tu, ainda à beira do vórtice, engoles em seco, as palavras não te vêm. Balbucias essa coisa tola:

— Vamos comer. Hoje é teu aniversário.

Ele se ergue, veste-se, tu fazes o mesmo e lhe dizes para voltar para a sala. Vais à cozinha embaralhando os passos, aproximas-te do fogão, olhas para a panela de sopa e te vem um enjoo repentino, insuperável e então — como decais a cada momento, Genebrina — não te conténs e segurando-te nas guardas do fogão, sentindo o calor que vem da chapa quase incandescente, lanças tudo que há dentro de ti, inundando-te de imundície. São arcadas vigorosas, animais, suficientes para te tirarem o ar e encherem teus olhos de água em fogo. Ah, tu miserável! Parece que nada mais tens em teu ventre, e apesar disso não te abandona o sentimento de repleção, a vontade de livrar-te dessas noites, desses meses. Ou, talvez... ou talvez de algo que já intuías por anteriores enjoos fora de ocasião, uma catástrofe que se anuncia em teu horizonte. Pouco a pouco teus joelhos se dobram e vais-te aninhando sobre o chão de pedra, enovelada em ti mesma, tens vontade de que nada disso seja verdade, deves logo reconquistar tua anterior sobranceria, teu nome ancestral e nobre, teu domínio sobre o Solar dos Leões, teu corpo incorrupto e vazio. Mas não: à tua frente apenas um esfregão sujo de gordura e lascas de lenha cortadas canhestramente, à espera do fogo.

Félix aparece, quer socorrer-te. Mas tu, recusando o braço que ele te oferece, fazes um esforço e te pões de pé, firmas-te e assim, enxovalhada, teu vestido enxovalhado, lhe dizes, apenas:

– Vá embora, por favor.

Ele esboça uma contrariedade cortês, tu não queres ouvi-lo:

– Vá.

Entre a névoa das tuas lágrimas, vês que ele te obedece. E, sim, estás só, nesta noite. E para sempre.

Ao amanhecer, quando a governanta vier abrir as janelas, ficará espantada ao te ver ainda sentada na *bergère*, o livro pousado sobre os joelhos. Tu erguerás a cabeça, sorrindo, e dirás:

– *Ô ce matin, rempli de joie et de plaisir,*
Ô ce matin sans nom, où je chante comme un oiseau cruel...

É inquietante constatar como Olímpio está envolvido por assuntos de nobreza e fidalguia, sendo tão republicano e estando quase a publicar a sua *História da grande revolução;* um espanto vê-lo às voltas com *une fantastique paire de pistolets de duel, faites pour vous, monsieur,* como diz o ambíguo vendedor da rua do Comércio ao abrir a caixa de mogno e madrepérola, após certificar-se da capacidade financeira do possível cliente, o qual se apresentou na loja usando *plastron* de seda, bengala de castão que imita um cervo de caprichosa galharia, colete de amplos bolsos e corrente de ouro, calças riscadas, redingote negro e chapéu redondo com fita em cetim – dir-se-ia um perfeito exemplar da esmorecida monarquia, acentuada essa imagem pelo insinuante criado sarará, recendente a lavanda, lábios polpudos e maneiroso nos gestos, logo cobiçado pelo vendedor.

Engano, porém. Olímpio está ali por razões, digamos... de honra, esse sentimento que, embora nobilite qualquer pessoa, dando-lhe ares bastante feudais, ultrapassa – em certo sentido – as ideias políticas, pois provém da raiz da alma humana. Enfim, e para simplificar: aquele que ontem prestou o último exame na Academia e logrou ser aprovado *cum summa laude* hoje escolhe as armas com que irá bater-se contra um barão. Já cumpriu as normas do estilo, luva *peau de suède* arrojada ao solo, escolha de padrinhos (Júlio e Borges, por conterrâneos, amigos, correligionários), marcação de lugar (às simbólicas margens do Ipiranga) e hora (ao amanhecer, pelo drama que cerca todo o dia que nasce). Agora Olímpio examina as pistolas, mais ornamentais do que eficientes, pousadas em seus nichos de veludo escarlate; avalia-as com um breve manuseio, paga-as e manda entregá-las na pensão. *Alea jacta est*, para ser óbvio.

Ao saírem, recebendo na cara o hálito do verão paulista, ele diz ao criado:

— E enfio logo uma bala nos cornos daquele puto, nem que seja o último gesto da vida.

No fundo, está preocupado – não com a morte, pois reconhece, humilde, sua invulnerabilidade – mas com o desgosto que essa forma de contenda provoca entre os companheiros de ideal: consideram o duelo como a coisa mais imperial que conhecem, própria de aristocratas desocupados, e isso é uma contradição com todas as ideias que os republicanos vêm pregando. Olímpio custou a convencê-los da propriedade do gesto desafiador, foi preciso apelar para uma estranha lógica: aristocratas devem ser batidos em seus próprios códigos, nos códigos que eles conhecem, para que entendam a amplitude da ofensa cometida. Aqueles que os aristocratas chamam de "comuns", mas que em tudo os excedem em honradez, tirocínio e talvez inteligência, esses "comuns" precisam mostrar que são também civilizados e que, se fazem pouco caso das fidalguias aristocráticas, é de modo consciente que assim agem; quando o desejam, sabem conviver com todo o refinamento que já é patrimônio do ser social, mais do que atributo de uma suposta nobreza. Após duas rodadas de cerveja Cachorro, os companheiros concordaram, mas logo objetavam: e a polícia? "Ora, paga-se, e a polícia faz vista grossa", dissera Olímpio, já pensando na forma de convencer o astuto Borges e o ascético Júlio a meterem-se naquela empreitada. Procurou-os no Clube Farroupilha e foi logo dizendo *amicus certus in re incerta cernitur*, preciso de vocês para um duelo, não me falhem nessa hora extrema. Borges mirou-o por cima dos óculos e Júlio ergueu a cabeça do emaranhado de provas tipográficas. Entreolharam-se, perguntando quase ao mesmo tempo em que poderiam ser úteis, e ao inteirarem-se da circunstância com que o Barão de Águas Mornas – um desafeto, um condiscípulo flagrado na semana anterior por Olímpio no ato da *cola* e devidamente denunciado ao Diretor – dissera em público (num *derby*) que Olímpio não passava de um "vil capacho de Augusto Comte, uma lombriga asquerosa, um republicano nojento, amasiado com o criado", puseram de lado o ideário e prontificaram-se a servirem ao amigo. Olímpio então expôs brevemente os próximos passos, a necessidade de arranjar as coisas com a polícia, o par de pistolas, o riacho Ipiranga... Borges, depois de ouvir tudo, e refletindo melhor sobre a inconveniência política de eliminarem talvez pela morte um adversário apenas político, quis dar meia-volta; foi preciso que Olímpio e Júlio o chamassem aos brios quanto à palavra empenhada. Aceitou por fim, mas pediu cautela, "temos ainda muito caminho a trilhar em nossa luta, não é bom precipitarmos as coisas com rapaziadas inconsequentes, ainda mais com esse barão".

Águas Mornas representava a lembrança de antigas rixas; desde o início do Curso ele e Olímpio não se davam; picuinhas por qualquer motivo, bilhetes anônimos, rosnar de desaforos... a cena do *derby* era apenas mais um episódio nesse romance de mau gosto. Olímpio precisava dar um termo a isso tudo, antes que o canalha fizesse algo pior.

Mas agora Olímpio está na rua do Comércio, está ao sol, e convida o sarará a irem percorrer as livrarias:

– Vamos percorrer as livrarias, Raymond?

O propósito: recolher os últimos exemplares de *Alucinações* – tivera notícia da existência de alguns deles, aquela "minha insensatez de juventude". Saem a pé, para "aproveitarem o dia". Logo ao entrarem na Casa Garraux, Olímpio vê na vitrine o seu livrinho. *Seu* nem tanto, porque algo é diferente: embora o feérico nome *Alucinações* no dorso e o nome do autor coincidam, a capa é desbotada, um aspecto sujo e abjeto; ao precipitar-se ao balcão e abrindo um volume, sente "gelar-se-me o sangue nas veias". Ali está, na página 22, um pasticho do poema da edição original. Termina assim:

> *E mais não tendo o que fazer, enfadado,*
> *Achei melhor foder com o criado...*

— E com pé-quebrado, também... — Olímpio aplasta-se numa cadeira, sem coragem de ler o resto, mal murmurando ao livreiro: — Quem trouxe esta imundície?

O homem então diz que foi um tipo qualquer, com ar de amanuense, bastante comum, "a serviço do autor", o qual estava muito ocupado para fazer pessoalmente o reparte da segunda edição.

— Segunda edição porra nenhuma! — Volta-se para Raymond: — Coisa do Águas Mornas, é claro. Espero que agora o Borges deixe de ser covarde e se convença. — E passa a unir fatos, tirar ilações, sua rixa com o barão-canalha, as picuinhas, etc., culminando na *cola*... Bem fez em apontá-lo para o Diretor, agora não tem nenhuma espécie de escrúpulos.

Imaginemos Olímpio, a nobre testa amparada pela mão, o aspecto derreado, o livrinho sobre os joelhos... Vemo-lo porém levantar-se e, com decidida energia, ordenar ao livreiro que recolha "tudo", aquilo é uma impostura, uma infâmia... e saindo apressado, seguido de Raymond, vemo-lo entrar na rua do Rosário e ali, na Livraria Civilização, verificar o mesmo acinte, a mesma vergonha... Depois, na Livraria Dolivais, o volume estava exposto entre Dante e Petrarca!

Chega em casa exausto de raiva, mas ali o aguardam as provas finais da sua *História da grande revolução*. Tem um momento comovido:

— Esta será minha bandeira, a bandeira de minha luta, com a qual porei abaixo a Monarquia e seus sequazes. — Ao erguer o pacote, deixa cair três cartas, recolhe-as: uma de D. Plácida, em que ela refere de maneira críptica a alguns "sofrimentos morais"; outra, de Rui Barbosa, em que o tribuno incita-o a voltar logo para sua "pátria gaúcha" e lá assumir o destino que lhe cabe na causa comum a todos os "homens de bem"; a terceira é de Câncio

Barbosa, onde diz com todas as letras o quanto o Rio Grande espera por ele, Olímpio, para empunhar o facho da República: que "não tarde"; o advogado lembra-lhe a promessa: "Corro para o Rio Grande como um grande rio corre para o mar"...

— Sim, Raymond, correrei para o Rio Grande. O mar me espera. Mas antes preciso acertar contas com as águas mornas da Monarquia. O sangue daquele crápula será a primeira fímbria vermelha na madrugada da República. — É um brado tão heroico que a dona da pensão, de chinelas, entrando com o chá e as torradas, recua respeitosa e diz que volta mais tarde.

No outro dia, bem cedo, Olímpio toma um carro de aluguel e recolhe Borges e Júlio em suas casas. Vem excitado, falante, possuído por uma soberba raiva à qual alia a suprema elegância de *homme du monde* que sabe, mais do que qualquer um outro, os regulamentos da vingança elegante expressa nos duelos.

Borges e Júlio cabeceiam ao balanço ritmado do veículo. Raymond, que veio junto, ressona despudoradamente: se alguém ouve Olímpio, é apenas a História — aquela que jamais dorme.

Chegam às solenes orlas do riacho onde a nacionalidade foi proclamada em meio a uma crise diarreica do jovem Regente.

— Ainda posso sentir o fedor da merda bragantina... — diz Olímpio ao apear da tipoia. Depois acorda Raymond, mandando aviar-se. Recompostos, Júlio e Borges apeiam. Borges traz a caixa de mogno com as pistolas e Júlio sobraça um livro virgem no qual lavrará a ata do duelo. Faz um pouco de frio, e o sol ainda não apareceu. Olímpio infla os pulmões:

— *Um dia belo / para um duelo.* — E pondo as mãos sobre os ombros dos amigos: — Vocês talvez sejam os últimos a me verem com vida. Relatem a todos a minha morte, mas não escondam nada, nem alguma possível fraqueza. É para que percebam que também fui humano.

Raymond alerta-o, está chegando o adversário, a cavalo, acompanhado dos dois padrinhos, três subterrâneos espécimes de uma raça de vermes, prestes a apodrecerem no subsolo do regime a que sustentam. Vêm teatralmente hieráticos, e apeiam dos cavalos como se descessem de suas próprias e encardidas estátuas equestres.

Os quatro padrinhos vão conferenciar, enquanto Raymond ajuda o amo a desvestir o redingote, deixando-o em camisa e colete. Olímpio vê Águas Mornas sacar a quinzena marrom:
– Veja, nem criado possui. – E mede-o mais uma vez: uma estatura de gnomo, bigodes de padeiro, pernas cambotas e sapatos com os bicos erguidos de tanto caminharem sobre os *persas* de São Cristóvão. – Esse será fácil – diz a Raymond, que lhe apanha o chapéu de feltro. – Veja, nem sabe agarrar direito a pistola. Diga-me, Raymond: onde devo dar o *coup d'honneur*? No ombro ou no braço? Bem que eu preferia nos bagos, se é que ele os tem. Terminaria magnífico, o último duelo da Monarquia: num barão sem colhões.

Apressam-se, os padrinhos, cada par para seus afilhados: enxergaram um certo movimento de cavaleiros. Borges sussurra:
– Avie-se, Olímpio. Talvez seja a polícia.
Olímpio leva a mão à testa:
– O quê? Esqueceram-se da polícia?
Sim, todos haviam esquecido. Essas sordidezas, essas vulgaridades... Borges olha para trás, atento e preocupado. Quem iria pensar em polícia?
– Grato – ironiza Olímpio. – E decerto foi o próprio Águas Mornas quem avisou.
É mesmo, a polícia. Dois cabos e três soldados. Ou dois soldados e três cabos – enfim, um novelo de figuras policialescas, com toda a força policial-monárquica. Aproximam-se dos contendores e um mais graduado, de cima do cavalo, brada imperialmente:
– Vamos acabar com essa brincadeira de dar tirinhos, moços.
– Em nome de quem, se me permite? – Júlio adianta-se, o livro em punho.
– Em nome do delegado Esteves.
– Mostre-me o mandado judicial.
O graduado ri para seus colegas:
– O menino quer mandado... – E, encarando Júlio: – O mandado está aqui – mostra o grosso cassetete à cintura.
Águas Mornas dá um passo à frente e grita para Olímpio:
– É melhor desistirmos.

Olímpio não espera mais, arrebata de Júlio o estojo de mogno e madrepérola, tira de dentro uma das pistolas e bradando "viva a terra gaúcha!" dá um tiro que acerta de raspão no ombro do opositor, os polícias desconcertam-se, apeiam desordenados e correm para prender os desafiantes, Olímpio aproveita e agarrando Júlio e Borges enfia-se na tipoia, onde já Raymond se escondia e assim, com todo o fogo, batem em retirada em direção à cidade.

Olímpio diz, sacolejante, firmando-se à maçaneta da porta:
– O último duelo da Monarquia termina assim: com um tiro dado por mim. Estou vingado, a República está vingada.

Ao chegarem à pensão, conferenciam: Olímpio precisa partir de São Paulo. A polícia não dará folga.
– E a colação de grau? – lembra Júlio.
– Colem por mim. Deixo procuração. Vocês não têm nada a temer. Encontrar-nos-emos no Rio Grande.

Depois de uma breve conferência na qual acertam os pormenores, despedem-se em lágrimas. Júlio fica encarregado de decidir o destino do clube republicano, "entregá-lo-ei às novas gerações acadêmicas, farei depois com que ressurja no solo augusto do Rio Grande". Já Borges prefere ficar mais um pouco em São Paulo, para "sentir o pulso da situação, estudar as melhores alternativas". Todos concordam, confiados na sabedoria política do amigo.

E é assim que, naquela mesma noite, vingado do ultraje, tendo na mala as provas tipográficas da *História da grande revolução*, Olímpio segue, como já prometera, ao encontro do grande mar que o espera. Sem telegramas anunciadores, pois pretende passar pela cidade do Rio Grande, para um certo fim pouco republicano.

Desenredando-se dos lençóis e incomodado pela quebra do juramento de "putas, nunca mais!", Olímpio aspira longamente a maresia de Rio Grande e sente-se em casa, ou melhor, entre as paredes acolhedoras de Madame Mesplé, tão francesa como uma cuia de chimarrão, mas de resto gentil e pronta a oferecer belas polacas (nisto é sincera) e algumas higiênicas portuguesas de almas generosas e grossas sobrancelhas. Mas a longa estada na cidade marítima – já se passam duas semanas – incógnito (ou assim pensava), sem sair à luz do sol, comunicando-se com o mundo apenas através de Raymond (implorou para vir junto), acabou por causar em Olímpio uma espécie de fartura. Desejava retomar de novo a vida, *sua* estância, sua plantação de milho e – por que não? – abraçar D. Felício, que o acusava de ingrato por responder tão porcamente às cartas que ele lhe mandava desde seu retiro de Pelotas.

Desenreda-se dos lençóis, portanto, e ouve a portuguesa dizer, sonolenta e ainda meio ébria pelo champanha de ontem à noite:

– Volta, meu rico...

Faz calor, o quarto abafa entre suas pesadas cortinas de veludo rubro. Olímpio abre-as, e vê que faz sol. Comprime as pálpebras, procurando divisar alguma paisagem familiar: apenas enxerga a mastreação pontiaguda dos navios do porto.

– Preciso da campanha, dos meus campos nativos. Isso aqui é para marinheiros e vagabundos.

– Volta, meu pastelzinho de santa clara...

– Volto, mas é para São Felício! E hoje.

Não precisa tanta decisão: algo se arma, no corredor: aguardam-no Madame Mesplé e Raymond, o criado com uma mensagem urgente, vinda de Pelotas. Hesitaram muito antes de bater, só se atrevendo a isso depois de enxergarem a lista de luz sob a porta.

– O que é, Raymond?

A mensagem é curta, e assinada pelo notário: em letra florida diz-lhe que deve voltar "sem mais tardar, antes que já não seja mais necessário" – e deixa entrever que algo grave ocorre com D. Plácida.

– Como me descobriram aqui, Raymond? Falaste para alguém?

O criado assegura que contou apenas para meia dúzia de pessoas, gente de confiança...

– Gente da tua laia pervertida, eu deveria ter-te deixado em São Paulo, se era para me fazeres esta traição. – Não pensemos que Olímpio está tão feroz, contudo. Quer um pouco de paz para apanhar a carta que a mãe lhe mandara, mal percebida no ardor dos preparativos para o duelo. "Sofrimentos morais", ele relê. Desde quando D. Plácida teve tais sofrimentos? Intrigado, resolve mandar que Raymond faça-lhe as malas e naquela tarde despede-se de Madame Mesplé e suas meninas, partindo para Pelotas – o primeiro estágio do começo de sua vida.

Mare Serenitatis

Aqui estou, em meu quarto de cores abstratas, às voltas com este nome lunar que me foi imposto em um momento de intenso delírio paterno – nos dias que correm, este nome serve apenas para dizerem:

..."como Selene está pálida"...
..."hoje Selene está em eclipse"...
..."está nas nuvens"...

É difícil não me associarem ao congelado disco da noite, hoje correndo célere entre as nuvens lançadas à distância pelo vento que chicoteia as paredes eternas do Castelo. Até Proteu gosta desse jogo com meu nome; outro dia chamou-me à Biblioteca, abriu um livro: *Everyone is a moon, and has a dark side which he never shows to anybody*. Talvez esta frase banal de Mark Twain e meu irmão estejam certos, mas meu lado escuro eu acabo mostrando para todos, e de uma forma tão solerte que escandalizo as pessoas:

..."Selene está impossível"...
..."foi bom tirá-la do internato?"...

Querem condenar-me à ignorância, mas desconhecem que já adquiri sabedoria para enxergar a vida com a necessária malícia. Ou nem tanto, pois acabo me enredando nas coisas mais simples, como promessas. "Gênio herdado de sua avó Plácida", diz a Condessa minha mãe.

Abro o *Astronomie Populaire* de Camille Flamarion, presente de Aquiles – lembro-me de seu pouco jeito e suas grossas mãos peludas a segurarem o volume: "Pega. Comprei em Porto Alegre". E eu quis agradecer-te, meu irmão tão velho, mas já tinhas dado as costas, decerto por constrangimento, decerto porque estavas mais interessado em foder as sucessivas empregadas que mamãe te providencia para as férias. Quis sim retribuir o descuido que te fez entrar numa livraria da Capital, cheguei a tentar um sorriso, alcei-me na ponta dos pés, estendi o rosto para dar-te um beijo, mas não era o meu beijo fraterno que contentaria tua carne. Resignei-me à minha condição de simples irmã sem maiores direitos de afeto. Um dia talvez eu possa dizer-te o quanto fiquei feliz.

No *Astronomie Populaire* procuro mais uma vez a minha fotografia: ...ah! ...*Mare Serenitatis*, Mar da Serenidade... vou traduzindo... *Mare Humorum*, Mar dos Humores... *Mare Crisium*, Mar das Crises... *Mare Fecunditatis*, Mar da Fecundidade... *Oceanus Procellarum*, Oceano das Tempestades... *Mare Vaporis*, Mar do Vapor... *Lacus Somnii*, Lago do Sonho... Meu dedo investiga cada espaço dessa paisagem visionária e acaba parando no mapa da lua feito por J.-D. Cassini em 1680, onde ele desenhou um coração em pleno Mar da Serenidade. Um coração que não existe, segundo afirmam os sábios.

Meus olhos de confuso daltonismo gostam dessas geografias brancas: a lua pode ser bela sem precisar do verde ou do azul, essa distinção natural para os outros e para mim tão diabólica. O coração de Cassini é atravessado por uma lança, um desagravo a alguém? E aqui está o astrônomo, em meio-perfil, a peruca barroca tombada sobre os ombros, o olhar fixo em quem o observa, o nariz forte, as sobrancelhas duras, a dor crispando-lhe os lábios... contudo sua ciência ultrapassa o sofrimento, e uma das mãos, orgulhosa, indica o seu observatório, enquanto a outra empunha a luneta. *Cassini amava uma bela mulher que não enxergava os matizes das cores; um dia ele a presenteou com um ramo de violetas lilases e ela, em seu mundo lívido, agradeceu-lhe com uma noite de amor entre alvos lençóis. Ao amanhecer, ele não a enxergou mais na cama: ela o deixara por outro, que lhe dava apenas lírios brancos; Cassini, desesperado de paixão, fez seu mapa da lua e cravou a lança no Mare Serenitatis para dizer que a sua própria serenidade fora perdida* – escrevo à margem da página com minha caligrafia exemplar, adestrada pelas solícitas Irmãs de Santa Maria.

Fecho o *Astronomie Populaire*, apago o candeeiro e enrosco-me no *edredon*. Aos poucos a luz da lua vai preenchendo meu quarto, as coisas que me cercam vão adquirindo a brancura e a rigidez do gesso: a pequena estante de livros, a escrivaninha com o globo terrestre, as gravuras encaixilhadas das paredes, a poltrona onde Sião dorme seu sono felino – tudo isso que é meu cotidiano acaba por assumir uma imobilidade próxima do sonho. Mal ouso respirar, para que esse quadro não se dissipe.

Aliás, ele (é difícil acostumar-me ao apelido *Prestes*) me disse hoje, após o jantar: "Sabe, Selene, você é tão sonhadora e ao mesmo tempo tão bonita que nem parece irmã de Aquiles". Minha mãe vigiava-nos, e eu me envergonhei desse elogio. Olhei-o bem: parecia sincero, embora o ar meio *dandy*. Chegou há dias com Aquiles e, ao saltar do espalhafatoso Chrysler sedan, nem parecia ter viajado tantos quilômetros. Apeou, percorreu com o olhar as torres do Castelo, a alameda de plátanos e comentou: "Olha, Aquiles, eu lá na Escola de Engenharia eu não pensei que você fosse tão rico". Riram ambos, eu ri também, minha mãe condescendeu com um sorriso. "Estes verdes..." – *Prestes* disse depois, ao avaliar os campos e deixando-me em pânico. Também me trouxe um presente: uma caixa de bombons franceses embrulhados em papel de ouro e que agora ali está, perfeitamente estática e sem cor, ao lado do globo. Logo soube de meu defenestramento do internato: "Isso acontece. Você não tinha nada a aprender com as freiras. O que elas ensinam? Francês? Boas maneiras? Bordado? Piano? Você já deve saber tudo isso. Com a mãe que tem... Não digo por Aquiles, que é um homem das cavernas e sempre será, mas por Proteu. Proteu é culto, além de um perfeito cavalheiro. Isso revela a excelente educação que tiveram". Minha mãe moveu com descaso a cabeça: "Não *excelente*, como você diz, mas apenas a elementar educação europeia. Quanto a Aquiles, é um *fruit de la terre*, nada mais: tem uma ingenuidade camponesa e divertida". Olhei para o anel de armas de mamãe, fascinante em seus indecifráveis brasões entrelaçados; pareceu-me que *Prestes* fazia o mesmo. Espero que não passe a odiar-nos por causa de minha mãe. Eu gostaria que papai estivesse aqui no Castelo, mas sempre a política... Estivemos conversando (*Prestes*, mamãe, Proteu, Aquiles e eu) até as dez da noite, e tratamos de tudo, enquanto as criadas serviam o chá: equitação, livros, culinária, pintores e, como sempre, política. *Prestes* desembaraça-se bem, mas passou a adotar uma atitude cuidadosa com a Condessa: aprendeu que as estocadas podem surgir a qualquer momento. Às dez, mamãe disse que eram horas de recolher-se, recebeu no rosto os beijos dos filhos e na mão o beijo confuso do hóspede. Mal ela havia desaparecido por detrás do reposteiro, seguida da criada de quarto, *Prestes* perguntou se de fato mamãe era uma condessa, era a primeira vez... Proteu, até então meio ausente, explicou que ela é de fato uma condessa austríaca, ao que *Prestes* circundou o olhar pelos *gobelins* da sala: "Castelo, condessa... Não é curioso que o Doutor, que foi um propagandista da República, tenha tantas saudades da realeza?" Proteu, que colocava fumo no cachimbo, lançou-nos a nós, os irmãos, um sorriso irônico.

    Falamos sobre o baile do Club Comercial de Pelotas. "Mamãe nunca consentirá", pensei ao ouvir os detalhes. Aquiles quer ir, Proteu ficou no vai não vai, mas *Prestes* foi enfático: afinal vieram, ele e Aquiles, entre outras coisas, para irem ao baile! "Falarei com a Condessa", ele disse, "afinal sou um rapaz de respeito". Aquiles debochou, "conheço o seu respeito", e *Prestes* fingiu indignar-se, "há mademoiselles na sala". De repente a companhia de Proteu tornou-se capital, uma espécie de salvo-conduto aos bons costumes; precisávamos dele para que mamãe consentisse. Proteu então olhou-me, largou uma baforada e perguntou-me se eu queria mesmo ir. "Quero", eu disse sem pensar muito. *Prestes* exultou, "então está decidido, e o Chrysler é valente, se chegou até aqui, está pronto para qualquer viagem", concluiu, afastando qualquer ideia de irem de trem.

Ouço passos lá em cima, na torre: tio Astor perambula sua insônia depois de cozinhar a bebedeira por toda a tarde. Sua janela abre-se para a lua – sei, porque estacou os passos. O que será que pensa? Lá vai ele à busca do seu sonho, mesmo que isso signifique o afastamento deste mundo com o qual mantém vínculos cada vez mais tênues.

Agora baterão com suavidade à minha porta. Aguardo.

Batem, entra a criada com uma bandeja de prata e logo após a governanta; meio às cegas, vigiada por sua superiora, a criada vai até a secretária e, afastando a caixa de bombons, deposita silenciosamente o copo de cristal com o leite morno e mais um prato repleto de bolachinhas maria. Um momento de suspense: a governanta olha para Sião, chega a estender os braços para levá-lo embora, mas, parecendo arrepender-se, deixa-o comigo – desta vez não obedece às ordens da Condessa, e eu lhe agradeço por isso. Quando elas se afastam, não quero levantar-me, não tenho fome, apenas sinto frio. E quero pensar. E penso até o momento em que a "asa branda do pássaro dos sonhos", como li na *Seleta*, acabe por me fazer fechar os olhos. Antes de dormir, ainda ouço o resfolegar do trem, que aqui nas proximidades da estância diminui a marcha mesmo que não tenha passageiros na estaçãozinha – é proibido perturbar o sono dos que dormem no Castelo.

Amanhece um céu sem nuvens e alegremente iluminado. O sol entra com força pelo quarto adentro, restituindo algumas confusas cores às coisas. Corro descalça ao termômetro que tio Astor instalou junto à minha janela, constato a temperatura: um grau abaixo de zero. Os campos de São Felício estão brancos de geada e brilham vários pontos congelados no piso da alameda dos plátanos. Com um suave rascar na porta, Sião pede para sair. Abro-lhe a porta e, antes de fechá-la, ouço um *bom-dia* respeitoso. *Prestes* passa pelo corredor, já vestido, os cabelos gotejantes, com uma toalha no braço. Vem do banheiro deste mesmo andar.

– Dormiu bem? – pergunto, escondendo-me atrás da porta.

– Otimamente, apesar do frio. Mas não pensei que amanheceria um tempo tão bom.

– O minuano varre as nuvens... – digo. Sou uma imbecil...

– É... varre as nuvens – ele repete, para meu consolo. – Com licença. – E vai em direção a seu quarto, ao lado do meu.

Tal como acontece desde que temos hóspedes, visto-me completamente para ir ao banheiro. Gosto deste aqui, mais simples e moderno que o outro lá de baixo: não há banheira, nem há nereidas nem tritões nos azulejos e tudo é perfeitamente branco. Dispo-me com gritos arrepiados e já Amália surge com baldes fumegantes, aciona as roldanas do chuveiro, baixa-o e verte a água no reservatório, erguendo-o depois. Meu banho é solitário e pouco eficiente. Ao enxugar-me, percebo sobre o lavatório de mármore algo que Amália esqueceu-se de recolher. Aproximo-me. Uma camisa... Pego-a, levo-a ao rosto: ainda mantém um certo calor, misturado a um perfume de angélicas – teria ele dormido apenas de camisa? Assustada, esfrego-me com vigor, enrolo uma toalha nos cabelos, visto o roupão felpudo e corro para o quarto. Amália apresenta-me uma saia de padrão escocês que mandei fazer em nosso exílio na Argentina, mais uma blusa em vigela escura comprada pronta em Montevidéu e meu casaquinho preto e branco com botões de madeira, tricotado por mim mesma. Para os pés, soquetes de burma e sapatos de sola de cortiça e borracha. Fico apresentável? Depois do uniforme azul-marinho, estas roupas são uma festa. Mas não pareço muito mais velha?

À mesa do café, trazida para junto da lareira, noto que ocorreu alguma batalha silenciosa: mamãe finge ler um número atrasadíssimo do *Neue Illustrierte*, Aquiles está de braços cruzados e bufa com furor, Proteu fabrica bolinhas de pão sobre a toalha de linho. *Prestes* e Astor fazem um jogo da velha frenético. Mamãe desvia o olhar para minha roupa e murmura um "está bem" antes de desejar-me bom-dia. Sento-me, servem-me chocolate e torradas. Mamãe larga a revista:

– O tempo melhorou...

– Melhorou... – respondo. – Mas caiu a temperatura. Está um grau abaixo de zero.

– Você quer mesmo ir ao baile?

Todos suspendem o que estão fazendo.

– Quero.

– Então vá. Já não tenho mais paciência para as discussões. Quanto a você, Proteu, veja como está o solar e me traga azáleas, que devem estar começando a florescer. E determine à governanta que mande o rol do que precisam para a primavera; não esqueça de verificar bem a pintura das paredes externas, da última vez notei que estavam precisando de pintura. E me faça o favor de abrir bem as janelas.

Quando, quando, mamãe, você me enxergará? Com um aperto na garganta mordo um pedaço da torrada...

– "Loura, a escorrer manteiga" – Proteu declama. – Eça de Queirós adorava fazer suas personagens comerem torradas louras, a escorrer manteiga. Aliás, no romance *A Capital* o Albuquerquezinho exigia que suas torradas fossem sempre assim, louras a escorrer...

Foges, foges, Proteu, para tua literatura. Quando verás a vida?

Aquiles põe-se a planejar coisas, farão uma boa limpeza no carburador do Chrysler, verificarão o estado dos pneus, levarão quantos galões de gasolina? São uns bons quilômetros até Pelotas.

Buzinadas fortes em frente ao Castelo: chegam Arquelau e Beatriz. Meus tios são engraçados, Arquelau irrompe porta adentro aos gritos de "vim inspecionar, vim inspecionar essa cambada, mais dois talheres nessa mesa!" Estaca ao ver *Prestes*. Aquiles adianta-se:

– Esse é o Prestes, tio. Um colega da Escola de Engenharia. Prestes é apelido, ganhou quando fez um discurso a favor da coluna Prestes.

– Grande homem, o Prestes verdadeiro... Grande homem, está desafiando o governo com aquele punhado de homens... – meu tio é surpreendente. – Mas o sedan é seu, meu rapaz? Grande automóvel. Resiste a qualquer estrada, mesmo que não tenha estrada, como aqui nesse cafundó.

– Não, o auto é meu – Aquiles esclarece. – Comprei faz dois meses.

Arquelau assobia, olha para a Condessa:

– Vejo que meu mano Olímpio está abrindo a mão para os filhos... quem diria?

Beatriz manda-o calar a boca, dá dois beijos em mamãe e logo me procura:
— Você está linda. E esse casaquinho? Garanto que foi você mesma quem fez. Quero a receita.

Abandono-me a seus braços recendentes a bom perfume e nem ouço mais as conversas entrecruzadas que só falam bobagens. Ela logo sabe do baile:
— Mas você tem vestido? Espere, vou mandar vir alguns dos meus para você experimentar. Acho que temos o mesmo corpo — e avalia-me a largura dos ombros, a cintura: — Sim, temos o mesmo corpo.

Nessa tarde, estou em meu quarto e Beatriz me veste. Sinto-me ridícula com esses vestidos modernos, que, como assegura minha tia, são excelentes para o *one-step*.
— Ora, tia, o *one-step*. Nem sei como se dança isso.
— Claro, esses nobres arruinados de Pelotas ainda estão na valsa e na mazurca. Mas sempre há alguma possibilidade de que tenham se atualizado.

Vejo-me de vestido negro, curtíssimo e assimétrico na barra guarnecida de *volants* em viés, decotes em ponta no busto e nas costas, tirantes de *strass*. Nos pés, sapatos de salto com uma fina tira no tornozelo.

Beatriz examina-me a cabeça:
— Posso? — Vai ao toucador, pega uma tesoura e um pente, passa-me uma toalha em volta do pescoço: — E para que a obra fique completa, corte *à la garçonne!*

E começa a devastar meus cabelos com esplêndidos golpes. Ao fim de meia hora, transformei-me num homem, embora meio efeminado.
— É a moda... — Beatriz contempla sua arquitetura. — O que dirá sua mãe? — E borrifa-me com um perfume que tira de sua bolsa: — *Joy*, de Patou, para você ficar irresistível. Leve este frasco junto. Tenho muitos em casa.

A Condessa ao jantar olha-me de cima a baixo, sente o aroma que meu corpo exala. Espero uma palavra... espero... quero que me mande tirar tudo aquilo, que é imoral, que é uma indecência uma filha de família vestir-se como uma puta. Ela diz:

– Não está mal. E você, Beatriz, você agiu com rapidez. Os homens estão desconcertados. O único a fazer-me um sinal de aprovação é Proteu.

Acertamos pormenores, e em pouco tempo fica decidido que iremos amanhã bem cedo, para à tarde estarmos em Pelotas, a tempo de um banho e trocar de roupa.

Passo o dia arrumando a pequena mala. Beatriz insiste em que use o *manteau* europeu de mamãe, com gola de peliça, e ela própria encarrega-se de pedir. Olho-me mais uma vez, agora de *manteau*: agora virei totalmente um senhor, faltando apenas os bigodes. Tio Astor surge em meu quarto, analisa-me:

– Vai fazer furor em Pelotas, menina – e sai, caminhando meio inseguro. Tenho vontade de quebrar-lhe a cabeça.

Nossa viagem é cômica desde o início: à frente do Castelo, estão todos – Beatriz fez questão de pernoitar aqui, "para vê-los partirem" –, todos absortos no ato de contemplar o giro da manivela, que Aquiles pratica com facilidade, embora o certo viés cenográfico. Mamãe faz-me um rápido sinal da cruz na testa "vão com Deus" e Astor aproveita os primeiros roncos do automóvel para dizer baixo a Aquiles: "e não me esqueça minha encomenda. Quero do bom, OK?"

A primeira atitude de *Prestes*, à boleia – eu e Proteu vamos no banco de trás –, é acender um cigarro, aspirando com delícia uma tragada.

– Quer? – ele depois me pergunta, mostrando o maço de *Negrita*. Proteu já havia acendido seu cachimbo.

Aceito de imediato. Ele então separa um cigarro, acende-o e me passa. Levo-o à boca, um pouco constrangida.

Logo o automóvel, com os vidros fechados por causa do frio, torna-se um verdadeiro incêndio. Não fosse o estourar de um pneu depois de uns dez quilômetros, e momentos em que tivemos de descer para vadear arroios (uma manobra complicada) e o atropelamento de algumas preás, chegamos a salvo em Pelotas.

Há quatro anos que não venho aqui, da última vez eu era uma menina. O Solar dos Leões parece-me menor do que minha lembrança retinha; menor e mais sujo. Vejo que sua grande época já passou – a praça agora ostenta algumas fachadas *art nouveau* e o quiosque abastardou-se. Somos recebidos pela governanta, duas criadas e pelo caseiro; o homem tem alguma dificuldade em abrir a porta principal e quando nos diz "os moços podem passar" ultrapasso o pequeno vestíbulo de mármore e largo minha maleta em meio ao gelado salão de D. Plácida, que mamãe odeia – no entanto, não ousa desfazê-lo dos móveis pesados de João Felício, papai opõe-se. Talvez por isso a presença da Condessa nesta casa pode ser contada nos dedos de uma única mão. Ali o piano da *infeliz*... uma gaiola... a poltrona... Tudo está impecavelmente limpo, como os túmulos bem tratados.

– Admirando? – Levo um susto, é Proteu às minhas costas. – Este é um mundo perdido, sem volta. – Dramatiza a voz: – O cenário de uma tragédia passada há quarenta anos.

– Ora, deixe de asneiras – digo, empunhando a maleta e dirigindo-me ao *meu* quarto. Abro as janelas, que dão para o pátio de árvores desfolhadas. Tudo está em seu lugar. Tiro os sapatões de cortiça, sento-me na cama, massageio os pés inchados. Arrependo-me imediatamente de ter vindo. Mas procuro ocupar-me em desfazer a maleta, dispensando o canhestro oferecimento da governanta, uma mulher tão antiga como a casa e que perdeu a prática de servir. Abro o armário para pendurar o vestido *moderno* de Beatriz e contemplo os cabides de madeira, há tanto tempo sem uso. Meus vestidos de criança ali pendurados nas fugazes visitas ao Solar...

..."Selene, tenha cuidado com suas roupas"...

Arrepio-me. De frio?

Faço minha tarefa e volto à janela. *Prestes* está no pátio, as mãos às costas, olhando para os galhos das árvores. Tem os ombros largos, postos em evidência pelo sobretudo acinturado.

– Prestes, como é seu nome?

Ele se volta, ri. Os dentes possuem uma originalidade interessante.

– Não vai acreditar. Me chamo Hermes. Sou também mitológico.

– E você é rico, Hermes?

– Meu pai tem uma fábrica de cofres em Porto Alegre.

– Então é rico.
– É o que resta às famílias iguais à minha, já que não têm quadras de sesmaria nem está no Rio Grande há duzentos anos.
– Ignoro as ironias.
– Faz bem. É a única forma possível de defender-se da Condessa.
É ousado, Hermes. E profundamente perspicaz. Levanta os olhos para o céu, faço o mesmo. Ele diz:
– Nunca tinha visto um azul tão forte.
– Azul... Talvez.
Ele não me entende. Quem se teria lembrado de falar-lhe desse meu insignificante pormenor?

"Eé isto que me fica na minha velhice" – refletiu o Bispo, num misto de preocupação e orgulho, quando soube da grave incumbência deixada por João Felício. "Grave", assim dizia o testamento: gravíssima, zelar pela educação moral e espiritual de Olímpio, então nas primeiras espinhas e na segunda conjugação latina. Quanto às humanidades, iniciara *Le génie du Christianisme* e os sermões de Vieira, embora sua predileção fosse por Rousseau. "Precoce", alguns diziam; "será um grande homem", acrescentavam, embora causasse alguma aflição sua face bonita e o desembaraço com que proferia palavrões. O Bispo nem pensava em destiná-lo à carreira dos altares, e por isso procurou a profissão mais próxima e quase infalível, a de jurista.

– Como bacharel, você terá todas as portas abertas, inclusive da política. Poderá ser primeiro-ministro com facilidade. E o nome de família...

– Começará por mim.

O Bispo considerou o rapaz à sua frente. Olímpio sentava-se junto à secretária episcopal, uma tarja negra no antebraço esquerdo e um ar absolutamente convicto. Era quase noite, e haviam estudado desde as duas da tarde daquele sábado de poucas nuvens. Do interior do *Palácio* vinham sons próprios de residência eclesiástica, vozes da governanta na cozinha, arrastar suave de chinelas almofadadas e um vago odor de sacristia. Olímpio não chegava a assustar com sua determinação, mas transmitia ao Bispo uma espécie de remota desconfiança por um futuro onde ele, o Bispo, não viveria o suficiente para intervir.

– Prometa-me uma coisa, Olímpio. Não se deixe contaminar pelas falsas ideias que andam por aí. Quando você for para São Paulo, será muito tentado pelo materialismo e pelo positivismo. – Falava por descargo de consciência, pois bem sabia que Olímpio, ao chegar à Faculdade, faria o que bem entendesse. Mesmo quando o rapaz concordou, foi de modo breve e apenas respeitoso.

Era assim, nesses tempos em que D. Plácida estava prestes a parir Arquelau: o Bispo enchia-se de temores pela possibilidade de que lhe coubesse também a educação do nascituro. D. Plácida certamente não seria uma boa mãe, dadas suas extravagâncias poéticas; depois da morte do marido, e aproveitando o natural recolhimento que essa circunstância impunha, devorava caixotes inteiros de obras imundas que um degenerado livreiro lhe punha à porta. Criara Olímpio, é verdade, mas não se poderia dizer que o fizera com toda a atenção. Tinha vários defeitos, entre os quais a proximidade com a irmã, mulher que a passagem dos anos aumentava o ar de perpétuo cio. A Genebrina vinha muitas vezes à tona, e não era raro que mantivesse com o Bispo uma conversação caótica, feita de tantas remissões literárias que era possível duvidar de seu perfeito juízo; certa vez disse que o nascituro bem poderia chamar-se Renan, o que fez o Bispo gelar as mãos e pedir-lhe que deixasse de ler *La vie de Jesus*, que ganhara um lugar de destaque na estante e enchia-se de passagens sublinhadas a lápis vermelho. "Renan é um sábio", sentenciara a Genebrina. "Renan é um porco", contraditara o Bispo, embora soubesse que apenas estava a repetir o trecho de uma carta que lhe enviara certo dominicano do Rio de Janeiro. Talvez o finado João Felício estivesse certo ao destinar-lhe a educação de Olímpio: deveria conhecer bem a mulher.

"Preciso tirá-lo da influência da mãe", pensou naquele sábado.

– Você não acha bom passar uma temporada na minha estância? Um jovem precisa de ar puro, de boa alimentação, cavalgadas pelos campos...

Contrariamente ao esperado, Olímpio concordou. A Genebrina, entre um gole e outro de licor de ovos, não opôs resistência, prova cabal de seu desinteresse.

Uma semana depois estavam na estância, carregados de obras escolhidas e selas de montar. Naquele ambiente pastoril, Olímpio parecia outro: acordava cedo, bebia leite recém-tirado, banhava-se no açude, masturbava-se de modo ostensivo e aceitava as aulas com um entusiasmo comovedor. Repassaram os clássicos latinos, começando pelo *De bello galico*, passaram pelas Catilinárias e as fábulas de Esopo. Quando percorreram com Tito Lívio os salões das dissipações romanas, o Bispo aproveitou para instá-lo à virtude, falando nas entrelinhas que um rapaz, mesmo na força da existência e no ardor do sangue, deveria manter-se puro e abandonar as práticas *contra natura;* Olímpio fazia-se de surdo e reafirmava sua integridade moral, embora fosse constrangedor ouvi-lo gemer obscenidades quando se fechava no quarto. O Bispo não deixava de sorrir, lembrando dos próprios pecados juvenis, com a diferença de que aqueles foram praticados no seminário sob o terror de sotainas ameaçadoras, enquanto Olímpio pecava na plena liberdade de proprietário, herdeiro rural e homem destinado a comandar, gerando uma espécie de absolvição prévia.

Um dia Olímpio quis visitar São Felício, e não apenas para rever seus campos, mas porque – e isso o Bispo notou ao chegarem – desejava rever as ruínas do Castelo. Num assomo de romântica ternura, o jovem deixou-se extasiar pelo ar medieval das paredes inacabadas e até declamou algumas frases do *Amadis de Gaula*, trepado na arquitrave do incipiente portal. O Bispo mais uma vez sorriu, agora lembrado da fantasia de João Felício; mas não teve benevolência, chamou-o à ordem: a soberba produz frutos violentos.

– Não tema – apaziguou-o Olímpio –, se um dia eu terminar esta obra, darei a ela o nome de Castelo da Liberdade. Aqui todos desfrutarão dos bens do Elíseo.

Olímpio espantava, com esses ditos grandiloquentes. Seu rosto de limpidez grega tinha ressaibos de pintura épica.

Cearam ali mesmo, sobre uma toalha aberta no terreno da sala de jantar. Um criado servia-lhes frango assado, bolos de gengibre e vinho do Porto. Súbito a toalha moveu-se, o criado gritou "uma cobra!" e Olímpio, vencendo o momento inicial de espanto, pegou a espingarda do criado e deu um tiro em direção ao centro da toalha, ensanguentando-a. Refeito, o Bispo ordenou que o criado levantasse a toalha e ali, enovelada em suas próprias vísceras, uma suave coral estertorava.

– Assim matarei os insidiosos que se opuserem à Liberdade – Olímpio disse, a espingarda fumegante ainda colada à mão.

O Bispo então perguntou, abismado, de onde vinham essas ideias de Liberdade, tão repetidas nos últimos tempos.

– A Liberdade é uma palavra, D. Felício.

– Mas uma palavra sempre significa alguma coisa. Uma palavra é uma ideia, não é apenas um som emitido pela boca. Veja por exemplo a palavra *Deus*. Ela significa o Criador, Onipotente, Eterno e Onipresente. Não é só uma palavra.

Olímpio verificava o cano da espingarda. Devolveu-a ao criado.

– Mas se o senhor me perguntar o que é a Liberdade, eu digo apenas que é uma palavra. Como nem o senhor, nem eu nem ninguém sabe o que significa, e as pessoas tremem quando a ouvem, vou usar essa palavra por toda a vida.

Nasceu Renan, que logo o Bispo tratou de salvar na pia do batismo com o nome de Arquelau, não o famigerado filho de Herodes e rei da Judeia, não o rei da Macedônia, nem o escultor da *Apoteose de Homero*, mas Arquelau de Mileto, o filósofo, antecessor de Sócrates. Como o cristianismo era necessário, o Bispo acrescentou-lhe o cândido nome do apóstolo mais querido de Jesus, compondo uma designação apresentável se um dia o órfão desejasse ser padre. A Genebrina, passado um dia em que esteve amuada em seu piano, enchendo a casa de espantosos acordes, disse ao Bispo que já não achava tão mau o nome escolhido; e acrescentou, malévola, que não se deveria gastar por qualquer coisa o nome de Renan. E marcou, de modo inelutável, que a criação e educação de Arquelau ficariam por conta dela própria, a mãe – sem nenhum testamento que a impedisse. O Bispo suspirou com alívio, embora carregado de culpas por consentir tão rapidamente na entrega do destino de uma criança a mulher tão quimérica.

E Arquelau cresceu como um bebê espantado, de olhos em perpétuo pedido de trégua. A uma abertura de janela irrompia no choro mais atroz que já ecoara no Solar dos Leões; rodearam-no as empregadas com as carícias habituais que se dispensam a um órfão, o que lhe aumentava as baldas. D. Plácida, porque o nascimento de qualquer criança apaga o luto obrigatório, respondia da sala com sonatas e baladas estentóreas, findas as quais se recolhia à sombra da prateleira de livros – tais notícias preocupantes chegavam ao Bispo já um pouco exasperadas pela impaciência de Olímpio. O rapaz dizia amar a mãe e revoltava-se pela atenção absurda que ela passara a dar a um par de canários belgas a quem pretendia ensinar algo de Beethoven.

– Beethoven? – assombrava-se o prelado. Isso obrigou-o a dar novo ritmo à formação de Olímpio, a começar pelos verbos defectivos. Mandou vir de São Paulo informações sobre os estudos preparatórios e, ao recebê-las, percebeu o abismo de ignorância que ainda separava seu pupilo do acesso à Academia de Direito, e fez com que viesse morar no *Palácio* para vigiar mais de perto seus estudos. Submeteu-o a uma bateria de autores insuspeitos e, reconhecendo a própria falta de competência para o ensino das matemáticas, contratou um jovem professor.

Félix cumpriu com exagero sua missão, e logo Olímpio destrinçava raízes quadradas de números ímpares e calculava, de cabeça, a área de triângulos e trapézios.

– Mais um pouco e você estará pronto para São Paulo – disse o Bispo, reconfortado. – O professor é um portento.

Olímpio, esse, mal imaginava o grau de sabedoria a que chegara, considerando-a uma previsível extensão de sua estatura social. E jogava adivinhas com o Bispo, aplastando-o com títulos de livros, datas, nomes e números. Estabelecia relações entre as mais diversas áreas do saber, transitando livre pela História e pelas ciências físicas e naturais: entendia da circulação sanguínea dos vertebrados e não se deixava levar pelo domínio da sensibilidade, que poderia degenerar em poesia – embora viesse a praticar alguns versos heroicos em latim, logo dedicados a seu tutor e por este aceitos com gratidão paternal. Num domingo em que almoçavam com D. Plácida, recitou quase todo o Primeiro Canto d'*Os Lusíadas*, fazendo esfriar a sopa; a mãe ouviu-o, a colher suspensa sobre o prato. Finda a récita, ela fez soar a campainha e mandou que as criadas substituíssem a sopeira por outra, quente. Findo o almoço, já com Arquelau nos braços, ela perguntou a Olímpio qual a utilidade de decorar tantos versos. D. Felício pousou a chávena casca de ovo no pires de bordas douradas e ia falar algo, mas Olímpio tomou a palavra:

– Porque Os *Lusíadas* é uma epopeia.

– As epopeias não têm sentimentos – a Genebrina enovelava os brandos fios de cabelo de Arquelau. – As personagens são frias, com uma pedra no peito. Vivem apenas para dizerem frases mitológicas. Detesto *Os Lusíadas*. Ainda se fossem os sonetos de amor do mesmo Camões, *não te esqueças daquele amor ardente que já nos olhos meus tão puro viste...* Epopeias têm sabor de morte e mármore.

– As epopeias são precisas para a vida de qualquer povo.

– Que povo, meu filho? o português?

Mais tarde, no *Palácio*, Olímpio caminhava excitado pela sala, cansando-se de lastimar as perguntas insidiosas da mãe, mas reconhecendo-lhe a inteligência, a cultura literária, a força esmagadora dos argumentos. E nisso d'*Os Lusíadas* ela não deixava de ter a sua razão. *Os Lusíadas* não pertencem mesmo ao povo gaúcho, é uma epopeia emprestada dos portugueses, e que repetimos há séculos, feito basbaques. De repente exclamou:

– Precisamos de uma epopeia para nós, os gaúchos.

A afirmativa acordou a sonolência de D. Felício.

– Uma epopeia...

– Algo como uma guerra. Uma guerra de um povo, o povo gaúcho, contra o Império brasileiro.

O Bispo riu, irônico:

– A Revolução dos Farrapos?

— E por que não? — Olímpio estava sério, seríssimo como um tribuno.

— Não leve adiante essa ideia, filho... Eu sei bem o que foi a Revolução.

— O que foi não interessa mais. Importa aquilo que se fala da Revolução. E se fala bem: tem aí o livrinho do Oliveira Belo, e aquele outro mais antigo do Caldre e Fião... E um monte de poesias. Tudo muito fraco, naturalmente, sem a marca da epopeia. Mas o terreno já está preparado para uma grande obra.

O caso era alarmante. D. Felício resolveu também pôr-se sério:

— Esses livros que você fala eu não conheço. Mas sei que será ridículo transformar aqueles interesses de estancieiros em uma epopeia. Uma epopeia é outra coisa, mais nobre, mais solene... com um herói arrebatador...

— Por acaso a conquista das Índias que está n'*Os Lusíadas* foi algo nobre? Não foi, na essência, uma busca de novos mercados para Portugal? Mas quem se lembra disso, agora?

E passou a discorrer sobre as mentiras que estavam na epopeia de Camões, agora tão claras: Vasco da Gama, quem era? quem era, além de um simples conquistador de poucas luzes? E a submissão dos potentados orientais, que se lê em versos tão nobres, não era apenas uma rendição ignóbil ao mais forte? E no entanto ali estava retratada como uma benevolência dos lusos, que pretensamente levavam a fé cristã aos pagãos. Era ou não era?

D. Felício perturbava-se com as afirmativas do pupilo, ditas de modo tão cru, quase beirando o materialismo e, pior, o socialismo.

— Esqueça esses fatos passados da história de Portugal. Isso de nada adianta.

— Concordo inteiramente, D. Felício. De nada adianta. Assim como não nos adianta estar a lamentar os interesses dos estancieiros, como o senhor diz. A mim me interessa o substrato, a lenda, aqueles fatos que não morrem. E quanto ao tal herói arrebatador, encontra-se logo: Bento Gonçalves da Silva.

A coisa estava progredindo a passos ameaçadores.

— Tome juízo, filho. Logo o Bento? Aquele?

– Não preciso que me repita o que todos sabemos a respeito do Bento. Mas o homem já está morto, não está? Um homem morto pode ser transformado no que se desejar, até num herói.
– Matou o próprio primo!
– Num duelo, D. Felício.
O Bispo resolveu dar corda à insanidade:
– E quem escreverá essa... epopeia?
– Ora, quem?... eu mesmo. A epopeia do nosso povo.
– E você acredita que exista um povo gaúcho? Uma raça de bandoleiros, comedores de churrasco, mistura de castelhanos, índios, imigrantes pé-rapados?
– Quando tivermos uma epopeia, D. Felício, teremos um povo. – E Olímpio passou a explanar o seu projeto: não seria uma epopeia no sentido de gênero literário, porque os tempos são outros, mas algo assim como a história da Revolução, pintada em cores fortes, grandiosas, uma história para pôr no bolso os baianos, todos aqueles que viviam lá para cima do Império e que sugavam havia séculos as riquezas da nação. Era o Rio Grande assumindo o seu legítimo lugar.
– Então escreva a tal epopeia – D. Felício batia em retirada, um tanto vaidoso das ideias do rapaz. Lembrou-se de algo: – Mas a revolução dos farrapos foi republicana, e a república é uma coisa ímpia, que deseja o casamento civil e já levou vários monarcas ao patíbulo.
Olímpio pensou um instante:
– Sim, a Revolução foi republicana... Mas responda-me: a constituição dos farrapos manteve intactos os direitos dos proprietários?
– Parece-me que sim.
– Então, viva a república.
– Mas a república quer o casamento civil! E o que se vai fazer com o Imperador?
– Manda-se o Imperador passear na Europa, já que ele gosta tanto de lá. E quanto ao casamento civil, acredito que é uma bela coisa, pois estabelece em definitivo a separação entre o Estado e a Igreja.
– Você não tem nenhum amor às instituições, Olímpio.

– A minha instituição, D. Felício, está lá na minha estância, me esperando. O resto são ideias.

Num dezembro calorento, quando o Bispo despediu-se de Olímpio, recomendando-lhe virtude em São Paulo, ele sabia: o rapaz era mesmo um predestinado. E com um esboço de história da Revolução no bolso.

E passou a pensar na forma de interferir na educação do menino Arquelau: indicou Félix del Arroyo a D. Plácida, um "excelente jovem, como se sabe, de bons costumes, que poderá ajudar nas matemáticas". A Genebrina, contra a vontade, aceitou Félix em sua casa. E o Bispo, com Olímpio em São Paulo e com Arquelau atendido, pôde reconciliar-se com sua consciência e pensar, novamente, no preço da arroba da lã.

ASSIM EXPERIMENTEI A INEFÁVEL
SENSAÇÃO DE PERNAS SANGRANTES

Eu, naquela tarde, viajava no banco de trás de um Odsmobile forrado em couro; na frente, Arquelau e Beatriz, ela a olhar a paisagem que não teria nenhuma novidade. Talvez estivesse disfarçando – ou nem tanto – o incômodo de ver-se privada de seu conforto, tendo de ir a Bagé, o que detestava: dizia que, a viver em algum lugar, ou era numa grande cidade, como Paris ou o Rio, ou numa estância nos cafundós do Brasil, absolutamente *out of civilization*. "Esses lugares intermediários, ainda mais com pretensões a grande coisa, me dão um imenso tédio, e me parecem ainda mais selvagens." De minha parte, eu estava curioso por conhecer a capital daqueles campos, que me afastava um pouco do clima opressivo do Castelo e, especialmente, de minha avó-Condessa; na verdade, estava de ânimo alegre por não ter de defrontar-me a cada dia com meus assassinatos e com um caso de amor que acabara em uma inominável traição. Mas num dado momento Arquelau e Beatriz começaram a falar de Proteu e de sua estranha morte, ignorando as fantasias de tuberculose: "Alguma coisa decerto o estava perturbando", ela disse a certa altura, "uma coisa que talvez ninguém imagine". "Ora", respondeu Arquelau, "todos os suicidas têm uma espécie de propensão, uma ideia fixa. Mais dia, menos dia, acabam se matando. Ninguém pode fazer nada". Era essa sua forma de ver o mundo: categórica e compartimentada, sem espaço para situações crepusculares. Eu, um ser crepuscular, que me apanhava chorando pelos cantos, pensando que, se tivesse feito algo no momento certo, talvez meu tio não se tivesse matado, eu, o limítrofe, pensava: se eu não me tivesse deixado levar pela paixão e pelo desejo de estar com Amália, era possível que Proteu tivesse conseguido me reter por mais um tempo em seu quarto e, assim, teria deixado aquelas ideias de morte que eu, irresponsavelmente, não chegara nunca a perceber. Em suma, aquela conversa no banco da frente, com seus subentendidos, era mais uma prova de que eu não havia arranjado bem as coisas dentro de mim, e aquela viagem cheia de solavancos começava a tornar-se um desastre, apagando minha exaltada esperança de mudar de ares. Esqueci-me de dizer: eu ia com minha fatiota nova que, não obstante ter sido feita sob medida, acabara por revelar-se maior do que o corpo exigia, como se o alfaiate, num momento de sonho, tivesse trocado as medidas. A camisa, por outro lado, me apertava no colarinho, por debaixo das axilas, deixando-me afogado num mar de panos desarmônicos, idênticos às emoções que me transformavam num ente sem eira nem beira, e cuja única obrigação – imposta por Arquelau – era ficar quieto e comer a triste maçã que Beatriz me dera à saída, cujo sabor me lembrava vagamente caixas de madeira e pregos enferrujados e onde eu lera *Manzanas de Rio Negro – República Argentina*.

Certo momento paramos à beira da *estrada* e Arquelau, dizendo que ia urinar, desapareceu nuns arbustos floridos. Beatriz começou a cantarolar *Hello baby, my sweet baby,* que eu conhecia, a rádio de Porto Alegre sempre tocava nas poucas vezes em que os padres esqueciam-se de desligar o aparelho. Disse-lhe isso, e ela me perguntou se eu não me sentira muito sozinho no internato. Eu tinha duas alternativas: ou falava a verdade, isto é, que o internato não era tão ruim como se imaginava, ou, ao contrário, eu de novo inventava sofrimentos e fomes homéricas. Beatriz pareceu entender minha hesitação e, voltando-se, disse-me: "Diga a verdade". Eu então, animado por aquele incentivo, menti com requintes: silícios – eu ouvira nas vidas de santos que os mais adiantados liam à hora do almoço e jantar –, confissões sob a mira de revólveres, prisões em masmorras infectas, crivadas de ratos e baratas... – até que Beatriz passou a mão em meu rosto e murmurou numa voz que vinha dos céus: "Se você precisa mentir tanto, é porque precisa de muito carinho, talvez de uma mãe. Acho que você incendiou a lavanderia só por solidão". Não preciso dizer que minha vergonha tornou-se insuportável e desejei com toda vontade que aquele Odsmobile forrado em couro fosse presa de chamas e nos consumisse os dois em meio a uma fornalha de labaredas infernais, "ceifando-nos a vida em meio a tormentos horríveis".

Percebendo as chamas que ardiam em meus olhos, ela puxou-me por cima do banco e me deu um beijo no rosto e então fez-me uma confidência: "O que você pensa de eu ser casada com um homem tão velho?" Uma confidência em forma de pergunta, portanto. Na verdade, eu não pensava nada a respeito de casamentos. Mas enfim, eu era objeto de uma confidência, o que me elevava à dignidade adulta, ou o tanto que eu pensava que poderiam ser dignos os adultos. Eu fiquei com uma vontade imensa de contar-lhe tudo a que assistira junto à despensa, as calças arriadas de Arquelau, o fremir dos corpos naquele balé de borboletas, mas calei-me: o olhar de Beatriz me dizia que isso também não lhe seria novidade. Tergiversei, dizendo-lhe que Arquelau não era assim tão velho. "Nem eu sou tão moça, não é mesmo?" – Senti que Beatriz era uma mulher confusa e perplexa: impossível tornar-se minha mãe. "Você *é* moça", consolei-a, uma banalidade atroz. Ela sorriu: "Na minha idade, só se pode ser *relativamente* moça. E isso, numa mulher, é pior do que ser velha". De minha parte, Beatriz tinha uma idade indefinível, por que ela se preocupava com essas coisas? Arquelau sim, esse era um velho, um antepassado, apesar de suas distrações eróticas. Eu, o carregado de culpas, poderia livrar Beatriz daquele monstro, bastando desejar firmemente que Arquelau morresse: afinal, eu era um assassino extremamente hábil. Quando estava a um passo de perguntar-lhe se desejava a morte de Arquelau, ele voltava. Assumiu seu lugar no volante, não sem antes comentar que faltava mais ou menos uma hora para chegarmos, um comentário inútil, como se pode perceber. Seguimos, calados e desatentos à paisagem. Como tudo tardava e os solavancos adquiriam uma regularidade dolente, adormeci e tive um breve sonho de incêndios.

 Acordei quando cessou o ruído do motor e abri os olhos: estávamos frente a um prédio de dois andares, amarelo e opaco, de onde entravam e saíam pessoas mais ou menos atarefadas. À minha volta, a cidade de Bagé, que me pareceu menos civilizada do que imaginara: carretas sobre o calçamento, gaúchos a cavalo e por tudo um ar de melancolia citadina. Arquelau era reconhecido por todos, que nem lhe deixavam sair por inteiro do automóvel. Em geral davam pêsames pela morte de Proteu e perguntavam pela minha avó-Condessa, e tiravam os chapéus a Beatriz. Meu tio-avô enfim apeou e, em meio a abraços e tapas nas costas, veio pelo outro lado e abriu a porta à esposa. Saímos, e Beatriz acertou a minha gravata negra, apertando-me mais o pescoço. Ergueu minhas meias brancas, abaixando-se à minha frente como uma serviçal, e isso foi o suficiente para eu sentir uma onda fugaz e perversa de desejo, ou o que eu entendia como tal nessa época. Quando ela se ergueu, o rosto estava túrgido e luzia. "Que merda de cidade", ela disse, e foi a primeira indecência que ouvi na boca de uma mulher.

 Logo entendi que estávamos numa repartição judicial, pois vinham advogados conversar com Arquelau, falavam em processos, em juízes e escrivães e toda hora olhavam para os relógios. Tinham uma aparência canalha e recendiam a naftalina e sebos dos cabelos, e eram tão gastos como suas pastas de couro marrom. Também perguntavam a respeito da morte de Proteu e, ao contrário dos outros da rua, não prestavam atenção às respostas. Até que, no *hall* do prédio, Arquelau encontrou quem procurava, um advogado rotundo, de cavanhaque, uma corrente unindo os dois bolsos do colete. O homem olhou-me, disse "então esse é Páris... parecido com a mãe..." Aquele advogado era tão desprezível que o ignorei, mesmo que ele soubesse algo de meu passado: era daquelas pessoas que tudo o que dizem parece mentira.

 O juiz a quem fomos levados era inverossimilmente moço, o suficiente para despertar minhas suspeitas. Fumava cigarros de palha e tinha ao lado um homem de barba, que eu vim logo a saber que se tratava do promotor, um homem que, a critério de toda a sociedade, deveria zelar pelos interesses dos mortos e ausentes e, também, por seus resíduos humanos: os órfãos e assemelhados. Sentei-me atrás de Arquelau e Beatriz, e vi como o casal se comportava com dignidade à frente dos dois funcionários judiciais: sóbrios e pausadamente, relataram toda a história que Beatriz me contara, acrescentando detalhes ignorados e tecendo perante aquela gente estranha um painel da vida de minha mãe – omitindo o seu fim, tal como fizera comigo – e como eu, o triste, viera ao mundo. O advogado rotundo, a meu lado, resfolegava e houve um momento em que me murmurou que eu deveria tapar meus ouvidos bem tapados, para não ouvir "essas coisas que as crianças não podem saber". É claro, foi uma ordem para que eu ouvisse ainda mais, mas quando alguns pontos do meu passado começavam a esclarecer-se, e justo quando iam falar em meu pai, o juiz mandou que fossem todos retirados da sala, porque o processo corria em segredo de justiça. E assim fiquei no *hall* do prédio, inconformado e, o pior, com fome. Socorreu-me uma funcionária, que, ao ver-me perambulando, perguntou se não queria comer a metade de um sanduíche de salame. Aceitei, é claro, e aquele sanduíche ainda hoje me lembra detalhes da vida de minha mãe. "Pobrezinho" – dizia a funcionária, mastigando a sua metade. Era certo que sabia de mim, quem eu era, por que estava ali e o que, afinal, minha família representava em todos aqueles campos e coxilhas. Deveria imaginar-me muito rico, de uma riqueza impossível de ser avaliada, quando na verdade a única coisa certa em minha vida era aquela metade de sanduíche e os dois homicídios que eu carregava nas costas. Aliás, juntou um pouco de gente à minha volta, que entretanto não se atrevia a fazer perguntas, limitando-se a enxergar-me, os olhos pendurados sobre minha fatiota folgada e meus sapatos cobertos por uma pátina de poeira.

 Devo ter ficado um bom tempo por ali, até que me conduziram de volta à sala de audiências. O juiz disse-me que, a partir daquele momento, Arquelau e Beatriz eram meus tutores (explicou-me de que se tratava) e que, a zelar por todos, havia o doutor promotor ali ao lado. O homem de barba pôs a mão sobre meu ombro – exalava um cheiro bom de colônia – e me disse que eu seria rico e que seria representado legalmente pelos meus tutores e que minha parte estava garantida e que não temesse nada e que poderia me considerar um menino de sorte. Sim, aquele homem me dizia que eu era feliz e vinha falar-me em meus vinte e um anos, quando eu achava improvável chegar àquela idade avançada e quando, talvez, nem o mundo existisse mais. Contudo alcancei dizer : "muito obrigado", por não saber exatamente o que se diz nestas ocasiões, e quando me ouviram começaram a rir de minha civilidade, que logo Arquelau definiu como resultado da educação dos padres jesuítas.

Saímos dali e fomos a um hotel na praça e o hoteleiro correu a servir-nos um retardado almoço constituído por carne assada, aipim duro e feijão com charque – um banquete, mesmo para um milionário como eu. Foi um momento curioso, nós três almoçando solitários no amplo salão do hotel onde voejavam moscas. Digo curioso porque Arquelau espreitava-me a todo instante e Beatriz nada falava, os olhos algo – eu estaria certo? – divertidos. Eu quase tinha certeza de que Arquelau espreitava minha possível arrogância, agora que eu era, de direito, um herdeiro igual a eles. O que eu diria? Como me comportaria? Acalmei-o, concentrando-me em comer: o meio-sanduíche há muito se dissolvera em meu estômago, dando lugar a um ponto gelado e oco. Mais tranquilo, Arquelau pediu uma cerveja para si e, para mim e Beatriz, uma soda limonada. Provei a soda e tive um engulho; com determinação peguei outro copo e avancei-o em direção à garrafa de cerveja. Beatriz então ergueu os olhos – divertidos? – e acompanhou a hesitação do marido: Arquelau, a garrafa no ar, olhava-me com rancor, não se decidindo. Até que Beatriz incentivou-o, "sirva-o, afinal não somos pais dele", e ele me serviu até a borda do copo, fingindo que se atrapalhara, o que me obrigou a estender os lábios para sorver um pouco de espuma antes que pudesse agarrar o copo. Apesar das aparências eu era o vencedor daquela batalha preliminar à guerra que se anunciava.

Tutores são tutores, entretanto; isto é, têm alguns direitos a compensar-lhes os larguíssimos deveres relativos ao pupilo. O direito de escolher escola, por exemplo. Quase ao final do almoço, quando as íris de Arquelau nadavam em escleróticas sanguíneas e quando Beatriz acendia um cigarro, sorvendo a fumaça com um prazer que jamais compensaria o martírio de um casamento degradado, eles me puseram a par da exigência do promotor: escola regular ao rapaz. Era impossível ficar um ano inteiro à espera de uma possível readmissão no Colégio Anchieta. Eu não tirava de todo a razão ao promotor, pois minhas aulas com o padre, além de serem uma caricatura do verdadeiro ensino, nos últimos tempos – desde a morte de Proteu – tornaram-se imprevistas, o padre aparecendo nos dias mais exóticos, quando eu sequer havia estudado a última lição. E a toda hora o sacerdote interrompia as declinações para dizer, num misto de saudade e despeito: "isto não está mais como era" e, dando espaço à sua veia poética, arrematava: "logo vai virar tapera". Os almoços, agora glaciais – exceto quando o Bêbado dizia uma graça, assim mesmo ímpia –, não tentavam mais o virtuoso homem: comia às pressas e mandava-se do Castelo como perseguido por uma vara de porcos bravios. Isso não me desagradava, porque me deliciava com uma vagabundagem inesperada; o passar do tempo contudo me disse que, a continuarem as coisas como estavam, logo eu saberia menos que o rapaz encarregado de tirar leite das vacas do Castelo. Pois o saber é algo que se perde se não for praticado – uma conclusão desagradável aos sábios, imagino.

Uma escola ao burro, portanto. Ganhou vida à minha frente, ali mesmo em Bagé, uma escola pública: Beatriz tinha ideias pedagógicas bastante estranhas. Desde logo afastaram a hipótese de Pelotas, pois o Solar dos Leões, depois da morte de seu único habitante, tornara-se um deserto de teias de aranha e mofo. Eu percebi, porém, nas conversas enviesadas de meus tutores, que reservavam Pelotas para caso de um insucesso em Bagé, uma espécie de *ultima ratio asinorum*.

A escola estava enfeitada com uma gigantesca bandeira do Brasil. Os alunos cantavam o Hino Nacional todos os sábados e – dizia-se – faziam a saudação de braço erguido quando não havia assistentes. Um imenso retrato de Getúlio, atrás da mesa da diretora, olhava minha ignorância com uma complacência de anjo protetor, e foi a primeira vez que senti na carne a onipresença do amável Ditador. A diretora tinha um perfil de vaca a quem cortaram os cornos, e prontificou-se a resolver meus problemas de acesso a uma série condizente com meu saber. Afinal, não era todo dia que os aristocratas rurais abandonavam seus rebentos às malhas do ensino oficial. As questões de matrícula, esses pormenores, foram esquecidas em prol da educação nacional, naquele momento empenhada em construir uma geração de brasileiros fortes e inteligentes, capazes de, no instante oportuno, levar o Brasil a seu destino de nação-líder dos povos, etc. Enfim, o peso do sobrenome pairava acima das formalidades.

A diretora então mostrou-nos as dependências, limpas, brilhantes de progresso e luz, em cujos corredores cresciam samambaias ameaçadoras dentro de *cache-pots* metálicos. Aproveitou para pedir a Arquelau que usasse de sua influência junto ao Interventor Federal para pleitear mais recursos: precisavam fazer algumas obras inadiáveis, tais como WCs dignos e uma nova quadra de esportes, pois a atual já não comportava a quantidade crescente de alunos. Arquelau fez-se de importante (e era, vim a saber depois), e não apenas concordou em fazer tudo o que estivesse ao alcance, mas obter ainda um posto médico, "a condizer com a importância do estabelecimento". Como fosse horário de recreio, pude avaliar meus futuros colegas e a impressão foi dúbia: eram mais espertos que meus colegas de Porto Alegre, mas evidenciavam uma irremediável crosta de incivilidade. Uma vantagem, desde logo: era um colégio misto, e pela primeira vez eu poderia conviver com meninas. Em meio à baderna generalizada, uma delas destacou-se, olhando-me com um fervor animal, suspendendo a mastigação de um *mata-fome*. Fiquei parado, teso de medo e fascínio, a contemplar a figura pequena e trigueira, de carpins brancos e sapatos negros. As pernas, emergindo da saia azul-marinho, tinham marcas de escalavrados antigos, que me davam a esperança de uma vulnerabilidade física e, por extensão, moral. Estava eu ali na minha contemplação quando Beatriz correu os olhos para o objeto de meu espanto e sorriu-me com uma cumplicidade escandalosa e algo mórbida. Titubeou um instante, mas logo pegou-me pela mão, afastando-me do vício.

De volta ao automóvel e despedidos da vaca-mocha, meus tutores passaram a decidir onde haveriam de me deixar. Uma vez que em Bagé os parentes volatilizavam-se, atraídos aos remansos de suas estâncias, escapando assim aos horários e obrigações citadinas, meus tutores lembraram-se de uma pensão conhecida por acolher os filhos-família que vinham a Bagé fazer exatamente o mesmo que eu.

Era uma pensão sem nome, como convinha à seriedade do negócio e à dignidade da dona, uma senhora que se estabelecera com aquilo apenas para curar-se de uma viuvez precoce e, talvez, trabalhosa. D. Marta não tinha a imagem clássica, antes um ar de dama decaída mas assim mesmo capaz de reconhecer a distância abissal existente entre um rapaz de boa fortuna e um qualquer pé-rapado dos tantos que pululavam em torno do café, submissos à ociosidade e à falta de dinheiro. A casa, anteriormente, era a *sua* casa, por isso não desfez os arranjos próprios de um lar, com um piano de parede, quadros com paisagens alpinas e pequenas estatuetas sobre colunas coríntias. Por tudo, um cheiro de óleo de peroba e limpeza. De início, ensaiou um teatro de reticências, eu era afinal muito moço, nunca admitira jovens de minha idade... eu não iria sentir falta de meus pais? Arquelau e Beatriz – Beatriz, na verdade – expuseram em rápidas palavras por que deveria hospedar-me ali; ao evocarem o nome de meu avô, foi como se um sol de compreensão e acolhimento brilhasse no rosto da benevolente senhora, tanto que nos levou ao quarto disponível, onde eu imediatamente compreendi a amplidão de meus futuros domínios, uma cama de imbuia com uma colcha adamascada, um guarda-roupa da mesma madeira – sinal de distinção! –, um pequeno tapete e uma secretária – esta de madeira diversa, óbvio – com sua respectiva cadeira. Sobre a secretária, um pequeno abajur e as infalíveis marcas de cigarro, cuja origem foi apressadamente explicada, uma explicação que eu mal ouvi, mais atento à janela que me oferecia a paisagem de uma casa onde enxerguei uma jovem de tranças. Oh sim, eu era muito moço, um menino ainda, mas seria o habitante adulto daquele quarto! Tudo diferente, e muito, da minha torre naquele castelo, com a escada em caracol e com sua Biblioteca povoada por vítimas de meus crimes.

De volta à sala, Beatriz explicou a D. Marta que eu ainda não ficaria ali, precisava voltar à estância para arrumar minhas coisas, para que fossem feitas novas roupas, para que me comprassem livros e cadernos, enfim – coisa para daí a um mês. Depois passou a dizer como deveria tratar-me: sem muitas manhas, pois eu era, embora a idade, "um homenzinho" – e olhava terna para mim – que sabia cuidar de si próprio, precisando, naturalmente, de algum reparo e um cuidado extra. Ou porque a senhoria estivesse interessada em concretizar o negócio, ou porque as palavras de Beatriz despertaram-lhe ternuras maternais ou ainda porque a imponência e a antiguidade de minha família a intimidasse, a senhoria concordou com tudo, acrescentando que certamente eu não daria trabalho. Uma coisa era certa – e largou esta coisa desastrosa – eu não voltaria de madrugada com hálito de álcool... E quanto aos meus estudos, quem repararia? Ela, apesar de haver cursado dois anos do curso normal, esquecera-se de tudo com o sentimento pela perda do marido... "Ah, por isso não" – Beatriz apressou-se, com uma sofreguidão que me deixou todo amolecido –, "eu mesma virei aqui, a cada mês, tomar as lições de Páris e fiscalizar os cadernos".

Eu, o fulcro daquele protocolo, eu olhava para a estante do piano, onde estava aberta uma partitura coberta de poeira: *HAYDN*... Mas eu, naquele momento, eu era feliz: lembrava-me da menina do colégio, com sua boca lambuzada por cobertura de chocolate e com suas pernas sangrantes – eu assim o saberia depois – por beliscões e chicotadas.

E agora aí estás, Genebrina, jazendo em teu caixão de louro, cercada pelos quatro círios do preceito, definitivamente morta – porque morrendo vinhas há algum tempo, desde que Félix não te quis na cama, e sentiste pela primeira vez as inequívocas provas de que estavas carregando mais um filho, o último de teu ventre, aquele que te matou. Não "definitivamente morta" apenas: o teu sangue tão buliçoso começa a concentrar-se às tuas costas, estagnado; teus membros, depois da rigidez, amolecem-se para entregarem-se ao apodrecimento e deixas de ser um cadáver para te tomares um nome.

E as tuas coisas, tão queridas, também elas morrem contigo: o piano ora um traste, teus livros anotados, teus mil objetos de culto pagão, tudo se transforma em itens de inventário.

Tão luzidia assistência: daqueles que nesta primavera e neste verão te voltaram a cara e que no outono agora fazem-se de contritos, traçando um sinal da cruz e baixando a cabeça. Até a mulher do notário enobreceu-se nestas circunstâncias da morte, e dedica a ti algo mais que uma prece decorada dos livrinhos piedosos: está solidária contigo, vejam só, aquela mesma que tanto detestavas. Está solidária porque te deste ao luxo de viver tudo o que ela própria nunca pôde. E quando murmura o "coitada, descansou", não sabe bem do que descansas, pois para ela passaste a vida em celebração perene. Ela procura descobrir em teu olhar – porque algo resta dele, nas pálpebras mal fechadas pelo descaso do médico – procura descobrir todas as afrontas. O notário, ao lado, não sabe o que fazer com a própria confusão, mantém uma atitude de elegia, palavrinhas circunstanciais e pouco enfáticas, o suficiente. Mas a confusão trai-se no contínuo levar a mão à calva, num gesto que pretende domar as ideias por debaixo do crânio. Também diz "descansou", mas refere-se a si mesmo na terceira pessoa: *ele* descansa dos tantos meses agoniados em que as visitas ao Solar dos Leões transformaram-se em tormento, teu ventre crescendo na ignomínia.

Tua irmã Águeda tão peituda desaba o corpo devasso e virgem sobre a *bergère* de teus encantos, recebendo os pêsames num abandono pânico. Ela foi teu esteio nos últimos tempos – quem diria –, mudando-se para o Solar logo que pediste. Ela, esquecendo o ardor pelo furriel de cavalaria, acompanhou teu lento e inexorável caminho à morte com uma ternura canina, quase ostensiva nas providências miseráveis de cerrar janelas e propagar notícias desencontradas. Nem sempre teve êxito, pois teu estado não poderia passar em branco. Mas enfrentava com altivez as torpes interrogações deste povo hoje contrito, alegando ao princípio teus costumeiros ataques de dispneia e depois explicando que tua conduta não poderia ser questionada. E, nesse desejo de preservar-te, chegava ao extremo de pôr a nu os tantos desregramentos da classe nobre, os filhos adulterinos dos titulares, as filhas de família que se perdiam atrás dos altos muros brasonados. Valeu-lhe o desprezo geral, mas houve um tempo em que chegaram a compreender-te, mas não te perdoavam. Foi tua irmã quem procurou notícias de Félix, embora não te interessassem, e foi ela quem por primeiro soube do desaparecimento do professor, deixando a mãe entregue à Santa Casa. Ouviste este relato em meio a uma leitura,

Ces tendres bêtises, ô ces bêtises du coeur

e voltaste a ler a linha seguinte, sem susto, sem espanto, sem mágoas: já sabias que tudo tomaria esse rumo, sentiste bem naquela noite de vômitos e jantar de aniversário. Não eras boba, e teu instinto te esclareceu tudo. O jantar de aniversário foi uma espécie de prova final do que já intuías pelas meias-palavras, pelas ausências e recusas deste homem que – chegaste a amar? Apenas te surpreendia o pouco tempo em que tudo se construiu e se desfez. Para isto não estavas preparada, por certo: imaginavas algo para um par de anos, ou mais – casamento não, não querias que essa paixão se ritualizasse e, por que não dizer?, tinhas um infantil receio de chocar teus filhos.

Porém: o inesperado, o brutal, o completamente absurdo foi a tua prenhez. Não que estivesses desatenta, mas não acreditavas. Teu corpo ainda dava sinal de si a cada mês, como todos sabemos, mas achavas que era um sangue já falho, esmaecente, sem o vigor antigo. Além disso, teu desejo e teus gozos eram tão intensos que não condiziam com uma possível e cândida maternidade. Enfim: foste traída por ti mesma. E te comportaste como traída, supondo coisas: e se tivesses agido mais com a razão, e se tivesses te dado conta do perigo antes, quando poderias recuar, e se tivesses tocado piano, e se tivesses posto a apurar um caldo – tudo de razoável e insano te ocorria, nessa traição. Félix, não o quiseste mais; nem para as explicações que se julgava na "obrigação de te dar": o pior e irremediável já estava feito. Mandavas devolver-lhe bilhetes, intactos. E te fechaste em teu Solar, apenas com a governanta de permeio com o mundo – e tudo à busca do que fazer, do que pensar, até que te veio a ideia de chamar tua irmã. Ela te ouviu, fez algumas perguntas e logo a seguir te propôs o uso das domésticas práticas de lançar fora o fruto, mas mandaste-a calar. Para isto não a querias, e sim para amparo. Ela concordou, e de imediato pôs-se a dar ordens para que a vida no Solar decorresse em normalidade. Informou-se da melhor comida nesses casos, as mil coisinhas que a sabedoria familiar impõe, como o uso dos espartilhos sufocantes mas necessários ou a melhor posição para dormir. Fez armar uma cama ao lado da tua e não pregava o olho antes de ti, vigiando ao pé de um candeeiro. E te fez suportar um cenáculo de imagens sacras sobre a cômoda, frente ao qual rezava

Perversas famílias

todos os entardeceres; rezavas também, para agradá-la. A cadência modorrenta das orações te dava sono e por vezes dormias de joelhos, sentindo após como tua irmã te levava para a cama e baixava o fulgor da luz. Imergias em um estado de prostração comparável ao limbo, onde tudo se dissolvia num viver sem dores nem pesares. Ao outro dia acordavas exausta de tanta paz e com o renovado martírio dos enjoos: uma rotina incomparável. Mesmo espartilhado, teu ventre se ampliava numa redondeza de globo, adquirindo depois uma protuberância que tua irmã, consultando velhas parteiras, deduziu como: "menino". E te impôs também que seria sim um menino, esse ser com o qual mantinhas uma relação ambígua, de repulsa e dúvida.

Quando tudo se tornou público e a maledicência campeava por todas as casas nobres de Pelotas, espraiando-se pelos salões do Club Comercial e até pelas silenciosas salas da nova Biblioteca Pública e por fim sentiste que teu nome era moeda corrente da vizinhança, passaste a amar aquele "menino". Era tua maneira de desforrar-te. Tão perturbada estavas, Genebrina. Numa das reticentes visitas do notário – o pobre homem não sabia o que fazer de si – tu te aventuraste a admitir que darias à luz uma criança "que será o consolo de minha solidão": o notário então passou a dissertar sobre a condição da mulher, feita para ter filhos para a Religião e para a Pátria. E o fez com as pernas cruzadas, fumando um aliviado cigarro, como se fosses uma pessoa que tivesse todo o direito de gerar, e o disse ignorando os impedimentos sociais de teu estado. Quando ele saiu, pálido pela enormidade que dissera, tu deste uma gargalhada para tua irmã, "que grande tolo", mas logo esse riso se engasgou em tua boca, e nessa noite houve uma histérica hora de choro.

Teus canários, mágicos, aqui no velório, não "estão silentes perante a morte", mas cantam com escândalo; não, "enfim, as três notas gloriosas de Beethoven, que tanto quiseste ensinar-lhes" – isso seria uma afronta ao teu gosto literário. Por isso: cantam apenas seu canto de costume. Alguém se aproxima, retira a gaiola e leva-a para o pátio, abrindo-a para os quatro ventos; os canários não querem sair, é preciso forçá-los. Saem, afinal, voam, pousando na latada da videira, depois um deles sobre a juba de um leão, depois vão ambos para a praça, depois para quintais perdidos, à busca do campo; no campo, foram devorados pelos caranchos. Em tuas tardes de espera, quantas vezes te aproximaste deles e sem gosto algum quiseste-os para companheiros! Ficavas horas perdidas a olhá-los, já certa da sua pouca serventia. Tua irmã instava para que te desfizesses deles, mas objetavas a indignidade da ideia, antevendo, talvez, que te seguiriam na morte. Porque, grávida, te tornaste uma adivinha, recusando-te a admitir que eles te sobreviveriam.

Tua certeza chegava ao ponto de sorrires aos nomes que tua irmã sugeria para "o menino", e nem João, nem André, nem Manuel, nem Abelardo, nada se materializava em teu futuro. Isto tudo contra a evidência de uma gravidez esplendorosa, de seios cada vez mais rosados; nem os pulmões se transtornavam, e a máquina fumegante tinha o cobre a azinhavrar-se, degradando-se sob uma fina camada de poeira. Tinhas teus enjoos, mas mesmo estes começaram a rarear, e começaste a ter uma fome avassaladora, capaz de branquear o fundo de uma tigela de arroz de leite ou deixar à mostra os ossos dos ensopados de galinha. Assim, ao teu volume natural, acrescentavas carnes balofas, gelatinosas.

A tudo isso somavas os cuidados com Arquelau, o inocente. No princípio ele estranhou o curioso fechamento das janelas, mais tarde a deformação de teu corpo e por fim o ar de apocalipse que impregnava o Solar. Fez-te perguntas, interrogava a tia; mas, posto frente a uma liberdade sem escolas, sem horários, tomou-se de amizade com o neto de Camille Arnoux, vivendo a maior parte do tempo na casa vizinha a brincar com as tropas de vértebras. No Solar o jogo era outro, de subentendidos e silêncios; sua pouca inteligência fez com que abandonasse as interrogações e vestia-se com aquilo que a fantasia de tua irmã impunha, calças marrons com casacos azuis e mesmo no verão uma boina de feltro que lhe dava o "ar de um pintor de quadros". Um dia, ao veres os despropósitos daquilo, chamaste-o para dar explicações, mas não foi possível ir adiante, pois ele te ouvia sem atenção, o olhar espichado como a furar a parede em direção à casa ao lado. Estabeleceu-se, assim, um contrato com teu filho, o que possibilitou te concentrares em tua vida. E era bom amá-lo desta forma sem exigências. Hoje Arquelau perambula pela sala, socorrido pela emoção de todos e voltando a todo instante para a tia Águeda que o acolhe de olhos inchados. Possivelmente ainda não se percebeu da irremediável orfandade, o que acontecerá daqui a momentos.

Alguém alquebrado se aproxima do esquife, e abre-se um claro reverente: o bispo D. Felício reconcilia-se contigo *in extremis*, após meses de envergonhada ausência. Não te desassistiu entretanto de cartas em que te rogava cordura evangélica e penitência pelo Pecado; em uma delas até afirmou que rezava por ti na hora do Ângelus, pedindo perdão em teu nome. Muito hesitaste em chamá-lo para confessar-te, mas algo te impedia, talvez a imponderabilidade do Pecado do qual não te julgavas devedora, talvez o pudor. (Morreste contudo com a bênção da Igreja, dada pelo vigário de Pelotas, chamado às pressas por tua irmã.) Mas D. Felício aproxima-se de alva e estola, tendo atrás um acólito que segura o aspersório de prata, sem coragem para dar início à cerimônia. Abana a cabeça e seus olhos meio turvos da catarata contemplam longamente a difusão das manchas coloridas das flores, teu rosto sob uma cortina evanescente e líquida; assalta-o uma tontura inesperada que o obriga a sentar-se na cadeira providencial, e levar as mãos trêmulas ao rosto, "tão moça, Senhor, e dessa forma..." Alguém chega a seu lado, faz-lhe uma cálida pressão sobre o ombro, ele se volta e reconhece Olímpio. Teu filho mais velho para-se teso, em seu traje negro completo ao qual somou uma braçadeira crepe. Não movimenta uma linha do rosto e os olhos semicerraram-se como sob uma forte luz, fazendo uma ruga entre as sobrancelhas. Ninguém lhe fala, ele não fala a ninguém, suportando a indignidade e a dor da hora com uma figura de estátua. D. Felício sente uma ternura inesperada, não vê Olímpio há tempos, e por um momento esquece-se de ti, a jacente. Ergue-se, abraça-o, envolvendo teu filho em uma tempestade de paramentos e assim, bem perto, convida-o para irem ao escritório.

Lá, distantes de teu corpo, confabulam; teu filho em longos silêncios de perplexidade diz ao Bispo que não imaginava nada disso acontecendo, por que não o avisaram do que ocorria com a

mãe? Tinha direito... As tuas cartas chegavam sempre iguais, sempre estimulantes, sempre maternais, felicitantes pela formatura, aconselhadoras... A tia, ao menos, ou o próprio Bispo, poderiam tê-lo posto a par, para que ele não ficasse sabendo daquela forma brutal... O que pensar? Se nem doente estava, por Deus!
— Pior que doente, estava grávida – diz D. Felício, timbrando uma sobranceria que não possui.

Teu filho, ao chegar transtornado ao Solar, foi posto a par de tudo pela tia, que não omitiu o nome de Félix del Arroyo, nem as desesperadas tentativas do médico para salvar a mãe de um mau parto, conseguindo apenas salvar a criança, o teu "menino", Genebrina. Por isso Olímpio, agora Doutor, não entra em pormenores com o Bispo: ambos guardam um solene respeito por ti e por teu passado sofrimento. Em certo instante o Bispo pede a teu filho que tire o casaco, que dispa a camisa. Olímpio obedece, e D. Felício aproxima-se do peito hirsuto, chega bem perto os olhos, premindo-os:

— Ah, ainda está aqui. A marca do teu batizado. Mesmo com toda esta tragédia, és um predestinado, filho. E os predestinados são capazes de enfrentar todas as tormentas. Ânimo. Esta marca que o Senhor te fez é um sinal, bem visível, de Sua Graça.

Tu, viva, imaginarias logo uma cena de romance – talvez o seja, apenas –, mas nesta hora transcendental a vida é superior, e o romance cede lugar a ela: o Bispo diz para Olímpio vestir-se e o convida para irem ver o teu menino.

Está a poucos passos dali, em um berço vigiado pela governanta. Uma ama tenta dar-lhe o peito a sugar, naquele quarto envolto em penumbra. O Bispo encurva-se, olha para a criança.

— Batizaremos amanhã – diz, quase num murmúrio. Lembrado inexplicavelmente de um amigo, pronuncia: – Astor. O que achas?

Teu filho encolhe os ombros, como quiser.

Chega a hora pior, a que vão fechar teu esquife, e as pessoas acercam-se de ti como para certificar-se de que serás mesmo eliminada desta relação gloriosa dos vivos. Precede este ato a ritualística da encomendação, dita de memória pelo Bispo, o livro aberto em qualquer página. As águas que salpicam as pessoas encontram-nas tensas e tua irmã e teus filhos, postos à tua cabeceira, abraçam-se numa precária solidariedade. Arquelau então apercebe-se de tudo e começa a chorar com uma voz tão estentórea que faz uma destas damas pegá-lo pela mão e levá-lo à soleira da porta, onde ele olha desconsolado para as afiladas garras dos leões rompantes: saberá escoimar-te da lembrança, e de modo tão rápido que nem te causa pena deixá-lo. Olímpio, no seu papel de guardião do cadáver e, a partir de agora, o senhor absoluto do Solar e da estância, movimenta-se junto com o notário e ambos soerguem a tampa onde está pregado um crucifixo com um Cristo dolente, quase pagão. A pesada tampa paira sobre ti um momento, o último, para que te possam ver bem envolta em tua mortalha, as mãos amparando um rosário. É bom que assim seja, é bom que terminem logo com essas cerimônias, e a sombra da tampa, cujo interior forrado em seda será a tua visão perpétua, é a lembrança da obscuridade atroz do Solar nos precedentes meses. Deves pensar que te vais apartando do mundo sem a recordação de teus desatinados passeios por esta sala, quando gritavas até estremecerem as paredes, gritavas teu infortúnio e, por vezes, e só por literatura, o nome de Félix – chegaste a amá-lo ou foi apenas

Le soupir d'une imagination ténèbreuse?

Mas gritavas, esta é a verdade, e nada tinha o dom de consolar-te, nem as patéticas palavras de tua irmã em desespero, nem a presença das criadas atônitas. Naquelas horas tinhas a certeza de que sofrias, e isto foi o suficiente para justificar a tua vida. Enfim te encontravas, após tanta busca.

Ora, vamos ao ponto final: a tampa te reduz à condição de coisa, e quando balouças em direção à porta, à carreta fúnebre de cavalos negros empenachados, em direção ao cemitério, nada mais sentes, nada mais te comove. O pó em que te tornarás, negro e substancioso de paixão, servirá de nutriz para as folhagens de incenso que um dia Páris, teu bisneto, terá a lembrança de plantar.

Mare Humorum

Sim, sim, ele dorme no tépido bojo do colchão, na cama outrora da *infeliz*, dorme, enquanto eu vigio as primeiras frestas de luz, elas teimam em penetrar este quarto de mil amores e onde no passado arderam chamas iguais a esta que ontem à noite nos incendiou de um fogo meio bêbado, e isso já desde antes, desde o baile do Comercial onde dancei o *one-step* até sentir vertigem e dançamos e depois ele me apertou junto a si e me disse que eu já era mulher feita e muito desejável, vejam só, seduzia-me e eu meio bêbada de champanha disse que sim, que talvez, essas coisas que se dizem quando não se quer mas se deseja; a curiosidade de meus humores castigou-me o corpo e muito sem pensar, e pensando na magnífica noite do astrônomo Cassini e sua amante daltônica, eu o estimulei a continuar suas investidas como se perigo não houvesse na superficialidade de um baile, embora esquecida de uma verdade: há um momento em que não se pode mais voltar atrás, como aquele em que um avião põe todas as forças para decolar da pista, como um projétil incandescente que sai de um revólver, como o dardo que ganha os céus em direção ao alvo – logo, eu estava perdida em minhas negaças e correndo ébria rumo a esta cama; quem mandou? quem mandou minha mãe consentir neste baile, entregando-me de mão beijada a um homem tão jovem cuja largura dos ombros despidos eu acaricio em branda saciedade mas renovado desejo? quem mandou cercar-se de tantas defesas à minha alma sensível, esqueceu-se ela que eu tinha um corpo e, talvez, algum vício, sempre esqueceu das coisas... esqueceu-se de mim naquela escola de austeros códigos de honra e castidade e Pecado, como se ali eu estivesse escudada contra os males do mundo, só ordenando minha volta quando me apanharam com aquelas cartas... muito românticas, muito platônicas, dirigidas a ninguém e que no entanto acharam-lhes um destinatário, sempre se acha quando se procura; ah, triviais escritos de meninas internas que se rebelam à solidão e confinamento, tantas histórias iguais, não se devia dar tanta importância a estas cartas de teor sempre repetido e tão servis na cópia de trechos poéticos de segunda categoria... e se agora eu sucumbo ao impulso de beijar estas pálpebras fechadas de homem, se procuro a boca entreaberta para sugar a saliva que escorre do ângulo dos lábios, é porque já não penso mais em tênues disfarces para dissimular este sentimento irretocável e crescente de puro abandono, e se embaraço os dedos nestes cabelos claros, alinhando as mechas desordenadas, roçando meus seios de mamilos até ontem virgens sobre esse peito que ondula à respiração, é porque nada mais quero senão o gozo desse instante, preciso imobilizar esta madrugada, e isso antes que venha o dia por completo e seus fulgores. Mas o dia soa suas trombetas, inexorável, despertando os primeiros pássaros do jardim, propagando-se nas sucessivas ondas da luz superposta nas paredes do quarto, nos vagos latidos dos cães, no sino dominical de voz rouca, no metálico som dos aros das carroças sobre o calçamento; apresso-me pois e estiro todo o meu corpo sobre este homem, que nem se apercebe do que acontece e ainda diz palavras enredadas aos sonhos, mas – ó delícia! – abraça-me com força, atraindo-me para si, enlaçando-me as pernas com suas pernas poderosas: afogo-me nestas carícias... não, não estou mais bêbada como ontem: em plena consciência repouso a cabeça sobre este peito onde ouço o bater das artérias, e de mente limpa desço minha mão pelo contorno de sua cintura rija, alcanço seu pênis em descanso e afago-o sem medo, este que foi meu nesta noite de revoluções sobre os lençóis onde distingo um monograma perdido no tempo, não quero, não quero fazer como faço, murmurando-lhe o nome junto ao ouvido, isto poderá acordá-lo, mas seu nome lendário é um convite para que se o pronuncie sempre, que se o repita até faltar a amorosa voz de que eu não me julgava capaz... eu que a gastei vezes sem conta na enumeração da topografia da lua, no recitar de mares, oceanos e lagos de pedra; eu que sempre me achei hábil apenas para emitir sons imperfeitos, hoje sinto que adquiro nova modulação, suave e morna, não posso esquecer como se pronunciam as palavras desta noite rara, inflo os pulmões e solto o ar como fazem as heroínas romanescas e quase choro de tanta paz, de tantos humores, o *Mare Humorum* é um caudal que se lança sobre um leito de pedras, rompendo, inundando...

Ainda não há ruídos na parte nobre do Solar, e Proteu e Aquiles dormem inocentes em seus quartos contíguos. Apenas na cozinha a governanta move-se, os gatos miam, e chega até aqui o primeiro aroma de café. Preciso levantar-me, com delicadeza deslindo-me do abraço de Hermes, ergo a cabeça e pela limpidez dos meus pensamentos percebo que o champanha de ontem era bom. Sobre os pés da cama, sobre o tapete, pela cômoda, sobre o espaldar da poltrona de quarto, espalham-se nossas roupas. Ainda faz muito frio, e envolvo-me rápida com minha camisa e ponho o casaquinho quadriculado. Mas agora tenho pressa, termino de vestir-me, aproximo-me da cama e aviso-o de que é preciso levantar-se antes que meus irmãos se acordem. Hermes tem um sobressalto, reconhece-me, sorri, vira-se para o lado, "mais um pouco", ao que digo que não, que mais um pouco não pode, puxo-lhe as cobertas, ele se volta, ergue os braços, atrai-me e caio sobre a cama, gargalhando como uma prostituta, ele põe a mão sobre minha boca, rebenta os botões de minha camisa, obriga-me a tirar o casaquinho e submerjo nas cobertas aquecidas e ali ficamos, mornos e entregues, até adormecermos de novo.

Acordo-me com batidas cautelosas à porta. Não tenho tempo de perguntar quem é e – usando uma antiga liberdade – surge Proteu, de robe e com uma xícara na mão. Olha-nos, sua surpresa é passageira, vai até a cômoda, de onde afasta meu *soutien*, deposita a xícara, "é para você". Antes de sair diz-nos, meio gozador, meio trágico: "Até que enfim, Selene..."

Tenho um dia confuso, tento não encarar Proteu, fujo de Hermes, sou salva por Aquiles que volta do passeio após o almoço e diz-nos que somos convidados a uma estudantina, "essa chateação que não podemos negar aos vizinhos". Assim é que à noite atravessamos a praça e no solar em frente sou obrigada a sentar-me entre as damas de um salão florido e cheio de fulgurantes candelabros; cinco meninas vestidas de cetim rosa aparecem com violinos e bandolins, curvam-se aos aplausos, acomodam-se ante as partituras abertas e, a um sinal da velha professora de música, dão início à tocata de *Le Lac de Côme*. Olho para o reduto dos homens: Hermes conversa discretamente com Proteu, as cabeças quase juntas, e há um momento em que ambos me olham. Por instinto procuro Aquiles, lá está ele, afastado do grupo, rebentando as costuras do *smoking*, as mãos às costas, apreciando uma gravura que representa Cleópatra seminua no ato de picar-se com uma serpente. É curioso: esses três homens de repente formam uma unidade indissolúvel, ali estão: minha revelação amorosa, minha desculpa e possivelmente a acusação de meu Pecado. Volto a olhar, desta vez só para Hermes. Deixaram de falar e ele acompanha os compassos da música com a cabeça. Tenho ânsias de devorá-lo com essa fome de tantos anos, vejo-o distrair-se, tão límpido e amoroso que nem se apercebe de meu olhar.

Quando à meia-noite voltamos a atravessar a praça em direção ao Solar dos Leões, olho para a lua, nítida sobre o zênite, com seus mares...

Antes de irmos para nossos quartos, Proteu chama-me para um canto: "Mas tenha cuidado. Aquiles disse que iríamos viajar cedo de volta. *Acordem-se* antes dele, certo?" E me sorri.

Mare Crisium

Já um ano passou. Meu cabelo cresceu até os ombros. Mamãe sobreviverá a todos nós, e papai sobreviverá a todas as revoluções. E meu amor terá de lutar contra a raiva de um e a displicência de outro.

Difícil viver com a ideia de um pai eterno, cuja permanente ausência enche todos os recantos do Castelo. Tenho dele esta ideia: um homem que só vim a conhecer melhor em nosso exílio argentino, quando o via triste, a percorrer a *Calle Florida*: girava sua bengala, olhava as livrarias e devorava os jornais do Brasil, mantendo uma correspondência feroz com seus partidários. Uma vez levou-me a tomar sorvete, e enquanto eu me deliciava com uma enorme taça que, diziam, tinha todas as cores, ele rabiscava um artigo contra o Borges, lembro-me do título: *Adeptos de Comte*. Esqueceu-se de pagar o sorvete, tive de pagar com algumas moedas da minha bolsinha – e o fiz com grande alegria. Reembolsou-me depois, multiplicado por dez, e por pura distração do preço. De resto, escrevia cartas.

Cartas... cartas... Eu as recebo a espaços enervantes, desde que vi Hermes pela última vez, quando Proteu me levou para passar o Natal em Porto Alegre e Hermes ainda me diz, escrevendo em seu confortável gabinete da fábrica em Porto Alegre, a salvo da ira: *é preciso vencer todas as adversidades, mesmo que tenhamos de lutar contra o mundo,* algo fácil de dizer, mas é a empresa mais complicada de minha vida, pois significa abrir um pequeno espaço para mim, que não possuo um corpo respeitável para preenchê-lo. E Hermes põe-me à prova, *nosso casamento não pode ser mais adiado, quero casar-me na Páscoa do contrário não me caso mais,* e outras coisas que me arrepiam.

Hoje papai tem mais uma reunião aqui no Castelo e dificilmente terá tempo para mim; estes senhores – Getúlio Vargas inclusive – já começam a cavilar, acertam postos do hipotético governo que sucederá a Borges de Medeiros. Getúlio vem limpo de combates, é um homem do futuro que saberá sua hora, mesmo que ainda se diga correligionário de Borges e seu apoiador – por ora trabalha para unir as facções opostas, mas com isso já lança sua candidatura ao Estado e seus olhos ultrapassam os frequentadores da reunião, já pensando em depois, uma possível arremetida rumo ao Catete, sabe-se lá com que armas... Olha-me, esse deputado de tantos recursos de encantamento, elogia-me a papai, "uma linda moça, Olímpio", e papai também me olha, surpreso, um sorriso branco – depois da revolução que liderou, depois do exílio, papai não pensa outra coisa senão reassumir seu papel na História. Tenho pena dele: minha presença, neste quadro de ambições, é sempre um fato perturbador. *É preciso vencer todas as adversidades*, mas como, se a Condessa rebelou-se contra a possibilidade de meu casamento – e isso apenas por desfastio? "Hermes é um *nouveau-riche*", ela me diz, "não te quero ver levada para os bailes de Porto Alegre apenas para que ele diga aos outros 'olha só, casei com uma nobre rural, com a filha do Doutor e da Condessa', o que ele está pensando? Um fabricante de cofres sem a fidalguia dos Krupp..." Seu desfastio faz com que se ocupe da República de Weimar, "uma república de comunistas", uma comédia ante o mundo, paraíso da inflação, de aproveitadores e adventícios. Meu improvável casamento é portanto matéria ignóbil ante tais preocupações mundiais e regionais. Mas Getúlio olha-me por detrás da nuvem do charuto, o primeiro olhar desprecavido em tanto tempo. Fico paralisada, quero fazer-lhe sentir meu agradecimento, naquela hora ele deixa de ser o Grande Maquinador, tornando-se apenas um homem baixo, de sorriso aliciante. *Linda moça...* corro ao espelho do banheiro e ali, através do embaciado, vejo-me – um desastre, onde apenas a bajulação de um deputado pode enxergar algo de atraente. Perambulo agora por esses corredores enfumaçados, preciso falar com papai, ouço as vozes dos senhores na Biblioteca – fazem um círculo em torno de papai e Getúlio, e tossem discretamente e leem artigos do *Correio do Povo* e do *Estado de São Paulo...* esta Biblioteca... Aqui estiveram há apenas poucos anos outros senhores selando um Tratado, e ali houve outro que me dirigiu a palavra: "Linda menina", disse o General *Mistinguett*, o plenipotenciário federal que teve o encargo de pacificar o Estado e arrancar de papai e de Borges certos compromissos de civilidade e ausência de combates bélicos. *Mistinguett* fazia jus ao apelido algo insultoso, por suas botas de verniz e suas luvas brancas e seu ar vagamente feminino. Talvez só os bajuladores e os dúbios consigam olhar-me. Estou dramatizando, sei, mas é o que me resta, não adiantam as cartas que Proteu escreve-me desde sua atarefada enfermaria da Santa Casa, mandando-me poemas e palavras de conforto; rabiscos: já vai adquirindo aquela letra profissional. Aquiles comporta-se melhor: ignora-me. Cedo descobriu tudo e cedo rompeu com Hermes depois que mamãe o convocou a cerrar fileiras contra o casamento.

Já no final da tarde, ouço que os senhores arrastam cadeiras, saem agora, alguns bem-vestidos à moda da cidade. Mas há também aqueles barbudos de chapelão às costas cujos passos estremecem as porcelanas e que mal escrevem o nome; carregam a honra de batalhas nestas coxilhas sem fim e não se envergonham de manter uma certa altivez campestre, onde se percebem linhagens índias e algo castelhanas. Serviram a papai na revolução, embriagados pela sabedoria que emana do Doutor, e darão a vida por ele; o Doutor entretanto escamoteia-lhes o fato de que as revoluções no topo das coxilhas já entraram para a História, e destina a esses homens o papel de coadjuvantes em seu teatro político. Olho-os mais, estes seres de outras eras, e sinto uma imensa compaixão. Um deles, de lenço ao pescoço e com uma cicatriz junto à pálpebra, me pergunta, fidalgo: "E a moça é filha do Doutor Olímpio?" Respondo-lhe que sim, e ele então põe o chapéu só para poder tirá-lo e dizer-me: "Pois meus respeitos". Perante tantos séculos de bravuras, reais ou lendárias, o que poderá significar este meu obscuro amor? O Doutor vem atrás, conversando com Getúlio. Parecem alegres; ajustaram alguma forma de, em breve tempo, transformarem Borges em um retrato a ser louvado e esquecido. Getúlio acendeu um novo charuto e, ao passar por mim, elogia meu vestido, "esse verde fica muito bem na mocinha"...

Ah, são longas as noites quando o Castelo fica despovoado e apenas a luz da Biblioteca mantém-se acesa. Quantas vezes espreitei e vi, como agora: o Doutor de robe e chinelas, vagando entre seus livros, trazendo a escada portátil para um determinado lugar, não acha o que procura, depois sobe à galeria, caminha de um ponto a outro, vejo-o desde esta posição inferior, o pisar lento sobre a passadeira de ferro. Meu amor por ele teria tanto a dizer, tanto... Na celebração de sua sabedoria clássica, nem pressente que chego lá embaixo, sento-me ao lado de sua poltrona, abro um livro de cavalaria e com o canto dos olhos observo-o descer pela escada, um volume debaixo do braço, leva o volume

para a secretária, abre-o, senta-se, baixa os óculos da testa para o nariz e me vê por cima dos aros.
— Estava aí, Selene? Faz muito?
— Cheguei agora.
— Sem sono?
— Pouco. — E não consigo segurar mais, conto minha desgraça, a implicância da Condessa com Hermes, o desejo que tenho de casar-me com ele na Páscoa... a oposição da Condessa é tão sem motivo, tão absurda. Peço a ele que me dê a autorização para o casamento e que me livre da menoridade.
— Hermes? O colega de Aquiles? O que fabrica cofres?
— Mamãe não falou ao senhor?
O Doutor concentra-se.
— Talvez... é possível.
— O que o senhor pensa disso?
— Não posso pensar nada. Afinal, o Castelo é o domínio da Liberdade. Estava mesmo lendo — e lê: — *La vraye liberté, c'est pouvoir toute chose sur soy*. É Montaigne, em francês arcaico. Uma bela edição, não acha? — E mostra-me o *Essais*. — Uma raridade, ano 1630, comprei em Paris na Exposição Internacional de 1889, no mesmo dia em que conheci sua mãe.
— É bonito... Papai, Hermes não é o que pensam.
— Mas aqui à margem anotei uma frase de Corneille: *La liberté n'est rien quand tout le monde est libre*. É uma espécie de adendo, um alerta, uma retificação. — E abre a gaveta, tira um papelzinho, ergue o dedo: — Ouça, é Burke: *Liberty, too, must be limited in order to be possessed*. Com esta frase eu calei muitos adversários políticos na Constituinte Republicana. É bom e útil saber frases, em certas circunstâncias.
— Papai... a Páscoa... preciso que o senhor assine o papel. Só peço isto...
— Papel? Você viu como o Getúlio saiu daqui com uma expressão de agradecimento? dei-lhe de empréstimo vários ditos sobre a Liberdade, uma boa palavra para os dias que correm desse Cavanhaque que se adonou do país, este país que tanto anseia pela Liberdade, na fragrância de suas matas, nestes campos infinitos, nestes mares imensos...

(Eu começo a abrir meu casaquinho quadriculado, ouvindo meu pai como sempre fiz, isto é, com unção e ternura. Ele segue:)

— ... nestes mares imensos... quem diria que a República que ajudei a fazer acabasse na mão de homens autoritários, que da palavra Liberdade apenas conhecem o som? Certa vez eu disse ao Floriano, claramente: 'Floriano, você está exorbitando do poder que a República lhe deu', e você sabe o que ele me disse?

(Já tirei o casaquinho, e lentamente vou abrindo os botões da blusa, já acaricio o *soutien* que a Condessa me deu, "veja como essa cor azul fica bem em você".)

— Sabe o que Floriano me disse, naquele dia? Que eu era um homem nervoso, veja só, eu nervoso! E mais ainda me disse: que de Liberdade ele entendia, que o Congresso Nacional era constituído por homens que apenas queriam o poder e que talvez eu me incluísse entre eles... veja que audácia... logo eu, que posso dar lições de Liberdade, muito estudei...

(Eu jogo a blusa no braço da poltrona, levo as mãos às costas e abro o *soutien*, tirando-o num único gesto, libertando meus seios opacos.)

— ... sim, muito estudei... desde Sófocles, desde a Antígona. Aliás, hoje mostrei a Getúlio várias passagens do meu livro de juventude sobre a República Liberal, onde está tudo isso. O Getúlio sabe o que quer: ouviu-me com respeito e disse-me que aproveitaria muito meus ensinamentos.

(Levanto-me, desabotoo a saia em padrão escocês, ela cai docemente sobre meus pés, desfaço-me da anágua, tiro os sapatos, tiro rapidamente a calcinha, "essa cor ficará ótima em você, Selene".)

— Getúlio, sim, ele sabe o que quer, e por isso irá conseguir. Sinto democracia em seus propósitos... esse jamais será um ditador. Ama a Liberdade, embora não a entenda.

(De braços abertos, em meu último gesto amoroso, paro-me frente à secretária.)

De repente, meu pai vê-me. Imobiliza-se, as mãos crispadas sobre o livro, a respiração suspensa. Seus olhos atônitos devassam meu corpo. Digo-lhe:

– A Liberdade... nua... meu pai...

O Doutor cerra os dentes, ergue-se, dá a volta pela secretária, agarra-me com seus braços onipotentes, sacode-me até estalarem meus ossos, dá-me uma bofetada.

– Sua puta!

E aos berros expulsa-me dali, de sua vida, de seu Castelo. Junto minhas roupas, subo correndo a meu quarto e abro a janela.

Lá está *ela*, branca, pura, com o Mar das Crises...

Mas... o que deve sentir um homem feito que regressa de São Paulo para assumir sua fortuna e a encontra maculada pela morte escabrosa da mãe, e mais: vê-se às voltas com um irmão ilegítimo que teima em crescer saudável, bebendo o leite de mil amas e berrando com a força de pulmões bem constituídos? Pois esse homem deve encarar de frente o infortúnio e viver a terrível circunstância de chorar às escondidas, reservando um resto de dor para ocupar-se quando for velho e vulnerável, correndo o risco de então assumir uma culpa medonha – mas já estará perto do fim, e os dias de pesar serão breves. Podemos imaginá-lo a olhar as estantes de livros, a folheá-los a esmo, a descobrir anotações da finada, algum poema em perdida gaveta; depois a vagar pelo quarto da mãe, o qual ainda guarda algo da febre das paixões ali vividas, a olhar cada canto, sentar-se na cama e chorar como um bebê, molhando perfumados lenços de monogramas; passado esse período, esse homem deve mandar lavar os lenços e cuidar para que a memória pública da mãe se esvaneça com a maior brevidade, arrasando qualquer insinuação maldosa com o olhar, fazendo com que as missas costumeiras sejam rezadas na discrição necessária, impedindo que, em sua frente, falem na inditosa; depois, é preciso tomar providências práticas: a primeira será entregar Astor, o ilegítimo, à guarda de algum ser amável que ceda sua generosidade por algum dinheiro e que more perto o bastante para não configurar falta de amor meio-fraternal, mas que ao mesmo tempo esteja suficientemente longe para marcar bem a distância entre legítimos e ilegítimos. Depois, e como há o irmão legítimo, esse menino deve ir para alguma tia que, mesmo de suspeita virtude, tenha-se emendado o preciso para encarar as responsabilidades de um sobrinho de poucas luzes intelectuais.

Mas nem tudo é tão simples: é fatal enfrentar a cólera de algum Bispo às voltas com cataratas nas pupilas, o qual entra em casa e, como um Velho do Restelo, prevê desgraças pela infâmia de tratar Astor dessa maneira anticristã. Que se faz, nessas circunstâncias? Arma-se uma cena e tudo acaba em uma grave discussão que afasta os contendores com mágoas e ressentimentos. Mas o futuro deverá resolver o caso, porque ambos sabem que estão amarrados um ao outro.

Depois disso tudo, esse portento organizador deve ressurgir do luto e cuidar de sua carreira e com ela reconstruir a dignidade de sua casa – um solar em Pelotas, com certeza – e mais do que isso: uma estância, que, nesta província-boi de tantos campos, ainda é o aval mais seguro para alguém ser uma pessoa honorável. Tudo está certo, e conforme se esperaria. É tudo o que faz Olímpio, chegando logo a um momento em que ele deve meditar longamente seus planos de futuro tribuno. Passa a vaguear pelas ruas de Pelotas, o ar disperso, girando a bengala de cana. Os outros comentam: "o Doutor está triste". Mas erram: ele apenas reflete. Num dia iluminado, diz a Câncio Barbosa:

– Os tempos são outros. Hoje não basta ser estancieiro. Passou o tempo desses homens ignorantes que mandavam e desmandavam ao sabor do improviso. Hoje é preciso também ser filósofo. A administração da Província não pode prescindir dos homens da terra, mas eles devem ser sábios. Estarão à frente dos outros, quando for proclamada a República.

Refere-se a si mesmo, naturalmente. Mas também a outros seus iguais, como Júlio e Borges. Júlio voltou para o Rio Grande e abriu escritório em Porto Alegre, onde faz trincheira para a política e o jornalismo, embasbacando a Província com artigos fulminantes contra o Império e na pregação do ideal positivista; ao lado dessas atividades, Júlio consolida e dá substrato científico ao incipiente Partido Republicano Rio-Grandense, chamando os correligionários – Olímpio em especial – para o próximo Congresso. Borges deixou-se ficar ainda um pouco em São Paulo, andou pela Corte e está provisoriamente em Recife, na trama de saltos fantásticos que certamente o farão bastante respeitável para assumir qualquer encargo na administração futura, dispensando as muitas elucubrações teóricas – aguarda a sua hora, como se percebe, e manda cartas tão elípticas que é como se não as tivesse mandado.

No Club Comercial, Olímpio reina; todos se esqueceram de sua luta corporal com o truculento titular do Império, aliás providencialmente morto por febres terçãs no último inverno. Recebe os beija-mãos dos republicanos locais, chefiados pelo advogado Câncio Barbosa, agora reduzido a mero áulico dos novos tempos, pronto a abrir a estrada-real que levará Olímpio a seu destino invulgar. A ele, Olímpio diz:

– Precisamos mostrar que somos unidos, pelo bem do Rio Grande. O Congresso deve ser uma demonstração de força e união, mesmo que depois apareçam as diferenças.

– Refere-se ao positivismo?

– Exato. Deixemos que a ala positivista gaste seu cérebro com suas teorias inocentes. Nós, nós agiremos.

– O Borges está agindo...

– Esse é um problema que enfrentaremos a seu devido tempo.

O Congresso do PRR, suportando resignado os ataques do Senador *Rei do Rio Grande*, realiza-se em Porto Alegre, com toda a pompa. O Teatro São Pedro explode de tantos arautos dos novos tempos, graças à benevolência do Império que permite tais avanços mais por cansaço do que por liberalidade. As sessões, tumultuárias em excesso (afinal, *muitos* estancieiros tornam-se filósofos), acabam por revelarem-se palco para Júlio, que intervém em todos os debates e logo é reduzido a coordenador da Subcomissão de Publicações Partidárias – mas aí também brilha, propondo a criação de um jornal que promulgue as novas ideias na Província. Olímpio transita por essas águas turbulentas com a segurança de um nauta experimentado – e bem ao final, quando nada mais parece acontecer, ele apresenta seu novo livro, recém-recebido da gráfica: *A história da grande revolução*. A conquista é imediata, e o volume causa um furor bastante gaúcho, ao rememorar, em tom de epopeia, os acontecimentos de 1835-1845. Por artes de Júlio e, em menor grau, de Câncio Barbosa, Olímpio sai do Congresso como candidato a Deputado à Assembleia Provincial na próxima eleição, "a última do Império!" O Congresso aplaude-o, e mais ainda ao receber telegramas comovidos de Quintino Bocaiúva e Rui Barbosa, que saúdam "mais um novo *leader* dos rio-grandenses". Borges, em trânsito oportuno por Porto Alegre, cumprimenta-o com efusão, e Olímpio, nesta hora, percebe que é um cumprimento dúbio: "Vá em frente, meu caro, abra caminho! Este é o seu papel perante a História". Mais tarde, ao tomar chimarrão com Júlio no Hotel Central, Olímpio pergunta-lhe qual seria o sentido verdadeiro das palavras de Borges.

– Quer mesmo saber? – pergunta Júlio. – Não sei. Nunca soube nada do Borges. Aquilo é tão mudo como um frade de pedra. Esqueça dele e dedique-se a sua campanha.

É o que faz Olímpio, ainda em Porto Alegre: através de Câncio Barbosa, agora seu secretário, expede cartas para os municípios do seu distrito eleitoral, conclama os correligionários a "cerrarem fileiras pelo ideal da República" que ele, Olímpio, propõe-se humildemente a servir. Avisa-lhes de sua próxima visita e espera encontrá-los unidos pelo bem da causa, apagadas momentaneamente as divergências de ideário. "A República, isto é o que nos importa. A forma que daremos a ela será trabalho para nossos pensadores, que os temos, felizmente, em quantidade."

E retorna para a estância de São Felício, não sem antes passar por Pelotas. Ali manda entregar para o Bispo um exemplar de seu livro, com um bilhete:

"Enfim, a nossa epopeia."

O Bispo escreve em resposta:

"Recebi."

Pesaroso, Olímpio constata que o Bispo permanece fiel às próprias ideias. Gostaria de convencê-lo. Mas: haverá lugar para bispos na República?

Encontrar Arquelau é uma tarefa penosa que Olímpio enfrenta com galhardia. Transfere tia e sobrinho para o Solar dos Leões e tenta ser engraçado, diz que dará ao irmão um cavalo de pau, esquecido de que Arquelau já passou da idade; ouve as notícias do andamento dos estudos, dá algumas ordens superficiais e recusa-se a ver o ilegítimo, limitando-se a deixar o necessário para pagar a ama. Sabe que com isso está agravando sua disputa com o Bispo, mas... pode fazer outra coisa, porra?

Seu primeiro ato, na estância, é alforriar os escravos remanescentes, depositando com o notário o valor correspondente em nome dos irmãos, para que a sociedade não pense que está a lesá-los. Os ex-escravos são admitidos a serviço de São Felício, agora como trabalhadores pagos. A plantação de milho, porém, é um desastre: pouco restou da má vontade do capataz, que é imediatamente repreendido. Em meio às espigas fanadas, que alastram um quadrilátero desolador em meio ao campo tão fértil, Olímpio mastiga a raiva. Mas tem forças para gritar naquele ermo:

— Isto ressurgirá, um dia!

Ouvem-no o distraído Raymond, os quero-queros voadores e os tatus em suas covas. A História não, que isto é bem pouco para Ela.

Enfim, a campanha eleitoral.

Na ramada da estância, plancja com o advogado Câncio Barbosa o itinerário que cumprirá para "conhecer o meu distrito eleitoral, essa pequena amostra do Rio Grande", essa mescla bárbara a que um dia referiu-se D. Felício. Quando o advogado propõe comprarem uma viatura leve, boa para enfrentar as trilhas, o Doutor recusa com altivez:

— Nada de viaturas. Bunda não me falta: percorrerei o chão de minha Província usando o único meio digno de um gaúcho — o cavalo.

Realmente: um cavalo colorido, tobiano como dizem, forte nas pernas e de andar caprichoso, cheio de vaidade. Ao aterrorizado Raymond destinam uma espécie de mula, largas orelhas e olhar perdido, a quem batizam alegremente de *Monarquia*. Câncio Barbosa, passada a primeira hora de estarrecimento, aceita um alazão plebeu e marchador. Ainda há dois ex-escravos montados em burros e que levarão as mudas de roupas e os livros, dispostos em malas de couro difíceis de transportar.

No dia que antecede o início do périplo, Olímpio vai mais uma vez às obras inconclusas do Castelo, senta-se em uma parede inacabada e ali, cercado de lagartixas que se assustam com as sombras, olha para o capricho de João Felício e não pode reprimir um sorriso: aquilo que na origem foi um preito de amor conjugal será, por certo, um lugar de abrigo das novas ideias. O Doutor voltará um dia, e ao reerguer aquelas paredes e dar-lhes um rumo mais liberal, mais democrático, subverterá os propósitos paternos e, ao mesmo tempo, assegurará seu lugar nos fastos gaúchos. Agora, é trabalhar para que a História se construa.

Mas antes precisa fazer algo: volta para casa e com uma picareta desfigura a golpes certeiros o brasão pseudoaristocrático de João Felício, devastando em minutos a herança de tantas gerações. E ali se vão abaixo os Borges... os Fonsecas... os Menezes... essas improváveis famílias portuguesas que, mal arribadas ao Brasil, aqui desejaram impor sua antiguidade degenerada. Belo ver o novo-Doutor, alçado numa escada, em mangas de camisa e suspensórios, rubro de ira, a despedaçar o estuque ancestral, enquanto Raymond bate palmas com mãozinhas perfumadas e ágeis.

Depois, bufando de prazer, Olímpio contempla sua destruição:
– Estou pronto para a Liberdade, Raymond.

Na madrugada seguinte Olímpio veste bombachas, calça botas de fole, atravessa uma guaiaca na cintura, cobre a cabeça com um chapelão de barbicacho e põem-se a caminho, no rumo de Bagé, a temerosa cidade do *Rei do Rio Grande*.

Cruzar campos alheios é uma experiência sempre interessante, possibilitando verificar a forma selvagem como os estancieiros do Rio Grande ainda tratam de seus negócios: eliminação à lança dos cavalos excedentes, carneamento de reses sobre o couro, nenhum cuidado em terem uma plantação, por pequena que seja. O Doutor está indignado.

– É preciso que a onda do progresso chegue por aqui. Esses coronéis de merda não enxergam um palmo na frente do nariz.

Em Bagé, a comitiva – digamos assim – é recebida festivamente à entrada da cidade. Uma delegação de cavaleiros, desafiando uma possível ira do Senador, escolta o Doutor até o prédio da Câmara, de cuja sacada ele faz um discurso de improviso a setenta e seis homens enchapelados, recebendo uma sólida ovação quando se refere à decadência e inoperância do Império; mas dá-se um silêncio embaraçoso quando ele se refere ao barbarismo de carneamentos sobre o couro e da falta de hortas nas estâncias rio-grandenses.

– Não somos coelhos! – diz alguém.

O Doutor recupera-se, tosse, investe contra a escravidão, essa mancha terrível a enodoar a sensibilidade dos brasileiros. Há alguns aplausos.

À noite, o banquete no Clube, com a concorrência também das damas. Quase não se identificam, naqueles homens de casaca, os gaúchos empoeirados da tarde. Olímpio comparece *au grand complet*, calça riscada, casaca de garança negra e cartola. Raymond preparou-o como para um casamento, dando pulinhos em torno da figura ereta, posta ante o espelho deformado do Hotel Esperança. Está, pois, um príncipe republicano. A experiência do banquete, "do ponto de vista gastronômico, meu caro Raymond" – como disse depois ao criado –, é um fracasso: sem prática de tantas pessoas comendo ao mesmo tempo, as cozinheiras apresentam de entrada uns *vol-au-vent* duros como pedras; o peixe tem "gosto de boceta" e o bife parece provir "das forjas de Vulcano" tal a quantidade de queimaduras. A resposta eleitoral entretanto é esplêndida: aplacando as disputas entre positivistas e não positivistas, e escoimando o espectro do Senador, o que é conseguido com elogios "ao ilustre patrício, embora meu adversário, um honesto adversário", consegue o milagre de unir os republicanos em torno da *História da grande revolução* e em torno de sua candidatura.

Comovido, autografa vários volumes, esmerando-se em dar a cada dedicatória uma mensagem pessoal, enaltecendo os brios rio-grandenses e o "raiar dos novos tempos". Já no Hotel Esperança, mostra-se leve e comenta com Câncio Barbosa que, a julgar pela amostra, a campanha será fácil como roubar laranjas. Está um pouco bêbado pelo sórdido vinho: perdoemos essa imagem vulgar.

– Agora, Alegrete... – diz o advogado, enrolando à cabeça uma toalha molhada. Nele o vinho também fez seus estragos. – Gostaria de ver a cara do Senador...

As cidades se sucedem, num ziguezague quase consagrador. Raymond e a *Monarquia* queixam-se, reclamando e zurrando ao ultrapassar as boçorocas e ravinas, quase desistem; Câncio Barbosa, a adernar no alazão, faz conta dos votos num caderninho azul de folhas pautadas: "Será fácil". Olímpio mal ouve-os, galopou em direção a uma coxilha e de lá, estreitando os olhos frente à imensidão de luz, exclama:

– Isto é o pampa!

Um dito que vara os séculos e poderá ser gravado entre as tantas frases futuramente célebres que Câncio vem coletando.

– Isto é o pampa! Nem a palheta do mais insigne pintor conseguiria reproduzir a multiplicidade dessas cores!

O Doutor, como se nota, ainda não aprimorou o estilo. Sua decisão de ser político prescinde da originalidade literária. Esse mesmo desregramento vocabular faz com que ele, ao darem um *alto* numa noite soberbamente estrelada, erga o olhar para o céu e venha a murmurar, em lágrimas:

– Os céus do Rio Grande são panóplias guerreiras...

Raymond está recostado num pelego, as mãos trançadas sob a nuca, e olha para o mesmo céu.

– Pois a mim me parecem continhas de um colarzinho... – E entoa: – *ai baiana queriiiiida / teus olhos, ai teus olhos / são da minh'alma a ferida / ai, a feriiiiida...*

Os escravos, à distância, acendem fogo para um assado de charque. Câncio Barbosa improvisou uma pequena mesa de campanha, e, à luz de um candeeiro enfumaçado, anota as prematuras páginas das memórias. Ao mesmo tempo, elabora a lista dos monarquistas que ainda precisam ser convencidos: e em cada cidade há uma legião deles.

É o que encontram em Alegrete: centenas de homens dando vivas ao Imperador, e que têm bem clara na memória a visita imperial na Guerra do Paraguai, quando D. Pedro ali se apresentou com majestade suficiente para convencê-los de que a guerra fora ganha por obra e graça do Regime. Sim, esquecem-se das atrocidades, das degolas, do esfarrapado das tropas e do frio cortante sobre as carnes desnudas.

– Uns basbaques – sintetiza Olímpio quando enxergam Alegrete pelas costas. – Você viu ali, Câncio, aquela multidão de pés-rapados que nem desconfiam que sua miséria provêm justamente da Monarquia. Sabe, deu-me pena, mais do que raiva.

E batem para outras paragens, mais amenas e republicanas. Por sorte encontram no caminho estancieiros amáveis, de boa formação e espírito cívico, como este Epaminondas Guedes, instalado às margens de um belo arroio, que lhes cede honrada hospedagem e que possui, entre os seis livros de sua biblioteca, um exemplar da *História da grande revolução*, intacta como uma virgem gaúcha, mas que, no seu dizer, tem "muita, mas muita sabedoria". Conheceu o Conde d'Eu e o detestou: o francês tratou os da terra com uma arrogância brutal, "ali, ali brotou meu sentimento favorável à República" – e sorve seu mate com gosto. Manda matar uma ovelha, abre uma pipa de vinho e chama violeiros para um fandango. Entram de festa noite adentro, e, quando amanhece, "veja, Câncio, os dedos róseos da aurora já levantam um rubor nos céus do pampa", estão mais mortos do que vivos, vomitando pedaços de ovelha misturados ao roxo do vinho ordinário. Mas ganham um adepto imprescindível nesses ermos esquecidos do Rio Grande, "aqui onde a nacionalidade acaba". Dormem o dia inteiro e acordam-se quando o estancieiro manda arrumar uma mesa de doces: ambrosia, doce de abóbora, doce de leite, figadas, goibadas e *galletas* argentinas. Para acompanhar, duas jarras de vinho. Câncio, aterrorizado e ainda trêmulo, ouve Olímpio dizer isto ao anfitrião:

– Meu caro Epaminondas, somente um espírito fidalgo seria capaz de tantas gentilezas. – E atraca-se aos doces e ao vinho, devastando travessas e copos seguidos, improvisando versos elogiosos à beleza da esposa do estancieiro.

Nesta noite, antes de recolher-se a seu quarto, o castiçal em uma das mãos, meio rindo, o Doutor sussurra, amparando-se ao batente da porta:

— A isto nos obriga a República, amigo Câncio.

Mas decidem, ali mesmo, que jamais aceitarão vinho. Como diz Câncio, há outras formas de servir à República sem arruinar a saúde.

Em Santana, e fitando a banda uruguaia, Olímpio tem um instante mágico:

— Os orientais são nossos irmãos... E parecem mais inteligentes que nós, pois não se deixaram seduzir pelas formas retrógradas de governo.

A Câmara Municipal, já rendida a seus dons oratórios, propicia-lhes uma inesperada acolhida: foguetório, discurseiras e, em pleno Salão Nobre, um sarau lítero-político, a que Olímpio suporta entre bocejos. Distraído, olha para a bainha de suas calças, esgarçadas e começando a puírem-se. Seria hora de pensarem em abreviar essas andanças patrióticas. Ao fim de uma coroa de sonetos, declamada por uma senhora de vereador, ele diz à assistência:

— Aqui, neste extremo da Pátria, eu acabo meu itinerário em prol da Liberdade.

Aplaudem-no por essa deferência, e acabam por prometer-lhe um retumbante sucesso. Enquanto caminha pelas ruas em direção à casa que os hospeda, Câncio diz-lhe preocupado que ainda falta muito para percorrer, o distrito é enorme, não podem abandonar assim a campanha.

— Acalme-se, Câncio. Foi só uma frase.

E assim dirá tantas outras frases em outros municípios de seu distrito, aumentando a cada dia suas possibilidades eleitorais.

Como de fato: nesse pleito, Olímpio elege-se como o único deputado republicano à Assembleia Provincial.

COMO UM AÇOUGUEIRO ENTROU
NA MINHA CONSCIÊNCIA

A provisória escola que me impunham não era tão severa como eu a imaginara em meus sonhos masoquistas: era apenas uma escola de campanha, com vícios pavorosos e um desleixo que mais causava melancolia do que revolta. Os vícios corriam à conta das proteções sub-reptícias que eram prodigalizadas a alunos como eu, supostamente bem-nascidos, cujos pais – no meu caso, tutores – poderiam alcançar *algum* em tempos difíceis; os desleixos revelaram-se em horários elásticos (os horários de *começarem* as aulas), riscas das meias femininas em completo desacordo com a linha das pernas, quadros-negros com camadas superpostas de tinta e que jamais apagavam de sua superfície o antigo giz; portas que não fechavam, janelas que não abriam; restos de pó nos cantos obscuros – enfim, tudo que mesmo eu, um ser abstrato, notava.

Se toda a imagem de eficiência e limpeza acabava por esboroar-se na primeira semana, Getúlio Vargas entretanto merecia um tratamento que sua ditatorial pessoa requeria: sua imagem lustrosa era continuamente limpa com álcool, e era a única coisa que verdadeiramente brilhava por ali. Minha professora, a *doutora* Aretusa (o imaginário grau acadêmico do marido, promotor local, passara à mulher), imersa em sua gravidez estado-novista, preparava-se para parir mais um dedicado filho da pátria, ao qual destinava o alegórico nome de Plínio. Tomava nossas medonhas lições com uma desatenção enternecedora. Assim que até hoje me confundo na lista dos Capitães-Gerais – aliás, um conhecimento rigorosamente inútil neste momento.

Mas aos sábados cantávamos o Hino Nacional sob o comando de um cabo-músico do Regimento de Cavalaria; vinha – grande, redondo, vermelho de cachaça –, regia-nos como Deus mandava e ao final brindava-nos com um soneto "de sua lavra", enaltecendo o Brasil, seus verdes e seus índios. Para os sábados mais festivos, quando se apresentava de luvas brancas, destruía *As pombas* com um deleite erótico. Comparados com os poemas que meu tio Proteu me lia, aquelas demonstrações de sensibilidade militar pareciam arrotos de um ogre. Mas eu no fim gostava de ver o cabo, o olho aceso, agradecer aos aplausos incentivados pela diretora: ele então curvava-se – não muito, que era perigo à sua frágil estabilidade –, a mão no peito, e invariavelmente chorava. Era um ator, hoje eu posso avaliar. Sempre ficava para uma sessão de refrescos e biscoitos, seguida à demonstração patriótica. Uma vez, segurando um copo de groselha, ele me olhou com inveja. Jamais esquecerei esse olhar. O cabo morreu pelo meio do ano, e quando ouvi a palavra "cirrose" imaginei tratar-se de uma doença musical ou, quem sabe, poética.

Meus colegas dividiam-se em três classes: nós, os filhos de alguém; depois vinham os filhos dos bancários e empregados do comércio; por último, os negros. Formavam-se alianças aparentemente incompreensíveis: nós, os nobres, por vezes nos aliávamos aos negros contra a burguesia em ascensão. Para nós isso era vantajoso, pois ganhávamos maioria e não corríamos o risco de vermo-nos substituídos pelos negros que nada almejavam senão um momento de glória escolar; a glória da nobreza, é claro, destinava-se ao futuro, muito além daqueles muros. As coisas enfeiavam quando a burguesia juntava-se à arraia-miúda, mas era passageiro: logo se desentendiam. Em meio a essa revolução permanente, ficava o *clero*, constituído por aqueles destinados à vida religiosa, alvos da perversidade uníssona. Era a *provação* que precisavam passar antes de ingressar nos seráficos portões do seminário menor. Tive até uma certa simpatia por um destes seres curiosos: ganhei *santinhos* e um rosário. Manhosos, eram impecáveis, cheirando a sabonete Coty, e suas mãos eram transparentes. Durante algum tempo fui atraído por esses modelos, pois os homicídios por mim praticados exigiam punição e arrependimento; mas o diabo – em eterna luta contra a Virtude – chegou na frente, como relatarei mais adiante.

Já na pensão as coisas tinham uma perspectiva melhor: como o mais jovem hóspede de todos os tempos, eu recebia uma atenção devoradora por parte da D. Marta – não tanto pelos cubos de marmelada e a xícara de chá que me fazia tragar antes de dormir, não tanto pelas gordas coxas de galinha dos domingos, mas por uma vigilância implacável sobre meus lençóis, submetidos a uma vistoria tão maternal como diária. Nos instantes em que eu me afastava do quarto para ir ao banheiro ela os tomava pelas pontas dos dedos e levava-os à claridade da janela, contemplando-os com atenção absorta: hoje percebo que era a sua maneira de viver a juventude. Peguei-a muitas vezes neste ato, e ela me lançava um sorriso ambíguo, quase temo, mas de qualquer forma escandaloso. Recolocava rapidamente o lençol e me deixava a sós. Era o momento em que eu me vestia, não sem antes abrir a janela e espreitar a janela em frente, onde eu procurava, através daquela cortina distante, vislumbrar as formas de um corpo feminino: a filha mais velha da *doutora* Aretusa, a vestir-se para ir à escola. Chamava-se Tonica, e por vezes me expunha ardentes corações feitos de papel e pintados a batom. Considerava-a minha namorada, embora nunca lhe tivesse falado. Eu acompanhava suas evoluções pelo quarto, a abrir gavetas e roupeiros, mas, quando chegava o momento crucial, as venezianas fechavam-se pudicamente – e a imaginação fazia o resto.

Pálido e exaurido, eu chegava à mesa do café, onde se aboletavam os restantes hóspedes. Não me deterei na descrição de cada um, porque isso é comum para quem lê romances, os tipos se repetem. Mas é importante dizer que eu os detestava, em especial ao funcionário do Banco do Brasil, sempre a contar anedotas do Getúlio. Saudava-me com um repugnante: "E então, menino, como dormiu a noite?", barrava as largas fatias de pão com nacos de manteiga e tinha os ombros nevados de caspa. Com gestos de mulher dizia suas anedotas e obrigava todos a rirem, mesmo sendo sete da manhã, horário em que a Humanidade não está em paz consigo mesma. Eu então sorvia minha chávena de um gole só e fugia em direção à escola. As ruas no inverno povoavam-se de homens com ponchos, carroças e leiteiros. O trajeto até a escola passava frente à igreja, onde eu deveria descobrir-me à porta, sentindo minha testa gelar-se; ao repor a boina, esta vinha encharcada de nevoeiro frio. Uma vez entrei, alcançando o final da missa a que assistiam algumas velhotas e dois ou três homens com rosto de cera. Entrei tocado por uma singular saudade de meus tempos jesuíticos, e em transe religioso recebi a bênção final: o padre tinha feições de eremita, olhos afogados em cavidades profundas e mãos engelhadas, como se não comesse há muito. Isso comoveu-me por uns cinco ou oito minutos, mas foi o suficiente para pensar o quanto eu me afastara da religião. Ouvi o *ite missa est* e murmurei o *Deo gratias* tal como fazia ao ajudar a missa dos padres de Porto Alegre. Em pranto, dei-me por mim, recoloquei a boina e, antes que aquela pouca gente saísse, quase corri em direção à escola, esbarrando em um leiteiro. Cheguei a tempo de ouvir a sineta, e nessa manhã, pelo menos até o recreio, fui um aluno desatento. No recreio, sentei-me a um canto e abri a merenda de D. Marta: sanduíche de carne assada e um ovo cozido. Mastigava, pensando nas coisas transcendentais da vida, considerando-me antes de mais nada um pecador e um réprobo, que me esquecera tão facilmente de Deus e dos santos.

    Foi quando o Pecado, sob a forma de Anita, apareceu-me à frente. Veio atraída pelo meu relógio de ouro, era algo inevitável. Anita era a menina das pernas escalavradas do primeiro dia, e pertencia ao último estrato social da classe, mas um pouquinho acima dos negros. Digo que era o Pecado porque não era bonita, e seus sapatos grosseiros mais pareciam de lavrador. Filha de um açougueiro viúvo, trouxe-me salame fino e um canivete. O salame deu-me uma sede brutal, mas foi uma delícia, Anita era o Pecado porque as mulheres belas como Beatriz eram irrealizáveis para mim. Mas não possuía apenas as pernas maceradas, e percebi que o açougueiro, habituado por ofício a não ter compaixão com a carne, aplicava na filha beliscões nos braços e tapas no rosto e laçaços nas pernas, provocando aquelas nódoas enormes. Um dia disse a ela que iria matar-lhe o pai; ela, adivinhando que eu já possuía duas mortes nas costas, trouxe-me uma corda e um facão de desossar, pedindo-me que eu escolhesse a forma da morte. Tive uma breve tontura e um enjoo, mas, como todo assassino, passei a encarar friamente o projeto, e estabelecemos que à noite iria até a casa dela e, aproveitando o sono do açougueiro, o esfaquearia: a esganadura pareceu-me bárbara. Passei uma tarde intranquila em meu quarto, a faca escondida sob o travesseiro. À hora do jantar não consegui comer nada, a futura imagem do sangue alagava o prato à minha frente. Mas quando bateram as nove horas reuni os restos de minha celerada dignidade, subi ao quarto, pus a faca na cintura e ganhei a rua. Caminhei por esquinas tenebrosas e, penetrando em um bairro sórdido de prostitutas, achei o açougue, onde brilhava uma luz fraca debaixo de uma cabeça de touro em cimento. Anita aguardava-me à frente, envolta em um cobertor negro que lhe dava a aparência de uma assombração. Abriu-me a porta em silêncio, acendeu uma vela e dei-me em pleno açougue, que cheirava a sangue e sebo. A pequena luz iluminava os pedaços de carne sangrenta pendentes dos ganchos e eu batia com a cabeça nas mortadelas e linguiças. Dali tomamos um longo corredor, de onde deveríamos ouvir os roncos do bruto; mas, ao invés disso, instalava-se um silêncio fúnebre que não "era cortado nem pelo uivar longínquo de um cão", pois cães não ficam longe de açougues. Senti, isto sim, o roçar peludo de um gato entre minhas pernas, e esse contato brando me restituiu alguma serenidade. "E onde é o quarto?", perguntei a Anita, que apenas me apontou para uma porta fechada. A pequena mão que segurava a vela começou a oscilar, e vi que Anita submergia em um terror filial, a boca aberta, a respiração cortada. Inspirei, meti a mão esquerda no trinco enquanto com a direita buscava o punho do facão. Anita iluminou o interior do quarto e logo vi, imenso sobre uma cama de louro, o homem que eu deveria matar. Estava imóvel, nem a grande barriga se movimentava em uma hipotética respiração. Na verdade, o açougueiro estava *estranhamente* imóvel. Aproximamo-nos. Anita ergueu a vela sobre o rosto do pai e então vimos que os olhos fixavam o teto, e a boca abria-se com volúpia, paralisado no ato de haurir o último ar. Eu, que já enxergara dois mortos, concluí que o melhor era baixar-lhe as pálpebras, tal como vi minha avó fazer, "...morto?", murmurou-me Anita. Eu apenas concordei com a cabeça e guardei minha faca no bolso do casaco. Anita então entregou-se ao desespero, agarrando-se ao seu ex-algoz, e chorava, e gritava, a vela caíra ao chão, juntei-a e fiquei a iluminar a cena de amor e já começava a ensaiar desculpas por haver-lhe matado o pai mas ela antecipando-se me disse "enfim você me livrou desse animal" e limpando as lágrimas deu-me um beijo no rosto. Depois abraçou-me e juntos saímos do quarto, ébrios de culpa. Eu não poderia deixá-la ali, com o morto; levei-a até a casa de uma tia, que ficava bem perto, e saí a perambular pelo bairro para esfriar as ideias e assim dei-me frente a um prostíbulo célebre. Brigavam, lá dentro, ouviam-se ruídos de garrafas partidas e insultos, a porta abriu-se inesperadamente despejando um gaúcho de bombachas e guaiaca que me viu e, recuperando-se, chamou a *dona*, que veio até lá e mandou que eu fosse embora; eu então menti-lhe que não tinha para onde ir e – isso era verdade – um açougueiro havia morrido naquele momento. A *dona* pôs as mãos na cabeça e começou a falar alto, veio gente e a *dona* já mais calma mandou que eu entrasse e fosse para seu quarto que eles iriam tomar conta do corpo; dois policiais que bebiam cerveja foram instados a tomar alguma providência e a contragosto tiveram de cumprir seu dever. Eu, no quarto cheirando a mijo, tive de fazer alguma coisa, e portanto dormi. Quando acordei, o sol atravessava as cortinas vermelhas e a *dona* trazia-me café com leite e pão fresco. Comi estremunhado enquanto a *dona* falava que o médico dera o atestado e a funerária já se encarregava de tudo. "Pobre criança..", ela disse, olhando-me com piedade. Fui cercado pelas restantes mulheres da casa, vestidas com roupões floreados, a quem tive de inventar uma história para explicar o acontecimento da noite anterior.

 O possível drama desapareceu por completo porque justo neste dia recebi a visita de meus tutores. Arquelau e Beatriz chegaram ao entardecer, procurando-me na pensão; já haviam passado pela escola e a diretora pusera-os a par de minha falta matutina. Tive de explicar-lhes que soubera da morte do pai de uma colega e precisei ir até lá; era um açougue, e o pai um açougueiro. "E por ser um açougueiro tu precisaste ir até lá?" perguntava-me Arquelau, em quem notei duas novas rugas nos cantos dos olhos. Talvez não fosse mais a borboleta devassa refestelando-se ao pé da escada com Amália, mas havia um certo brilho lúbrico no lábio inferior... Já Beatriz estava ainda mais nova, e os anos que a separavam do marido pareciam aumentar a cada vez que a enxergava. Tomei-lhe a mão que ela me estendia e assim ficamos os três na sala da pensão, por um instante em silêncio. Arquelau agarrava os braços da poltrona como se quisesse amassá-la e em dado momento disse-me que precisavam falar-me uma coisa. De tudo que compreendi, sei que eu ganhara uma quantia enorme de dinheiro, que ficaria na Caixa Econômica rendendo juros até minha maioridade – e que na herança de meu avô me tocara "uma fração ideal" do Castelo e dos campos, mas, como eu não poderia morar numa fração ideal justamente porque era ideal e não concreta, eu da mesma forma teria de esperar até os vinte e um anos; por enquanto, por decisão dos outros herdeiros, minha avó ficaria no desfrute do Castelo... após a morte da Condessa, porém... Isso, de certo modo, tornava-me *mais igual* a eles, agora de papel passado. No fundo, eu herdara o mesmo que meu tio Aquiles, o Animal-Engenheiro. Era algo complexo, como se vê, mas agradável. Eu, o rico, então exigi uma escola particular. Beatriz gastou um tempo enorme explicando-me as vantagens educacionais de uma escola pública e eu escandalizei-a narrando a devassidão das professoras, minha ignorância na matemática, as portas que não abriam, o cabo bêbado... Ficaram de pensar, como eu esperava. Levantaram-se dizendo que precisavam ir logo para a estância, e, enquanto Arquelau foi falar com D. Marta para acertar o pagamento do mês, Beatriz disse-me ao ouvido que eu seria procurado por um senhor chamado Castorius (sobrenome, naturalmente...) e que fosse simpático com ele: Castorius seria uma espécie de representante dos tutores em Bagé, alguém que zelaria por mim e o qual eu deveria estimar. Não foi espanto mais esse mistério em minha vida: um homicida não pode esperar benevolências do destino.

    Castorius materializou-se no dia seguinte. Era um homem... talvez moço, embora falasse como um velho. Tez clara até o limite da masculinidade, o cabelo dividido ao meio, dentes cor de papelão e bigodes murchos. Um homem de cidade, sobretudo cinza e sapatos bicolores, polidos, mas um homem talvez doente: aspirava cada golfada de ar como se fosse a última da vida. O que me impressionou mais foram as mãos, eternamente no ar, dedos longilíneos onde um anel brilhava. Trouxe-me uma inútil bola e o dispensável *A volta ao mundo em oitenta dias*, que eu polidamente menti não haver lido. Sua entrada na pensão fez-se com salamaleques por parte de D. Marta, que lhe trouxe um chá. Quando Castorius me estendeu a bola, pude ver que ele tinha abotoaduras de ouro, o que fez com que eu fizesse bem visível o meu relógio. Apresentou-se como um amigo de D. Beatriz e alguém interessado por mim: como meus tutores moravam na estância, pouco podiam zelar pelo pupilo, e então ele estava ali. Uma situação absurda, percebe-se, mas eu já começava a imaginar como obter o melhor partido. Desembrulhei o livro e, quando o tive entre as mãos, ele pegou-me para mostrar as ilustrações... "aqui está o Philleas Fogg, que acha?"... – e ofegava – "aqui o empregado dele, engraçado..." Enfim, algo entediante, que eu procurava amenizar com comentários sem qualquer sentido. Quando veio com a infalível pergunta "e então, como vai o colégio", fui franco: não gostava daquela escola, e esperava que ele fizesse alguma coisa para me tirar de lá. Tossiu um pouco e disse-me que sim, que poderia ver aquilo, era uma questão de tempo. "Mas, e quanto à pensão?", perguntou-me em tom baixo. A pensão não me incomodava, era boa – eu encolhia os ombros ao falar nisso. No fundo, eu pensava na filha da *doutora* Aretusa, e meu encolher de ombros creio que foi pouco teatral. Castorius imitou meu gesto de ombros; talvez não tivesse o que dizer. Aliás, passei a observá-lo melhor: imitava-me sempre, o que dava à cena o tom de um espelho. Mas não me imitava para gozar-me, imitava-me por ausência de pensamentos. Em certo instante falou-me de sua vida: embora nascido em Porto Alegre, vivera dois anos no Rio de Janeiro, estudara medicina... voltara para Porto Alegre, depois outros cursos... formara-se... havia ido mal nos negócios da família e agora morava em Bagé, onde trabalhava. Castorius era um vadio, concluí, e isso o tornava um pouco mais simpático: assassinos e vadios sempre foram amigos. Essa circunstância, porém, não o autorizava a amolar-me com as descrições genealógicas que começou a fazer: ele era descendente por parte de mãe de alguma personalidade ilustre, e por parte de pai era o 34º neto de Otto o Grande; enfim, uma chatice. Enquanto eu voltava às conhecidíssimas ilustrações de *A volta ao mundo em 80 dias*, falou-me o quanto "a juventude deve interessar-se por essas coisas do mundo"... mostrou-me o anel, explicou-me que representava um brasão de armas: "Olhe aqui, esse é o brasão dos Castorius"... Mandara fazer o anel em Paris, quando lá estivera fazia um ano. Ante meu insolente descaso por esses assuntos importantíssimos, quis chamar-me à razão dizendo-me que eu próprio pertencia a uma família formidável, com grandes vultos no passado... a propósito, meu avô era um grande nome, digno de ser honrado. Não precisava falar-me em meu avô: eu então perguntei-lhe se ele sabia que o Doutor fora enterrado vivo. Julguei-o nervoso: "Já ouvi falar nisso... enterrado vivo?" e exagerou comicamente a interrogação. "Sim, vivo!", eu exclamei, "morreu se torcendo todo dentro do caixão, o ar faltando, foi ficando azul, verde, roxo, arrancou a gravata, rasgou a camisa, batia com desespero na tampa, até que morreu, amaldiçoando Deus". Castorius perturbou-se em definitivo, e notei que tirava de um frasco um pequeno comprimido que pôs sob a língua. E encurtou a visita: "Bem, Páris, vou-me indo. Vejo que você tem uma imaginação espantosa" – e levantou-se, chamando D. Marta para alcançar-lhe o chapéu. Já na porta, recobrando a serenidade, disse-me que voltaria "um dia desses" e que iria estudar o assunto da troca de colégio... Subi para meu quarto, me ocorrera a ideia de que a filha da *doutora* deveria estar de volta. No meu posto de observação, a luz do quarto apagada para não despertar suspeitas, enxerguei-a e, para meu consolo, foi-se despindo como uma bailarina, largando peças de roupa por aqui, por ali, ficou só de calcinha e meias; ante meu arrepio, voltou-se francamente para mim, para minha janela, e jogou um beijo à escuridão. Depois, com uma lentidão exasperante, foi fechando as venezianas, colocando-se a léguas de distância. A última coisa que vi foram os pequenos seios, feitos a compasso, bem diferentes dos seios de Amália, que eram desgraciosos como travesseiros mal cheios. Nessa noite, a cama transformou-se num fogaréu de concupiscência, e temi pelo exame matinal dos lençóis que, afinal, não ocorreu.

Na manhã seguinte, ao chegar à escola, dei-me de frente com Anita e seu ar dolorido de órfã: explicou-me que a tia não tivera a menor paciência e deu-lhe um beliscão porque ela chorava muito a perda do pai, a tia talvez fosse pior do que ele. Antes que Anita me pedisse um novo homicídio, lembrei-lhe lições antigas de Porto Alegre: a vida é um vale de lágrimas, e todo sofrimento na terra resulta em graças nos céus. Talvez ela tivesse esse destino escrito, e cabia-lhe apenas aceitar o desígnio. Anita pareceu convencer-se, pois seu rosto adquiriu as cores do martírio. Essa minha habilidade em impressionar pessoas foi-me muito útil posteriormente, quando a levei a extremos de requinte. Desde logo, eu tinha um alívio: a perversidade da tia assegurava-me novas nódoas na pele branca de Anita.

Porto Alegre pode ser uma cidade traiçoeira para quem não a conhece, em especial nestes tempos imediatamente anteriores à República. Mesmo a quem possui experiência de São Paulo, mesmo a quem passou pelo Rio de Janeiro, a capital da província-boi possui códigos inefáveis aos neófitos em sua geografia humana e social, como é o caso de Olímpio, recém-chegado e trazendo na pasta um diploma que o habilita a ser o único deputado republicano em um meio bastante monárquico: *Leal e valorosa,* eis o título desta cidade, ganho por sua fidelidade ao Imperador-menino na ocasião da Guerra dos Farrapos. Pelas ruas encardidas vagam estancieiros, comerciantes, industriais de ascendência germânica – muitos deles consideram a República como uma curiosidade de diletantes, mas as novas ideias pouco a pouco conseguem sensibilizar jovens médicos, jovens advogados e filhos de estancieiros, e já existe quem declare frontalmente sua adesão à causa dos moços egressos da Academia paulista: nos saraus e nas festas declamam-se alguns poemas e o Partenon Literário possui alguns membros que são vítimas de um certo tremor nas pernas ao falarem em depor o Monarca, mas que são lúcidos o bastante para saberem que os novos tempos não podem apanhá-los em ceroulas. O Partido Republicano Rio-Grandense, após seu brilhante Congresso e posterior eleição de seu deputado, possui agora funcionando, com todas as suas máquinas e tipos móveis, o jornal *A Federação*, e os adeptos do PRR não se pejam de exalar um odor revolucionário – "um fedor" – como dizem os conservadores e liberais, ambos aceitando o jogo do Governo.

Pelas ruas também vagueia a sombra do Senador do Império, o famigerado *Rei do Rio Grande*, que ainda apavora alguns, graças a sua onipresença: mediador de benefícios, cada passagem pela capital da Província é uma apoteose de banquetes e girândolas coloridas. Recebe a quem queira falar-lhe, promete tudo – e em geral cumpre. Como toda personagem mítica, tem detratores ostensivos, que ele esmaga com duas palavras, das quais uma delas é obscena; está acima do bem e do mal, acima das etiquetas, e cultiva uma espécie de gênero, algo teatral, algo carnavalesco, e por isso cativante ao ponto de muitas virgens e viúvas dedicarem-lhe anônimas e perpétuas fidelidades. Seu reduto é mais ao Sul, onde tem o Partido Liberal Rio-Grandense fincado em raízes estancieiras; seu domínio é absoluto: certo jornal estampa, abaixo de sua caricatura: *eu posso, eu quero, eu mando, eu chovo...*

A Assembleia Provincial é uma casa amarela e grande, situada ao lado do Palácio do Governo, e olha de frente para uma bailanta e para o Teatro São Pedro, palco de óperas e dramas românticos. Olha também – e meio de esguelha – para o magnífico Solar do Visconde de Pelotas, multi-herói de revoluções e guerras e que, não obstante o título comprometedor, tem suas veleidades republicanas, tal como Danton, tal como Barras.

Olímpio, envolto em sua extrema juventude, é um desbragado, seus discursos verberam contra o *Rei do Rio Grande* – a cena do Senado, no Rio de Janeiro, ainda é um engulho no estômago – e atentam contra qualquer outra coisa que cheire a trono e suas adjacências. Ouvem-no como a um animal raro, e seus dois livros públicos – porque *Alucinações* desapareceu por mistério – são lidos com maior ou menor displicência, de acordo com o meio em que circulam. As livrarias, condescendentes, ostentam-nos em suas vitrines e logo Olímpio ganha fama de "grande escritor, um verdadeiro luminar". O luminar, quando não está em período legislativo, passeia pela Rua da Praia em todo o chique com seu criado; Raymond deixa um rastro de perfume que agride os machos narizes que vêm atrás, e não pouca vezes Olímpio precisa intervir à bengalada quando a malta de vadios sai gritando "fresco! fresco!" ao impávido servo. O novel deputado mora no Hotel Central, propriedade de italianos, e ali instalou seu gabinete. Quando não está em sessão da Assembleia, lê como um doido todas as obras teóricas que manda vir da França e Inglaterra – e começa a esboçar seu grande sistema republicano-representativo e federal, com o qual irá derrubar os argumentos dos adversários de dentro do partido: república sim, mas com as Províncias autônomas; nada dos centralismos que são herança do império... Depois, nas horas mais amenas, seu passatempo predileto é acompanhar, de chinelas, o pôr do sol sobre o Guaíba; por vezes cede à tentação de um poema,

As líquidas águas o sol comendo...

mas afasta-o para os arquivos nebulosos dos achados e perdidos.
Por vezes olha-se no espelho, separa com amor os pelos do peito, olha a cicatriz de D. Felício e comprova que o Bispo – hoje um homem imerso em zangas pela questão de Astor – estava certo ao designar a ele, Olímpio, como um predestinado. Bem melhor assim, do que as constatações das putas que sempre perguntam como aconteceu aquela cicatriz e ele precisa explicar que se trata da marca de um duelo antigo, travado às margens do mítico arroio da nacionalidade.
Isto no inverno, durante o período de trabalho legislativo. A partir do fim da primavera é a estância de São Felício e sua pachorra, alcançada depois de vários dias de viagem. Ali Olímpio joga-se a uma languidez calorenta, abanado pelo paciente Raymond, o milho abandonado, as caminhadas à volta das ruínas do Castelo, o acompanhar a construção da infindável estrada de ferro que passa nas lindes de seu campo, tudo sem muito ânimo para encetar qualquer tarefa. Às vezes vai a Pelotas, abre o Solar dos Leões a uma festa, junta a grei republicana, e é ali que certa noite obtém da Câmara um voto de abolição municipal da

escravatura – enquanto no Rio ainda discutem a forma de acabar com ela. Uma medida mais sensacionalista do que eficaz, pois já quase todos se desfizeram de seus escravos, buscando redução nas despesas.

Também recebe representantes da região, com interesses opostos: os criadores querem melhores preços junto aos charqueadores, os charqueadores queixam-se do alto custo do sal de Cádiz e da quase impossibilidade de utilizarem-se do porto do Rio Grande, ainda um cemitério de navios. Já se queixaram ao Senador do Império e estão no aguardo, mas a situação põe-se crítica. De fato: há uma emergência e a voz de Olímpio não se calará "ante os desmandos e a negligência do império; minha voz será a voz do Rio Grande, esperem". De refilão, e pela pressa e poucos pedidos, ganhará do Senador no atendimento às reivindicações; uma espécie de vingança?

É também o momento de conviver com Arquelau e sua tia Águeda, esta já um pouco deixada de sua anterior voluptuosidade mas sempre disposta a correr à janela para assistir a um desfile de garbosos tenentes; mas agora fica apenas nos suspiros. Arquelau cresce em tamanho e ignorância – tem dificuldades com o genitivo e dativo das conjugações e baralha os imperadores romanos. A raiz quadrada, para ele, continua sendo o domínio da fantasia. É preciso que chegue logo à idade conveniente para ser mandado para a estância, a ver se no trato das ovelhas adquire algum préstimo.

O *outro*, isto é, Astor, viceja em uma ruela de operários, e é com uma ponta de vago romantismo à capa e espada que Olímpio vai visitá-lo, aproveitando uma silenciosa madrugada. A ama, previamente avisada, recebe-o com um bolo e chá, lamentando que o dinheiro da pensão seja insuficiente para manter o menino. À luz da candeia, Olímpio enxerga o irmão que dorme, os traços perigosamente parecidos com os de D. Plácida e uma vaga mistura castelhana. De repente, dá-se conta do folhetim:

O BASTARDO

Ali está, a pequena vítima do Pecado, dormindo seu sono inocente, a boquinha rósea sugando a chupeta... Seu cruel irmão aproxima-se, reclina-se sobre o catre imundo e deposita-lhe um beijo enternecido nas faces onde percebe um sorriso de perdão... Mas nada há para ser feito... O irmão retira-se em lágrimas, também ele vítima...

FIM

Certamente falam, na cidade... Como compatibilizar sua figura de tribuno republicano, e portanto um homem moderno, com esse meio-cárcere a que destina o próprio irmão? Mas nada disso! Que falem nas reuniões das comadres, que se ponha amuado o Bispo, que difamem. Ainda não saiu no jornal... Ao deixar a casa, dobra o valor da pensão à ama. Mas que o mantenha informado de tudo.

O pior acontece quando, no inverno seguinte, Olímpio faz um discurso arrasador contra a Monarquia, dizendo que "só os energúmenos se deixam corromper".

– E aqueles que têm irmãos ocultos... – aparteia-o um deputado imperial.

Olímpio gela, mas não perde a fibra:
– ...tal como o Imperador!

A frase tem seu efeito, mas não consegue dissipar o constrangimento. Olímpio é procurado por Júlio, que a essa altura já constituiu família: essas conversas precisam ter um fim, para o bem da causa, para que acreditem na verdade, isto é, que os republicanos são tão retos na vida política como na vida familiar. É necessário resolver a questão do ilegítimo.

– Como?
– Levando-o para casa, para junto de Arquelau. Será um gesto nobre e libertário. Nada como a Liberdade contra o Pecado.

O dito fica ressoando nos ouvidos de Olímpio. Dezessete dias depois, está convencido. Volta a Pelotas e, comovendo a cidade com tal gesto humanitário, instala Astor no Solar dos Leões.

– Daqui por diante – diz à tia Águeda – ele deve ser tratado como meu irmão, com iguais direitos.

Astor é um ser esquálido, chora ante cara feia e começa a balbuciar um vocabulário assombroso para a idade, esse

Triste fruto de uma paixão tardia...

que entretanto recebe a hostilidade inicial e previsível de Arquelau.

– Isso passa com o tempo – afirma a generosa Águeda, já amassando o novo sobrinho entre seus peitos. – O importante é que a família não está mais dividida. Você teve um gesto nobre, Olímpio.

– Ora... é o meu natural.

D. Felício, sabedor do evento, sai de seu *Palácio* e vem ao Solar dos Leões, reconciliando-se com Olímpio. Mas vem já cego, conduzido por um menino. O reencontro é afetuoso, cheio de recordações, declinam juntos o *rosa / rosae / rosae / rosam / rosa / rosa*, e quase chegam às lágrimas. Conversam: o Bispo abandonou em definitivo seus negócios de ovelhas, entregou a estância ao capataz e vive principalmente de bonificações. Bebem café, discutem as paixões humanas e têm longos silêncios.

– Sou outro homem, D. Felício – diz Olímpio. – O tempo aparou as minhas arestas juvenis.

– Fico feliz por isso – concorda o Bispo. – E... como vai *ela*?

– Quem?

– A cicatriz... posso tocá-la?

Olímpio imediatamente desafoga a gravata, abre os botões da camisa, pega a mão do Bispo e leva-a junto ao peito. D. Felício toca a marca com a polpa dos dedos e seus olhos mais uma vez tornam-se líquidos:

– Lembro-me bem daquele dia, o seu batizado... Fiquei muito triste, não sabia como desculpar-me com seu pai... Mas hoje vejo que este sinal vai acompanhar você por toda a vida e que eu estarei sempre junto, mesmo depois de minha morte. Vai ser difícil para você libertar-se de seu sinal cristão. E de mim, também.

– Ora, falar em morte...

– Por que não? Estou preparado para ela. Meus negócios terrenos e espirituais estão em dia. E não terei estômago para suportar a República que vem aí. Vocês vão mesmo instaurá-la, não?

– É possível, D. Felício.

— Então faça bom proveito dela. Vá ser ministro, vá ser embaixador, ou Chefe...
— Presidente.
— Pois. Vá ser tudo isso.

Por que a República?
— Por que a República? – a voz de Olímpio fica ressoando na sala de sessões da Assembleia Provincial.
Os deputados preparam-se, o Primeiro Secretário molha a pena com tinta e suspira. Um sol de inverno penetra pelas janelas, dando uma cor dourada à cena conciliar. Um cão adentra, vem parar-se quase junto à tribuna e ergue o nariz para o orador, que bebeu um gole d'água:
— Sim, por que a República, excelentíssimos colegas? Antes de mais nada, porque a Monarquia não consegue entender o país. Mas muito pior: não consegue entender o Rio Grande. Entregue a essas novas classes oriundas do tráfico de mercadorias, o Império esqueceu-se de que o Rio Grande é o celeiro do Brasil, e histórico fornecedor de lã, charque, couro. O que faz a Monarquia? Ignora nossas dificuldades de mandar para cima os nossos nobres e indispensáveis produtos, não provê as vias férreas, deixa a barra do Rio Grande obstruída ao trânsito de navios. Agora pergunto: de que adiantou a nossa augusta Revolução Farroupilha? O que resultou do sacrifício pessoal do ínclito general Bento Gonçalves?
— Coronel... – um monarquista faz-se ouvir.
— Mas general no coração dos gaúchos! – diz Olímpio, que segue: – ... mas temos nossa ponta de culpa: em minha peregrinação pelo Rio Grande eu vi, senhores deputados, com estes meus próprios olhos, o quanto somos atrasados nos métodos e processos produtivos; carneamos sobre o couro, os animais bovinos e ovinos morrem ao sabor das pestes, pouco valor damos à agricultura, ao milho. Como vamos competir em preço com produtos de melhor qualidade? E depois há a questão do café: os barões paulistas, aos quais infelizmente se alia o Senador todo-poderoso, enriquecem debaixo de nossas barbas, desfrutam de todas as vantagens da civilização... e nós, os gaúchos, ficamos relegados a

uma posição subalterna, nós que delineamos as fronteiras meridionais. É possível conviver com esse estado de coisas?

— Não! — grita inadvertidamente um deputado do Partido Liberal, no embalo das palavras de Olímpio. Mas traiu-se, e será a partir de agora um novo republicano. E o passar dos dias comprova: não apenas esse deputado adere, mas traz consigo mais três, extraídos entre os liberais e conservadores.

— Pouco, ainda é pouco — diz Júlio atrás de sua mesa de advogado. — Não podemos subestimar a força do Senador... Temos de sensibilizar um número muito maior para nossa causa. A República é inevitável, e, quando ela acontecer, precisaremos ter um contingente considerável de pessoas, e pessoas enérgicas, para os primeiros postos do governo.

— Pessoas enérgicas...

— Sim, pois o Estado não pode conviver sem ordem, que é a mola do progresso dos povos. Com a ordem, com um governo a ser exercitado pelos mais notáveis, poremos abaixo decênios de anarquia institucional propiciada pelo débil parlamentarismo monarquista.

Antes de mais nada: palavras belas; depois: palavras perigosas. Olímpio pousa os olhos no retrato de Comte, às costas de Júlio:

— Mas a Liberdade...

— A Liberdade vai fazer com que venhamos a estabelecer alianças com os comerciantes, com os agricultores, com os militares. Veja só esse contingente enorme de colonos alemães e italianos, sempre à margem das decisões do Império. Eles representam o progresso e a ordem em suas formas mais puras.

— Não são gaúchos. Nem brasileiros.

— Mas são úteis. É impossível mantermos uma política de avestruz, ignorando que eles existem.

— Quer dizer que você poria no governo os Schneider, os Schmidt...

— Sim, os Benelli, os Radaelli. E na Constituição republicana que estou rascunhando, porque a República deve encontrar-nos prontos, eu sou bem claro: executivo forte, capaz de atender prontamente aos reclamos dos povos e encaminhar o Estado a uma era moderna. O legislativo terá função de apenas aprovar orçamentos.

– Mas isso é ditadura, Júlio.

– Que seja. Mas uma ditadura esclarecida. Talvez como a de Cromwell.

Ao sair do escritório de Júlio, Olímpio pressente que nem tudo serão rosas quando vier a República. As ideias de Comte causaram mais estragos do que ele poderia imaginar. E nos meses seguintes vê que o positivismo se alastra de forma assustadora, contaminando os militares saudosos de autoridade.

Borges, já retornado ao Rio Grande e instalado com banca em Cachoeira, assiste a tudo de longe, e manda uma carta a Olímpio, na qual intercede por alguns conterrâneos. Mas... *in cauda venenum*: "Estimaria muito que o amigo e correligionário, já cumprido seu elogiável papel desbravador, pudesse abster-se da oposição às ideias de Júlio, o bravo idealizador da próxima república em nossos pagos". Por vias transversas, Olímpio sabe que Júlio e Borges uniram-se, e não apenas na teoria.

No período de recesso, Olímpio passa por Pelotas; e ali constata a poderosa mão do *Rei do Rio Grande*. Está por ser inaugurada a via férrea entre Pelotas e a cidade do coração do Senador. A estação, brilhante de nova, recebe a visitação constante dos citadinos. Agora tudo se esclarece... aquilo que falavam nos cochichos... um mimo para Bagé, sim senhor. Mas um mimo com suas vantagens: inadvertidamente, o trem cruzará às margens dos campos de São Felício, os trilhos já estão postos. "É aproveitar", diz-lhe Câncio Barbosa, "o *Rei* quis beneficiar sua terra e acabou beneficiando um republicano".

Embebido de uma sôfrega nostalgia e algo irritado pela *performance* do opositor, desconfiando ainda da aliança Júlio-Borges, o Deputado convoca Raymond e Câncio Barbosa e vai para a estância. Precisa de paz, precisa pensar, dedicar-se às suas coisas. Lá, revigorado pelos saudáveis ares, ganha cor e determinação: decide ressuscitar a plantação de milho e, repetindo o próprio gesto de anos atrás, ele mesmo lavra o antigo quadrilátero sobre a elevação. Uma figura digna de romance: à rabiça do arado, a fronte banhada pelo suor dos justos, vai abrindo a terra e lançando as sementes. Depois, é aguardar a ação da Natureza. Belo, não? Isso é pouco, porém: a partir de ensinamentos pastoris buscados em livros ingleses, resolve instituir ali uma *farm* ao bom estilo bretão.

– Afinal – diz a Câncio Barbosa, que, sentado em uma cadeira de lona sob um cinamomo, o observa lavar as mãos em uma bacia de ágata que Raymond lhe oferece –, a nação que inventou o mundo moderno e vive a mais esplêndida experiência de liberalismo, esta nação saberá, mais do que as outras, cuidar de seus bois. – E fala nas cartas de criadores ingleses, a enaltecerem as excelências do *devon*, do *aberdeen angus*. – Como não percebi isso antes? Esse nosso gado chimarrão, que você enxerga pastando com tanta preguiça, herança das Reduções dos jesuítas, acabou por tornar-se improdutivo e vil, é forçoso substituí-lo por raças nobres, de garantida ancestralidade europeia. Só assim, forte e rica, a pecuária do Rio Grande estará capaz de conviver com a República, quando ela vier.

Depois vão examinar a cavalo o trilho da estrada de ferro, "essas duas tiras cintilantes do progresso a luzirem em meio ao pampa heroico" – Olímpio não resiste ao verso.

– É uma pena, Câncio, que entretanto venha pela mão imperial do Senador.

– Não guarde tantas mágoas, Olímpio. O Senador vive os estertores da Monarquia. É deixá-lo aproveitar o que resta.

– Não guardo rancor. Mas não me esqueço do que ele me disse, no Rio. Tratou-me como a uma criança. E depois, sequer foi capaz de me cumprimentar pela minha eleição.

Raymond apeia e dá largos passos entre os dormentes. Câncio Barbosa filosofa:

– Não espere muito dos homens. Mas mudando de assunto: que tal construir aqui uma estação, a estação de São Felício?

– Você está louco, a *Southern Brazilian* jamais...

– Não falo na *Southern*, e sim em você. Você construir a estaçãozinha, com telégrafo... seria um grande auxílio para sua estância. E para a região.

– Não. Poderia parecer oportunismo.

– Pense nisso, não dê palavra definitiva.

Num claro domingo, quando Olímpio circula com o advogado e Raymond entre as paredes inacabadas do Castelo, avaliando as futuras possibilidades de reerguê-las – embora isso seja uma remota imagem – ouvem um ruído longínquo e agônico que vara o silêncio dos campos.

– Será possível?... – diz Câncio, olhando para o Deputado.

Olímpio apura o ouvido. De fato, algo se ouve, prenunciador e arfante, como batidas de um pilão gigantesco que se aproxima.

– Não. Não inaugurariam assim, sem convidar-me, eu que sou o parlamentar do distrito.

O ruído aumenta a cada minuto, as dúvidas começam a desfazer-se. É com imenso desconsolo que Olímpio constata:

– Sim, meu caro Câncio... Não se pode mais acreditar em ninguém. Vamos para a estância.

E voltam, fechando-se em casa. O ruído porém aumenta, inexorável como o destino, fazendo tremer quase imperceptivelmente os vidros do relógio de parede.

– Vamos jogar, Câncio?

Raymond traz o tabuleiro e as peças do xadrez, dispondo-as sobre a mesa da sala. E, sentando-se, começam o jogo. Raymond, impaciente, vai à janela e narra o que acontece lá fora: uma fumaça negra atrás da coxilha... uma fumaça menor, branca... agora já aparece o cano metálico...

– Cale-se, seu puto! – berra o Deputado.

Câncio ergue o olhar do tabuleiro.

– Não podemos negar a realidade, Olímpio.

O Deputado suspira, levanta-se.

– Está bem. Vamos ver.

E, caminhando até o terreiro, enxergam lá embaixo, varando as coxilhas, a vitoriosa locomotiva imperial, os vagões com festivas bandeirolas nas janelas...

Mas algo sucede, depois de algum tempo: a composição começa a ceder a marcha, há alguns silvos, depois um estridente apito.

– Vai parar – diz Raymond, extasiado.

– Busque os cavalos – Olímpio ordena. Submete-se às evidências. – Vou-me comportar com civilidade.

Montam e com lentidão acintosa descem o lançante em direção ao comboio, agora parado, envolto numa nuvem de vapor e fumo. Estão a vinte metros da composição quando Olímpio estaca, aperta os olhos, custa a acreditar: cercado por uma legião de puxa-sacos, o Senador do Império desce a escadinha, magnífico, de sobrecasaca, barbas e cabelos ainda mais revoltos: é um ser lendário e gigantesco baixado à terra.

– Vamos lá – diz Olímpio ao advogado. – Civilidade é civilidade.

O Senador avista-o, abre os braços imensos:
– Quis dar-te uma surpresa, Olímpio.

Os primeiros momentos são solenes e tensos. Mas Olímpio apeia e o *Rei do Rio Grande* logo assume um ar casual, como se inaugurasse uma linha férrea por dia:

– Um pequeno favor a meu povo, apenas. Espero, Olímpio, que te seja útil. Passa pelos teus campos.

O Deputado empertiga-se, agradece em nome de todo o distrito eleitoral "esse benefício de progresso e modernismo".

– He, he – sorri o Senador –, não vá usar isso na próxima campanha. – Põe a mão no ombro de Olímpio. – Espero que tenha me desculpado por alguma palavra mais áspera quando do nosso último encontro no Rio. – O ambiente torna-se mais flexível, Olímpio e Câncio cumprimentam os enfumaçados membros da comitiva, o Presidente da Província, os desembargadores, os vereadores de Rio Grande e Pelotas, os chefes do Partido Liberal, convidando-os a um descanso e um mate na estância. Aceitam, e todo aquele povo sobe a pé para a casa, comentando a excelência dos campos.

Duas horas depois, já nos licores e bolos, o Senador toma gentilmente Olímpio pelo braço e leva-o ao alpendre:

– E agora mostre-me esse famoso Castelo que o João Felício não terminou. Falam muito dele.

Vão a cavalo até as ruínas, apenas os dois.

Dão uma volta completa pela construção e depois apeiam. O vasto orador monárquico tem um olhar com muito *spleen* para as meias-paredes, para as obras de cantaria empilhadas e cobertas de heras, para os arcos incompletos que coroam as ombreiras das

pretensas portas; com o cabo do chicotezinho vai escarafunchando as frestas onde a argamassa apodrece... "que sonho fantástico, Olímpio... teu pai era um romântico... o que tu pretendes fazer com *isso*...?"
— Eu? – Olímpio desconcerta-se. Mas imediatamente diz: — Ora, vou concluir a obra. – E termina por enterrar-se: – E vou acabar tudo em cinco anos.
O Senador volta-se, abismado:
— Tu? um republicano? construindo castelos?
— Mas será o Castelo da Liberdade. Será a materialização de todos os meus ideais e dos ideais do meu partido. Aqui terão abrigo todos os que lutam por um mundo mais civilizado.
— Estás é achando desculpas para tua atração pela Monarquia, confessa, homem.
Olímpio está a ponto de – em pleno pampa, sob o céu desbotado da pátria! – está a ponto de desancar o *Rei do Rio Grande*. Mas apenas cerra os punhos:
— A Monarquia? A Monarquia eu quero ver sepultada para sempre sob estes alicerces.
— Continuas o mesmo, Olímpio. Ainda bem que há uma Monarquia para assegurar-te essa liberdade de expressão, coisa que os positivistas terminariam logo que assumissem o poder.
– O Senador não parece disposto a seguir adiante a discussão, convidando o Deputado para voltarem. No caminho, já quase em casa, ele diz, sofreando a montaria:
— Mas faça como achar melhor. – No fundo dos olhos do devastador prócer, Olímpio vê uma luz de malícia e descrença.
Mais tarde, quando toda comitiva já está dentro do trem e o Senador abana com o chapéu em despedida, Olímpio murmura a Câncio Barbosa:
— Este animal não perde por esperar. Provocou-me. E terá sua resposta. – Engole a saliva grossa: – Em cinco anos.

"Bispos, quando envelhecem, acabam por ficar cegos" – D. Felício resignava-se ao destino de todos os prelados – "talvez para não enxergarem a perda de suas dignidades" – concluía, sem muita certeza.

Ao ritmo lento da charrete, desligava-se da leitura que lhe fazia o seminarista em férias no *Palácio*, a qual lhe chegava como ondas em meio ao canto dos pássaros destes campos trazidos à vida por uma primavera precoce – uma estação que o Bispo sentia por todos os aromas de flores e mormaço e queimadas, mas que vinha carregada por um pressentimento: seria a última primavera de sua vida, pois a morte, para os velhos, quanto mais tarda, mais se aproxima. Mas tentou concentrar-se: *...o ínclito Bento Gonçalves, num ato heroico... a Assembleia Constituinte da Revolução, reunida em Alegrete, construiu o maior documento... as vitórias militares dos gaúchos assombraram o mundo...* – corria a prosa de Olímpio, na famosíssima obra que o ascendera às culminâncias da vida política da Província.

– Quantos anos tenho, Alexandre?
– Noventa e dois, Excelência.
– Então não quero mais ouvir essas bobagens.

D. Felício sorriu, ao pensar na sua idade, boa para se fazer o que se quer. Em todos os planos: Deus, nestas alturas, já selou nosso destino para depois da vida. Santo Antão amargurara-se por nada, ao sofrer com as tentações que lhe ocorreram quase *in articulo mortis*... Foi apalpando o assento da charrete, encontrou ao lado a pequena mala de viagem, destravou o fecho, abriu-a e perquiriu com as pontas dos dedos o conteúdo familiar de meias, ceroulas, breviário, e encontrou o que procurava, um pequeno volume encadernado. Deu-o ao seminarista:

– Pegue, leia.

Alexandre, depois de um silêncio:
– Mas Excelência... Ovídio...
– *Naturalia non sunt turpia*, as coisas naturais não são vergonhosas, meu jovem. Abra em qualquer página. – E o Bispo cerrou os olhos interiores, traduzindo mentalmente: *Quando a mulher ficar furiosa, quando ela te parecer uma segura inimiga, deves reclamar a noite de amor que ela te prometeu; então ela ficará mansa.*

– Desculpe, Excelência, não posso continuar.
– Entendo, Alexandre. Só nos escandalizamos com aquilo que ainda nos perturba. Mesmo assim, leia. Não atente para o sentido das palavras, leia como quem lê o Código de Posturas

Municipais de Pelotas. – E D. Felício recostou-se melhor: *Aquele que já obteve os beijos, mas não é capaz de conseguir o resto, deve também perder os beijos... torna-te amigo do marido de tua amante, pois te será muito útil...*

E assim vieram por mais de uma hora, na direção da estância. D. Felício começava a cabecear pelo sono e pela paz de escutar a *Ars amatoria* e comprovar que ela não atiçava mais sua lascividade. O amor era algo rarefeito, estilizado e confortável, um eco inofensivo de eras distantes, do qual restavam as palavras. A um solavanco da estrada, despertou, agarrando-se à boleia:

– Você gosta das palavras, Alexandre?

– Não entendo, Excelência.

– As palavras. São sujeirinhas no papel, não? – D. Felício alteou a voz para o cocheiro: – Você sabe ler, Calisto?

Não, Calisto tentara aprender com a madrinha, mas não conseguira. Muito difícil...

– Melhor assim – o Bispo dirigia-se a Alexandre. – Os ingênuos adquirem maior sabedoria, vivem melhor. Veja você quantas guerras, quantas revoluções, tudo por causa das palavras. Não estou certo de que o possível deleite que elas proporcionam nos sonetos seja capaz de superar as desgraças que elas trazem nos ultimatos, nas Constituições, nos livrinhos como esse do Olímpio. Sei, já não podemos viver sem elas... e essa é a nossa desgraça. E no entanto são apenas sujeirinhas. Hoje estou convencido de que nem todos entendem as palavras da mesma forma. O livrinho de Olímpio... você percebe como elas se transformam? A Revolução dos gaúchos de repente é algo heroico...

– A Sagrada Escritura também é feita com palavras, Excelência.

– Sei, *no princípio era o Verbo*. Lembre-me sempre disso. – O Bispo sentia que a charrete desviava-se: – Onde estamos, Alexandre?

Alexandre informou-se com o cocheiro:

– Próximos à estância do Doutor Olímpio, mas ele está em Porto Alegre. Mesmo assim não quer fazer uma parada para descansar?

– É uma boa ideia.

E o seminarista ia indicando por onde passavam, a estrada secundária, os renques de cinamomos, as ravinas perigosas. Pouco tempo depois, cruzavam uma porteira e entravam na propriedade de Olímpio, sob o alarido de um bando de quero-queros ansiosos e tendo no encalço das rodas a costumeira matilha de cães.

– Já se avista uma construção de pedras, Alexandre?
– Onde? Ah, sim. No topo da coxilha.
– Vamos passar por lá antes de chegarmos na casa.

Subiram penosamente por uma inclinação e, quando a charrete parou, D. Felício pediu que o cocheiro o ajudasse a apear. Depois esticou os músculos das pernas, sentiu que o sol deveria inundar a paisagem, "um dia soberbo, lá fora dos meus olhos". Mesmo que precariamente, era bom estar vivo. Perguntou então como estava a obra.

– Só vejo algumas paredes grossas, pela metade... em alguns lugares há somente alicerces. Mas tudo muito arruinado, cheio de plantas crescendo... muito desolado. O que é esta obra, D. Felício?

– Isto que você vê é apenas um sonho, isto não existe. Castelos não existem no pampa. – D. Felício segurou o braço do seminarista: – Leve-me até um lugar bom... quero sentar um pouco.

Deram alguns passos e, pelo apalpar, D. Felício deu-se conta de que o rapaz o conduzira até a um banco formado por uma parede abandonada. Assentou-se e pediu:

– Você pode continuar lendo? Vá buscar o meu Ovídio. Por favor.

E em pouco estava ouvindo: *No começo era o mundo uma massa confusa, sem ordem; os astros, a terra, o mar tinham um só aspecto; logo o céu se elevou acima da terra; a terra foi cercada de mares, o caos informe desmembrou-se em várias partes; a floresta recebeu as feras, o ar, as aves; e vós, peixes, escondeste-vos na água fluida. Então a raça humana errava pelos campos desertos; tinha verdadeira força e corpos rudes. As florestas eram as casas, a erva, o alimento; as folhas, o leito; e durante muito tempo um não era conhecido do outro. Foi a Volúpia insinuante, diz-se, que amoleceu esses ânimos ferozes; um homem e uma mulher encontraram-se no mesmo lugar; o que deveriam fazer, aprenderam sem mestre: Vênus desempenha seu doce ofício sem ajuda de Artes.*

– Ah, Alexandre, o início de tudo... o resto são palavras vazias. Um dia Olímpio saberá disto.

Mare Fecunditatis

Ontem falei com papai... talvez...
    Não nos víamos desde aquela noite na Biblioteca, era tanta a minha saudade... Ele veio por aquela porta, recusou-se a pôr o chapéu no cabide, recusou-se a beijar-me, e eu lhe disse "gosta da minha casa? não é tão bela como o Castelo, apesar do jardim que isola os ruídos de Porto Alegre". Eu falava num estupor agitado, inventava o que dizer, falava do tempo e da estação, do preço dos carros de praça; ele nada me respondeu, sentou-se, o chapéu sobre os joelhos, e olhou para minha barriga de escassos meses, que tratei de encobrir atrás do roupão. Eu gaguejei perguntando a ele como estava passando e ele me disse que com múltiplas ocupações políticas, e que mamãe sofria de artrite; e a cada dia, "talvez por desgosto", ela se ocupava mais com seu passado germânico – mas os olhos de papai não se despegavam de meu ventre, que eu recolhi ainda mais. Fiquei trêmula, as mãos inquietavam-se e uma tontura fulminante tornou instável o assoalho. Ele reparou, levantou-se, caminhou em minha direção e, quando eu já me enternecia para um carinho, ele cruzou por mim e passou a observar a cristaleira com as porcelanas e pratarias. "Hermes é bem rico..." – foi seu comentário – "apesar de a

fábrica não estar muito bem, pelo que sei". Quando a empregada surgiu e ofereceu cafezinho, ele mandou-a de volta. E olhou-me, mais uma vez. Desta vez um olhar senhorial, cheio de dignidade e censura. Ficou assim, devassando-me até a medula, antigo, imóvel. Comecei a sentir-me infeliz, pequena, miserável, e, sem que fosse possível deter, desatei num choro animal, pedia perdão pelo que acontecera, premia mais o ventre, eu era uma filha abjeta, ousava gerar um filho depois de abandonar meu pai naquela remota noite de nudez e violência: a Liberdade tem seus limites, e eu os excedera sob a voragem de minha paixão. Perguntei-lhe então o que eu poderia fazer para que tudo voltasse a ser o que era antes, eu desejava tanto... ele me poderia tornar feliz, se quisesse, bastava dizer "eu te perdoo", nada mais. Eu então o recobriria de beijos infantis e urgentes... Mas ele passou a falar-me de minha avó Plácida, de um modo manso, quase imperceptível, "uma senhora muito culta para sua época, lia romances e livros de poesia e tinha ideias originais"; chegava a encomendar livros às caixas, que vinham de Paris e Buenos Aires, teve uma coleção de quase mil volumes, um portento em qualquer época; lia em francês e inglês, entendia de todas as humanidades e ciências. Uma pena que fosse mulher: tantas leituras acabaram por interferir na psique, transtornando até as noções da moralidade. No homem isso não acontece, os homens podem ilustrar-se, podem possuir biblioteca, mas isso nunca os tirará do juízo, "exceto no caso do personagem de Cervantes". Minha avó Plácida: foi essa muita leitura – igual a Emma Bovary, igual à Luísa do *Primo Basílio* – somada aos longos períodos de ócio que se seguiram à morte do marido que a fizeram assim desnorteada... Acabou envolvida naqueles episódios vergonhosos que culminaram em sua previsível morte. Papai teve imenso trabalho para recompor a honra familiar.

E então ele disse:

"É assim: ligações não idôneas acabam produzindo filhos degenerados..." Astor, o Bêbado-infeliz, estava aí para confirmar.

Aterrorizei-me pela criança que levo entre as vísceras, tentei em lágrimas argumentar que não tive outra solução, se na época de minha fuga do Castelo eu era de menor idade e ele recusou-se a assinar o papel para o casamento... mas que agora estava tudo regularizado, a criança nasceria com um sobrenome. "Cale-se", ele ordenou, "casamento no civil não passa de concubinato" – ele que sempre ironizou os padres e a Igreja. E seguia: "Falam, aí por fora... *a filha do Doutor Olímpio, aquela...*" – e papai imitava as vozes canalhas que eu não desconheço. Entendi perfeitamente, naquele momento, o que tanto intuía no Castelo: o Pecado é a consequência natural da Liberdade.

Eu carrego um degenerado dentro de mim, este é o fato. Por mais que eu ame esta criança, jamais conseguirei resgatá-la desta mancha original.

E, parindo um degenerado, eu reconstituirei a honra familiar e tudo ficará certo.

Sob forte chuva, avançamos nosso automóvel pelas ruas confusas de Porto Alegre. Há alguns tiros esparsos para o lado do quartel, precisamos alcançar logo a Beneficência Portuguesa. Hermes me diz que tudo acabará bem, que não precisamos temer, que a revolução resume-se a uns tirinhos e Proteu já está-nos esperando. Imagino-o, a meu irmão-poeta, ansioso, cercado por seus instrumentos obstétricos: quantas dúvidas, quantos temores até chegar a esta data. "É o último parto que eu faço na Capital", ele me disse ontem, "depois vou para Pelotas e abro clínica". Sou grata a ele, sei bem das afrontas que sofreu da Condessa desde minha união com Hermes. Fraco como é, pensei que não resistiria a tantas pressões; mas está aí, iludindo-se com uma discutível vitória contra mamãe.

A avenida Independência é um desaguadouro de gente que corre para suas casas, guarda-chuvas chocam-se, há pequenos comícios nas esquinas. *Tal dia é o batizado*, dizia a senha dos conspiradores, e Osvaldo Aranha arrasta Getúlio para uma revolução que porá abaixo o Governo. O pequeno homem de charuto, que me sorriu e que me elogiou, hoje aparece na sacada do Palácio, assumindo *malgré lui* a liderança nacional dos acontecimentos. Papai está a seu lado, submisso à Frente Única que o reconciliou com os ex-adversários do PRR: posso imaginá-lo, engomado e teso, acenando com o chapéu *gelot*, abdicando do partido que fundou logo depois de minha expulsão do Castelo... Agora passamos em frente à casa em que ele está hospedado, ora um foco dos revolucionários: automóveis, entra e sai dos cidadãos dignos que sempre cercam papai...

Novas dores... nosso automóvel empacou entre outros tantos, o motorista apeia e vai discutir, precisa caminho livre, "levo uma senhora que vai dar à luz!" Olho mais uma vez para a casa: não vejo aqui os antigos gaúchos de chapelão às costas. Tanto eles como eu foram banidos da presença do Doutor. Eu porém tenho meu trunfo, aqui comigo, e que nascerá... com ele, com o degenerado, eu, a punida, poderei mais uma vez ser aceita entre aqueles braços, e...

– Pensando? – diz-me Hermes.

– Não. Está tudo bem.

Apesar da aparente calma, ele disfarça preocupações. A fábrica de cofres já é um pesadelo econômico, e eu ainda o perturbo com a iminência de um parto. Procurarei ser breve, corajosa e discreta neste nascimento. Ele me aperta a mão.

– Já vamos chegar, Selene.

O motorista volta, deram um espaço à frente e o automóvel movimenta-se de novo. Na calçada, um bêbado de gabardina ergue o guarda-chuva fechado e, recebendo a chuva na cara, grita: "Viva o doutor João Pessoa!", e nem percebe que dois moleques pregam-lhe às costas um rabo de pano.

Estacionamos frente à Beneficência e o motorista corre a abrir-me a porta do automóvel. Com dificuldade ponho o pé no meio-fio e já Hermes, saindo pelo outro lado, vem-me ajudar. O primeiro rosto que encontro é de Beatriz, sempre bela, sempre bem composta, ela me abraça, "Hermes me avisou, eu não poderia faltar num momento desses, meu cunhado que se dane". Abraço-a:

– Não precisava ter-se incomodado, Beatriz.

– Parece que você não me conhece.

Conheço-a, sei que me defende junto de papai, da Condessa, de Arquelau, mas é mulher que irá até onde seu *coquette* não for ameaçado, e assumiu minha causa por diletantismo e certa curiosidade. Mesmo assim, eu a amo neste instante complicado, afogando-me em seu perfume *Joy* e nos pelos de sua gola de raposa. Beatriz é prática:

— Por aqui — me diz, levando-nos por um corredor cheio de pessoas estropiadas. Pelo sacolejante elevador chegamos à ala da maternidade. À porta está Proteu, que não me fala nada, muito já conversamos por telefone desde hoje cedo, quando começaram as dores. Vem a enfermeira e leva-me para uma sala, onde me despe, raspa-me com a navalha em volta do sexo, desinfeta-me com fenol, dá-me para vestir uma bata surrada mas limpa, deita-me na maca e me dá por pronta. Enquanto isso, diz as palavras triviais, "deve ser um parto rápido, a bolsa já rompeu, você tem boa bacia". Empurra-me para a sala de obstetrícia e lá sou posta em posição ginecológica, as pernas amparadas por aparelhos gelados. Diz-me para aguardar. Aqui fico, nesta posição humilhante, aberta ao mundo, olhando para as paredes de azulejos brancos, a cor generosa e única que eu entendo, mordo os lábios a cada arremetida das dores. Constato: mulheres em trabalho de parto sentem-se como os moribundos: absolutamente entregues ao irremediável. Proteu custa a vir, ouço-o conversando com Hermes e Beatriz, chegam a gargalhar, contam anedotas do Getúlio. A chuva, lá fora, é um estrondo de água nas calhas junto à janela. Fixo-me numa gravura do Sagrado Coração de Jesus, Aquele sem Pecado, igual à que havia em meu quarto no internato: por que o fazem tão feminino, tão terno, aquelas mãozinhas rosadas, aqueles olhos tão delineados pela maquiagem?

Percebo movimentos, a porta abre-se. Proteu está de avental, máscara e luvas. Vem acompanhado de outro médico e pede à enfermeira que ligue as luzes sobre mim. Pergunta-me como me sinto, qual a regularidade das dores; depois aproxima-se e com delicadeza põe a mão entre minhas pernas, penetra minha vagina, "acho que vai ser rápido, respire rapidamente, Selene, como os cachorrinhos". Eu respiro igual ao Cocker de Hermes, ponho a língua para fora...

— Assim... Ótimo, Selene.

O assistente executa um balé à minha volta, mede-me a pressão arterial e diz sempre que está tudo OK.

Proteu neste momento não é ninguém, não é meu irmão, é um homem atrás da máscara e que no entanto me fala coisas familiares, seu desejo de ir para Pelotas, habitar o Solar dos Leões – isto se a Condessa der licença –, lá vai encontrar-se, terá mais tempo para dedicar a seus escritos, prepara um livro de poemas... Precisa apenas que essa revolução se deslinde e que papai mais uma vez resolva sumir na política.

– Acabei falando em nosso pai...
– Não tem importância – digo-lhe, engolindo um gemido: – Demora muito, Proteu?

Ouvimos uma sucessão de tiros a intervalos regulares, e a chuva ainda cai.

– Não fale. Continue respirando ligeiro. – Acrescenta com leve sarcasmo: – A criança vai nascer antes da vitória da revolução.

Não falo, pois. Ouço-o: ele acha Hermes meio abatido, são os negócios, não são? Contou que a fábrica de cofres tem sido um desastre, perdeu clientela para uma fábrica de São Paulo, "é o velho Rio Grande cada vez mais desfavorecido pelas indústrias modernas do centro do país. É possível até que esta revolução se justifique". Hermes disse-lhe ainda que talvez feche o negócio e vá trabalhar de engenheiro, afinal tem o diploma. E também quer ir para o interior, construir galpões metálicos e barragens para os estancieiros – se há algum dinheiro no Rio Grande, está lá, na campanha.

Passa-se um tempo indefinido em que as dores tornam-se trágicas, dilacerantes, como se meu corpo fosse esquartejado... ou pregado numa cruz... Como prometi, sou heroica... O bebê vem, aquele que irá resgatar tantos desencontros, tantos Pecados... e nem sei como acontece: confirmando as previsões, em meio a um arranco maior de meu ventre e – aí sim, com um grito de dor e vitória, expulso a criança de uma só vez. Proteu arrebata-o pelas perninhas, suspende-o, dá-lhe uns safanões e pronto – a criança chora.

– É um menino – diz o assistente.

Olho o menino entre as névoas da minha exaustão, um ser pastoso e sanguinolento, enfim: o degenerado que papai tanto esperava e que eu lhe ofereço com tanto amor. Enquanto o assistente agarra a criança para cortar-lhe o cordão e Proteu volta a trabalhar em mim, "agora é a placenta, todos esquecem da tarefa do médico nesta hora", eu fecho os olhos. Já não se ouvem mais tiros e a chuva deixou de correr pelas calhas.

Quando a enfermeira me leva de maca pelo corredor, encontro Beatriz e Hermes. Digo-lhes:

– Um menino...

– Três quilos e cem gramas – ela diz, radiante como se o filho fosse seu.

Já no quarto, cercada por Proteu, Hermes e Beatriz, ouço discutirem a questão do nome.

– Nada de personagens mitológicos – diz Proteu. – Só nos deram azar. O que você acha, Hermes?

– Pois ainda gosto dos nomes mitológicos. – Meu marido: acho-o mesmo cansado, com olheiras em torno das órbitas. Há muito deixou de ser aquele homem jovem do baile, que me fez beber champanha e que amanheceu a meu lado, na cama da Genebrina.

Depois de muita discussão, decidem adiar o problema do nome.

No dia seguinte, quando vem o bebê, lavado, arrumadinho e cheiroso, os pequenos olhos ainda cerrados, os meus seios, espremidos, sugados e exigidos pela ampola de vidro, recusam-se a nutrir a criança. Proteu não sabe o que dizer, desola-se como se fosse uma falha médica. Beatriz continua prática, vai informar-se como proceder nestes casos, nunca teve essa experiência, volta com a solução óbvia do pediatra:

– Mamadeira. Tudo está resolvido.

Tudo resolvido... Para os outros não há dificuldades, a mamadeira é a solução. Assim falou o pediatra. E levam o bebê. Alguém cuidará dele. Viro o rosto para a parede, Hermes toma minha mão. Beatriz pede licença, "vou ao corredor fumar um pouquinho e saber das novidades". Ouço o rumor cadenciado da conversa entre Proteu e Hermes e entrego-me a uma imagem onde vejo peixes em um aquário: ali estão... imagino-lhes cores... ali estão nadando na água translúcida... as pequenas caudas, véus de gaze, provocam suaves rodamoinhos que erguem delicadamente a areia do fundo... a areia volta a pousar... para ser novamente revolvida...

Oceanus Procellarum

Ele chega, abrindo um grande silêncio no quarto. Chega com seu odor de tabaco, livros velhos e goma de camisa. Apresentam-lhe uma criança envolta em panos de recém-nascido. Ele examina-lhe o rosto, observa-me depois, um olhar ausente. Tento sorrir, ergo o busto em sua direção, quero dizer que ele observe bem o menino, se não nota nenhum sinal, nenhuma semelhança com Astor o Bêbado, mas ele dá-me as costas e diz à enfermeira:

– Seu nome será Páris, o que morreu em Troia com uma flecha no peito – e assim como entrou, ignorando todos, vai embora. Os que estão no quarto mal se mexem, hirtos em suas cadeiras.

E a enfermeira põe-me a criança a meu lado, diz que já está alimentada. Páris... Quem será a mãe? Levo meu dedo à boquinha pérfida, acaricio os lábios, a língua, percebo semelhanças...

– Que audácia, ele vir aqui – diz meu irmão – você vai aceitar?

– Sim – digo. – Páris é o nome certo... Onde está a mãe da criança?

Proteu aproxima-se de mim, toma-me o pulso, coloca-me o termômetro, olha para Hermes, "não pode acontecer isso, logo com minha irmã", ao que eu pergunto "isso o quê?" e eles, Beatriz junto, chegam mais perto e me olham... Como me sinto? Apenas vazia, nada mais tenho dentro de mim, não sou nada, minha missão está cumprida. "Você precisa descansar", aconselham.

– Descansar de quê? – digo, subitamente incomodada com tantas pessoas à minha volta. – Pensam que estou cansada? Vocês é que me aborrecem com essas caras de velório.

– Selene... – é Hermes, triste e perplexo.

– Quando vou sair daqui?

– Logo que estiver boa – Beatriz ajeita-me o lençol.

– Mas estou boa. – E tento levantar-me, a cabeça entontece.

– Preciso encontrar papai, quero falar com ele. Eu não o via há tanto tempo. Vocês notaram como ele estava bonito...?

Mare Vaporis

Há quantos dias estou aqui? Por que deixam essas janelas sempre fechadas? Por que meus pulsos estão presos a esta cama? Pergunto pela criança, dizem-me que foi embora. Eu não teria forças para ele. Há uma sombra por aqui, há vapores, reconheço-a, é Beatriz, que me oferece uma colherada de algo. Afasto com repugnância.
— Onde está papai?
— Está no Rio de Janeiro, com o Getúlio.
— Quero ir para lá. Preciso falar com ele.
Ela me diz que sim, logo irei para o Rio, logo que tudo se acalmar, eu preciso de tratamento. Proteu já providenciou tudo, já telegrafou para colegas especialistas. Quero saber onde estão meu irmãos, e ela me responde que Proteu tem vindo todos os dias, mas está muito nervoso, muito abatido, prepara sua ida para Pelotas. E Aquiles também está muito ocupado, em seu escritório de engenharia.
— Linda, a casa de Pelotas — eu digo. — Aqueles dois leões... você conhece a minha avó Plácida, a infeliz?
— Não. Ela já morreu há muito tempo.
— É o que você pensa. Ela esteve aqui, contou-me as coisas vergonhosas que ela fez.

Lacus Somnii

Aqui no Rio de Janeiro não há ruídos de bondes, há uma grande paz. E faz frio. No Rio de Janeiro sempre faz muito frio. Por sorte posso enxergar a lua, serena sobre as bétulas e as faias desfolhadas. Uma lua redonda, cheia de mares. Uma vez eu disse a uma das freiras que me atendem — falar idiomas nunca foi problema para mim — os nomes de todos os mares e oceanos da lua, e ela ficou muito espantada, nunca imaginou. E agora, nas noites em que há lua, ela afasta a cortina, deixando-me lavada de luz, num lago de sonho. E recomenda-me rezar a Notre Dame de Lourdes.
Beatriz chega, alegro-me, reconheço-a pelo perfume *Joy* que vem do corredor. Chega com um buquê de flores acinzentadas,

larga-as sobre minha mesinha e sofregamente me abraça, me beija, diz "há quanto tempo", pergunta como estou passando, se me tratam bem. Depois abre uma pequena fresta na janela e acende um cigarro. Olha para a neve recém-caída, arrepia-se um pouco e sopra a fumaça em direção aos jardins povoados por gnomos de cimento. Sua fala é reticente:

– Está crescendo bem, o Páris. Nunca mais o vi, mas sei que está bem.

– Não viu mais Páris... Estará parecido com o Astor?

Beatriz cala-se... depois fala-me em Arquelau, proibições, ameaças, ninguém se opõe ao Doutor...

Mandaram Páris como aluno interno a um colégio de padres, em Porto Alegre. Tal como aconteceu comigo... Alguém, um médico, amigo da família, está tomando conta dele. Ela acha uma barbaridade isso que fazem com o menino, mas como alterar as coisas? Ela é apenas tia-avó, sem voz e sem voto... Até que tentou... Depois dá-me notícias de papai, está muito ocupado, por isso não vem aqui. É ministro e manda dinheiro todos os meses, para meu hotel e para o amigo da família. Hermes está doente, muito doente, fechou os negócios da fábrica... nunca se recuperou do ponto de vista moral... Diz-me que – e faz isso com tanta tristeza que eu me penalizo dela – Hermes vive agora com outra mulher, tem uma filha. Ele também nunca mais viu Páris, é um homem doente e não resistiria. Eu devo entender.

– Hermes.... – eu digo, feliz. – E mostro um mapa da lua, mostro o *Mare Serenitatis* onde cravei uma lança, Beatriz sorri e, depois de perpassar os olhos distraídos sobre o mapa, diz:

– Ia esquecendo! – e me dá um presente: um tecido em estampado miúdo para uma saia, comprado na passagem por Lisboa. – Olhe que beleza de cores – e a ponta de sua unha impecável corre pela fazenda – azul, roxo, lilás, vermelho, verde... Cores lindas...

COMO SEMPRE ACONTECE AOS ASSASSINOS E NOS ROMANCES DE FORMAÇÃO, FUI NOVAMENTE EXPULSO DE UMA ESCOLA

E não houve indulgência: passados quatro dias da visita de meus tutores e três de minha apresentação a Castorius, a *doutora* Aretusa soube, pelo marido-promotor, a dimensão real de minha aventura no açougue e as implicações com a morte do pai de Anita e ainda minha dormida no puteiro. Armou-se temporal medonho, a aristocracia escolar uniu-se à burguesia e às classes subalternas para condenar-me, Tonica fechou-me sua ardente janela e Castorius foi chamado. Castorius estava abalado, como acontece aos responsáveis pelos bandidos. Apareceu-me ao entardecer do dia em que a diretora, aos gritos, clamou por minha falta de caráter e me disse, engasgada de raiva, que eu desonrava a escola e minha família secular e que nada mais deveria esperar da vida a não ser pesares e tristeza etc. – algo bastante horroroso, por certo, e que me fez responder de imediato que afinal era eu quem dava prestígio àquela instituição degradada e com aquele miserável retrato de Getúlio na parede. Foi o suficiente para que ela telefonasse para Castorius, "e só não telefono para seus tutores porque espero que o Doutor Castorius resolva logo esse caso terrível". Desejei-lhe boa sorte, procurei Anita – igualmente expulsa e entregue ao Destino – e despedi-me como uma vítima de injustiça deve despedir-se, isto é: em lágrimas e com promessas de vingança, às quais acrescentei um amor eterno para ser mais patético.

Castorius estava abalado mesmo, e a primeira coisa que fez foi abrir aquele frasco de remédio e pôr o comprimido sob a língua. Disse-me depois que deveríamos ir para a estância de meus tutores. Em Bagé eu não poderia ficar, era claro. A evidência levou-me a arrumar minhas coisas e, descendo à sala, sustentar calado os olhares pesarosos de D. Marta, que tanto me examinara os lençóis: aproveitou a ocasião e a título de despedida, e vendo que Castorius se afastava para levar minha mala para o automóvel, e porque talvez a solidão de uma viúva não pode prescindir de algumas manifestações de vitalidade, deu-me um beijo na boca.

O automóvel de Castorius era um Buick amarelo e pela primeira vez eu enxergava esse carro lendário. E ali estava sua mulher, uma senhora triste de chapéu que apeou ao ver-me e abraçou-me dizendo "meu filho". Suspeitoso, perguntei-lhe o nome e, quando ela me disse "'Cristina", eu suspirei de alívio: ainda bem que não era minha mãe verdadeira, pois aquele perfume oleoso, impregnado naquelas carnes, me deixaria enjoado se tivesse de suportá-lo para sempre. No banco traseiro e fazendo-me sinal para subir havia uma menina gordota de uns seis anos, branca como o pai e que tinha sobre o colo uma bola igual à que Castorius me presenteara no outro dia.

A viagem foi razoável. Castorius, já não abalado, contava passagens supérfluas de sua vida; Cristina a todo o momento voltava-se para trás, dava bolachas maria para mim e para a filha e deixava-me de passagem um olhar tristonho de quem muito entende, muito compreende, enfim um olhar martirizado. Ninguém falou na morte do açougueiro e concluí que eu estava entre pessoas muito civilizadas. A menina dormiu logo, esparramando-se pelo assento e empurrando-me de encontro à porta. Eu, o premido, pensava na vida e seus desencontros: levavam-me para a fúria de Arquelau, mas eu saberia neutralizá-lo: afinal, eu também era um proprietário e tinha outros direitos além de ouvir repreensões; e mais: eu tinha um trunfo, lembrava-me bem da cena passada ao pé da escada, ele e Amália. Ele que não viesse com moralidades... E ri sozinho: iria ver Beatriz.

Chegamos anunciados pela cachorrada à porteira da estância. O reino de Arquelau era insípido, perdido em meio ao campo, sem árvores, sem pomar, sem nada. Porém um jardinzinho cercado por pequenas estacas coloridas indicava que Beatriz soubera impor-se à força bruta. A casa tinha uma monótona fachada de mil janelas e eu, o *voyeur*, entrevi por uma delas um rosto de criada a qual julguei dócil às investidas eróticas do patrão; saiu para receber-nos e percebi logo que minhas ideias a seu respeito se confirmavam nas carnes duras e no jeito voluptuoso de dizer "vão passando, vão entrando, os patrões já vêm". Pois vieram, estremunhados da sesta e algo atônitos por ver-nos todos ali. Como se perguntassem se havia morrido alguém, eu adiantei-me e disse "um açougueiro", ao que Arquelau, enfiando a camisa para dentro das calças, perguntou "um açougueiro? o que é isso?"

Não foi preciso muito para que soubessem de tudo e a primeira reação de Arquelau, aliás previsível, foi mandar-me para um quarto onde a criada instalou-me com muita atenção. E lá estava eu, de novo, sentado à borda de uma cama e com uma criada a atender-me. Avaliei-a e imaginei que teria a mesma personalidade traidora de Amália e por isso, reprimindo o desejo de seduzi-la com as figuras de *A volta ao mundo em 80 dias*, mandei-a embora antes que seus cuidados se tornassem indispensáveis. Do quarto eu ouvia falarem a meu respeito. Beatriz e Cristina demonstravam conhecer-se havia muito tempo, o mesmo acontecendo com Arquelau e Castorius. Como nestas campanhas mulher só fala com mulher e homem com homem, eu seguia duas conversas paralelas: aquela praticada em voz grossa era mais ou menos peremptória, exclamativa; a outra mesclava lamentos com esperanças: assim, na média, previ um futuro não muito penoso para mim. E olhei para as paredes, como sempre, e desta vez não havia sequer um calendário sujo de moscas. Pela janela a paisagem, se não possuía a elegância da paisagem vista do Castelo, consumia-se em léguas de campo tão infinito que me deu vontade de morrer – literariamente falando, pois a morte só se deseja nos livros. Apertando um pouco as vistas, enxerguei, brotando das copas de árvores longínquas, as duas torres... Isso me fez gritar, gritar, até que Beatriz viesse ao quarto. Sentou-se a meu lado na cama, pôs – ah, como isso se repete! – o braço sobre meus ombros e disse-me que eu não deveria temer nada, "muito menos a Condessa", afinal minha avó. Disse-lhe então que eu gritava não por medo, mas "pela insegurança do futuro"; ela mais uma vez condoeu-se e falou que eu era um menino bom, com virtudes e que precisava ser apenas compreendido. Eu não a ouvia, eu a contemplava: "por que você não é minha mãe?" Ela então ensinou-me astuta resignação, algo completamente compreensível em quem possuía Arquelau como marido. Não fiquei convencido, porque precisava passar pela experiência do casamento e eventualmente ser uma mulher; mas agradeci-lhe, e ela, depois de algumas voltas, disse-me que eu não poderia ficar ali, mas retornar ao Castelo, onde de comum acordo os adultos decidiriam meu futuro.

Na sala, bebiam cafezinho, e quando para lá fui, levado por Beatriz, os ânimos estavam um pouco mais tranquilos e já falavam em política, esse assunto que as pessoas discutem quando não querem falar em si mesmas. Sentei-me e a perigosa criada serviu-me um copo de refresco. Não estava quente nem frio, e lá fora o sol brilhava sobre os campos de Arquelau, o que era uma prova das injustiças do mundo. Pareciam haver chegado a uma conclusão a meu respeito, e não muito lisonjeira, mas temperada com uma imprescindível confiança: eis o resultado da tal média entre conversas – masculinas e femininas.

No dia imediato, despedimo-nos de Castorius. Eu soube que sofria do coração e que os comprimidos salvavam-no diariamente – isso me deu pena: mesmo um criminoso como eu tem pena de moribundos que caminham e falam. Cristina abraçou-me e disse de novo "meu filho" de modo muito pesaroso, muito triste, e desejou-me boa sorte. "Ainda nos veremos, Páris", ela disse ao fazer a gorducha dar-me um beijo babado de caramelos. Rumamos para os domínios de minha avó-Condessa, silenciosos e agourentos.

À primeira hora de espanto de minha avó seguiu-se uma hora de lamentações: via-a na Biblioteca, de luto fechado, muito magra e tesa, a chorar lágrimas convenientes pela minha desfaçatez e meu orgulho. Entediei-me daquela previsibilidade e fui à sala de estar. Astor, que deveria estar ainda agradecido pelo meu grande préstimo em livrá-lo do irmão, foi amável e perguntava-me detalhes pervertidos da vida na escola, que eu soneguei. Bem triste, sua vida no Castelo. Aquiles, o Animal, voltara para Porto Alegre, para seus ofícios de engenheiro, dispensando-me de sua figura lamentável. "Aquele pérfido", escutei minha avó dizer, e, como obviamente se referia a mim, enchi-me de curiosidade e fui à Biblioteca disposto a escutar mais, pois nunca ouvira um insulto tão original dedicado a mim. Parei-me junto à porta, meio escondido. "Como vocês puderam... aquele pérfido... fez o que fez... ainda bem que não o trouxeram para cá..." Bem! não falava de mim, e lamentei não ser o objeto de palavras tão raras. Saí dali meio desalentado e fui para a frente do Castelo. Arquelau e Beatriz caminhavam como namorados pela alameda dos plátanos, e em certo instante pararam: "lá vem trem de Pelotas", ela disse, levantando o dedo. Aos poucos foi-se ouvindo um rumor, depois um resfolegar, depois o ranger das rodas sobre os trilhos. Corri para além dos plátanos, além do campo de aviação, e olhei para baixo: o trem parava, imobilizando-se como um animal abatido. Na pequena estação fez-se um pequeno movimento de saída de engradados e os poucos passageiros dispersaram-se pelas trilhas perdidas do campo. Por um momento pensei que meu pai poderia vir naquele trem, mas isso era um sentimento esmagador demais para mim, lutei com um sufocamento, caminhei de lá para cá, agarrando o pescoço, olhava o céu, olhava o trem, e do trem ninguém mais saía.

E desmaiei.

Minha visão primeira, ao retornar ao mundo, foi o focinho de um cachorro que me cheirava o nariz. Abracei-me ao cachorro e devo ter chorado mais do que deveria, pois ele aborreceu-se e livrou-se com um safanão, deixando-me sozinho, e eu ouvia o silvo do trem que tentava partir para Bagé.

Quando anoiteceu serviram o jantar, desta vez, com simplicidade, deixando de lado a obscena louça da Companhia das Índias. Então avistei Amália, que entrava com uma sopeira, acompanhei-lhe os gestos sinuosos, de servir meu tio Arquelau, a displicência quando despejou uma concha no prato de Beatriz – Beatriz olhava para mim, cúmplice, "...veja o que tenho de suportar..." – e preparei-me. Quando Amália chegou a meu lado, afastei-me deixando-lhe um vão livre para ela servir-me e, justo quando ela estava no ato de depositar carinhosamente o meu bocado, disse-lhe "sua puta" e ela sorriu-me. Não satisfeito, cravei-lhe um beliscão na bunda e com um *ai*! ela deu uma estirada para a frente, a sopeira escapou-lhe das mãos, caiu de mau jeito sobre a mesa e emborcou lançando uma golfada asquerosa sobre Astor... Criadas são sempre desastrosas, o que fez minha avó premir desabaladamente a campainha sob a mesa e um batalhão delas surgiu, todos se levantaram, elas limpavam o Bêbado gozador, a bateria de mesa foi retirada, a toalha foi substituída, a louça voltou, as pessoas voltaram. A paz refez-se.

"Só resta uma solução", disse minha avó-Condessa, "a escola em Pelotas". E olharam para mim. Beatriz objetou que eu ficaria muito sozinho no Solar, aos cuidados de criadas, incapazes de entender as necessidades de uma criança. "De fato", concordou a Condessa, "vá junto com ele por uns tempos, Beatriz. Afinal qualquer dia Páris já pode voltar para Porto Alegre... E acredito que Arquelau não se importa, não é?"

Não, Arquelau, o Lúbrico, posto ante a perspectiva de uma inesperada liberdade conjugal, não se importava, ao contrário: isso é que deveria ser feito! Além do mais, era uma boa ocasião para fazerem funcionar um pouco o Solar, fechado desde a vinda de Proteu para o Castelo. Aquilo deveria estar quase uma ruína.

A solução era boa para mim também, constatei. E, para minha alegria, Beatriz aceitou o encargo.

Nessa mesma noite, depois que todos dormiram, fechei-me na Biblioteca... Deixei ligada apenas a luz do abajur e sentei-me na poltrona do meu avô, esperando. Talvez fosse o momento dele aparecer, acompanhado de Proteu. Meia hora se passou, e nada... quando eu fazia o gesto de levantar-me, meus cabelos arrepiaram-se: pressenti um leve arfar às minhas costas, um arfar suave, quase imperceptível. Julguei que pousavam a mão em meu ombro... virei-me de supetão, e nada... apenas um vazio silencioso e escuro. Eu então disse "Proteu!" e minha voz abafou-se entre as cortinas e as centenas de prateleiras forradas de livros. Vi a porta abrir-se lentamente... atentei, agarrando aos braços da poltrona... suspirei: era Beatriz, o indicador nos lábios: "Se falar assim o nome de seu tio, vai acordar todo mundo. O que está fazendo?" Disse-lhe que não fazia nada, apenas tinha saudade de meu tio... "E pensa que chamando ele aparece?" Olhei para Beatriz: como explicar *tudo*? Ela chegou-se, pegou-me pela mão e disse que eu deveria sair dali, era muito tarde. Concordei, fantasmas não aparecem quando são convocados. Levantei-me e fomos em direção à porta, que abri para minha tia. Ao fechá-la, não pude conter um sorriso vencedor: lá estavam *eles*, em seus lugares, e me abanavam em despedida. A Liberdade e o Pecado não haviam morrido.

Mais uma mudança... Dois dias depois, Beatriz e eu tomávamos o trem, do qual a Condessa reservara, via telégrafo, um vagão inteiro. Ali, naquela nave balouçante e precária, eu ostentando meu relógio de ouro, viajamos como passageiros privilegiados, embora me agradasse mais aboletar-me entre aquela gente que comia galinha com farofa nos vagões posteriores e cujas caras alegres eu enxergava a cada curva. Lembrei-me de algo e para distrair-me, perguntei a Beatriz a quem minha avó chamava de "pérfido" quando estava na Biblioteca. Beatriz desconversou, ofereceu-me um ovo duro e, quando punha sal, resolveu falar: "Era Castorius..." e nada mais disse. Como as mulheres têm sempre um mistério disponível para nos amargurarem, decidi conformar-me para não quebrar a cômoda lenda. Mas o assunto não ficava resolvido.

O Solar de Pelotas era escuro e a governanta não passava de um objeto, a coitada, presa a uma cama no quarto dos fundos e tendo a servi-la o caseiro e uma empregada jovem, de olhar eficiente e tradicional. A governanta teria histórias... quase cega, entretanto falava, e de sua boca murcha ouvi as boas-vindas e desculpas por não poder levantar-se para atender-nos. Beatriz tranquilizou-a e depois me disse que a governanta – Siá Cota – era uma relíquia de outros tempos de quando o Solar tinha vida; esquecida de tudo que fosse moderno, gostava de falar nas épocas passadas. Foi portanto a empregada tradicional que preparou o quarto de Beatriz e o meu quarto, o qual dava para o pátio onde vicejava um álamo tão antigo e exótico como a casa. Se aquela deveria ser a minha visão, era bem pouco. Ajeitei as coisas e fui ao imenso salão de janelas fechadas, cheirando a trastes velhos: um piano... uma *bergère*... tudo era imensamente quieto e meus passos feriam o assoalho lustroso como rompendo um silêncio de séculos. Então ali reinara minha *infeliz* bisavó, no meio de tantos móveis escuros? Aquele era então o piano... Que tragédias teriam acontecido ali?

Um pouco assustado com a solenidade das minhas reflexões, fugi para o gabinete de meu avô. Ali jaziam papéis extintos à espera de uma limpeza avassaladora e higiênica. Depois o quarto de Proteu... num grito brutal dei-me de cara com um esqueleto ali deixado, um esqueleto de corpo inteiro, o crânio preso a um cabide, e que balançava a um maligno vento; recobrei a calma, vi os livros de medicina sobre uma mesinha, o infalível estetoscópio... Beatriz caminhava pela casa, abrindo janelas, dando ordens em meu nome – não preciso lembrar que aquela casa *também* era minha pela morte de meu avô, eu não era, a rigor, um intruso. Ela chegou até onde eu estava e certamente pensou o mesmo que eu, porque disse "pobre do meu sobrinho, matar-se daquele jeito", embora ficasse algo ridículo ela dizer "sobrinho" para Proteu, quase da sua idade. "Pagou o preço de pertencer a esta perversa família", acrescentou, indo até a janela e abrindo-a com decisão, "nem a mãe se importou de vir aqui para dar um destino a essas coisas". Ficou implícito que ela se investia, dali por diante, no cargo de gerente da ressurreição do Solar. De fato, nos dias que se seguiram eu a enxerguei comandando a empregada e faxineiras avulsas, "isso aqui precisa ficar habitável", mergulhando em caixotes de madeira toda a papelada de meu avô, mais os pertences de Proteu – o esqueleto foi desmontado por mim, osso por osso, em meio a tétricos arrepios – e enfim tudo o que lembrava o passado, "e o gabinete de Olímpio vai ficar para você, precisa de um lugar para os estudos". Eu pouco fazia, além de desmembrar fêmures e tíbias e esperar que Beatriz me conseguisse uma escola: algumas caminhadas pela cidade, visitas à Biblioteca Pública – ali, entre senhores graves, eu lia a *Revista do Globo* até me dar fome, entrava numa confeitaria e, com as moedas emprestadas por Beatriz, me atulhava de doces.

Levado por ela, fui ao cemitério para conhecer minha família *post mortem;* antes Beatriz separou uma pequena muda do incenso que era abundante no jardim maltratado e enfeitou-a com uma fita crepe. Dispensei visitar os túmulos da parentela colateral e pedi para ir ao lugar do sepultamento de minha bisavó Plácida, que soube ser, por razões inexplicáveis, conhecida também como *a Genebrina*. Beatriz cedeu, igualmente tocada por um sentimento poético. Custamos a achar a tumba, mas, depois de muito indagar e consultar listas, descobrimo-lo bem junto ao muro. Ali estava, e minha eufórica expectativa deu lugar à decepção: mal-apagados, os dizeres na lápide de arenito não continham senão o nome e as datas do nascimento e morte. "Morreu moça", disse Beatriz, "mais moça do que eu pensava. Foi pelo muito que sofreu..." Com minhas próprias mãos fiz uma cova e plantei a muda de incenso e fiz um sinal da cruz ostensivo para impressionar Beatriz. Ela orou um pouco e dispersou o olhar pelos antigos ciprestes de troncos nodosos. Enfim... era aquilo que restara de tanta paixão, tanto escândalo? Ao sairmos dali, fomos comer sanduíches numa casa de chá, convictos de que as lendas têm mais persistência e valor que a realidade.

Até que um dia me foi dada a posse do gabinete do Doutor e quando meu traseiro pousou no assento giratório e vi-me frente à mesa de carvalho em que outrora João Felício fizera a contabilidade do charque mas que meu avô transformara em altar de discursos arrasadores, livros resplandecentes e cartas para presidentes de república, monarcas e primeiros-ministros do mundo inteiro, tive a premonição de que jamais seria alguém na vida, tal como Proteu, tal como Astor, tal como Aquiles, como Arquelau... Nesta família, como em todas de ancestral famoso, há apenas espaço para um único luminar. O resto destina-se a vegetar por aí, vivendo das rebarbas do sobrenome mas precisando dar explicações até aos preenchedores de fichas nos bancos.

Beatriz olhava-me maternalmente, a cabeça encostada ao batente da porta, os braços cruzados... Súbito perguntei:

"Como era minha mãe, Beatriz?"

Ela veio até meu lado, sentou-se no sofá, acendeu um cigarro.

"Uma infeliz".

"Mas que merda!" – não me controlei –, "todas as mulheres do mundo são infelizes?"

"Mas era infeliz a seu modo, isto é, sem causa aparente. Desde que saiu do colégio de Santa Maria foi aquela sucessão de desencontros. Os desencontros da vida... Por fim foi aquilo, como você já sabe... não poderia ter um destino banal."

"E deram ela por morta."

"Não entendo muito essas coisas de Direito."

"E onde ela está?"

"Não sei..."

"E meu pai?"

"Seu pai..."

Aproximávamo-nos de confidências. Peguei um tinteiro, abri-o, levantei-me e cheguei junto de Beatriz. Com o vidro aberto sobre sua cabeça, ameacei-a:

"Quero saber!"

Ela sorriu e tragou a fumaça.

"O que te interessa isto? Desapareceu". – Ela mentia, lentamente despejei-lhe sobre a cabeça um fio de tinta negra:

"Desapareceu, é?"

Ela ficou quase furiosa, mandava-me parar, afastou-me a mão, "veja o que você fez!" e isso foi um estímulo, terminei de despejar todo o conteúdo do tinteiro sobre aquela cabeça tão generosa. Ela saiu estabanada em direção ao banheiro e eu entendi que seus segredos não seriam tão acessíveis como eu imaginara; saí dali também e, movido apenas pelo instinto, fui até o quartinho de Siá Cota e parei-me ao lado da cama. A governanta pressentiu-me e disse "é o Doutor Proteu que está aí?", ao que eu então respondi que o Proteu infelizmente tinha morrido e quem estava ali era eu, Páris.

"Não te conheço."

"Cheguei faz dias, Siá Cota."

"Ahnn... sim. Chegue aqui, meu filho". Aproximei-me, ela ergueu os braços e apalpou meu rosto. Senti-me numa espécie de limiar, daqueles que se veem nos filmes quando os cegos apalpam rostos. Preparei-me. A governanta estirou o beiço.

"É, não te conheço. Tu és filho de quem?"

Uma pergunta tão simples...

"Sou o filho da puta."

Ela recolheu os braços, ríspida.

"E decerto foi ela quem te ensinou a dizer bandalheiras para gente velha."

Dei-me conta do meu baixo papel, abracei-me à Siá Cota e pedi perdão, eu não queria dizer aquilo, era uma vergonha dizer aquilo para uma pessoa de respeito como ela.

"Não faz mal...", ela respondeu, já apaziguada, "afinal o Doutor Olímpio vivia dizendo *nomes* pela casa".

"Sou neto dele, é por isso..."

"Neto? Tu então és filho do Doutor Aquiles? Do Doutor Proteu não, ele era solteiro."

"Meu avô não tinha só esses filhos, Siá Cota, a senhora sabe muito bem."

"É verdade... tinha a Selene... que fim levou?... a infeliz..."

De novo!

Beatriz entrava no quarto, os cabelos envoltos numa toalha, arrancou-me dali, eu protestei, ela então me disse que minha brincadeira fora longe demais e que se eu me comportasse tão mal ela me deixava sozinho no Solar e ia embora para a estância. E fim.

"Pois então vá", gritei-lhe e saí correndo porta fora como se viesse perseguido por um enxame de marimbondos e Páris corria e chegava no pátio, e olhava para os lados, não tinha ideias, tinha, foi ao portão e galgou desesperado o portão de ferro e galgou e atingiu um leão e montado na fera secular bradei para todas as esquinas e praças de Pelotas que era um menino e que apenas procurava saber quem eu era e assim aos gritos fui chamando a atenção de todos e veio também Beatriz que coitada dizia meu nome, e Páris então impôs condições para descer e Beatriz concordou, sim, diria quem era meu pai e naquele instante dei-me conta, pelos risos condescendentes, de que já todos naquela cidade sabiam, menos eu o tão infeliz como a vovó Plácida e pouco a pouco e na vertigem de uma revelação transcendental eu fui descendo, descendo e não querendo nunca chegar ao solo... Quando pus meu segundo pé sobre o lajeado eu sabia que dali por diante eu nunca mais seria o mesmo... e Beatriz me desculpava junto aos outros eu estava "um pouco nervoso" e me secando as lágrimas levou-me de volta para o gabinete. Lá, eu regenerei-me tal como fiz com Siá Cota, pedi-lhe perdão, ela era meu único amor na vida, a única pessoa de quem eu realmente gostava... Beatriz suspirou... tive um instante eufórico pensando que ela desistiria de me contar tudo, mas senti logo que precisava livrar-se do peso. Talvez a circunstância de estar fora do alcance de Arquelau, quem sabe para impedir-me de enlouquecer, talvez para retribuir-me tanto afeto...

E lá, em meio à fumaça de cinco cigarros e mil circunlóquios amorosos, contou-me coisas de internações em clínicas, refugiou-se em labirintos jurídicos que ela não entendia, de fato meu pai não desaparecera, mas ficara doente em consequência de tantas tristezas, precisava de alguém que cuidasse dele, meu pai a reconstituir família, a reconstituir a vida...

Era o suficiente.

Nessa noite, dormi como um possuído. Mal amanhecia, acordei a empregada, informei-me do horário do trem para Bagé, fui ao quarto de Beatriz e, cuidando para não acordá-la, roubei-lhe dinheiro – por dentro eu pedia emprestado – e fui para a estação, onde venci a desconfiança do funcionário e comprei meu bilhete. Peguei o trem às sete horas. Fiz uma viagem de louco, passei pelos campos conhecidos, ocultei-me quando paramos na estaçãozinha do Castelo, roguei pragas a todos seus moradores. No meio da tarde estava em Bagé.

D. Marta assustou-se quando me viu na pensão e depois deu-me o informe que eu precisava. Não se pode confiar tanto nas mulheres... certamente avisado por telefone, Castorius já me esperava em seu escritório, onde li na placa:

> Hermes Castorius – Engenheiro
> Barragens e galpões metálicos

Mal me enxergou, quis saber o que eu queria dele, como é que tinha vindo sozinho, enfim comportou-se como um pai preocupado deve comportar-se. E já ia tirando o frasco de remédio quando fiz-lhe a revelação às avessas e ele caiu sobre a cadeira:
"Então Beatriz foi capaz! O que vai acontecer agora?"
E sem maiores preâmbulos eu o matei, como já fizera a tantos; ou melhor: ele fixou-me, tentou destampar o remédio, arregalou os olhos, proferiu duas ou três palavras e tombou de borco sobre a mesa, estertorou, urrou, e logo caiu numa letargia mórbida, aquietando-se... Peguei um indecifrável livro de cálculo diferencial e esperei que a natureza agisse. Chamei depois pelas pessoas do prédio e logo eu estava nos braços da compreensiva Cristina, a que tanto suportara todos esses anos. Quando retiravam o corpo, eu, o homicida, eu pensava que nem tudo na vida deveria ser tão difícil e com tantas mortes no caminho.

Em pouco tempo – e a Checoslováquia também fazia-se alemã – Arquelau e Beatriz largavam-me, a mim e a meu relógio de ouro, de volta a meu colégio jesuítico de Porto Alegre. Com dificuldade convenceram o Reitor de que eu tivera desde a expulsão um comportamento exemplar e que merecia uma nova oportunidade.

Ao ultrapassar a imensa porta de carvalho e penetrar nas sombrias arcadas com vista para o Guaíba, eu levava quatro mortes nas costas e a dura conclusão: procurar um pai e uma mãe não precisaria ser tão, mas *tão* difícil.

"Quando alguém faz uma promessa a si mesmo, está amarrado até a morte". O Doutor nesta tarde observa as obras do seu Castelo, que se ergue como um imenso vulto de pedra, parcialmente enclausurado pelos andaimes: o projeto, favorecido pela via férrea, ganhou o que pode ser chamado de "um corpo", as duas torres completaram-se no último verão e o outono luminoso permite o término do madeirame que suportará o telhado. Já é possível percorrer, esmagando grumos de caliça no piso, os espaçosos *quartos*, a *Esplanada*, a *Biblioteca* onde o Deputado *vê*, alinhados em duas ordens de prateleiras com uma passadeira de ferro a dividi-las, os seus futuros 25.000 volumes. Destes, já possui 2.100, espalhados pela casa da estância, pelo Solar dos Leões e pelo seu quarto do Hotel Central em Porto Alegre; aqui todos os livros serão reunidos – aqui será o templo da cultura e do progresso, para onde acorrerão todos os sedentos de saber. Ele, Olímpio, será generoso, franqueando a consulta a quem queira, desde que comungue o ideal da Liberdade.

O risco arquitetônico é, por base, o de João Felício – achado em meio à papelada de um baú e providencialmente meio devorado pelos ratos e traças: sobra assim muito para a imaginação do arquiteto Henri Leverrier, que veio para estes ermos sulistas imerso em drama pela péssima recepção do novo edifício da Mesa de Rendas em Porto Alegre. Afirma-se que o Conde d'Eu, ao inaugurá-lo, virou-se para o Presidente da Província e comentou: "Mas isto parece um teatro..." – o que fez seu compatriota corar de raiva e abandonar a cerimônia jurando doravante fidelidade à iminente República brasileira. Assim, é possível entender que ele tenha enfrentado o desafio de fazer uma obra para o grande parlamentar republicano. Desde logo, perguntou a seu cliente qual o estilo a ser seguido; o Deputado foi breve: algo que respeitasse o sonho de João Felício, mas que não fugisse das novas tendências e, em especial, das preocupações intelectuais e políticas de seu futuro ocupante; deveria ter os confortos do século – eram indispensáveis muitas lareiras que, mediante um sistema de tubulações, levassem calor aos cômodos – "basta da rusticidade doentia dos gaúchos, que vivem como se não existisse inverno no pampa, fato que já Saint-Hilaire denunciou em seu livro": era preciso – além da fantasia – de muita civilização e de muita arte. Tudo isso, entretanto, deveria ser feito de modo discreto, de modo a não descaracterizar a desejada imponência castelã.

Alguns adversários do Doutor tacharam-no de contraditório e louco. "Louco, sim, mas louco de Liberdade", ele respondia, um *jeu-de-mot* que se tornou célebre mas que motivou uma charge cínica n'*A Reforma*: o prócer aparecia vestido com trajes medievais a empilhar tijolos de uma construção bizarra cujos alicerces esmagavam as palavras "IDEAL", "REPÚBLICA", "CONVICÇÕES"; por baixo do desenho, a famigerada frase... O Doutor enfureceu-se, mas logo passou a um sentimento melancólico, "pobres de espírito, só enxergam as exterioridades". O Senador do Império foi impiedoso, ridicularizando, nos salões do Rio de Janeiro e de Porto Alegre, a incongruência de seu opositor, que desejava a queda da Monarquia mas edificava para si um castelo, talvez esse Doutor quisesse "quem sabe restaurar a Inquisição e os Autos de fé em plena campanha rio-grandense".

Com o passar do tempo, a celeuma foi esmorecendo, mas Olímpio – preso ao voto e estimulado pela lembrança daquela tarde em que este mesmo Senador o visitara na inauguração da via férrea – adquiriu uma crescente fúria construtora. Uma carta de Borges, chamando-o à continência financeira e à austeridade, recebeu um piparote de desprezo, "o que está pensando, aquele mirrado? o dinheiro é meu, as dívidas são minhas, ele que se meta com os processos dele e que não saia de Cachoeira para vir-me molestar com conselhos que não pedi". Júlio foi mais diplomático, chegou até a elogiar a determinação do correligionário, e defendeu-lhe o direito de usar seu patrimônio como bem entendesse. De resto, Júlio ocupava-se demais com seus artigos n'*A Federação* e no preparo de um governo republicano para a Província, para quando "tudo se deflagrasse" – Júlio sabia de seu papel superior no futuro, e desde logo procurava harmonizar os membros do PRR, ora divididos em federalistas e centralistas. Seu trabalho conciliador era tão eficiente que conseguira reunir na sua estância em março deste ano uma plêiade de doze dos mais importantes republicanos – entre estes Olímpio – e ali, protegidos pela ancestralidade dos antepassados, firmaram um documento em que se comprometiam a lutar até a morte ou a vitória para concretizarem a República. Nessa ordem de coisas, que importância teria um longínquo Castelo?

Henri Leverrier, habituado aos faustosos orçamentos da Monarquia, exigiu plenas condições, reclamou que não havia mestres-canteiros dignos desse nome na Província, providenciou ele mesmo a vinda de peças de cantaria portuguesa, encomendou os vidros belgas, supervisionou o abate de árvores nobres cujos troncos antiquíssimos entregou às mãos de marceneiros trazidos de São Paulo, desenhou móveis *art nouveau* que mandou fabricar em Buenos Aires. Em meio a todas estas preocupações arquitetônicas e decorativas, teve tempo de enamorar-se de uma china de vestido rasgado que lhe levava refrescos na obra. Um dia, Olímpio, voltando de Porto Alegre, apanhou o casal na mesma cama de João Felício. Armou-se uma lamentável confusão, e Olímpio obrigou-os sob mira de revólver a despacharem-se dali, nus como estavam. Sucederam-se longos dias de negociações para que o francês retomasse as obras, exigiu reparação da afronta, foi preciso que Olímpio mandasse embora a china com uma gorda quantia que ela usou para abrir um bolicho de cachaça. O caso de amor ganhou certa notoriedade, o que fez com que Raymond, ora de olho caído para um forte operário, dedilhasse languidamente a viola, *ai tão triste / a saudade, a saudaaaaade...*

Nesta tarde o comboio traz mastodônticos caixotes que abertos revelam obras preciosas, meias-colunas de mármore rosado, *keystones* com rostos demoníacos e línguas de fora, astrágalos e acantos em gesso – "em gesso?" – exclama o Deputado, mandando incontinenti chamar Henri Leverrier, que explica, em seu francês eivado de tecnologias, a conveniência de, em alguns casos, substituir a custosa cantaria por peças de gesso.

– Pois enfie o gesso no cu – grita Olímpio, agarrando um martelo e despedaçando uma por uma as vulgares peças que ele ia arrebatando de seus ninhos de serragem – no Castelo eu quero apenas material verdadeiro, pedra-pedra, madeira-madeira, vidro-vidro, estou pagando.

O arquiteto mais uma vez ofende-se até a morte, quer pedir as contas, mas cala-se ante um "pois se quiser vá embora" irado do Doutor. Dali por diante, o Deputado deverá ter muita atenção... é um piscar de olhos e esse francês o envergonhará perante a Província. Olímpio quer um Castelo, não um cenário de ópera! O mundo inteiro é possuído por um desejo de construir – chegam notícias e fotografias da Exposição Universal de Paris, da qual participam todas as nações, e Olímpio baba-se com a determinação do engenheiro Eiffel, em construir a sua torre –, o Castelo não pode ficar atrás, deve ser o maior marco da Civilização e da Cultura em todo o pampa gaúcho:

...em Paris a torre, no pampa o Castelo...

O Senador verá... E Olímpio tem uma prévia e secreta vitória por constatar que a via férrea, a imperial via férrea do *Rei do Rio Grande*, está servindo para materializar a Liberdade republicana.

As obras tornam-se um chamariz de *flâneurs*, vindos de Pelotas, Rio Grande, Jaguarão, Bagé e até de Porto Alegre. Descem do trem fascinados pela grandiosa edificação sobre o plano da coxilha, galgando-a em passos rápidos para chegarem em cima com exclamações de basbaques. Estando na estância, Olímpio recebe-os generosamente: obrigando-os a treparem a verticalidade dos andaimes, mostra as dependências num ritmo de romper os bofes. Vêm também as famílias com as infalíveis filhas virgens, as quais, ofegantes e abanando-se com leques franceses, são apresentadas a ele no meio da cal e barrotes. Olímpio desconversa, desvanecendo assim as esperanças de pais e mães; quando voltam para o trem, ele em geral comenta com Raymond: "Casar, só quando o Castelo estiver pronto e minha promessa cumprida".

– O Doutor deve casar, mas não com essas desmilinguidas... – Raymond pisca o olho por detrás dos pequenos óculos azuis – quem tem um Castelo, e com essa inteligência, casa com uma rainha... uma princesa...

– Ora, vai-te foder, bem dizem que os frescos são metidos a aristocratas.

– Pode ser, Doutor, mas para um homem como o senhor, e com esse Castelo... é o que todos dizem...

Subitamente perturbado, o Doutor olha para o trem que parte levando as virgens.

– Todos dizem, é? Uma princesa...
– No mínimo.

Ainda neste dia do estraçalhamento do gesso: chegou uma carta com o timbre de "Urgente", em cujo sobrescrito Olímpio reconheceu a letra de Júlio. Colocou-a de lado, haverá algo mais urgente que o Castelo? Mas agora, quando o sol se põe dourando os campos, ele volta para casa e, procurando abrigo na poltrona junto a uma das janelas, rasga o lacre. O conteúdo faz subir a raiva. Júlio narra um fato escandaloso: o *Rei do Rio Grande,* ao embalo de uma ascensão dos liberais ao poder central, foi nomeado Presidente da Província, e já está vindo para assumir o cargo em Porto Alegre. A aparente má notícia, porém, resulta em algo positivo: os conservadores gaúchos, desavorados com o apeamento, voltam-se para os republicanos, vieram procurar Júlio oferecendo-se para lutarem pela queda da Monarquia. "Mas isso é uma ignomínia, são uns adventícios", pensa Olímpio, mas é o próprio Júlio quem se encarrega de ponderar: apoios não podem ser rechaçados, venham de onde vierem. O momento exige uma política pragmática, de concessões. Depois da República, ver-se-á como lidar com *eles*. E havia um *P.S.:* "Deves voltar logo".

— "Merda" — murmura o Deputado, olhando para fora, para seu Castelo que àquela hora transforma-se numa sombra difusa onde as duas torres, que colhem o último sol do pampa, são a marca de uma Liberdade ainda distante... –, "preciso encarar de frente aquele puto do Senador".

Reassumindo sua cadeira na Assembleia Provincial, Olímpio vergasta a nova ordem de coisas, "e agora nos mandam um novo tirano, um áulico do poder decadente da Coroa, a qual pretende manter-se graças ao engodo, graças à mentira e à perseguição de funcionários. Sim, senhores deputados, já se contam às centenas os servidores tidos como simpatizantes, quer da República, quer do Partido Conservador, e que foram despachados de seus cargos. Atenção, republicanos! Atenção, conservadores! Unamo-nos em prol da causa comum. Os dedos róseos da aurora republicana já começam a tingir o céu da pátria, a qual desejamos forte, unida e federal. Já nos apoia o formidável contingente dos irmãos em armas, cansados de serem postos de lado, e ainda a curtirem as dolorosas consequências da guerra, ignorados pelo Imperador e que serão ainda mais ignorados pelo 3º Império, de Isabel, que pretendem nos impingir. De toda a Província começam a chegar mensagens de desagrado e – pasmem – partindo de homens que sempre defenderam o Monarca mas que não se podem calar ante a desgraça que se abateu sobre o Rio Grande". Em apoio a tais discursos que acabavam em grossa discussão, Júlio verruma o poder em uma série de artigos, aos quais se somam os de Ramiro Barcelos e Borges, todos desejando o

...desmoronamento do pardieiro monárquico...

que entretanto parece inabalável. O *Rei do Rio Grande*, escudado pelo poder, pela Polícia, pela Guarda Nacional e pela inumerável distribuição de favores, ostenta uma sobranceria irritante:

— Que ladrem, que ladrem – diz o Presidente à janela do Palácio, vendo o desfile, as charangas e os foguetórios que os republicanos fazem em comemoração à subversiva data do 14 de

Julho; ao ouvir a Marselhesa, ele berra mais alto o Hino do Império, "obrigando todos os servidores a cantarem juntos, perfilados ante o desbotado pavilhão da Monarquia, que um amanuense canalha segura entre as mãos covardes".

Quando um dia acontece o inevitável. Na rua da Praia, sob um pálido sol de inverno, Olímpio vem girando sua bengala de vimeiro, cercado agora por uma legião republicana. Discutem novas medidas do governo provincial, que intensificou a *depuração* nos quadros funcionais, atingindo agora porteiros, ínfimos postalistas e empregados de enxada. "A este homem, a este verme" – diz Olímpio, parando – "se eu o topar de frente, eu o desanco com esta bengala" – e estende a *arma* em direção ao cruzamento com a Ladeira... onde inesperadamente se corporifica a figura majestática do Senador, ora Presidente da Província.

– Brincando de espada? – diz-lhe o *Rei do Rio Grande*, rindo, ele também envolto por seguidores, mas aos quais se acrescem dois gigantescos membros da Guarda. – E já terminou o castelinho?

– Castelinho é a grã-puta de sua mãe!

Uma atitude desassombrada, voa um insulto, duas botinas, entreveram-se republicanos e monarquistas ao sabor de bengaladas e guarda-chuvas, os membros da Guarda quedam indecisos entre as ordens contraditórias e quando o Presidente da Província quer intervir já é tarde, Olímpio jaz ferido na cabeça, a camisa rasgada, um pé sem calçado...

– Mas a República virá, senhor Presidente – Olímpio geme, recusando a mão que ele lhe estende.

O caso da Rua da Praia faz estremecer a cidade. Júlio, atônito, corre ao Hotel:

– Foi uma atitude reprovável, Olímpio. Assim as coisas entornam... estávamos até agora lutando com armas fortes mas democráticas, a imprensa...

O Deputado, recebendo os cuidados de Raymond, quase salta da cama, fazendo voar cataplasmas e bandagens:

– Mas é isso que essa gente merece! Admiro-me muito que você esteja a me censurar justo quando deveria dar-me apoio.

– Não vamos complicar as coisas com disputas internas...

— Como não? como não? se sou abjetamente abandonado!
— Volto outra hora, quando você estiver mais calmo. — Júlio faz menção de pegar o chapéu.
— Não volte nunca.
— Olímpio...
— Adeus! — e Olímpio mostra-lhe a porta do quarto, onde se penduram duas toalhas de linho.
Uma cena que tem seu chique, não? Aqui falta a competência de Eça — ou outros, mais modernos — mas enfim...
Quando Júlio sai, Raymond volta a enfaixar a cabeça de Olímpio:
— Creio que está na hora de Paris, o Doutor não acha?
— Como, Paris?
— Isso. Paris... uma viagenzinha... ver a Exposição... ver a torre... para espairecer... para esquecer as ingratidões... para comprar uns bibelôs, uns vasinhos, uns tapetinhos para o Castelo... eu poderia até dar algumas ideias...
— Tu queres é dar a bunda em Paris, seu fresco.
— Doutor!...
— Não posso sair daqui, há o Castelo. E há a República.
— Ora, o Castelo está quase pronto, e entregue às boas mãos do francês. Quanto à República, é melhor guardar alguma distância... Nas revoluções, os que estão na linha de frente são os primeiros a serem destruídos por elas. Quando o senhor voltar, tudo estará calmo e os políticos, cansados de baderna, desejarão alguém sábio, que tenha valor e pés na terra... E depois, Paris é Paris... — e Raymond fecha os olhinhos sonhadores.

— Ah, Paris é Paris — diz o Doutor ao desembarcar na Gare du Nord, dois meses depois.
Raymond, sobraçando malas e valises, tem um risinho superior:
— Eu disse...
E entregam-se à frenética Babel do ocidente, iluminam-se junto aos postes com bicos de gás azulado, compram tapetes e lustres, bebem absinto, ouvem as próprias vozes ao telefone, passam respeitosos frente à casa de Victor Hugo, atordoam-se com

as multidões que entopem as ruas de viaturas reluzentes, sentem os perfumes das damas.

– Sabe, Raymond? Lá no Brasil nós vivemos numa selva.

Ouvem uma voz às costas:

– Selva? Aquilo é uma pocilga... – Um homem elegante, magro, imerso num tédio de profundas olheiras: – Muito prazer... ou desprazer... Antônio Alves de Almeida Honório, ou *AAAh!*, como me conhecem as prostitutas do Bois. São turistas? Vieram para a Exposição, decerto. Todos vêm.

– Estamos de passagem... – diz Olímpio, apresentando-se.

– Pois eu moro aqui, há três séculos. Vamos andando.

E andam, primeiro pela margem direita do Sena. Ao chegarem à Sainte Chapelle, o brasileiro revela que é filho de um barão cafeeiro e que se dedica a esquecer o Brasil, gastar dinheiro e assistir aos páreos dominicais. Pergunta, irônico, se o Imperador ainda é o mesmo.

– Infelizmente – diz Olímpio. – Mas logo virá a República.

– Para que República? Fica tudo a mesma bosta. – E, numa tremenda falta de originalidade: – Só mudam as moscas.

Olímpio tem um espanto ofendido:

– Cavalheiro!

– Calma. Não vale a pena irritar-se pelo que digo, pois pouco do que falo é sincero.

"A mesma bosta", pensa Olímpio, já preocupado de haver deixado o Brasil, onde as coisas estão fervendo. Compara-se a este brasileiro, acabará ficando igual. Júlio ainda tentou demovê-lo com uma ressentida carta, mas Olímpio foi cruel: "Deixo a pátria temporariamente, para não ser mais ofendido pelos amigos". No fundo, uma atitude indigna. E pensa logo que devem ir à Companhia marítima, para marcar os bilhetes de volta e apaziguarem a consciência.

O brasileiro, alheio a esses graves pensamentos, tira um cigarro do bolso, um cigarro pequeno, malfeito, meio patife, dobrado na ponta.

– Querem? Tenho mais. Bom produto.

– Não, obrigado.

E o brasileiro acende-o, largando na cara de Olímpio uma baforada doce e suspeita. Logo está falante, bem atordoado, os olhos vermelhos, quer mostrar os encantos de Paris...
— Não, obrigado — diz Olímpio. — E com licença. — Deixam o *AAAh!* parado na calçada: uma cara sonsa, algo risonha, algo pervertida. — Teremos de ter mais cuidado, daqui por diante, Raymond.

No outro dia, Olímpio esquece-se de ir à Companhia marítima, e já Raymond desdobra um mapa da cidade:
— E agora, é a Exposição Universal!

De passagem, entram numa livraria da Rue de Rivoli, onde Olímpio compra um exemplar antiquíssimo dos *Essais* de Montaigne, "preciso ler isso, fala muito da Liberdade".

A Exposição Universal, em pleno Campo de Marte: uma Babilônia de vidro e estuque, onde a torre do engenheiro Eiffel é o maior portento visto pelos olhos humanos. Olímpio pasma, o nariz apontando para o alto: "Nunca pensei, Raymond... é muito mais alta que as torres do Castelo". Tinham marcado encontro com agentes da legação brasileira, e o próprio cônsul, outro enfadado filho de barão paulista, vai mostrando as demais atrações que perante a torre tornam-se ínfimas: máquinas de todo o tipo e para todas as finalidades, amostras de produtos manufaturados: Raymond encanta-se com uns relógios de água colorida e deleita-se ante a engenhoca de Emile Berliner que grava e reproduz qualquer som, "meu nome é Raymond e estou pela primeira vez em Paris nesta festa mundial", depois ofusca os olhos na lâmpada incandescente de Edison e tapa os ouvidos ante o triciclo de Karl Benz, acionado por um explosivo motor de combustão interna. Enquanto isso, Olímpio está arrebatado por uma dama e por seu irmão; o cônsul apresenta-os.

— Muito prazer — ela diz em francês impecável. — Charlotte, Condessa von Spiegel-Herb.

Vive em Viena, é órfã, provavelmente donzela e herdou propriedades nos arredores de Engelhartstetten, às margens do Russbach, próximo à fronteira húngara.

Olímpio afeta displicência:

— Também possuo terras junto a uma fronteira, no pampa gaúcho... lá estou construindo um Castelo.

— *Charmant! un vrai château?* — A condessa, embora mais alta que Olímpio, encurva educadamente o corpo. Sua magreza não é agressiva, antes diáfana, um "doce epígono do romantismo germânico". Quer saber *les détailles, la pampe, où est-elle? en Argentine?*

Ao final de uma hora, já tratam de Cézanne, mas Charlotte aplasta-o com nomes de pintores desconhecidos e famosíssimos, Charles Ricketts, Whistler, Lucien Pissaro. Quanto a Debussy — vê-se que mudaram de arte — ela conclui que é incompreensível, com aqueles bárbaros acordes de quintas paralelas.

Nesta noite, sentado com Raymond à mesa do restaurante do Hôtel Chambord, junto ao Jardin des Plantes, Olímpio nem toca nos magníficos pargos:

— Quanta cultura!

— E com esse titulozinho de condessa... Não é uma princesa, mas não é de jogar fora, Doutor. Uma condessa para o Castelo.

— Cale-se. É demais para mim.

— E por quê? Aqui há condessas em cada esquina. E esta talvez esteja com as finanças arruinadas, desejando um bom casamento. Viu como o irmão dela tinha os sapatos gastos?

— Só um fresco para notar essas coisas.

— Mas são os sapatos que, em última análise, definem a condição econômica de alguém.

A madrugada é de longos pensamentos e fantasias. Ao sair do quarto, Olímpio vai acordar Raymond:

— Corra depressa à embaixada, procure aquele cônsul e entregue este cartão. — No cartão, há elogios à austríaca e um humilde pedido para um novo encontro "para refazer aquela conversa tão encantadora".

Realiza-se junto ao Palácio do Trocadéro. Cai a primeira neve, e Olímpio apresenta sua mão à condessa:

— Pensei toda a noite no que falamos — ele diz aproveitando que o irmão distrai-se com o cônsul. — Sou um rústico camponês, apenas um gaúcho, e não tenho muita experiência nestas coisas de *politesses*, mas peço que me autorize a pedi-la em casamento a seu mano. – Apesar do frio, Olímpio sente escorrer uma gota de suor pelas costas.

A condessa mantém-se impassível, mas, depois de um instante, murmura através dos lábios brancos:

– *Oui.*

A rapidez perturba Olímpio, ela talvez esteja mesmo com as finanças a pedir água. Mas afinal, para que mais fortuna? Dinheiro? Basta o dele, ela entra com o título. O irmão concorda imediatamente, e sem maiores preâmbulos passa a discutir assuntos práticos, talvez um casamento por procuração, o cônsul poderá representar Olímpio quando ele tiver de voltar para o Brasil. Sim, porque a condição que Olímpio impõe é que o casamento só poderá realizar-se quando o Castelo estiver pronto. Mas sairá noivo de Paris.

O contrato é comemorado ante o testemunho do cônsul, no Café de la Paix. A noiva já assumiu um ar de extrema reserva, e seus silêncios pudicos são interpretados por Olímpio como o primeiro indício de que terá uma esposa ideal, pronta a aceitar a submissão como a melhor forma de estabelecer a harmonia entre os cônjuges. Enquanto o cônsul alegra-se noticiando que o Brasil, em virtude de seu excelente café, ganhou na Exposição Universal uma medalha de ouro e algumas de prata, Olímpio contempla o orgulhoso anel de armas de Charlotte, ao qual se somou a rica aliança de noivado, e já antevê borrascas nos quartéis adversários: serão intensificados os ataques às suas atitudes contraditórias, ele deve estar preparado para respondê-las à altura. Pode também imaginar a cara perplexa de Júlio, as ironias do Borges... "Esses positivistas de merda..." – e procura saber do cônsul o endereço da casa em que morou Augusto Comte.

– Aqui perto – informa o cônsul.

– Gostaria de conhecê-la.

Vão mesmo a pé, Charlotte graciosa de braço com o irmão.

Ante a casa do filósofo, Olímpio tem um pensamento transcendental: "Enquanto eles falam, no Brasil, eu estou aqui, à frente" – e uma ideia formaliza-se, algo para ser realizado mais tarde...

Despedem-se felizes e, depois que Charlotte e o cônsul e o irmão tomam a mesma tipoia, Olímpio volta assobiando para o Hotel. Raymond está no *fumoir*, lendo *Le Petit Journal*.

— Sabe, Doutor? Cheguei a uma conclusão: o Brasil não existe para o mundo.

— Sabe, Raymond? Venho do Café de la Paix, ajustei o noivado com a Condessa.

Raymond ergue-se num salto e, tomando uma liberdade que as circunstâncias justificam, abraça-o, "enfim, *mon cher*", e para ser mais francês pespega-lhe dois beijos nas faces. Olímpio manda-o pastar, limpa enojado o rosto com as costas das mãos, pega *Le Petit Journal* e sobe para o quarto. Pouco depois aparece estabanado, bate nas samambaias, esbarra nos garçons e, encontrando Raymond ainda no *fumoir*, grita-lhe:

— Porra dum caralho, você nem sabe ler os jornais, fui traído! Proclamaram a República na minha ausência!

Nesta noite, "quando silenciam as ruas de Paris, ele e Raymond avançam pela névoa do inverno..." Param ante a casa de Comte e ali, possuído por uma bufante raiva, Olímpio abre a braguilha, tira o membro congelado e arremessa um formidável jato de mijo nas filosóficas portas de onde brotaram tantas ideias perniciosas às hostes do PRR.

— E amanhã mesmo você vai à Companhia comprar os bilhetes de volta. Preciso estar imediatamente no Rio Grande antes que eles tomem conta de tudo.

Ora, deixe passar um pouco, deixe amainar...

— Vou mas é amainar os teus cornos, seu puto. Uma semana depois, tomam o trem para Marseille. À gare, acorrem o cônsul, Charlotte e o irmão. É o momento da despedida. Olímpio, pela primeira vez, beija castamente a testa da noiva, que dá notícias do enxoval e das providências futuras, a volta a Engelhartstetten para os acertos, as tratativas com os administradores das terras...

— Faça tudo isso, Charlotte. Depois, é o casamento e, depois, o Brasil.

— E o castelo no pampa?...

— E o Castelo no Pampa!

Escrito na ilha de São Miguel, nos Açores,
e em Porto Alegre, entre março de 1991 e outubro de 1992.

Nota do autor

Todas as semelhanças que forem encontradas, neste romance, com fatos e pessoas da vida "real", como tais devem ser consideradas: apenas semelhanças.

Agradecimentos

Pelas mais várias razões, agradeço a algumas pessoas: Aldyr Schlee, Amilcar Bettega Barbosa, Carlos Alexandre Baumgarten, Henrique Lamprecht, Dr. Humberto Ciulla Goulart, Hilda Simões Lopes Acevedo, José Alberto de Souza, Léa Masina, Leci Barbisan, Lenir Buscher, Paulo Sérgio Thys, Antonio Hohlfeldt, Caio Riter, Regina Lamprecht, Regina Zilberman, Sergio Faraco, Rosane Gava, Volnyr Santos, Tabajara Ruas, Tarso Genro – a relação seria imensa...

IMPRESSÃO:

Gráfica Editora Pallotti
IMAGEM DE QUALIDADE

Santa Maria - RS - Fone/Fax: (55) 3220.4500
www.pallotti.com.br